闲晴

2017.5.20

图书在版编目（CIP）数据

皇帝的学园 / 闲晴著 . -- 北京 : 群言出版社，
.5
ISBN 978-7-5193-0288-7

Ⅰ . ①皇… Ⅱ . ①闲… Ⅲ . ①长篇小说 - 中国 - 当代
① I247.5

中国版本图书馆 CIP 数据核字 (2017) 第 124011 号

图书策划：王　聪
责任编辑：王　聪
封面设计：方　茜
封面绘图：草　芥

出版发行：群言出版社
地　　址：北京市东城区东厂胡同北巷1号（100006）
网　　址：www.qypublish.com
自营网店：http://qycbs.shop.kongfz.com（孔夫子旧书网）
http://www.qypublish.com（群言出版社官网）
电子信箱：qunyancbs@126.com
联系电话：010-65267783　65263836
经　　销：全国新华书店

印　　刷：北京鑫瑞兴印刷有限公司
版　　次：2017年8月第1版　　2017年8月第1次印刷
开　　本：880mm × 1230mm　1/32
印　　张：9.75
字　　数：280千字
书　　号：ISBN 978-7-5193-0288-7
定　　价：36.80元

群言出版社
QUNYAN PRESS
· 北京 ·

目录 CONTENTS

001 第一章 空缺的 Emperor Card
007 第二章 这样的学校难道不是很不正常吗?
015 第三章 The Queen and The Knight
037 第四章 男生的明星与女孩子的哥哥大人
049 第五章 派系之争
075 第六章 不靠谱啊！白骑士团六人！
095 第七章 高明的辩论与不高明的辩论
121 第八章 里月鹿
145 第九章 被尘封的秘密条例
159 第十章 深夜对决！皇帝 VS 黑骑士！
177 第十一章 误国处置与禁忌之药
203 第十二章 保守派颠覆

第一章 空缺的 Emperor Card

“那位同学，你给我站住。”

我咬着面包看一眼手表，十分惊讶地回过头去，看到叫住我的人，是一脸没好气的教导主任。明明还有一分钟上课铃才会响起，我并没有迟到，为什么要叫我站住？明明只有一分钟就要上课了，哪有作为老师偏要在这种紧张的时刻耽误学生时间的？难不成“叼着面包跑路”这件事，违反了这所新高中的校规？

我正在瞎猜，教导主任就没来由问了句：“你的学生卡拿了吗？”

“我……我是今天刚到的转校生，还没有领到学生卡。下课以后我一定去拿。”我礼貌地回答道。

“那不行，你现在别着急上课，先去校长室填心理问卷，然后决定你要拿哪张学生卡。”

我听到这话就有些发懵，学生卡在我印象里就是去食堂吃饭去浴室洗澡用来付费的东西，就算早上的五节课上完再领也完全不耽误，况且心理问卷是什么鬼，这和学生卡有什么关系？

我非常不愿意因为这些不相干的事情耽误上课，事实上我的学业已经耽误不起了。本人思贤，今年是高三学生，之所以转学到这所兰帝高中，是因为我之前就读的高中因为学校搬迁的事情，竟然拖延到十月份还没有开学！我可是向往着清华北大的好学生，不准上课什么的，之前我不能接受，现在依然不能接受。

于是我正色看着主任，诚恳地说：“主任，拜托了，现在最要紧的是上课不要迟到。一下课我就去领学生卡，我保证。”

主任有些来气："同学，你不遵守纪律是吗？"

"哎，李主任，新同学连所谓纪律是什么都不清楚，没必要凶他嘛。"

一位两鬓斑白的慈祥爷爷站在台阶上，打断了教导主任的训话。他穿着笔挺的白西装，朝主任伸手，便让主任毕恭毕敬地停下脚步。而我十分惊讶，这位老爷爷眼熟的程度竟似乎天天都见得着的，半分钟后我才意识到每天路过肯德基的时候都会看见他老人家的笑颜，怎么您老人家今天不卖炸鸡吗？

肯德基老爷爷凑到我身边，动作矫健地上上下下打量着我，看得我很不好意思，只好红着脸挠着头说："谢谢您。"

"行了，去上课吧。"老爷爷爽朗地将手一挥。

我得意地冲主任笑笑，快步跑过他的身边。

"新同学，你还没拿到学生卡吧？"老爷爷突然问道。

"嗯。"我原地跺着脚小跑回头答道。

"那我这儿刚好有一张，你先拿去用。"

虽然再跑一个来回，迟到是逃不掉了，但老人家的好心却之不恭，我于是加快脚步冲下台阶，看到主任目瞪口呆又欲言又止的模样，仿佛这位老爷爷交给我的不是学生卡，而是核弹开关一样至关重要的东西，不禁脑海中闪过一个念头——

肯德基老爷爷八成是校长吧？在他面前主任变得十分买账。虽然校长随身揣着一张学生卡这不合常理，可是万一是分管后勤的副校长呢？总之无论如何，说一句"谢谢校长先生"准没有错。

"谢谢校长先生。"我双手接下老爷爷手中金色的学生卡。

老爷爷开心地笑起来："说明我看人的眼光还不错。去上课吧孩子，要是老师怪你迟到，就亮出你的卡片。"

既然一口说准校长先生身份的人是我，应该说"你看人的眼光还不错"才对吧？不过慈祥的校长先生用笑容让我不再紧张，我表达谢意之后，提一口气笔直冲向走廊最里端的教室，果然没能快过铃声。

班主任林老师放下早读课本，叉着腰责怪地说新同学第一天上课就迟到这可不好。

“那你得做一个精彩的自我介绍才行。”

我只好硬着头皮，十分干巴巴地说：“大家好，我的名字叫思贤，今天刚刚转学到兰帝高中，非常不好意思地迷路到现在才找到组织所在，耽误大家早读，十分抱歉。初次见到同学们十分紧张，还请多多关照。”

“这就完了？”林老师微笑。

“还……还要讲个搞笑段子……什么的吗？”我实在是不明白这里的规矩。

“你有学生卡没有？”林老师追问。

啊？这句话郑重其事，倒像《红楼梦》里面宝黛初会的时候，宝玉认真地问林妹妹“你有玉没有”。想来这张卡片并不是什么普通的物事。对了，校长不是说如果迟到就请秀出学生卡吗？于是我从兜里取出卡片，交到老师手中，希望上面写着“此人新生，可饶他狗命三次”的说明文字。

然而没料到老师接过金色卡片，扶着眼镜认真看了数秒，忽然低声惊呼往后退了一步，为了不让她踩空摔下讲台，我用力拉住她的双手，而卡片就啪一声掉在地上。

林老师以极端诧异的眼光看着我，一边连忙将我双手甩开，那表情就像是超级玛丽大叔打败了库巴冲到了最后一关时，发现等在城堡里的不是公主，而是外星人 ET 一样，大声喊了一句：“不！这不可能是你！”

“什么不可能是我？”我问道。

“兰帝高中高三年级，两年来一直杳无音讯的皇帝卡持有者，不可能是你！”

老师喊一句话不打紧，但原本对我丝毫提不起兴趣的同学们同时放下课本，抬着眼睛用莫名的神情注视着我，假如我可以测聚焦过来的目光的功率读数，这读数肯定早就爆表了。

“卡片是校长先生给我的。”

“怎么可能！你今天才刚刚转入兰帝高中啊！”林老师有些激动。

“皇帝卡代表着……VIP 吗？有什么特别之处吗？”我呆呆地问。

林老师深吸一口气，身子笔挺地说：“皇帝的意思就是皇帝，代表着你是高三年级唯一而最高的领袖。”

就是级长或者全校团支部书记这样的身份吧？嗯嗯。

我指着地上那张卡大喊：“开什么玩笑，怎么可能！我只是个转校生而已啊！”

大多数同学呼地站起身来，把身子探向讲台，却没有一个人言语。我不安地看着大家，只觉得每个人脸上的表情都很复杂，或是脸色欣慰喜悦之情溢于言表，或是充满不解紧皱着眉头，也或者是把鄙夷写在脸上用眼角瞟着我。只除了三个人留给我深刻的印象——

第一个人是个剪了个毛寸头的男孩，头发不安分地根根竖起，但明显他本人比他的头发更不安分，因为每个学生都是面朝黑板直着坐好，只有他是面朝侧面的窗户横着坐在椅子上，把同桌挤在一旁。明明是语文早读，他却在读一本数学书，直到现在还旁若无人地大声念着数学公式，连眼白都没有转过来瞧我一眼，大有一副“皇帝老儿与我何干”的风范。

第二个人是个瓜子脸的女孩子，她走出了自己的座位，亭亭玉立地站在过道上，乌黑的马尾辫不安地微微颤动。她殷切而紧张地盯着我，仿佛在盯着一颗下一秒就要溜走的流星。同时她右手空握放在腰际，这姿势仿佛是准备拔出一把并不存在的佩剑一般。

第三个人也是个女孩，她的特殊之处在于她是唯一一个没有同桌的同学。个子小小的，有着圆圆的大眼睛，明明是很萌的女孩子，眼里冒出的怒火却着实惊人，连她前后桌的同学都被逼得退避三舍。虽然我之前并没有见过她，却不由得怀疑，难道是我家长辈过去骗了她家百万巨款不成？

我捡起卡片，明亮的日光灯下，金色的精致卡片闪闪发光。卡片上的图案，是一个歪戴着王冠表情落寞的帝王懒散地持着权杖，斜斜地倚靠在装饰着珠宝的黄金王座上。这景象精致而辉煌，却让人觉得寂寞。

“我为什么是皇帝？”我无比纳闷。

“这要问你心理测试的时候都是怎样答题的。”林老师眉头紧锁。

我嘴角微抽：“可我……并没有参加心理测试。我猜这张卡，是校长爷爷暂时借给我的。”

“这种东西怎么可以随便借人啦！从你触摸卡片的那一刻起，里面的指纹锁集成电路就已经认定你是这张卡片的主人啦！”林老师咆哮道。

果然皇帝卡以 Siri 一般毫无感情的女声念道：“姓名：思贤。性别：男。年龄：17 岁。身份：高三年级皇帝。特权：不明。特殊能力：不明。事业资金余额：一百万。”

为什么一张饭卡要做得像智能手机一样高端！这真的不是大家联合整蛊一个转校生吗？

卡片自己把我的信息一曝光，全班的同学就立刻炸锅。前排的妹纸踩着同桌男生的肩膀，手拿卷起的课本向我发问“皇帝同学，我的职阶是记者，你能不能接受我的独家采访”；而最后排的男生发出嘘声，指尖滴溜溜地转着一个篮球；他的哥们儿把校服一披，非常不满地从后门走出教室。

那位语文早读念数学的仁兄被身边的同学一拍脑袋，才如梦初醒地用夸张的声音说：“什么？我们——的——皇帝？”

说完他又毫无兴趣地转过身去，把卫衣的帽子拉到头顶，然后大声唱起 RAP。教室里混乱的场面毫无改善，尽管林老师用力拍打讲台，大声示意大家安静，也是无济于事。

我感到吃惊，这是传说中重点高中的重点班吗？名牌大学保送机，指的竟然是这种看起来无纪律到连陈浩南都无法收拾的班级？

我看到老师十分头痛，就不由得有些内疚，乱子是我惹的，理应我要站出来说几句。于是我气沉丹田，鼓起全部勇气，猛拍讲台说：“谢谢大家的热情欢迎，对我有问题，可以下课来问，本人绝不推辞。而上课时间，还是还给老师为好。”

这句话就仿佛来自西伯利亚的大寒流一般将沸腾的教室瞬间冻结，转篮球的男生篮球已经飞出老远，可他的指头仍然在空空地摆动。身子探过来的女生失去了重心啪地摔在桌上，鼓掌的手也不约而同静静地举在空中。

一部分同学倒是捧起书本不再言语，但有好几个同学很不满地拍案而起，狠狠地瞪着我向我走了几步。

“喂，你算老几，今天刚到这里，来路不明地拿到皇帝卡，就敢对我们指手画脚了？”

虽然凶巴巴地,一句话里成语用得倒是不少,说不定这里还真是重点班。

我苦笑，拿不定主意是该认怂走下讲台，还是该死磕到底保护面子时，那位英姿飒爽的马尾发少女轻轻一跃飞上讲台，挡在我的面前，左手扣成圆环悬在腰间，右手握成筒状立于左手上方两公分处，这次我离得这么近，却仍然多眨了几下眼睛，想努力看看那里是不是真有一把透明的宝剑，一把被封印在风王结界里的宝剑。

她慢慢地环视教室一圈，视线透出无名霸气，那些站起来准备对抗的同学立刻蔫了下去，纷纷很不服气地坐回座位。

少女回过头来，冷峻认真的眼神变成温柔的笑意。

“别担心，我是拿到近卫卡的飞羽。”她微微侧过头，笑着说，“是陛下的朋友哦。”

朋友这两个字让我觉得很安心，我舒了一口气，小声地说：“谢谢你，飞羽同学。”

“不必客气，保护主上是近卫的职责所在。”

日光灯下她的马尾辫折射出小小的光晕，也许我永远都不可能知道飞羽此时的出现到底化解了多少危机，我只知道这是这个冰冷的早晨我遇到的第一件温暖的事情。

校长爷爷的帮助呢？当然不温暖！我只想安安静静当个好学生，可不希望在该读书的年纪，成为什么学校新闻风暴的中心人物！

在我发呆的时候，飞羽便在众目睽睽之下，伸出纤细的手大大方方地将我的手握紧，并将我拽到讲台下。

第二章 这样的学校难道不是很不正常吗?

飞羽微笑着指着一个空位对我说：“陛下，这是你的位置。”

“这是因为这是教室里唯一的……空位吗？”我的喉咙在不安地微动。

因为如上文所描述的，班上唯一一个没有同桌的女孩子，怒火万丈十分惊人，仿佛和我有着前世仇怨，随时准备将我手刃，这份魄力连周围的同学都不得不退却几分。我汗水涔涔，刚刚被几个大男生威胁的时候且不这么害怕，现在却忐忑得要紧，诚然这个小个子姑娘面貌姣好容颜可爱，但仔细要划分的话，应该正是我的天敌！

飞羽同学刚刚那句“保护主上是近卫的职责所在”是你说的吧？既然如此为什么要把我安排在这种十分危险的地方！

“你……你好。”我伸出另外一只手小心翼翼地打招呼。

那女孩怒视了我一眼，便把头转到旁边，出乎意料并没有吼我，而只是淡淡地说了一句：“你和近卫，准备握着手上课？”

飞羽脸颊通红忙不迭将手甩开，并呼呼地吹着气，仿佛是担心手上沾着“会变成笨蛋”的病毒一般，一边结结巴巴地解释道：“对……对不起，蓉蓉，我不是故意要一直牵着陛下的手的，因为这双手其实是属于你的，嗯嗯，只不过当时陛下在发呆，所以……”

“这双手其实是属于你的”这又是哪门子的怪话啊？

叫蓉蓉的女孩呼地站起来捂住飞羽的嘴巴：“再胡说八道，就不饶你了！”

“好，不说不说。”飞羽望着天坐回我身后一排的座位上。

而一直没有言语的林老师总算是清了清嗓子，拿出教材开始讲课。可现在离上课铃响已经二十分钟了，我吁了口气，满怀不安地开始胡思乱想。

引起轩然大波的皇帝卡，乱成一团的早读课，男孩子当堂被女孩子牵着手到处逛也没有人表示惊讶。

我虽然没多少阅历，但我知道这肯定不该是一所正常重点高中所具有的风格。

在下思贤，原本只是一个普通高中男生，成绩颇值得自傲，目标是考上名牌大学，在以前的学校也颇能得到老师的鼓励和同学的赞许，但从来没人给我说“你就是咱们的真命天子”这种话。我不明白自己为什么忽然就成了漫画人物，在这样一个莫名其妙的地方，卷入一场难以理解的事件，一帮同学不管认可不认可，都管我叫皇帝。

我拿出镜子照照脸蛋，就是圆圆的稚气未脱的正太脸而已啊，我不像朱元璋那样，是个长满麻子的鞋拔子脸啊！唐太宗李世民那样的雍容贵气，硬说我有好像也不现实啊！至于霸王之气和君王风范，好像也通通谈不上啊！

或许这只是语文林老师和同学们在搞的某种角色扮演活动吧？就像我以前的高中，也会办什么模拟法庭和模拟联合国，我还代表过大英联邦怒斥过美帝国主义垄断班上饮用水资源的恶行呢。只要换一堂课，比如下一节数学，一切就都会回到正轨，数学是自然科学，一定，一定不会再热衷于搞什么不现实的 Cosplay。

然而……

“哇！迟来的新皇啊！能不能帮我签个名！”数学老师热切地把备课本放在我的面前。

“唔……自古国不能一日无君。我们年级要迎来中兴了。”历史老师饱含热泪地沉吟。

“既然是皇帝就要拿出骨气！你要当那个跑得最快的人！”体育老师热血沸腾地呐喊。

“简直是够了！”我仰望着天空大声喊了出来。

终于挨到中午，我挽着袖子，准备去找校长理论，这张卡肯定是搞错了，还请他老人家务必收回。

可是老爷子根本就没有一点“哈哈哈是我不小心搞错了啊”的态度。

要知道那张“高三皇帝·思贤降临”的大幅肖像画海报从办公楼房顶垂下来，就挡着他老人家的窗户啊！我猜他对这件事简直觉得正常极了！

我只能立起衣领快步走开，尽量远离指着画像热切讨论的同学们。我略微瞟了一眼，这肖像画是谁的手笔，这位高手就能画得神形兼备，真是服了。可我毕竟像是进城的麻匪，最需要的是低调，可不能傻乎乎地指着画说，嘿嘿，画得真像。

从我来学校时间连半天都不到，就能准备这样的肖像画海报，这算不算有组织有预谋的行为啊！可是我根本在以前并不认得这位肯德基老爷子啊！预谋这件事情能图个什么好处呢？就算拿我开涮，我也并不是善于逗乐大众的笑星啊！

我心事寥落地去超市买盒饭，为了避免不必要的麻烦，我把公交车卡的卡套取下来蒙在皇帝卡上面，希望能够正常地刷卡走人。

“你的学生卡里自存余额是 0。”收银员大妈说道，“你还没有往里面充钱呢。”

“不能收现金吗？”

大妈摇了摇头。

早知道就读一读新生攻略好了。我正准备叹气把盒饭放回原处，大妈却拦住我，说道：“你只是自存余额是 0，但你可以用事业资金啊。”

“事业资金是什么东西？”我好奇地问道。

“就是根据你的身份给你划定的专用款项，如果你想做点什么事情，尽可以动用这笔钱。当然在毕业的时候要进行清算，多退少补，来来来，让我看看你有多少可供使用的资金。”

我耳边又想起皇帝卡自己报的那堆信息，里面有一句是“事业资金：

一百万”。一种很不祥的感觉涌上心头，我赶紧摆手笑道：“还是不必了，我去充值就可以了。”

“不要这么拘谨嘛新同学。”大妈意气风发地按下一颗按钮。

“一……一百万……”

我难过地捂着额头，看着大妈手忙脚乱地想要抓住在她手间跳跃不停的卡片。

“你是皇帝吧？！”她将卡套一把抽出，金灿灿的皇帝画像在灯光下耀眼生花。

我的头嗡地一声就变大了，买东西的同学们纷纷以看小怪兽的目光盯着我。收银员大妈用颤巍巍的声音说道：“要来一份哪种……盒饭？”

我摇摇头说：“我猜事业资金什么的，是公款吧？我应该没权利动用公款，来为自己买午餐吧？”

同学们看我的眼神都有些发呆，觉得十分意外。就在我以为中午必须饿肚子的时候，大妈紧张地把盒饭递到我的手中，强笑着说：“不用钱也……也可以的！吃霸王餐也没问题！”

喂，我不是这意思啊！

到底大妈这些年都经历过怎样的故事，才会形成“皇帝都是惹不起的恶霸”这种印象？难道别的皇帝都是夏桀商纣一般的角色吗？

“钱由我来付，然后陛下，我们走吧。”

灵动的马尾辫在我眼前一转，我的手再次被赶来救驾的飞羽握紧。我几乎是双脚离地浮在半空，被她一口气直接拎到天台之上。

“放心吧，房顶是不会有人来的。虽然风有点大……”

“没关系，这里很好，如果不是你及时赶到，我大概就身陷重围了吧。”

飞羽轻松地把竹筷掰开，递到我的手里。

“陛下一定会觉得这所学校很不同寻常吧？”

我一边嚼东西一边点头道：“那是相当的不同寻常。”

虽然我内心坚持认为兰帝高中画风未免太清奇了，不像是什么正经好学校，但走进校门看到的升学榜又是杠杠的，如果我不能立刻转到另外的高中去，还是尽量去了解兰帝的规则吧。

飞羽对我的决意表示同意，站姿笔挺地说：“明白了，陛下。午餐之后，我会用合适的方法，让陛下亲自体会一切。”

所谓“合适的方法”，就是把我往学生最多的校园广场一扔，然后大喊一句“大家，我们高三年级的皇帝同学就是他哦”，然后自己嗖地一声像忍者一样藏起来吗！

令我芒刺在背的目光聚焦现象再次袭来，依然和在教室一样，虽然大家都看着我，心情却各不相同，高兴崇拜鄙夷嫌恶都有，还有校服款式不同的一些学生，额外有一些轻蔑不屑的笑容。

一个眼神凝重的男生朝我伸手：“我可不希望高三年级平白无故多了一位领导者，如果不搞清楚真相，势必会带来混乱。你，把皇帝卡拿出来给我确认一下。我是高三 8 班的华靖，我的卡片职阶是‘督查者’，可以检查同学的身份和行为。”

我脑中飞快闪过一个念头，兰帝高中的第一设定：在这里就读的每一个同学都有属于自己的职阶，除了本人是皇帝之外，还有飞羽的近卫之卡和华靖的督查者之卡。并且每一个职阶，都具有特殊的才能或者特权，比如飞羽的高超武艺和华靖可以查人家卡的特权。

同时一个黑长直头发的高挑女生不屑地拍开督查者的手，说：“那何不由华靖同学首先秀出自己的卡片供皇帝陛下确认呢？执法者搜集证据必须有搜查证，必须首先出示自己的有效证件，这是法律常识。要查验一国之君的身份，你不该让我们知道你的真实身份吗？”

说完女生走到我面前友好地笑道：“皇帝同学，我是高三 4 班的月鹿，职阶是律师，很高兴我们高三终于有自己的皇帝了。”

兰帝高中的第二设定：高三年级并不团结，在面对皇帝产生这件事情的时候，不见得每个人都是欢欣鼓舞的，甚至有一半以上的同学，是不情愿不痛快的。

华靖无动于衷地哼了一声，并不准备掏出学生卡，并说：“你没资格看我的卡片。”

兰帝高中的第三设定：也许除我之外，同学们有权决定自己的身份要不要公开，甚至可以声明一个并不真实的身份，而绝大多数人并没有资格去验证其真实性。就像《三国杀》一样，除了主公身份必须亮明，内奸忠臣和反贼，则是不公开的，必须靠其言行进行辨别。

这所高中难道在进行一场旷日持久的桌游吗？那么对手是谁？怎样算赢？

就在我思考这个问题的时候，那些校服风格和高三年级略有不同的学生们蛮横地走到广场上，开始清场。

“你们的闹剧搞完了没？高三年级有事回自己的领土上去讨论，现在广场要腾出来，我们要练习校园街舞大赛的节目。”

我皱起眉头：“请问你们是谁？”

“高三年级的皇帝连我们是谁都不知道可不好。”蛮横的学生扬起嘴角，“如果想在你的年级当皇帝当得稳当一点，最好牢牢记住，不要和我们高二年级作对。”

我正想问，历来只听说过学长蛮不讲理收拾学弟，还没见过哪所学校的学弟可以这么嚣张的。律师同学轻轻拽着我的胳膊，满不情愿地低声说：“先撤吧，皇帝同学。”

“为什么？”

“广场确实是高二年级的势力范围。简单来说，就是曾经的我们，技不如人，甘拜下风。”律师同学苦笑。

这次认怂，让我意识到兰帝高中的第四设定：年级间的竞争是兰帝高中卡牌游戏的主要戏码，而且我们高三年级，是被压制得比较惨，丧失了许多领土和主权的一方。

以华靖为首的一些同学不甘心地一同退出广场，然后把本该射向高二学生的愤怒目光，转向我的身上。

“你这个皇帝根本一点用都没有，只是两个高二杂鱼，你都对付不了。”

“第一天就把高三年级的面子丢尽了。”

华靖再次凶狠地把手伸出来：“把你的皇帝卡交给我检查。连带领大家抵抗高二都不敢，我想你并不是真正的领袖。”

我感到紧张，汗水顺着耳边滑落，不明白为什么在短短的五分钟内，基本没说什么话做什么事的我，就成了高三同学们敌意的对象。

就在我不知如何是好的时候，身后传来娇糯的声音。

“可是华靖，还有其他人，你们责怪皇帝同学什么也不做的时候，该想想自己在被高二年级撵出广场时，有没有主动告诉皇帝，我们应该鼓起勇气，对高二年级说不。”

说话的人脚步声是如此轻巧，声音是如此柔和，却让准备朝我扑来的华靖目光惊愕地愣在原地。

我回头，看到眼睛微闭款款走来的两位女生，是飞羽，还有原本对我超凶的蓉蓉。

突然蓉蓉睁开眼睛直视华靖，用更加严厉的口气说：“皇帝今天才转校过来，他该领导他的同伴夺回失去的一切，这种事情你不说，他怎么能懂！”

冰冷的风在伫立不动的人们身边流转。

好厉害，只用简单的两句话就打消了大家的敌意，令原本准备对我不客气的同学们不敢向前。蓉蓉究竟是何许人也？一定是了不起的职阶吧？

由于天气寒冷，蓉蓉可怜巴巴地打了个喷嚏。我下意识地脱下外套，飞羽就快速夺过，把外套披在蓉蓉身上——

“皇后陛下，带领皇帝了解情况的事情，交给我来完成就好。你还感冒着，最好还是留在教室休息吧。”

难怪！既然蓉蓉是皇后，当然一言九鼎。

蓉蓉，是皇后……

噗！我用力打了个喷嚏，差点仰面摔倒。什么！蓉蓉是皇后！我虽然读书不多，但古往今来皇帝和皇后同时出场的时候，指的不就是那种牢不可破的伴侣关系吗！

蓉蓉原本就有些微红的脸蛋，现在则因为害羞和嗔怒，更增添一抹樱花般的色泽。

刚刚威严的皇后现在完全变成了一个害羞的小姑娘，嘟着嘴气鼓鼓地一跺脚，责怪地瞪了飞羽一眼，就转身朝教学楼的方向握拳快步离去。

第三章 The Queen and The Knight

如果说上午我还能和蓉蓉自然相处的话，到了下午就变得万分艰难。

一种微妙的气氛围绕在两个人中间，我既想问皇帝和皇后的身份，究竟能不能代表我们的关系有些特别，但一开口又显得白占便宜动机不纯，何况蓉蓉对我好像并不满意，看见她微微噘起的嘴唇和强行扭向旁边的脸蛋，我有些没来由的内疚，又感到十分怜惜。

飞羽给我鼓劲:“皇帝，把你今天观察到的兰帝现象告诉你的皇后吧。”

我只能勉强说说我浅薄的四点见解。飞羽十分开心地说：“我就说嘛，蓉蓉，你家皇帝是相当不错的。”

“哼，拜托，讲话就讲话，不要随便你的我的，你家的我家的。”蓉蓉抱着胳膊慢慢转过来，对我说，“虽然你是皇帝我是皇后，但什么也不代表，什么你的我的也无从谈起，你明白了吗？”

“我……我明白了。”我紧张地擦擦汗。

不知为何我竟觉得，要是我更可靠优秀一些就好了。或者至少有不错的颜值吧？作为缺席两年才突然闯进蓉蓉生活的特别人物，既没有皇帝的魄力，又没什么特别厉害的地方……唉，真希望自己不要给她带来这么多的失望。

“你，是不是没有物理参考书？”蓉蓉怒目瞪了我一眼。

“对……”

“好，我放在桌子中间，你自己看。”说着蓉蓉打开书本放在桌子中央。

这代表着我们的关系有所缓和吗？虽然她仍然鼓着包子脸趴在桌上，但比起早上那种张飞般的气魄，这已经堪称卖萌了。我不禁想，是不是我能自己查明兰帝的四点设定，还不算特别愚蠢呢？

正有些得意，蓉蓉举起书本正中我的脑门。

“喂，你不准猜我的想法。”蓉蓉不满地说。

“你怎么知道我在猜你的想法！”我不服气地反问。

蓉蓉把脸别到一旁去，说道：“因为所谓皇后就是最懂得皇帝心事的人……这算是什么设定嘛！真是自作主张……”

于是我只能竭力保持脑袋放空，稍微想想“蓉蓉其实真的长得好可爱”这一类的话题，都怕遭到毁灭性的打击。物理课一下我就赶紧逃走，飞羽则在我身后笑个不停，令我脸色绯红煞白，变颜变色。

“看得出来蓉蓉对你很满意啊。”

“上一节课我一共遭到三次肘击五次膝撞，还有折扇拍头无数，这也是喜欢？”

“蓉蓉可没有雅兴揍每一个男孩子啊，要知道想被她这样温柔击打的追求者，可不在少数呢。”飞羽慢慢收起笑容。

为什么提起这个，飞羽就笑不出来了呢？

我问道：“可是蓉蓉并不喜欢他们吧？”

“何止是不喜欢，简直说得上是讨厌。”飞羽眼神飘忽地看着窗外，“你知道午夜十二点的摇滚乐吗？”

“是灵异事件？”

“是死缠烂打事件。”飞羽用力摇头，“算了，陛下就暂时忘了这件事吧。”

我是皇帝，飞羽是近卫。近卫的职责，是让皇帝远离一切危险。

所以越是飞羽不肯说明的事情，就越是不得了的大事。意味着飞羽想让我远离的危险，今天依然是笼罩在蓉蓉头顶上的乌云。

我是个新来的家伙，在课堂上是飞羽在保护我，在广场上是蓉蓉为我解围。作为一个皇帝，不，作为一个男生，心安理得地接受女孩子们的庇护，我做不到。

我仍记得蓉蓉眼底恨铁不成钢的眼神。即便因为皇帝一直缺席令她饱受困扰，她没有迁怒于我，没有逼迫我为她战斗。

但是，我希望看到她失望的眼神，从今往后变成美丽的笑颜。

“飞羽，皇帝有没有特殊能力，比如权威，可以要求属下服从命令？”

“有的，陛下。”

我直视着飞羽的眼睛：“那么请你把蓉蓉遇到的麻烦原原本本地告诉我。”

蓉蓉个子娇小面容可爱，所以在高二的一些家伙看来，并没有学姐的威风，仍把她当小妹子追，而且方法十分可恶，为了逼人就范，采用的竟然是“每天晚上十二点在女生宿舍楼下的小天井演奏摇滚”这种扰民手段。通过影响所有女生休息，向蓉蓉施压，这种行为根本就没半点所谓的“喜欢”在里面，有的只是不要脸。

我怒气冲冲：“校规呢？半夜摇滚没人管，女生宿舍的管理人怎么不管啊？”

“高二的势力，可是大到连学校纪律的管理人，都不敢正面顶撞啊。”

“向学校领导申诉呢？”

“申诉也总是不管用。”

飞羽作为近卫，不知道申诉过程究竟出了什么问题，连校领导都管不了无法无天的高二学生。我脑子一动，拖着飞羽到了三年 4 班。

“月鹿同学，我记得你的职阶是律师，所以有问题想请教你。”

关于申诉失败的事情，月鹿托着下巴提出了自己的看法。

“凡事要讲证据的。此前的每次申诉，高二年级抵死不认，管理宿舍的阿姨也替他们掩饰，声称半夜摇滚这件事情并不存在，校方当然只能选择不了了之。”

真是可恶。但反过来说，只要有证据，就可以扳倒摇滚乐团吧？

“怎样的材料可以作为证据？”

月鹿目光锐利：“比如拍摄录像，把学校十二点的钟声，和他们的演奏，和女生宿舍的背景一起拍摄进去。”

飞羽落寞地说：“可是整个高三年级，都以不能影响学习为由，所有学生的手机都被没收了。”

然后我从口袋里掏出了手机，令飞羽和月鹿眼中冒出金色的星星。

我是转校生，手机还没来得及被收走，没想到吧各位，哈哈哈哈哈！

“虽然不知道你在得意个什么劲，但歪打正着这次还真是非你不可了。”律师小姐无奈地说。

“取证的事情就交给我了。”飞羽自告奋勇。

然而月鹿却把我拉到一边。

“飞羽一定是你的朋友吗？假如她站在对立面，把唯一的手机不慎遗失，你的计划就失败了。”

我摇头坚定地说：“不，我相信飞羽。”

“好。退一万步来说，你所谓的帮助蓉蓉，就是在整个事件里，就贡献一台手机吗？”

我愣住。

夜闯女生宿舍这种事情，我是想都没想过。毕竟我也是老实本分的好学生，从来没有什么变态想法和奇怪癖好，万一被宿管阿姨抓住那会非常丢人，最稳妥的办法，当然是把取证工作交给飞羽。

但是，话说回来——

我把女生宿舍当成是禁地，可恶的高二学弟可没把女生宿舍当成禁地。

那我就没有往后缩的理由了。

“飞羽，我想帮助蓉蓉。”我回过头来，下定决心对飞羽说，“而帮助蓉蓉的意思，并不是在整个取证调查的过程中，我只贡献一台手机。”

我必须，亲到现场。

当天晚上，晚自习后，我和飞羽赶到女生宿舍，想和背着吉他架子鼓的高二学生一起进去，却被宿管大妈伸手拦住。

“喂，女生宿舍，禁止男生入内。”

我发火指着乐队背影："他们不是男生？"

宿管大妈满脸横肉，摇头摇得两腮晃动："你说什么？我没看见。"

我拿出皇帝卡拍在她面前："我是高三皇帝。"

"天太黑了，我看不清，快回去吧。"

你果然要装傻到底是吗？到底是拿了高二年级多少好处，又或者是受到了多大威胁，竟然顽固到这种地步？

月鹿从门外赶来，把书包放在铁质长椅上，拍我的肩膀。

"思贤，想混进女生宿舍，就跟我来。"

月鹿一定知道什么暗道，真是太棒了。像刺客信条一样秘密潜入，拿到决定性证据，悄无声息地破除邪恶，想想还真是很帅。

然而月鹿只是神秘一笑，对身边的飞羽说，去 403 宿舍取我的法宝来。

月鹿的法宝并不是多啦 A 梦的通行圈，只是一个十分可疑的小包包。

"说起来，思贤你喜欢哪种类型的女孩子？"

为什么在这么紧张的关头偏要问这种话题？在日本动漫里面，大战之前少男少女大谈感情一直是我认为非常不合理的桥段啊。

"唔，圆圆的脸蛋，容貌可爱，却不失英气，总的来说看上去温柔俏皮的女孩子。"

月鹿抿嘴一笑，将包中的小瓶小罐一字排开放在女生宿舍外隐蔽的小树下，而我坐在她面前。

"BB 霜、粉底、散粉、腮红、假睫毛、唇彩、睫毛膏、高光粉、眼影粉、彩妆、精华乳液和甜美少女系香水，还有多余的一套校服裙。"

我感到极为不安："喂，你们这是要怎样？"

"你的容貌，如你所愿！"月鹿和飞羽伸出右手，指缝中插着四支各色的小毛刷，以无比的压迫感朝我扑来。

半个小时以后，我站在小树下，夜风吹起，只感觉双腿中间凉飕飕的。

"放心好啦，思贤，妆画得这么好，裙子这么合身，绝对不会有人怀疑你是男孩子的。现在你就是标准美少女一枚！"月鹿豪爽地替我打气。

可是这件事情本身就好奇葩啊亲！为了潜入女生宿舍我男扮女装，鬼知道我究竟是什么目的啊！一旦暴露就身败名裂啊！

“来照照镜子。”飞羽亲切地举起镜子。

镜中的高个子女孩，好、好像还蛮让人心动的……

不对！这不是重点！重点是我是男生啦，我可不擅长这种事情！

然而这个时候天井那边嘶哑难听的摇滚乐开始奏鸣，我下意识捂紧耳朵，仿佛连月亮都不忍听闻，快速闪身到厚重的云层之中。

这就是蓉蓉和高三的女同学每天都在经历的噩梦吗？

我慢慢走出树影，努力适应飘荡的裙摆。

“走吧二位。”我回头对飞羽和月鹿说。

“嗯！”飞羽阳光地对我笑着说，“像男子汉一样前进吧！”

“好的！”我提着拳头大步流星。

“喂！你可不能像男子汉一样前进啊！”月鹿跟在我后面抓狂。

听好，高三年级的女生宿舍水很深，可不是你这种新人小白可以完全理解的地方。你可以像女生一样在楼道里前进，像透明人一样完成任务就好。别做多余的事，别说多余的话，你现在根本无法确定，将会碰到的高三女同学，谁是朋友谁是敌人。如果碰到的人不怀好意，你男扮女装潜入的事情就会暴露，那么变态、色狼、品行不端等等污名，你就一辈子都洗不清了。

这是来自月鹿的叮嘱。

“所以说取证的事情就交给我不就好了吗？”飞羽也开始焦虑。

月鹿嘴角微抿：“飞羽，皇帝最好不要是个只会躲在女孩子身后发号施令的无能男生。”

“没错，相信我没问题的。”我自信地笑笑，“我不想高二的家伙们说，高三的男生，连保护女同学的勇气都没有。”

任务，开始！

内容是我假扮女生穿过左翼楼的走廊，绕到中央大楼，为了保证画面和声音的清晰度，以及最佳拍摄角度（将女生宿舍、学校钟楼和乐队同时放进画面），必须从中央大楼的正门走到天井进行拍摄。

沿路会有一道关卡，在左翼楼和中央大楼的狭窄通道，会有一个宿舍管理员进行把守，禁止除了蓉蓉以外的一切人通过。而飞羽的任务，就是引开她，替我开辟通道。

“月鹿，那你呢？”

“我也将执行我的任务。”

三个人将手表校对完毕之后，同时宣布出发。

飞羽和月鹿很快在阴暗的宿舍楼道里消失不见，我走在走廊上，绿色的方向指示牌光芒微薄，竟有种惊悚灵异的感觉。可是耳边嘈杂的摇滚乐仍不停息，就令我的不安变成怒火。

女生宿舍传来各种不满和抱怨。令我吃惊的是，竟有一多半的同学，责怪的并不是制造噪声的高二男生。

“蓉蓉真是假清高，为了她一个人，整栋楼都不得安生。换做是我啊，早就为了姐妹们能早点休息,哪怕是装的,也先答应了高二男生的表白才好。”

“是啊，被人家喜欢有什么不好，整天装作那么困扰的样子。”

同样饱受困扰，却不能同仇敌忾吗？

我心情有些沉重，却被身后水盆落地的声音吓得假发倒竖。

“思贤同学？”

我转过头去连忙把食指放在嘴唇上，示意身后那位惊慌失措的女生安静。我的天,就这化装还能有人一眼把我的真实身份瞧出来？真是极度危险！

“思贤同学？你怎么穿成这样在女生宿舍里？”说话的辫子女生赶紧把我拉到楼梯底下的阴影里，说，“知不知道被别人认出来有多危险？”

“知……知道……”

“我知道你肯定不是为了无聊的原因，是为了摇滚乐事件吧？但是风险实在太大了，到底是谁建议你亲自前来，我有种不好的感觉。”辫子女生关切地说。

楼道外传来轻微的响动。

“建议你来的人一定没怀好心，总之现在思贤同学要赶紧离开女生宿舍。好像，整栋楼的宿管阿姨都已经开始巡逻了。”

我的脑袋蒙的一声，难道这次我中圈套了？难道月鹿的建议，目的是让我被宿管阿姨抓个正着，成为真正的变态？

“总之思贤，你等在原地不要行动，我去帮你引开宿管阿姨。”辫子女生严肃地说，“直到完全听不到脚步声，才可以从楼梯暗影中出来，然后以最快的速度离开女生宿舍。”

看着她飞快跑去的背影，我心乱如麻，手中的手机握得更紧。怎么办？这究竟是取证任务，还是圈套？我不认识的辫子姑娘为什么能一眼识破我？化装不够精细吗？明明连我自己都认不出我自己！月鹿和飞羽究竟是敌人还是朋友？说好的任务不能完成怎么办？被宿管阿姨抓住法办怎么办！到底哪边才是真相，到底我现在该留在原地，还是逃走，还是继续前行？

原本稀少的脚步声，在一曲奏罢的时候，竟然完全停了下来。漆黑的楼梯间，陷入绝望的死寂。

现在是逃走的时候吗？我不安地吞着口水，身子从楼道里闪出一半，耳边却想起令我绝望的声音。

“那个男生，别躲藏了，我看到你了。”

宿管阿姨竟然悄无声息地，就站在楼梯间外。

任务结束了吗？我完蛋了吗？高三皇帝的脸面，连同伙伴和同学们的期许，都一并粉碎了吗？

宿管阿姨的手已经搭在我的背上。

我屏住呼吸，汗水湿透了身上的校服裙，现在必须一声不发，这是仅剩的直觉告诉我的对策。

“你以为藏在楼道里，就可以逃过我的眼睛吗？跟我去德育处。”

可恶，这下真是跳进黄河也洗不清了。

我连忙摇头，捏起嗓子说：“阿姨，对不起，在就寝时间我没有回房间，还藏在楼道底下，但我不是故意的。如果不这样做的话，那个男生会发现我的！”

阿姨愕然：“哪个男生？”

“就是变装潜入女生宿舍的奇怪同学。他是因为白天对我表白不成，所以才……”

这能蒙混过关吗？我的心跳陡然加速，下意识地伸手挡住胸口，不希望阿姨意识到这种平胸的“女生”多半是有问题的。好在如果我是妹子而被变态男骚扰的话，也应该是这副娇羞可怜的模样。

可是阿姨，果然还是戳穿了我的谎言。

“我在女生宿舍管理了这么多年，可从来没见过你啊。”

难道彻底完蛋了吗？

令我万万没想到的是，从我的头顶，传来另一个声音。

“哼，谢谢你帮我把这丫头找出来，哈哈哈。”

大妈放在我肩膀上的手突然移开，她转过身，看到楼梯扶手上，有个身形矫健的小伙子翻了下来。

我瞪大了眼睛，那小子飞速冲过来，还摸了一把我的脸，我才看清，这位穿着男装，戴着呢子布方格鸭舌帽的“小伙子”，明明就是为我化装的月鹿同学！

“记住，这妞是我的菜！”

月鹿哈哈笑着快步逃走。大妈回头关切地问我：“你没事吧同学？”

我捂紧胸口赶紧点头。

“非得把这臭小子抓出来开除不可！你快回你寝室吧！”

就这样在转瞬之间，男装的女生月鹿同学，把女装的我遭遇的最大危机，再次化解。

我耳边仿佛响起她略带嘲讽的叮嘱。

女生宿舍这潭水很深的，可不见得每个人都是朋友。刚刚那位辫子姑娘，分明就是用言语把我稳住，令我待在楼道里，然后偷摸去找阿姨，并告诉阿姨在接近楼道的时候，一定要放轻脚步。

月鹿的任务，原来是从旁策应。

她很好地完成了她的任务，我握紧手机，咬牙继续完成我的任务。

在左翼和主楼连接的警卫室，学校保安在屋内稳坐，飞羽的任务是引开他，而他无论听到什么，都只是无动于衷。

飞羽郑重地说："听好，我们女生宿舍的确是有男生混进来了，是个异装变态，在宿舍楼里对路过的女孩子们摸来摸去。"

喂，有这么黑自己的主上的吗？

然后飞羽娇羞含泪："就连我都被这个怪人强行壁咚！实在太可怕了。大叔你难道就不能去帮我们抓住他吗？"

一阵迷之尴尬的寒风吹过保安室。

虽然我是第一天才来到兰帝高中，但是——

你撒的谎连我都不信好吗！飞羽同学，你剑气凛然轻功缥缈，怎样的变态会这么不长眼去对你老人家咸猪手啊！

如果各职阶有其能力值区间的话，飞羽的"智谋"数值一定不那么值得骄傲。

果然保安冷冷地说："那你可拉倒吧，就你这身手十个流氓也被砍翻了。这道门我守着哪都不去，除了蓉蓉以外任何人不得通过，这事儿没得商量。"

我快步走到保安室，紧张地说："飞羽说的话是真的，现在整栋大楼的宿管阿姨都已经行动起来了。不信，你可以通过对讲机和阿姨亲自说。"

果然经过确认，保安发现楼里是混进来一个女装的男生，各层楼乱得不可开交。他开始犹豫，屁股刚刚离开座位，对讲机那边就传来指令。

"你记住，守住左翼出口，哪里都不许去。抓住变装男的事情我们来做，但要是得罪了高二年级，我们大家脸上都不好看。"

为了讨好高二年级，竟然连高三女生的安全都不顾了吗？真是可恶。

他又再次稳如泰山地坐在椅子上，嘴里念叨着"我哪都不去"。

飞羽大急："大叔，你这是严重失职好吗！"

保安虽然脸色难看满头大汗，却只是咬牙说："说啥都不好使，我就守在这里。"

"你到底为什么这么做？还是说有什么把柄……"

"够了飞羽！"我眉毛扬起，关切地走到保安大叔身边，看着飞羽说，

“你没看见保安大叔已经十分为难了吗？为什么还要苦苦逼迫他？”

“我……”飞羽愣住说不出话来。

“大叔有大叔的苦衷，口口声声说高二威逼利诱，让大叔卖命，但你现在的做法，和高二年级有什么区别呢？什么严重失职，什么好处把柄，这不是威逼利诱吗？”

飞羽感到不可理喻，而大叔则对我投来十分赞赏而且欣慰的目光，连连点头。

“大叔，我赞同你，就哪里都不要去，不要踏出保安室一步。变装小子自然有人去逮，满楼都是宿管阿姨们呢。退一步说，你出马就一定能抓到变装小子吗？”

“那可未必！”大叔十分同意地努嘴。

“所以每个人各司其职，守好自己的关卡，就是最好的方案。大叔你就留在这里，等着坏小子自投罗网是最好的！”

“还是这位同学说话在理，相比之下，飞羽你简直是个山炮。”大叔的内心一定感到一阵安稳妥帖。

飞羽拼命眨眼，意思是问我，思贤你想怎样？我辛辛苦苦尚且不能让他挪开，你倒好，一过来用三五句话让他更是岿然不动了，咱们怎么才能进到中央天井拍摄证据？

我微微一笑，飞羽有没有发现，在大叔脑海中关于“职责”二字的概念，已经被我悄悄偷走更换了。

之前是“不让任何蓉蓉以外的人通过”。

现在是“我守在这里，哪也不去。”

我指着漆黑的走廊说：“大叔，走廊上漆黑一片，你留在这里，我过去把灯打开，这样就可以免得变装小子从你眼皮底下溜走了。”

“哦哦，那就麻烦你了，好心的同学。”

然后我就脚步轻快地，张开右手，一路奔跑，一路点亮走廊的日光灯。大叔就这样心里暖洋洋地注视着我这样一位“蓉蓉以外”的人跑得越来越远，却没有意识到丝毫不妥。

可是没想到，保安大叔并不是通向天井的最后一道关口。

在通向天井的玻璃门上，斜斜倚靠着一个身穿高二校服的高大男生。他嘴里吹着泡泡糖，扛着一把拖把，却像古代大将扛着大刀一样，气势凛然。

“喂喂，虽然不知道你是用怎样的方法，让保安放你过来。但不好意思，请回去吧，此路不通，即使是女生也不行。”泡泡糖男生和气地说。

“为什么……要带拖把？”我不由得问了个无聊的问题。

“因为陪着兄弟们在宿舍楼大闹，实在是给学姐们添麻烦了，所以我带着拖把过来拖拖地，算是聊表歉意。”

我还以为拖把是拿来揍人的。一方面帮助吵死人的乐队把关，做这种大恶人的勾当，另一方面却又十分抱歉地拖地？真是个怪人。

“兄弟要追蓉蓉，我义气是必须要讲的，这没办法。不过不代表我内心觉得应该打扰大家休息。”学弟咧嘴笑笑，“这也是没办法的事。”

“为什么没办法！”我生气，“这不是伪君子的做派吗？既然觉得不对，就不要参与啊！”

“哎，我要是不来，会有人不断给乐队找麻烦的。”他无奈地耸耸肩。

果然是个怪人。

我提着拳头大步向前走。学弟侧过身来挡在我前面。

“学姐，对不起，不能让你再前进一步了。”

“如果我非要过去呢！”

学弟微微一笑：“作为高二的四武极之一，我凌冲虽然不会对女孩子动手，但只是握住门把手，让学姐你无论用多大力气都打不开这扇门，我还是做得到的。”

四武极？难道老弟你的外号不应该是“豹子头”才对吗？这帮中二的死孩子竟然取这种外号，连我都替他们感到害羞。不过听口气凌冲这小子来头不小，我总不至于一开始就要对阵高二年级的最强者之一吧？如果《海贼王》第一集路飞就要面对四皇，这样的剧情谁能圆过来？

可是，我也不想就这样乖乖认输。学姐打不开的门，我这位学长不试试看，怎么知道能不能摇得动。

我上前走一步，凌冲果然如约把门把手握紧。我寸步不让，走到门边，月光落在我的脸上。我用最大的力气去拉门，却没想到，这么大的力气全然白费——

我是说，我根本用不着这么费劲就能把门拉开，因为用力过大，差点把玻璃门呼在墙上撞碎。

难道是这小子故意装得很了不起的样子吗？我惊愕地回头，看到那小子也正惊愕地回头看我。我真是靠力量取胜了吗？如果连我这种力量根本不行的家伙都赢不了，高二的四武极简直就是纸糊的废柴啊！

“学……学姐……”凌冲眼珠子微微震颤，脸色也渐渐发红，“你……没摔着吧？”

“啊？”我目瞪口呆。

凌冲接着用力挠挠头，然后飞快地从兜里拿出泡泡糖包装纸，转过身去小心地把泡泡糖吐在纸上，然后一丝不苟扔进垃圾桶，接着眼睛看着地面，飞快用力地拖起地来。

“我当然知道学生宿舍是不让吃泡泡糖的，对不起。”凌冲无比害羞地飞速挥动拖把，把地面拖成镜面，羞惭地说，“让你见笑了。”

可是我根本没有工夫笑，只有工夫假发飞扬风中凌乱。到底突然间是什么毛病啊！

“不去冲冲拖把吗？”

“我这就去！”凌冲紧张地把满是黑色尘泥的拖把提起来，朝洗手间直冲。

“可是那里是女洗手间。”我无语地说。

凌冲惊讶地伸手捂着嘴巴，一脸“我的天哪这么神奇吗”的表情，然后拼命打着哈哈：“女生宿舍楼的洗手间，当然全部是女洗手间嘛，哈哈哈这么简单的道理我差点给忘了。学姐不要误会，我可不是变态。”

连我都不禁疑问，凌冲为什么会对我言听计从俯首帖耳啊！难道皇帝的霸气透过女装四处侧漏，竟让不可一世的高二将军怕得不行吗？

但我看他完全是担心被我指责的神情，忽然有点明白真相是怎么回事——

我在被蓉蓉敲打的时候，也是这样一副可怜巴巴不敢惹她生气的模样。

难不成……凌冲这小子竟然对我所扮演的这位高个子姑娘……有点心动？我慌张地看着四周，如果有人目击了这奇怪的一幕，我连想死的心都有了。

“请问学姐，你是哪个班级的。以前负责在课间操的时候查高三年级各班纪律，却从来没见过学姐。”这家伙居然随便搭起讪来！

“原来你是管纪律的。我以为你们高二年级的人，从来没听说过这个词呢。”我皱眉，义正辞严地说，“像门外这种吹吹打打的恶劣行为，放在其他任何一所高中，这么多次违纪，早就可以享受记小过记大过通报批评留校察看劝其退学和强制退学的全套服务了吧！”

“是！”凌冲惭愧地立正站好。

我抱着双臂说：“那你准备怎么办？”

凌冲爽快地拿出纪律打分手册，笑容和煦地说：“把我自己的德育分数，今天和昨天和前天和大前天的分，全部扣掉！”

我是让你带着你的小伙伴乖乖滚蛋啊！恋爱中的男生简直笨得离谱。

不不你们听我解释！我这句话的意思不是你们以为的那样！我为什么要讲这种令人误会的句子？

看着凌冲挥动大笔把自己的德育分数往死里扣，我虽然暴汗，但也觉得他不阻止小伙伴唱歌的话，就不会耽误我的取证工作了。虽然这小子应该算作敌人，但不知为何我对他竟有些同情，无奈地说：“喂，分数随便扣扣得了，我先过去了。”

“好！一切都听学姐的！”凌冲又麻利地站起来对我敬了一个军礼。

我头皮发麻，虚弱无力地对这位被“高个子神秘学姐”魅力降服的赤诚少年说：“喂，你别叫我学姐……”

“这么说你愿意把你的芳名告诉我了吗？”凌冲无比兴奋地眼冒星光。

我害羞尴尬到死，不停看着周围，如果这一幕当真被哪个认识的女生看在眼里，我不惜一切代价也要堵住她的嘴，哪怕是用极为凶残非法的手段——比如拿我的百万事业基金砸她。

“学姐你显得很不安，莫非周围有什么威胁你安全的事情吗？”凌冲认真地扛起拖把，“我帮你打探，不会让你遇到危险的。”

就是你小子在这里胡说八道个没完我才觉得异常危险啊！

好在歪打正着地，他不劝而退，留我独自站在原地，紧张得不行。依我说呀，和凌冲的见面，远比被阿姨抓被保安堵要麻烦一百倍。

通往天井的大门就在前方，月光正好，皎洁的月色落在苍翠的草地上，宛若夜之女神的神秘面纱。古旧的欧式钟楼已经渐渐指向午夜十二点，我眼前的画面只要顺利地落入同一个相框中，就将变成没有人可以巧言辩驳的决定性证据。

我闪到阶梯的阴影中，确定不可能被摇滚乐队发现之后，拿出手机，电量满格，而我照相的时候，努力让手像金属支架一样，不要有丝毫抖动。

视频刚刚录下十秒，我背后的宿舍大楼的每一间宿舍就同时开亮了灯。

在我头顶有个熟悉而带着哭腔的声音斥责道：“你们给我适可而止一点！”

蓉蓉穿着 Hello Kitty 的棉睡袍，抱着机器猫的抱枕，出现在天井前的阶梯上。

乐队主唱抱着一束半枯不枯的玫瑰，夸张地冲来一个双膝跪地在草上划了十多米来到近前：“哦！蓉蓉，你总算是被我热情的才气打动了。”

“才怪，想都别想！”蓉蓉眼角带着泪痕，目光却十分坚定，“夜深了，不要再耽误大家休息了！”

“怎么能把充满爱意的灵魂音乐说成是噪声呢！”主唱令人恶心地扭动着身子，“我觉得《蓉蓉吾爱》《致有你的每一个明天》都是不可多得的佳作啊！”

蓉蓉厌恶地说：“不论多好的歌曲请你在合适的舞台表现。半夜十二点的女生宿舍，并不是你们乱来的地方！”

“哦！达令！如果是你说的话，我会每一句都听。只要你亲口说一句，你希望我的歌声只唱给你一个人听，我就不会再像现在这样，把我对你的喜爱之心告诉每一个女生了。”

蓉蓉气得发抖，紧紧抱着抱枕，说不出话来。我心想这一段也正巧录下来了，简直是铁证之上的铁证。我可以悄悄绕道离开，可是现在离开真的好吗？蓉蓉会怎么办？她有办法呵退这些赖皮的家伙吗？

蓉蓉只是用尽力气，怒视对方：“我绝不会答应你的！”

“蓉蓉学姐！我的心意是真挚的，我会把一切最好的东西献给你，拼尽一切让你感到幸福。我喜欢你，你答应我，事情就这么简单，何必要苦苦僵持呢？你难道不想听听你的同学和室友，她们究竟怎样看待我的心意？”

蓉蓉十分不安，回过头去看着推开窗户探出身子看着天井的高三女生们。

女生们还能怎么看待这件事？我心想，就你这种死缠烂打的家伙，在女生心目中一定是 Low 到地里面的典型，如果有哪个妹子会对你这种人感冒，我思贤的名字可以倒着写。肯定大家会众口一词地说，哪里来的矬男，趁你现在还没受伤，快迈着你轻快的步子翩翩起舞地滚蛋吧，我们这里不欢迎你！

可是女生们的回答却令我震惊。

不知道来自哪个角落，有女生小声地说：“我觉得有道理啊，是喜欢你又不是欺负你，唱了一个月歌也够有诚意了，只顾自己装得冰清玉洁，是想给谁看？”

这句话如小小的火种，点燃了大家的不满。

是对蓉蓉的不满。

“是啊，被喜欢是高兴的事情啊，如果是我，大概会给对方一个机会吧。”

“是啊是啊，哪怕假装答应一下，就可以让大家睡个好觉。连这都做不到，这个皇后还真是自私。”

“一个多月都没睡好觉了，蓉蓉你准备害我们到什么时候？”

“在一起，在一起。”

我抬起头看向身后起哄的宿舍楼，心中有个声音在大声疾呼。

各位，你们没搞错吧！

此时来自敌人和自己人的压力，已经让蓉蓉不堪重负。她无助地缩紧肩膀，在这种情况下仍然竭力不哭出来，在我看来已经是十分坚强了。

只要明天把这份材料上交，蓉蓉你的灾难就正式过去了。

可是本该悄悄溜走的我，却迈不动脚步。

也许明天会雨过天晴，但最重要的是，今夜最煎熬的疾风骤雨，蓉蓉该如何度过？

我大概不能再按照原计划行事了。我握紧拳头站起来，慢慢走出阴影，明知随便暴露在众目睽睽之下，我就是女装变态的事情就坐实了，可是现在不站出来不行。

我不是害怕当蓉蓉知道我就在这里却一声不吭，然后永远鄙视我。

我是不想被自己瞧不起。

于是我在主唱目瞪口呆的注视下走了出来，把纸巾递给蓉蓉，轻轻地搂了搂她单薄的肩膀，并把身上的外套披在她肩上。

“你是谁！”主唱拿着话筒大声问。

我一言不发地抢过他的话筒，把背在他身上的吉他摘下来，吉他碍事地扯着线，我便把它随便扔在草地上。

我回头注视女生宿舍楼：“各位，你们该不会真的觉得，每天吵大家睡觉的罪魁祸首是蓉蓉吧？”

一时间宿舍楼寂静无声。

“世界上拒绝追求者的女孩子多了去了，不是每一个女孩身后都跟着一支纠缠不休的摇滚乐队。所以其他女孩不被指责，蓉蓉就变成你们口中的自私女孩了吗？这也太奇怪了，你们难道不知道，这支乐队并不是蓉蓉雇来的，也不是她央求他们来这里演出的吗？”

我握紧话筒，大声说：“人的善恶，往往通过他的选择才得以呈现。遇到乞讨的人，选择慷慨施舍，是为善良。选择反过来从人家碗里偷硬币，是为恶人。蓉蓉没办法选择乐队要不要每天半夜来这里演奏，所以说她是恶人，未免太过刻薄。”

我搂紧主唱说：“但是这位老弟是有的选的，他可以选择像绅士一样，豁达地接受女孩子的拒绝，可他没有，而是走上了一条用无休止的扰民来逼迫蓉蓉妥协的道路。答案不是很明显了吗？真正影响大家休息的罪魁祸首，正是这小子才对吧！”

主唱强行辩解：“我只是用歌声追求女孩，这也有错吗？”

我目光锐利地反问：“那明天咱们约个时间，中午下课，我们在校长室等你，你在办公楼下搭台子唱歌，来还是不来？”

主唱露出了为难的神色。

“切，喜欢在哪里？我怎么没看到啊？”我轻蔑地笑着说，“把一个女孩架在公众的视线中，要她饱尝种种压力，受到同伴职责，每一天都更加孤立，渐渐变得不受欢迎不被理解无人同情，这就是你所谓的喜欢吗？如果哪个女生觉得这种喜欢非常真诚非常让人感动，现在下来认领这位主唱，我会恭喜你们是天生一对的。”

刚刚闹哄哄的女孩子们现在鸦雀无声，生怕发出一点声音，就要被我拉下来证婚了。

我把主唱推开，一边大步走到乐队那边，一边大声说：“说到底你不过就是一个，连被学姐拒绝，都做不到像个男子汉一样独自承担的懦夫而已。只要有这点卑劣，无论你多优秀多帅气多有才，作为男生你都已经失格了。所以蓉蓉一直拒绝你，我表示无比赞同！”

“你这家伙究竟是哪里冒出来的！”鼓手狠狠地说。

“我是今天才到的转校生，名叫思贤。”

我热血上脑，却忘了最重要的事情。

鼓手愣了许久，突然和同伴们一同大笑起来：“原来是高三皇帝！哈哈哈怎么打扮成这个样子！裙子假发，化装画得还挺认真的嘛！”

“高三年级这下是彻底没戏了！好不容易等来一个皇帝，没想到竟然是伪娘！”

“真不知道你的女同学们看到这一幕会作何感想！哈哈哈。”

气氛变得十分尴尬，我这时才意识到，此时此刻或许就是我形象崩塌的瞬间。凭着一时勇气跳了出来，但终究这副打扮，实在是既丢人又可疑。

大家会不会觉得我作为皇帝却穿着女装，果然把高三年级的脸都丢尽了呢？

蓉蓉圆圆的眼睛瞪得大大的，樱桃般的双唇也一直无法合拢，然而过了十几秒，她慢慢走到我身边，上下打量一圈，疑惑地说："思贤？"

"唔……是我。"我脸蛋通红地挠着脑袋，不知道会不会被她揍得当场牺牲。这种胡来的皇帝杀之以正清名，也不是无法可想。

"借的这套衣服还是太短了，好端端的衬衣，被你穿成了露脐装，裙子也遮不住膝盖，如果被管着装的同学抓住，是要被扣分的。总的来说，这打扮不难看。"

蓉蓉她，竟然是笑着说这番话的？

蓉蓉慢慢转头看着鼓手："思贤为什么要打扮成这个样子，难道你不先问问自己？"

"啊？"鼓手呆住。

"你们逼迫宿管把想要申张正义的所有高三男生拦在宿舍楼外，布下重重关卡，只为了你们令人讨厌的骚扰不被骚扰。思贤不打扮成女孩子，要怎样才有机会站在这里阻止你们呢！"

鼓手瞪着牛眼一时无语。

蓉蓉却用力牵着我的手，激动的声线带着颤音："有些人穿着男生的校服，却只敢用懦夫的姿态，道德绑架一个弱女子。而思贤虽然穿着女装，正在做的事情却毫无疑问是男子汉该做的事情。为统帅者如司马仲达，为了国家大计，穿穿女装接受挑衅又有何妨？这不是你们这种脑子浅薄的家伙可以理解的。"

原来，我今天的举动竟然这么帅气吗！

在这一秒，我无法去想到底是我鼓舞了蓉蓉，还是蓉蓉鼓舞了我。总之我勇气百倍意气风发地指着摇滚乐队说："现在你们可以滚蛋了！"

"可恶，可别得意得太早了！"鼓手拿起鼓棒凶恶地凑近。

然而一道寒光闪过，鼓棒变成四截。

飞羽将一把折伞缓缓收起，帅气地说："如果皇帝让你滚蛋，你却赖在这里不走，就别怪我手下无情了。"

乐队被没来由的杀气所迫，神情慌张地看着同伴。

这一次，不知是楼上哪个房间传来的声音，变成了："离开女生宿舍！不然不客气了！"

同学们的想法已经发生转变了吗？虽然刚刚一度，是那些认为错误在于蓉蓉的女生掌握了话语权，可是现在，却是对摇滚乐队群情激愤的女生们占据了上风。大家的心情总是随着舆论而渐渐倒向一边，不过我相信终究是讲道理的人能够赢得大家的认可。

接着一个从天而降的苹果把架子鼓砸穿了一个大洞。

鼓手怒吼："你知道这鼓有多贵吗！你得赔！"

话音未落，来自女生宿舍的各种恐怖物体如冰雹一般砸下。飞羽打开伞挡住我们三个，只见圆规直尺充电宝乃至于折凳杠铃肆意砸落，摇滚乐队拼命躲闪，变成了踢踏舞蹈队。

鼓手嘴硬："你们等着！我叫凌冲过来，他用长棍，可以让你们这帮低素质学生乱丢的东西，怎么下来的就怎么原路返回去！"

"凌冲不可能来帮你的，死心吧。"我无心地说。

"为什么？"鼓手愕然。

我抬头看着月亮，至于为什么你们就没必要知道了。

乐队狼狈逃窜去楼道搬救兵，果然再也没有回来。

在我回头的时候，女生宿舍楼传来热情的欢呼，好些女孩子穿着兔子棉睡衣或者猫咪棉袍，冲到天井里，笑容十分亲切。

"我这个模样……一定很奇怪吧。"我害羞地用鬓发藏着脸蛋。

"有什么关系，嘿嘿！"

看来是我的态度感动了大家，女生们完全不想计较我女装潜入的事情。

"因为打扮得很好看啊！"

原来是看在颜值的分上才没关系的！

"从今天开始，皇帝陛下就是我们高三全体女生的好姐妹了！"一个妹子将我的手高高举起。

为什么得到这种赞誉我却完全不感到欣慰啊！

我难为情地低下头，飞羽却爽朗地拍我的背，说："陛下，不要低头。"

不要低头，皇冠会掉?

"假发会掉。"飞羽笑着伸出大拇指。

假发什么的完全把那种霸气孤傲的气氛毁灭了好吗!

总之，我傻乎乎地冲出来，与高二的坏小子们正面对抗，并不是一个很坏的决策吗?

蓉蓉闭上眼睛老成地说："思贤，穿着裙子走进来，直接劝退摇滚乐队，这就是你想到的计划吗？"

其实我本来只是想拍照取证的。

"简直是不经大脑。"蓉蓉抽出了让我感到惶恐的折扇。

"对不起。"我胆小地说。

"新皇上任，这么干虽然冒险，却成功地赢得了人望，克服了极大的风险却得到了巨大的收益，倒也不能说全无道理。"蓉蓉沉吟点头。

"其实今天晚上的行动，单纯是因为听说你被人纠缠，感到很不开心。"

"嗯？"蓉蓉睁开眼睛。

"没错，是为了你才过来的。"我不善于说谎，只能实话实说。

"你……"蓉蓉的眼眶有些湿润，"不要胡说八道。"

我只能憨厚地笑着，一言不发地看着这位傲娇的少女。

夜风微凉，蓉蓉踮着脚尖，我轻轻替她拢好肩上的外套，而她轻轻将我吹乱的头发抚好。

这百合少女漫般唯美的画面只持续了一秒，我就挨了折扇的沉重一击。

"你！快回男生宿舍吧！你杵在这里女孩子们就闹哄哄的，再不走，你就和摇滚乐团没什么区别了！"

我抱头鼠窜，虽然逃跑的姿势也并不美观，但这漫长的一夜，我应该是胜利者吧?

被当成救兵的凌冲一直到最后都没赶来救场。我揣测这位老弟是不是因为听说他喜欢的小姐姐其实是个直男，情绪一时稳定不住已经崩溃掉了，然而事实证明是我想多了。

在女生宿舍楼外的银杏树下，落叶如金黄的飞雪一般迷蒙了两个人的身影。

一把拖把和一柄双节棍打得不可开交，两个人鼻青脸肿，勉强站立着，摇摇欲坠。

举着拖把吃力地擦着鼻血的男生，是拖把怪人凌冲学弟。他颇有些豪迈地说："明浩，我这一关你今天也别想通过。"

而那位拿着双节棍的明浩，竟然就是那位语文课上算数学的，对我不屑一顾的刺头男生！

他疲惫地捂着脸上的肿包："但是吃了我一顿胖揍，现在有人想通过你的关卡，去女生宿舍揍唱歌的，你也爬不起来去阻止了吧？"

凌冲咧嘴笑道："可是你们年级像你这种有骨气的家伙，也没有第二个了吧？"

明浩的表情，就未免显得有些寂寞。

凌冲挣扎着立正，深吸一口冷空气，说："那边唱歌似乎停了，我也该回去睡觉了。"

明浩也努力撑着膝盖说："好，有本事你明天还在这里拦我。"

"没问题，学长。"凌冲扛着拖把，蹒跚地朝高二男生宿舍楼走去。

我这才意识到，高三年级并不全是尿包，原来这个叫明浩的家伙，一直试图在给摇滚乐队找不痛快，而凌冲把守在女生宿舍的目的，也就是为了拦住明浩。看来他俩已经不是第一天交手了，但是一直不分胜负。

原来这家伙，并不是单纯的坏小子，也在用自己的方式想要帮助同学。

靠武力正面突破，这就是明浩想出来的策略吗？即使把凌冲虐翻在地，难道就这样大摇大摆地直闯女生宿舍吗？我无奈地笑笑，虽然在蓉蓉眼里，本大人的策略也同样不值一哂。

"明浩！"我不顾及自己的扮相叫住他，希望和他一道前行。

他看了我一眼，却身子一低，好像那身伤痕都是假装的一样，无比敏捷地逃走了。

第四章 男生的明星与女孩子的哥哥大人

昨天晚上我在替蓉蓉仗义执言的时候，也算是多少做了一点比较亲密的动作，她替我拢好假发，我替她拢好衣服，距离近得可以感到对方呼吸，然而到了今天却又恢复了一如既往的生分，只是不对我使用各种绝招了，会时不时把红红的脸蛋故意转过去藏起来。

“蓉蓉……”

“有话一次说完，没工夫闲聊。”蓉蓉缭乱地在草稿纸上涂鸦，“我们的关系才没有突飞猛进地发展什么的！”

“我以为昨天晚上，咱们已经是朋友了。”

“哼，昨天……昨天看到你是女生的打扮，我稍微觉得不那么别扭一点。”

但我觉得别扭啊！

我是想问蓉蓉关于明浩的事情。明浩每天去找凌冲决斗，应该是个蛮有义气的少年。

“明浩……是好人？”

蓉蓉和飞羽对望一眼，然后同时捂着嘴巴扑哧笑了起来。

蓉蓉不假思索地答道：“思贤，眼睛近视的话，一定要记得戴眼镜。为了好看而不戴眼镜，最终度数会加深的。”

“啊？我没近视啊。”

“明浩，人称‘全民公敌’，又名‘鬼见愁’，简直是猫不闻狗不理的讨厌鬼。虽然那家伙一直以来成绩都很棒，拿过四次年级第一，长相也算是过得去，篮球打得好，特技自行车也很精通，但是假如人的智商和情商分别装在两个桶里的话，他早就提着情商的桶咣咣把东西全倒在智商的桶里去了，对谁都爱搭不理，看谁都鼻孔朝天，姑且不说喜欢鄙视男同学，对女生也非常不客气。”

蓉蓉用笔尖敲打着铅笔盒，闭着眼睛说：“有漂亮女生给明浩送过巧克力，明浩拿着盒子瞧了半天，然后当着人家面恶狠狠地把包装拆开，吹胡子瞪眼地伸出大手把巧克力抓出来，全部塞进嘴里大口咀嚼，然后一言不发地走掉。这种怪脾气的家伙，思贤你不用理他。”

虽然蓉蓉说得好夸张，但是我一点都不觉得这场面有违和感！而且本来和我们一起聊得很开心的飞羽，渐渐地握紧拳头，脸色也变得铁青，表情恶寒，该不会这位漂亮女生就是她？

“可是明浩确实很厉害，我原本只是以为他打架很强，可以和凌冲打个五五开，而且那阵势真的就和圣杯战争英灵对决一样，不是普通的拳打脚踢。”我一边说一边点头，“加上蓉蓉说他多才多艺，其实明浩是个值得交往的人才不是吗？说不定，他的能力比我大得多。”

喂，你们别同时做出恶心想吐的表情啊！

“思贤，就算你和凌冲交手，胜负是十零开……”

对，一定是十零开，而且赢面我占十，我非常无语地想着。

“但即使是这样，皇帝也只能是你，不可能是别人。决定一个人真正本性的，远远不是打架斗殴这么低级的事情。”

可是我觉得，还是应该鼓起勇气去找明浩谈谈。

明浩正在和男生们讨论 NBA 的事，大家或有夸詹皇厉害的，或有说科比才是最强球星的，也有人最喜欢曾经创造传奇的麦迪，但明浩总是满不在乎地大声打断，说詹皇无非就是身强力壮的大猩猩，科比在最关键的时候除了打铁什么都不会，麦迪厉害为什么没能带领队伍拿到冠军？不论多厉害的球员，在他看来都是一钱不值。

我离他只有十米远的时候，突然从旁蹿出十多个女生结成人墙将我拦住。

“你们这是干什么？”

女生们整齐划一地摇头，咬着嘴唇目光凝重地说：“这是为了皇帝同学的生命安全着想。”

“有这么夸张吗？”我嘴角微微抽动。

“如果是昨天，思贤你要去找明浩就去吧。可是你昨晚帮助了大家，是高三年级的荣誉妹子，我们不能眼睁睁地看你送死。”

高三年级荣誉妹子是什么鬼！

还是蓉蓉示意女生们解散。我正想，蓉蓉终究还是明白明浩虽然讨厌，但本质不坏，值得拉拢。没想到蓉蓉接着说了一句：“让皇帝亲自去吃点大亏，也是一种历练。”

明浩到底是有多遭人恨？我只记得昨天有妹子拿一盒粉笔哭着朝他狂砸，但全部被他一一躲过，所以就哭得更厉害了，然后这小子还把扫把放在妹子手上，一言不发扬长而去。还有老师也是气得牙痒，因为老师在课上讲题目解法，明浩手都不抬直接站起来，讲了更为简便的方法二，把老师气得无力地撑在讲台上。

而现在，他对男生朋友们也绝不客气，一直带着嘲讽的笑容，对伙伴说：“你懂什么是后卫，等你全场跑动范围大于两平米再和我说吧。你说中锋该怎么打，你先挤得动高一年级那个一米六五的小胖子再说。还有这么捧明星球员有意思吗？篮球终归是五个人的运动，球星会造成一支队伍强行改变一种自己不能适应的体系，失去整体协调性。不能和球队兼容的球星，在我看来还不如没有。”

我走到他身边，无奈地说：“也用不着把自己的同学嘲讽成这样吧？”

“他们要是不说蠢话，我有什么必要嘲讽他们？讲话这么费劲。”

明浩回过头来看着我：“喂，你是谁啊？”

半分钟后才拍着桌子声音浮夸地说：“哦哦哦！我想起来了，你不是那谁吗！高三年级的皇帝同学！小的有失远迎还请见谅啊。但你又不是我谁，用不着你来教训我吧。”

我说：“不，我不是来教训你的。我只是想问昨天晚上你和凌冲的决战……”

明浩伸出贴着创可贴的手揽着我肩膀捂着我的嘴：“别多嘴。”

做了好事却不希望公开吗？以他的性子，大概是不想被人知道他不能打败凌冲这么“丢人”的事情。

“等等，昨天那个高个子女生难不成是你？”

明浩这小子的思维竟然这么敏锐吗？这下轮到我心里一慌，反手揽着他的肩膀捂着他的嘴，小声说：“喂，你给我闭嘴。”

要知道昨天我费了多大的劲才说服女生们不要公开我穿女装去女生宿舍的事情，虽然她们完全无法理解地说“这是值得骄傲的事情啊为什么不许说”，但她们根本不了解，男生觉得骄傲的应该是“兄弟你真是帅气”，而不是“你打扮成妹子真可爱啊”。

站在周围的女生瀑布汗：“没想到你们俩关系这么好，刚说上话就搂上了。”

然后我和明浩各自十分嫌恶地闪在一边，为对方捂过自己的嘴这件事感到十分恶心。

就在场面十分纠结尴尬万分的时候蓉蓉突然出现，势大力沉地一掌拍在明浩的桌子上，说道：“数学作业是不是又没有做？”

明浩一脸惫懒地笑道：“科代表大人明鉴，我给数学老师打好招呼的，那么简单的题目我以后就不做了的。”

“狂妄……”蓉蓉白了明浩一眼，说道，“我居然不知道还有人懂得如果球星不能和全队兼容，就不如没有球星的道理。”

这一句抢白居然使得明浩露出了惊愕的表情。

“过来了啦，一会儿拿我的教参去复印，不要在这里混时间啦。”蓉蓉拉着我的衣袖直接将我拽离了这个地方。

飞羽像狗狗一样精神饱满，蓉蓉像猫咪一样懒洋洋地，一起为我鼓掌。

“我们以为思贤你会被明浩弄哭的，没想到竟然没落下风，不得不对你刮目相看了！”

明浩到底拿到了怎样的恐怖职阶啊。

“明浩是骑士。”

所谓骑士，就是对抗暗杀者比较无力，对抗魔法师比较厉害的职阶吗？

“所谓骑士，是忠诚正义的善战之士，而且有高超的驾驶技术，是皇帝座下智勇双全的可靠将领。可是大概明浩根本不认为自己的能力只能当骑士吧，尤其皇帝还是这样一位又不能打，体育也不够看，没什么特别出众的地方，也不太聪明的男生，所以他才表现得不想理你，你可千万别往心里去。”蓉蓉说。

这是在安慰我吗！我明明感到了成吨的暴击！

蓉蓉把复印资料递给我，认真地说：“思贤，与其想去注意明浩，不如让明浩反过来注意你。他一直以成绩为傲，拿了两年的第一名。如果思贤你给我考进前十，他就不敢再不把你放在眼里了。”

没错，与其我像樱木花道一样在流川枫身边碍眼，喋喋不休地说“死鱼眼睛你来看我一眼啊”，不如用一记精彩暴扣，让臭屁的流川枫刮目相看。何况把学习成绩提高，这不就是我来兰帝高中读书的根本目的吗！这一次的画风终于没跑偏了。

“毕竟除了这个你也干不了别的。要让你靠打篮球、骑车这些体育运动强过明浩，好像完全不可能。”

喂！蓉蓉你分明比明浩还要毒舌好吧！

虽然压力巨大，但我决心接下挑战。身为皇帝至少要有一点拿得出手的东西，即使我的课程比兰帝高中落下两周，但只要努力应该可以克服这个难关。

英语是明浩最拿手的科目，我口语不行，就借来 MP3 一遍遍听读，让自己的发音和播音员尽力接近。说不出漂亮的词汇和范文般的句式，就用最笨的办法将课文一遍遍默背于心。

数学明浩也比我强，强大到都不必做数学老师布置的作业了。我没有那么好的解题能力，至少要做得到能够有条理地掌握基础解法，在讲解题目的时候，画最漂亮整洁的几何图形。

语文……最坑爹的是据说当年高一的时候，老师拿着一篇文采清丽的文章说，这位作者一定是个才女，灵气逼人不输黛玉，然后明浩翻着白眼把卷子抢走，说老师我允许你念我的作文没。我对自己的文采没有自信，如果要赢，就只有靠言之有物，入木三分，还有无比正确的三观了。

终于，英语课上，老师提问同学来简述课文的主旨大意。我虽然理应有万全把握，但是身为学生本能地害怕被老师点到名字。

蓉蓉在纸上写："举手思贤。"

我赶紧写："要不等下个问题吧。"

蓉蓉直接一三角板扎在我的腿上，我蹭地就站起来了。

"很好，思贤，那么请说说本文主旨。"

我只好深吸一口气，气沉丹田，把英语书高高举起，再重重合上，用这必要的行为引起明浩的注意，然后鼓起勇气，用流利而标准的英语回答老师的问题。

发言完毕，四座惊艳。

英语老师花了半分钟才淡定下来，甚至都懒得夸我，直接对明浩咬牙切齿地嚷嚷："听到没明浩！不是每一个发音标准的同学都要鄙视老师的！思贤英文水平不比你差，但是他是尊重老师的好孩子，和他比起来你就不再是英语一哥了！你懂了没！"

明浩只是默默地耸肩，不屑地叹了口气。

数学课上，老师看着我在黑板上画出的笔直线条和规整公式，问我会不会用微积分的办法解这道题。我晕，微积分是大学知识啊，实在抱歉，我以前的高中没这么高的教学水平，我确实不会，如果老师认为我应该去学习，我就努力看看。

然后数学老师闪光的镜片，就变得雾气蒙蒙。她握拳感动地说："我太久没有遇到思贤这种坦诚的学生了，他知之为知之不知为不知，而且相信老师仍旧能给他很好的建议……可恶，用贬低老师来证明自己很厉害的风气，我已经忍受不知道多久了！"

语文课上，老师脸色铁青地把明浩“不准公开朗读”的作文拍在他桌上，然后举起我的作文本，说：“思贤同学虽然引用不了什么村上春树，也不知道谁是米兰·昆德拉，但是讲得很真诚很阳光，就算我作为老师，对他想传达的道理也不禁想点头赞同。思贤同学的议论文，是不输给明浩的散文的！”

老师夸我的时候，总不忘顺带恨得牙痒痒地攻击明浩。难不成这小子竟然把各学科老师全都得罪光了吗？

“你的想法没错。”蓉蓉直接猜透了我的心思，点头说。

“陛下真是值得信赖。”飞羽也赞赏地竖起大拇指。

明浩依然无动于衷，就好像我拼命才能取得的老师的赞许，对于他而言就像在马路边捡到的一毛钱，在捡到一毛钱的时候如果旁边有人很渴求地想要夺走，那完全可以给他不妨。

这多少令我感到沮丧，我每天夜里拼到一两点，却不能赢过连上课都在睡觉的明浩，连让他走过来说一句“喂你到底想怎样”都做不到。

这时有个模样朴实稳重，气质像可靠的邻家大叔的毛寸头男生走到我面前，对我说：“思贤同学，下午一起去吃饭吧！”

“嗯，好的。”我连忙客气地站起来，“请问你是？”

“我叫乔治，是拥护皇帝的拥护派人士。”他友善地笑笑，“看到思贤同学找不到太好的办法来团结保守派的同学，我想，我要是能帮到你就好了。”

拥护派？保守派？

这两个和政治斗争有关的词汇压得我一下午都喘不过气来。咱们学生不该以读书为第一要务吗？怎么大家玩皇帝的角色扮演游戏还能玩得那么尽心尽力呢？

而且最令我在意的是，虽然当皇帝不是我的本意，但毕竟现在莫名其妙地坐在这个位置上，还是很希望能够给大家带来好处。可是我明明没做什么，为什么反而令高三划分派系，失去了团结与和平，想来会连以前都不如吧。

吃饭的时候，我食之无味，明明兰帝高中的学生餐做得十分精致用心，可是我一直心事重重地戳着煎蛋，完全没有胃口。

“思贤同学，你不用这么焦虑。皇帝的出现必然会带来意见不同者之争，自然得就像硝酸银溶液混合盐酸溶液，就会产生沉淀一样。重点在于想办法团结大家，而不是要责怪自己。”乔治举着筷子安慰我说。

乔治开始分析：“拥护派就是我和飞羽这样，对思贤同学的到来十分欣喜，相信在皇帝的带领下高三的未来前途光明，因此愿意全力辅佐你的同学。保守派，就是像明浩那样，对皇帝十分不感冒，甚至觉得高三维持原样就好的同学。”

“明浩原来还是很看不起我的吗？”我低头沉思，“我承认我很多方面都不如他，可是这不妨碍两个人成为朋友吧？”

“但是你是皇帝。”乔治微微一笑，“而且身为皇帝的你想通过拼命学习来证明自己的实力，似乎不奏效吧？”

对，就好比天才棋手，不会去注意一个把所有棋谱都研究了一遍的庸人一样。

但明浩是一个为了正义可以提着双截棍和凌冲对战的人，而且战斗之后完全不提及自己的功劳，在我看来应该是一位过分清高的家伙，他难不成也有和我争权夺利的想法吗？

我仔细回想蓉蓉和飞羽的描述，明浩只是性子懒散情商低，并不主动与我为敌，只是不可能拉拢而已。大概是她们体贴我这个老实人，不忍心让我过早卷入黑暗的政治斗争。

“比谁学习好，是学生的方式。但皇帝应该有皇帝君临天下的方式。所谓得民心者得天下，明浩以为思贤你能力不足，自己是民心所向，然而思贤你能够用自己的方式赢得更多的支持者，明浩也会识大体，不再与思贤作对。”

“可是……我能得到什么民心呢？”

“明浩脾气差，思贤就走亲切路线。保守派把明浩当领袖，思贤就努力让拥护派的人数超过明浩。明浩靠实力在男生之中很有人望，但据我所知，各班女生对思贤你一直十分看好。”

我点头：“明白了，我会努力寻求自己的支持者的。”

乔治端起餐盘，微笑着说：“另外，学习不要太拼了，健康毕竟是第一位的。”

可是所谓的拥护派成员，几乎全是女生，或者说几乎全部的女生，都是拥护派成员。

本来在帮助蓉蓉赶走摇滚乐队之后，女生们对我印象就非常好，何况身为高中男生，只要“学习、体育、颜值”三者有其一突出，就一定会得到女孩子的瞩目。本来我努力和她们保持距离，以免蓉蓉生气，或者别人说思贤除了会哄女生开心啥都不会，但现在我必须对支持我的女孩子们亲切。

“皇帝君原来不光是为人亲切，成绩也很棒啊！”

“听说思贤在以前的高中就是优等生。”

“而且他对女生非常温柔，和跩得要死的明浩完全不同！”

可以说之后女生们非常宠我，早上走到教室我指着我座位上的高塔流汗问飞羽这是什么东西，飞羽就无奈地笑笑说是各班女生送给我的手工坐垫，怕板凳太硬硌着我。

“这高达五米的东西是坐垫？！”我震惊。

“这是五十七张坐垫，嘿嘿嘿……”飞羽无力地笑笑。

我想象着最后一个女生颤颤巍巍地够到最高点，把送我的坐垫放上去，感觉真的好拼。

我背后杀气袭来，一个沉郁的声音响起：“既然是大家的好意，你就坐上去俯瞰众生吧。”

“我、我上不去啊。”

蓉蓉怒目：“那我就帮你把这碍手碍脚的东西拿开！”

天知道蓉蓉是怎么做到单手把小山一样的一堆坐垫拿到教室后排，她往地上一扔的时候，把坐在最后一排的胖子震翻在地。

到中午去食堂吃饭，我也是暴汗。六人一桌的小圆桌，每一桌都坐着五个女生，她们指着空位然后热情地招呼我："皇帝同学来和我们一起吃午饭吧。"

自然其他桌的女生不会答应，便派出自己桌的人嗖嗖地跑过去占住那个空位，而剩下四个人则赶紧邀请我去她们那边，这样一来她们旁边的同学，也全都如法炮制，只见午餐时间高三的女同学端着餐盘在食堂里飞快地变换阵型，规则是"让其他桌的女生没有空位，而保证自己桌一定有空位"，纵横跳跃地抢座，或者又呼啦一下全部撤离，如忙乱的群蝶一般令人眼花缭乱。

每天都主动使用轻功帮我抢饭的飞羽端着两碗拉面从远处飞跃过来，看着我眼前的一切，不解地问："大家这是怎么了？做游戏吗？奔跑吧姐妹？"

"总之你还是带我到楼顶天台吧。"我拉着飞羽的袖子飞快逃走。

反正大家就是太过热情了，总希望能够陪伴我做各种事情。我掏出习题集，就会有女生说"一起复习吧"；我戴上耳机，就会有妹子说"要不要一起听歌"；我在纸上涂鸦，就会有女同学惊喜地问"原来皇帝陛下也喜欢动漫，一起去图书馆借漫画书吧"。

这几天夜以继日地努力学习，加上应付这些活泼的女生，导致我超级疲惫，在午饭之后伸了个大大的懒腰，含混不清地说："好想睡个午觉。"

然后我赶紧指着眼睛放光的女生们说："这句话你们不准接！"

而"受到女生欢迎"这件事，又带来了另一个严重的副作用——

是被吃醋的蓉蓉一直找各种理由暴扁……

不，我是说，是遭到几乎所有男生的一致讨厌。

连我在内，几乎所有高中男生都有着无处释放的荷尔蒙，虽然不见得很懂怎么哄女生，但是内心是无比期望和可爱的女孩挨得很近，并看到她们可爱的笑颜的。收到一盒巧克力，即使只是装模作样地皱皱眉，说艾玛好麻烦啊，但其实整整一天都是心跳加速热血冲击的状态。

那么凭什么女孩子们喜欢和你相处，看我的眼神却像是看一块碍眼的顽石一样。

这个念头，足以让男生对另一个男生产生恨意。

我自然是呵欠不断的，女生们总会关切地对我说，虽然读书很重要，但是太拼就伤身体了，反而得不偿失。但是男生们看到我严重的黑眼圈时，就会酸溜溜地说，哟皇帝先不会治国平天下，倒是先学会“纵欲过度”了啊。

然后飞羽就拔出折伞直指对方，说希望你不要有意无意对思贤说一些很冒犯的话。

以前男生们不见得很喜欢明浩，但是相比明浩，我更让人讨厌，所以他们反而牢牢地以明浩为中心结成小圈子，尽管明浩仍旧不怎么理会他们，但至少明浩女生缘比他们还差，这一点还是值得引以为同伴的。

我压力巨大地对乔治说，不知为何好像年级的裂痕比以前更大了。拥护派人数虽然占优，但是明浩和男生们对我依然没有任何认同感。

乔治依然十分宽慰地对我说：“只要思贤怀着善意，大家总有一天能感受到你的意愿。毕竟高三年级的学生在学校里苦苦坚持了三年，从来没有人温柔地对待我们。”

第五章 派系之争

今天体育课，我参加完 1000 米跑步练习，身子已经沉重得不想走路，气喘如狗，而心脏也在拼命跳动着抗议说，再敢让我加班我罢工你信不信。

女生们照例围拢过来，把十几二十瓶运动饮料递到我面前。

“思贤喜欢甜橙味的佳得乐！”

“胡说，思贤喜欢的是可口可乐！”

就在大家争得不可开交的时候，蓉蓉拿着一大杯热气腾腾的菊花茶放在我面前，凶巴巴地说：“剧烈运动之后不能喝凉的东西！告诉大家，你要喝什么。”

“菊、菊花茶。”

本来就热得不行的我被逼无奈只能端着热茶狂喝，汗如雨下，感觉自己就像《猫和老鼠》里面那只中了霰弹枪的汤姆猫，无论喝进去多少水，都会从身上的弹洞全部漏出来。

飞羽关切地说：“陛下，你用不着这么拼嘛。皇帝的特权之一，是可以改变自己体育考试的内容，比如说 1000 米跑，可以变成 800 米跑。”

以后这种事情要早点说！

“对对，思贤和女生一样，参加 800 米测试就可以了，没必要和其他男生一样的。”

我不！别把我当成妹子，虽然是好意，但是我的自尊心受到了严重打击，我是个男生，怎么能和女孩子跑一样的距离？不行，无论如何我必须和你们区别开来。

比如说，我只跑 500 米就够了！

女孩子们叽叽喳喳的关怀，让男生们异常眼红。是个男生都会想坐在穿着运动服的身材曼妙的少女们当中，但是除我之外谁厚着脸皮踏出接近她们的一步，马上就会遭到严重的嫌弃，比如说“喂喂走开一点啦，不要让你的汗臭味飘过来！”

所以对我颇有敌意的男生，就对我大声说：“喂，思贤，一起来打球啊！”

说话的是个穿着蓝色运动服的胖同学，一张宽脸通红发亮，汗水把脸上的灰尘冲出沟壑，也让坚硬直立的短发凝结成柄，身上冒着蒸汽，衣服也沾满了草汁和泥土。

“可是我体育不行，跑完步已经几乎动不了了。如果我来打球，会坑队友的。”

“身为男子汉，能不磨叽？”

我知道这次打球的邀请，并没有友善的成分。即便如此，我还是记得乔治的话，尽量好脾气地对待每一个反对我的人，于是我说：“好的，等我休息几分钟就过来。打得烂，你们可不许笑我。”

“你不会打篮球？”男生冷漠地说，“身为2班男生，不会打篮球可真是丢人。”

我忍一口气啥也没说，反而是坐在我身边的月鹿极为不满地站起来指着他：“身为你们2班男生，你数学考试不及格可真是丢人。”

“月鹿，你就知道替这小子说话。”

月鹿将长发往身后一撩，叉腰居高临下地说：“那么传说中拿到炮灰卡的子溪同学，这一次你又是为哪位，想靠着鸡毛蒜皮的小事给皇帝添堵的家伙，充当炮灰呢？”

子溪的脸涨成猪肝色，连我都于心不忍。兰帝高中也真是的，炮灰卡这种设定算怎么回事？特殊技能是“强出头”以及“浑然不觉地替人蹚雷”吗？我能理解子溪，这种乱来的身份被人提起，一定是很生气的。

所以我赶紧转移话题：“大家，刚刚我们谈到了佐助和鼬，可真是火影世界里相爱相杀的一对兄弟啊。”

可是子溪却以为我在故意无视他，握着拳头怒气冲冲地跳到我面前，大喊：“喂，臭小子，你竟敢无视我！”

长点心啊大哥！我是不想让你被女生嘲笑啊！

然而子溪不可能真的打在我身上，因为飞羽就在我身边。她翻身跃起在空中腾跃一周，抬起线条优美的小腿轻轻一绊，子溪就在我面前扑通一声重重摔倒。

“敢对陛下动粗，我不会轻饶你。”

没想到子溪竟然像小孩一样撒起泼来：“那是你的陛下！我又不认可他！这个思贤到底谁啊！只会躲在女孩子背后靠女生保护，要让我服他？你哪点比明浩厉害？成绩体育都不如，甚至连我都不如！敢不敢和我比打篮球！”

虽然我也来气，就想用你的特长比我的弱项让我丢人，至于这么来劲吗？但我更多的是同情，因为女生们都在笑话他。

“快起来啦，多难看。就你这个样子还想挑战皇帝，皇帝就算打赢你都很丢人好吗？”月鹿无可奈何又有些嫌弃地说。

又不知道是谁说：“哈哈真是搞笑，喂，子溪，你强出头不成这么丢人，明浩管不管你？”

连蓉蓉也不禁皱眉：“真是明浩派你来找思贤打球的吗？”

是这样吗？我看了一眼在远处站着喝水的明浩，他丝毫没注意到这边的动静。难道在明浩心里，我的确不够资格拿到皇帝卡吗？碍于身份故意不亲自出马，让炮灰同学找我麻烦。拥护派和保守派之争，已经要渐渐明朗化了吗？

女生们对子溪的嘲笑越来越厉害，而子溪则在地上扭动着说，如果我不敢和他比赛篮球就赖着不肯起来。我实在是不忍心他继续成为笑柄，就赶紧说：“好好，打球就打球嘛，你先起来。我答应和你比赛如何？”

蓉蓉皱眉：“喂，何必给这种人好脸色啦！”

“就比试一下又不会怎样。”我朝子溪伸出手去，想拉他起来。

子溪闷声闷气地说："当真吗你小子。"

"嗯，咱们可以击掌约定。"

"哼，好！"子溪也伸出脏兮兮的大手。

我忽然有点后悔，不是因为洁癖，而是这大兄弟咬着牙满脸横肉一脸要咬人的样子，我猜就以他幼稚小脑残的尿性，一定会用力握我的手。我忍得住还好，忍不住叫出来，会在女生面前显得很丢人的。

然而一道黑影飞快闪过，把肌肉绽起的子溪像风吹落叶一样轻飘飘地撞飞。

是明浩。

子溪在空中声音沙哑："喂，你干什么明浩！"

明浩只是擦了擦竖立的头发，抱着篮球面无表情，说："你挡到我了，不好意思哦。"

明浩刚刚这是在替我解围吗？

他歪着头打量了我半天，然后伸出双手食指指着我："篮球比赛？哈哈。"

话音未落，他就像一阵旋风一样飞速离开。

蓉蓉拿着折扇的手微微颤抖："思贤，我说你……为什么总是自作主张。什么叫比试一下也不会怎么样？"

"就是即使我输了，只能代表我不擅长篮球，又没有关系。"

蓉蓉发火："你根本不明白兰帝高中的规则！年级与年级，班级与班级，人与人……挑战与应战绝不是随便输输都可以这么简单！任何比赛，都是有赌注的！"

"赌注？"

蓉蓉快速转身用折扇指着操场上的篮球架，问："思贤，为什么一共有十个篮球架，其中八个是空着的，但是我们高三年级的男生只集中在不空的两个篮球架底下拥挤地打球呢？"

"因为油漆没有干？"

"因为那八个不能用的篮球场，其中两个属于高一年级，六个属于高二年级。”蓉蓉痛切地说，“这是因为长期的败北，导致我们不得不咽下的苦果！”

飞羽也有些焦虑，右手轻轻搭在左手的手肘：“对这些不懂事的男生，最好的态度就是不予理会，答应他们的挑战，实在是毫无必要。”

在回宿舍的路上，乔治拉住心事重重的我。

“思贤，你为什么要答应和子溪比赛打球呢？”

乔治绕到我面前：“输掉比赛会付出代价的。”

“我一开始又不知道。我只是好心，不想子溪继续被嘲笑。”

“赌注是什么，他们提出了吗？”乔治着急地问。

“还没有定下来。”

乔治思虑良久，用力拍拍我的肩膀：“商定赌注的事情交给我，一定保证思贤你不会损失太多。”

在宿舍天台，大家围成一圈与我对峙，令我感动的是，乔治果然是站在我这边的。

子溪开口：“赌注就是皇帝卡。”

连子溪身边的伙伴都小声说：“喂，这太过了。”

乔治却分开众人，声音清朗地说：“不，这不过分！”

喂！说好的帮我不要损失太多呢！

乔治直视子溪：“以皇帝卡为赌注，你的意思是皇帝卡归赢家所有，对吗？”

子溪莽撞地答道：“怎么样，不敢？”

乔治嘴角扬起：“子溪，好样的，有魄力。我很赞成你的提议，如果思贤输给了你，皇帝卡就归你所有，一并连皇帝职阶的全部特权都赋予你。我们要何时与高二年级开战，夺回属于我们的荣光，也都如你所愿。”

子溪听到这话反而虚了起来，他身边的朋友也说不出话来，大家虽然看我不爽，但让子溪成为年级老大，似乎也是不可以想象的，赶紧阻止子溪，说别别别，真要称帝，我们会被高三其他同学砍死的，那就真的成了炮灰了。

“不啊，签了协议白纸黑字，子溪赢了以后当皇帝，就没人不服的。”乔治急匆匆地在纸上写下协议内容。

我才明白乔治这是欲擒故纵，他谈判的策略，好比牌桌上拿到一手烂牌，却通过把对方跟不起的巨大赌注全部压上，给对方造成极大的心理负担和错觉，逼迫对方不敢跟进提早亮出底牌。

“我不配拿皇帝卡，明浩总该有资格拿吧！”子溪果然开始慌乱。

没想到天台大门打开，明浩穿着松垮垮的校服站在楼梯间。

“子溪，喂喂，你随便招惹皇帝，还说什么打赌赢了皇帝卡归我，我可不记得我有拜托你做过这种事情。你要打赌可以，但是拜托你别把我扯进来可以吗？”

子溪青筋暴绽：“明浩，这小子各方面都不如你，由他来号令兄弟们，你能忍？”

“我能不能忍，也用不着一个炮灰替我强出头吧。”明浩嘴角扬起骄傲的弧线，他抬着下巴睥睨群雄地说。

“我只是不能眼睁睁看到皇帝卡落到弱者手上！”子溪感情澎湃地说。

“你觉得思贤是弱者，比你还弱，心里想着皇帝与其他当，不如你自己当，没错吧。由于你不好意思直说，还要借用我的名字，全年级学生都以为是我想抢这个皇位。”

子溪大吼：“那你觉得该怎么办！”

“与其白白担骂名，我不如就真的和思贤比一场吧。”明浩狡黠地对我笑笑，“话说回来，子溪你以区区炮灰身份去挑战皇帝，真的很不够看。小卒子要威胁老帅，好歹也要先过河吧。”

子溪脸色红一阵白一阵，显得无比尴尬。而明浩朝我伸出拳头，说：“我和思贤比赛投篮，赌注也轮不到别人来定，你们同意吗？”

什么？不但情形没有好转，反而我的对手还换成了校篮球队主力明浩？

为什么事情莫名其妙演变成这样的结果？乔治你使的好计策，真的不是故意把我引向陷阱吗？我心里飞快盘算，既然我一开始答应挑战的人是子溪，现在拒绝和明浩比赛，应该有理有据吧？可是这样一来会不会显得我太像胆小鬼，把皇帝二字看得太重，连应战的勇气都没有？

然而一旦答应下来，真的把重要的皇帝卡儿戏般地输掉，支持我的人们，蓉蓉飞羽月鹿，以及拥护派的大家，一定会对我感到无比失望吧！

这时乔治低声对我说：“答应下来。”

“可是……”

我硬着头皮下定决心，不再左右为难，只听凭内心的感觉，那就是乔治可以信赖，而明浩也曾经攻打女生宿舍，一样值得信赖。

我也伸出拳头，认真对明浩说：“好的，那就和你进行投篮比赛！”

男生们这才满意地发出嘘声，然后离开楼顶。我心事重重，苍劲的秋风令我头发凌乱。

“乔治，我们真的不是太意气用事了吗？”我无力地问。

乔治则温厚地拍拍我的肩膀：“思贤，把赌赛转到明浩身上，那就对了，这就是我的用意所在。”

“这是为什么呢？”我不解地笑笑。

“一个每天努力想要解救女生宿舍，却不希望有人提起他功劳的同学，能不能有那样厚的脸皮，来通过篮球赛这么无聊的事情，决定皇帝卡的归属？”

我隐约才醒悟过来，明浩如此孤高傲气之人，的确是做不出这种无理取闹的事情。

“他虽然放荡不羁，但本质比子溪还有那些兄弟们靠谱十倍。”乔治真诚地拍着胸脯，“我愿以自己的身份卡起誓，这条计策逼迫明浩出面，压制叫嚣的男生们，是为驱虎吞狼之计，如果不管用，就请思贤将我的谋臣卡裂卡除名吧。”

我虽然不知道裂卡除名是什么意思，但想来一定是类似于被开除这种极为严重的后果，乔治说得郑重，我也不再怀疑，只是给乔治完全的信任。

虽然乔治说，明浩断然不会用皇帝卡这么要紧的东西来作为赌注，可我终究猜不到他要是赢得比赛，会想得到什么。从这小子脸上我看不到任何端倪，下午的课我一直走神偷摸看他，他都十分夸张地趴在桌子上，鼻涕吹着泡泡呼呼大睡。

放学我抱着篮球准备练习，飞羽和蓉蓉站在我面前一言不发。

“你们都知道了？”

“都知道了。”蓉蓉抱着胳膊懒得瞧我，“既然你年轻气盛要和明浩这种狂人争胜负，那就去吧。不吃几回亏你不会懂得，为什么我建议你对于某些人要尽可能绕得越远越好。”

蓉蓉她……好像并不担心皇帝之权被明浩夺走？看她的表情，只像个担心小朋友走路摔倒的母亲，却丝毫并不担心孩子会有性命之忧。

“陛下，要我陪你去练球吗？”飞羽平常明媚的眼睛显得有些暗淡。

“你会打篮球吗？”

“我所擅长的体育项目，是武术，又以剑法为主。”

“那就是了。”我微笑着说，“好好陪蓉蓉去吃晚饭吧。”

然而我来到篮球场，乔治却把我拦住。

“我虽然不相信奇迹发生，但不拼一下就放弃实在不是我的作风。”我坚定地说。

“我不是不让思贤你练球，而是要注意，课外活动时间，学校篮球架归高二年级所有。如果要练习投篮，就去学校南门外日报社。思贤，需要我陪你吗？”

我歉疚地说：“你还要专程跑过来告诉我这件事，实在是给你添麻烦了。练球什么的我自己来就好了，再耽误你的时间我会过意不去的。”

我独自走出校门，阴沉的天空就降下蒙蒙的细雨。交通灯的光变成氤氲的光柱，在路边停靠的小汽车上细长的雨丝也碎成淡淡的薄雾。我披上外套快步走向报社球场，篮球只略略一拍就溅起泥泞，手和洁白的校服裤立刻留下了土黄色的痕迹。

来都来了，就努力练习吧。

我尽量回想初中体育课上我学到的浅薄知识，左手用来扶稳，右手手腕要灵活，腰部的力量要通过背脊传动到手臂最后到手腕，要稳稳把球送出，要注意抛物线。

可是，十投进一的数据实在是太过可怕啊！

我继续投篮，身后就传来轻笑声。每当我用力过猛投出篮外大空心，或者力量过小连篮板都擦不到就笔直下坠，身后的笑声就越来越肆意。

我生气地抱着篮球想看是谁想被砸，没想到雨中静静站立的，是在指尖上转球的明浩。他穿着篮球服，竖直的头发依旧根根直立。

“哟，投三分啊。”明浩大大咧咧地说。

“哼，这里的篮球架我占了，你去别处吧。”我很不客气地说。

“有什么关系，我不会妨碍你的，你当我不存在好了。就你的步法就算故意过来撞我也撞不到吧。”

我鼓着脸很不情愿地看着这个一直瞧不起我的家伙慢慢走到场中，不得不承认他投篮的姿势十分优美，身体笔直跃起就像挺拔的杨树，出手干净利落，干净得仿佛篮球在飞行轨迹中都不会被雨水沾湿。篮球入网的声音，安静得像一片树叶落地。

可是我好气啊！这混蛋大概为了故意表现我和他差得远，就以极为飞快的速度在我面前各种投篮啊，正投反投抛投上篮单手双手睁眼闭眼，总之好讨厌啊！

话又说回来了，这不正是我偷师学艺的大好机会吗！

我竭力模仿着明浩的姿势，竟然奇迹般地把手中的篮球抛进网中。

我本来心花怒放，然而看到这小子回过头来看我，我马上又板着一张脸。

“哟，蛮拼的嘛。”明浩懒懒地喝着运动饮料，问我，“为什么要这么拼呢？”

“啊？”

“就算赢了又怎么样？赢了我，男生们就会喜欢你了吗？”

我抱着篮球，低着头：“大概不行吧。”

“那就是了，有什么必要拼？你好好读书就可以了。当皇帝可不是只要讨好了全部人就可以这么简单啊。”

讨好……全部人？

明浩自顾自地说：“像我空有能力却没有人气，是当不了皇帝的，我很有自知之明。你呢？赶走摇滚乐队是为了得到女生的欢心，假装和颜悦色和男生打成一片，是想得到人望，可是皇帝的职责，并不是这么简单啊。”

我颤抖地把手中的篮球朝明浩砸去。

“喂！你干什么！”

我气得发抖：“明浩！你个蠢蛋！你每一天都有去对付凌冲吧！你和我都同时为女生们出力，为什么我看到你扛着双节棍的时候，会觉得你是个英雄！你看到我穿女装的模样，却说我只是为了讨好女生！”

明浩捡起篮球，目光有些惊讶。

“我不是觉得装女生讨喜，才要打扮成那个模样！而是以我打架的能力，正面突破的话，根本没有机会帮到蓉蓉和女生们！”我用力握紧拳头，“我和你不一样，你天生就那么厉害，而我资质有限，读书也好帮女生也好，只能去拼，不光要拼，还要得到蓉蓉、飞羽和月鹿她们的帮忙，才可以稍微做一些像样的事情，好让自己不至于觉得自己很懦弱！”

明浩拍着篮球，似笑非笑地并不回答。

“我没有你厉害！你想要我承认的话，我现在就可以承认！你觉得我这个皇帝不够格，我低头也无妨！可是在嘲笑我的同时，能不能想个办法，让支持你的保守派和支持我的拥护派不要继续分歧！毕竟只是一直在证明我不厉害，对整个年级一点帮助都没有！”

明浩一边瞄着篮筐，一边漫不经心地说：“话说是哪个家伙给你瞎吹牛，只要拿下我就可以平定混乱？连你都跟着犯蠢，什么拥护派、保守派，你把你和我看得太了不起了。”

“没错，我是不重要，假如没有那么多朋友帮忙，我能做的事情实在有限。但你不一样，你是骑士，是国之栋梁，你可以不把我当皇帝，我也绝对不会强求你服从我的命令，我们永远存在分歧也没有关系，你打败我让我丢人也没关系，但是能不能为高三年级贡献力量？”

明浩耸耸眉毛，好久才咧嘴笑道：“哈哈哈，是是是，公主殿下。想要我贡献力量，你现在就先从我手上把球抢走，然后投进篮筐。”

“我可不是在和你开玩笑！”

“但是看到你这种一本正经的表情我实在严肃不起来啊，转校生，哈哈哈哈！”

我虎着脸就去明浩手里抢球，可是这家伙竟然就像逗小孩一样，单凭三根手指就把篮球稳稳地举好。我明明不比他矮，可是他腾挪躲闪之间，仿佛制造了一堵无形墙壁将我和篮球隔开。我不惜犯规抓着他的胳膊去夺球，然而篮球就像皮卡丘一样灵活地顺着他的背脊滚到了他的另一只手上，实在是烦死人了！

然而这时候一伙人迈步走进球场，披着雨衣，头脸遮住看不真切。

他们远远地站在雨中，驼着背，语气不善地喊：“喂，明浩，你占我们场子了。”

明浩却不屑一顾：“你们篮球都没带，我占什么场子？”

对方一时语塞，却亮出了铁棒：“我们虽然没带球，但是带来了这个。”

我心脏一提，我的天，不会遇到不良少年了吧？兰帝高中周围也会有流氓混混吗？

我实在是不想惹这帮家伙，走上去说：“好，别说了，我们走。”

混混快步朝我走来，吓得我呼吸急促起来。我以为他要给我一棍，没想到他却用力搭在我肩上，压低声音说：“我们不爽的是明浩，这里不关你事，走远点就不打你。”

什么？我睁大了眼睛，明浩得罪人的范围之广，竟然连校外都有树敌？

明浩只是满不在乎地拍着球，仿佛被人围殴也不是一次两次了，根本不慌。

“有什么事不能好好谈吗？”

没想到混混竟然把头低下来，在我耳边说：“真没你事，你快走吧。打架要是把你扯进去，你会被学校记过处分的。”

说完这话，不良少年径自绕过我，挥着铁棒朝明浩走去。

我想伸手去抓住离我最近的家伙，却被泥泞滑倒在地。膝盖磕在水泥地上痛得钻心，而我恐惧地想象着，要是被铁棒敲在身上，一定会比这还要疼痛。

打架斗殴什么的，虽然小时候没少和同学干仗，但像现在这种古惑仔一般的械斗，是我想都没想过的。我感到慌张害怕，没、没必要趟这浑水吧？我只是来练球莫名其妙被打一顿算什么？也许会受伤也许会骨折，而且还有记过处分呢，凭什么啊！

我在人群的夹缝中，看到明浩脱下外套，面无表情地活动着手腕。他闭着眼睛，我却分明感觉得到，明浩一点都没觉得害怕，眼前的不良少年和铁棒板砖，在他眼里就像纸糊的玩具一样可笑。可是他平时桀骜的笑容被夺走了，夺走这笑容的不是恐惧感——

而是寂寞。

以一敌八已经足够寂寞足够悲情。

更悲情的是，这似乎不是明浩第一次一个人参加群架了。

我脑袋又不好使了，明明计划着溜边逃走，然后跑派出所报警，就像当天在女生宿舍计划着拍照作为证据，向学校提起申诉。可是当天我最终决定像傻瓜一样站出来，现在好像，也想像傻瓜一样去战斗。

明浩已经和不良少年们缠斗在一起，他钻到篮球架底下，利用篮球架为自己提供尽可能多的闪躲空间，露出精壮的手肘，大手一把将砸下来的板砖打掉，反手就是一拳砸在对方头顶。可是对手毕竟人多手杂，明浩招架得再厉害，也难免被铁棒重重打在肩上，立刻就是一条赤蛇般的伤痕。

我举起篮球朝不良少年砸去，投篮的时候未曾这么准，现在却把正要从后面偷袭明浩的家伙砸翻在地。

“喂，在我面前打我同学，当我不存在是吗？知不知道我思贤在以前的高中，打起架来大家都管我叫爸爸！”

不良少年们一愣，然后就有两人恶狠狠地举着棍子朝我扑来。

我可不像明浩这么善战，可是我必须站在这里，握紧拳头，不能闪避，不能退缩！

因为只有这面积一平米的立足之地，是属于我的最佳战斗地点！

只见不良少年恶狠狠地喊“思贤你挺带种啊！”疾跑着朝我杀来，然而就在离我还有十公分的时候，砸下来的铁棒突然一矮，擦着我的袖子飞快地掠过我的身边。

紧接着我身后的砖堆传来被撞塌的声音。

殴打明浩的混混们闻声回头，发现两位同伴满地找牙地躺在砖瓦堆中，感到无比震惊。

我则掰着手腕：“我说了都得管我叫爸爸的。”

最为震惊的应该是明浩，他很清楚我思贤只是个战斗力等于五的渣渣，为什么能够在瞬息之间把两个凶恶的家伙放翻在地。可是等他看了看我站立的地方，就咧着嘴笑了起来。

我虽然力气不行，但脑子还是很有自信的。将雨天、水泥地、青苔三种元素放在一起，我就可以获得制胜契机。

没人告诉你们下雨天开车要低速行驶，否则就会打滑吗？

这可是我刚刚摔了一跤得到的经验，现在在我面前留下四道青苔滑痕的两位兄弟，我把这经验传授给你们，完全免费，不必谢我。

“皇帝，没想到你会像救女生一样救我明浩，还好我以前没得罪你。”明浩擦了擦拳头上的血迹，突然发狠，把面前的两位混混左右开弓两拳打翻在地，然后冲到我身边，和我背靠着背。

不良少年有些犹豫，小声地商量着，光是一个明浩就挺难缠了，现在这思贤一秒干翻两个人，他们八打二还能不能行。

砖堆里的大兄弟挣扎着站起来：“不要慌，这个思贤根本就不会打架，刚刚是我们踩着青苔滑倒的，兄弟们给他俩一顿臭揍啊！”

可恶，这么快就被识破了吗！

眼见八个人再次围拢过来，虽然都带着伤，可是怒气更盛，局面比刚刚更加危险。

“喂，明浩，该怎么打！”我希望打架也能像篮球一样，可以现学现卖。

明浩的眼神，分明已经不寂寞了。

“喂，思贤。”明浩压低声音。

“说。”

“我们跑吧。”

我呆在原地，比起想打残这八个大兄弟，首先想打残的是明浩。如果这是在动漫里面，我已经抱着他的头狂啃，然后说：“那你刚刚为什么不跑！刚刚和我一起跑了那不是啥事没有！”

“从来我明浩一个人，无论什么架都要打完，就不知道还有个跑字。”

他回过头来英气勃发地笑着说：“但这次，还有你在啊。”

刚刚不走是不想失去可笑的面子，现在想跑却是为了照顾我？

你拿我当妹子是怎么的！

可是现在想走已经没那么容易了，八个混混团团围定，眼见只有拼一枪杀出血路，才有机会脱身。

面对砸来的铁棒，我下意识地举拳去挡。

没想到铁棒在砸下来之前，就已经断成两半，断面闪烁着耀眼的银光。

被斩断的铁棒落地发出清脆的声响。而在不远处有一个少女婷婷的影子，她站在雨中拿着折伞，不是撑开，而是将锃亮的伞柄，像握剑一样握在手里。她虽然身形娇小，杀意却无比惊人，细雨落在她的肩上，便立刻沸腾化作蒸汽。她睁开眼睛，在逆光的暗影中，眼睛发出赤红的光芒。

“飞羽，你怎么来了！这帮家伙有武器，你别靠近！”我大喊。

明浩却嘻嘻笑着：“我要是你，就该为混混们祈祷了。”

“什么？”

只见飞羽潜入暗影，化作一道凌厉之极的电光，在眨眼之间流经我面前的包围圈，只在一呼一吸的刹那，八个混混像花儿绽开一样以我们为圆心同时向后一翻躺在地上。

飞羽收回宝剑——应该说把折伞收起来——然后走到我身边，十分生气地板着脸，踮起脚尖把手放在我的脸颊上。

我刚想说脸颊并没有受伤，然后就立刻在她的重揪之下受伤了。

飞羽痛切地说："都告诉过你了，只要和明浩扯上关系一定没有好事发生，你偏不听！老有人想揍他又不是一天两天，思贤你管得过来吗！像他这种狗不理自己挨打就好了！身为皇帝你要懂得躲避伤害！"

"可是飞羽，在这次打架事件里给我带来最大伤害的人就是你啊！痛痛痛！"

飞羽赶紧收手，愠怒地噘着嘴，明浩则在旁边没心没肺地笑个不停。

飞羽看到我膝盖上的擦伤，连忙从书包里取出清水帮我冲洗伤口，然后拿出白色绷带替我缠好，令我十分不好意思。

"以后不许再做这种愚蠢的事情了！反正像明浩这种家伙，你对他如何好都是白搭，他可不会感恩戴德，他从来就只知道独来独往。"

雨水顺着我的头发滴落，我小声地说："以后有我们这样的朋友，明浩就不必独来独往了。"

飞羽的包扎微微有些停下。

她站起来气呼呼地看着明浩："喂，为什么要在这里打架，还把思贤扯进来？"

明浩满不在乎地耸肩："我一直在这个球场打球啊，我又不知道今天谁要揍我。皇帝自己来这里练球，也不是我邀请的。"

"知不知道打架斗殴会遭到记过处分的！反正你记过通知书拿到手软没关系，但是干吗要影响思贤啊！"

明浩笑嘻嘻地说："有什么关系，皇帝可以用特权为自己免除处分，虽然必须有一个人代为承担，那就是我来承担双份责任嘛，反正我记过通知书也拿到手软。"

我却忧心忡忡："飞羽，这件事可别告诉蓉蓉。"

"你就这么害怕你那小皇后吗？皇帝。哎哟，飞羽，你怎么一言不合就抽我！"

飞羽鼓着脸嗔怒地对明浩说："你，给我认真地握个手谢谢陛下吧。毕竟陛下刚刚有帮你打架。"

明浩难得没有露出一副玩世不恭的笑容，而是愣了片刻，一本正经地说道："我不喜欢和男生握手。"

"哈？！"飞羽愕然。

"非要谢谢你的陛下的话，我说几句忠言吧。做人太天真善良会吃亏的。这里是兰帝高中，可别随便相信任何人。虽然你是老实孩子，而飞羽又太正直，好在你的小皇后倒是蛮善于谋略的，有事多向她请教。"

说罢明浩披起外套大步走去，我看着被雨水冲刷一新的篮球，就默默地将它抱起，然后转身跳投进网。

"喂！明浩！你给我回头看看！"我兴奋地说，"你说过如果我把球抢下来投进篮筐，你就给我个面子，让大家团结起来，说话算话吧！"

明浩并没有回头，只是大喇喇地挥着右手，朝学校南门的方向走去。

飞羽打开折伞撑在我的头顶，然而现在根本没有打伞的必要。

沉闷了整整一天的阳光，在最后一刻刺破重云，将原本阴暗的雨云燃烧成温暖耀眼的赤金色，这一刻暖意洗去了湿漉漉的冰冷，和风吹去我发梢的雨滴，也让明浩的衣角帅气扬起。

打架的事情是我们三个人的秘密，我忐忑不安地希望这件事情就这样蒙混过去，不要被学校查出来给我记过。

但是投篮比赛这件事，却无论如何都躲不过去。

第二天在篮球场，全班同学围成一圈，我和明浩穿着运动服抱着篮球相对而立，女生们穿着清凉的啦啦队服为我加油，而男生们则发出阵阵嘘声。

蓉蓉难为情地摇动着手中的绒球："我为什么也要打扮成这个样子。"

飞羽则活力十足地摇晃着蓉蓉的双臂："来都来了就别假装不好意思嘛！是谁在大家试衣服的时候，主动问了一句有没有 S 号的啦啦队服。"

"你、你不要乱说话！"蓉蓉害羞得举起绒球在飞羽脸上乱拍。

连蓉蓉都降下身段来为我加油，我不由得十分感动，就更加担心自己输掉比赛会让拥护派的同学们失望了。可是我到底在幻想些什么？我本来就没有一丢丢可能性可以赢明浩。

这小子会放水吗？他要是真的让我赢下比赛，一定会被大家瞧出端倪吧？

随着一声哨响，明浩把篮球抛给我，比赛正式开始。

规则是两个人分别站在篮球场上十个固定的点位进行投篮，进球更多者胜。明浩满不在乎地戴着耳机，以十分帅气的姿势率先投入一球，丝毫没有要放我一马的意思。

而第一个球，我却没有投进。

明浩接二连三地将篮球投入网中，眼见我和他的分差越拉越大，女生们也开始躁动起来。只见大家先是整齐划一地喊口号“明浩明浩，假装狂傲，以强欺弱，真不害臊”，然后过了一会儿连体育老师都看不下去了，大声嚷嚷：“喂，别扔飞镖干扰比赛啊！”

难不成我的支持者内部，还有“忍者”这样神奇的职阶吗！

保守派的同学们，则显得十分快意。

明浩始终不为所动，一直认真地把球投进篮筐。到后来我们的差距已经十分悬殊，我也就释然了，认真注视着他投篮的潇洒姿态，心情不由得轻松起来。

明浩就是这个样子才对嘛，闷不吭声地全力以赴，想好的事情不会被别人的想法所动摇，他要是会因为我昨天和他一起奋战就故意放水，那才显得奇怪。

结果比赛以十比二的悬殊比分画下句点。

子溪粗重的嗓音在场边响起：“怎么样，转校生，没话说了吧？愿赌服输，把皇帝卡交给明浩吧！”

飞羽也着急了：“明浩，你可不能恩将仇报！”

蓉蓉狐疑：“恩将仇报？”

飞羽挠挠头看着天空：“没……没什么。”

明浩只是懒散地拍着篮球，对喧腾起来的人群无动于衷。过了好久他才摘下耳机，笑着问：“我为什么要拿皇帝的学生卡？”

“明浩，你赢了比赛，证明你比转校生更有资格领导大家啊！”

“我才懒得把这么麻烦的事情揽在自己身上。”明浩悠哉地歪歪脖子，“况且我也说过，既然是我和思贤的比赛，赌注应该由我们自己来商定。”

明浩指着我认真地说：“你，既然输了我八个球，接下来八个星期的体育课，就由你给我买饮料吧。”

哈？

明浩假装疑惑：“有什么难以理解的吗？兰帝高中的规矩就是这样的，比赛打球，输家买饮料。男生女生比赛考试成绩，男生赢了就可以和女生约会一天，女生赢了就可以让男生调座位到一个不碍眼的偏远角落。为什么到我这，投个篮就要决定谁才是皇帝了呢！”

子溪气得咬牙切齿：“明浩，你别浪费我们苦苦为你寻找的扳倒转校生的机会。”

“奇怪，我又没拜托你做这种事情。”明浩表情夸张地摊开双手。

“你……”

“各位，以后自己想当皇帝，就请自己去和思贤商量嘛，比如我想和你比赛跑步，赢家当皇帝，比如我想和你比赛打 LOL，赢家当皇帝，大方一点就行了，用不着把我明浩牵扯进来啊。”

在男生中间乔治悄悄向我竖起大拇指，我这才真正明白乔治当天所想的计策。

“我愿以自己的身份卡起誓，这条计策逼迫明浩出面，压制叫嚣的男生们，是为驱虎吞狼之计，如果不管用，就请思贤将我的谋臣卡裂卡除名吧。”

子溪愠怒地说：“可是明浩，你难道认可这种毫无亮点的家伙来担当皇帝吗！”

明浩只是微笑，而乔治却站了出来，中气十足地说：“思贤适不适合当皇帝，现在下结论恐怕为时尚早。不过我至少明白一点，不论古往今来的帝王，姑且只看兰帝高中以往的皇帝们，不一定非要是面面俱到的全才。或许你们觉得思贤不厉害，但至少现在，他并没有做出过伤害高三同学利益的事情，我没有反对他的理由。”

乔治的话有理有据，就算我是千古一帝秦始皇，我也得几十岁以后才可以一扫六合统一天下吧？我才刚刚来兰帝高中几天，尚且没立下什么功劳就忙着撵我下台，实在是太说不过去了吧！

果然这番话令保守派冷静不少，男生们有些怏怏不乐，却不再找得到反对我的理由，正准备离开球场，偏偏这时候学校广播，好巧不巧地播放了这样一段通报——

“高三年级的思贤与明浩二位同学，因为昨天在校外聚众斗殴，严重违反了学校纪律，影响极其恶劣，现经德育部决定，给二位同学以记过处分，并剥夺该班级本月评优资格，希望类似现象，不要在我兰帝高中再次发生。”

原本已经准备安静离场的保守派同学，顿时如同打了鸡血一般，瞪着眼睛同时回过头来。

子溪咬牙笑道：“乔治，你说的只要转校生没有损害班级利益的事情，我们就没理由反对他，是吧？那他打架被学校记过，影响班级评优这件事，你怎么说？”

蓉蓉也表示震惊：“思贤？你去打架？”

飞羽则着急得不行，小声地嘀咕道：“叫你把锅全部甩给明浩，你怎么不听！”

我要是随便就卖队友，一开始我就不帮他了好吗！

附近有人阴恻恻地说：“咱们的皇帝可真有意思，到高三才姗姗来迟，不但没有尺寸之功，刚来就打架斗殴，吃了个记过处分，咱们年级可真是赚到了。”

飞羽立即大声说：“思贤并不是无故打架，是因为昨天练球的时候，看到有不良少年要围殴明浩，看不下去才出手相帮的！”

蓉蓉回过头来惊讶地盯着我：“思贤你有出息了啊！”

飞羽你知不知道这种事情被蓉蓉知道我会变得凄惨无比！

“开什么玩笑，呵呵。明浩同学打架是什么实力，这个思贤是什么实力？明浩用得着他帮忙？恐怕是他自己挨揍，明浩看不下去出手帮他，这才被拉下水了吧。”

这句话又不知道是谁说的，我感到十分气愤，而明浩则淡漠地抱着篮球，既不着急反驳，也没有澄清事实的意思。

“就算是不良少年是冲着明浩去的，这件事也很值得玩味。在昨天将明浩胖揍一顿，谁得到的益处最大呢？结论不言自明。”

子溪得到这句话的提示，于是甩着胖乎乎的胳膊说：“没错！说不定打架事件就是转校生的阴谋，把明浩打伤，好让明浩在今天的投篮比赛上不能发挥出色。为了赢可以不择手段，转校生，你可以的！”

蓉蓉也将手中的团子一扔，对子溪严厉地说：“炮灰，说话要带点脑子。根据兰帝高中条例，对他人恶意诽谤，中伤名誉，在真相查清之后，皇帝是可以对你进行很严厉的追责的！”

子溪的脸红一阵白一阵：“哼，这么替你的小皇帝说话，已经把自己当成他的谁了吗？”

蓉蓉气得脸色发白，飞羽则抽出折伞直指子溪：“对女孩子说话要注意一点。”

这时那个冷冷的声音再次响起：“瞧吧，皇帝这才刚来几天，原本气氛和睦的高三年级，立刻就变得鸡飞狗跳了。”

保守派的人群情激愤：“我们不要一个狡猾的皇帝！”

拥护派的妹子们也一齐发飙：“你们是不是脑子不好使！”

现场气氛如同烈火对抗暴雨，火药味越来越重。

的确如那个声音所说，我所做的一切努力，似乎都在让高三年级意见不同的同学们，产生越来越大的分歧。我的确能力不足，更何况我十几年来，从未有一天异想天开到去认真思考“我若成了皇帝，该有怎样的‘施政纲领’”这种问题，所以很抱歉，我是给大家添麻烦了。

你们可以说我是笨蛋，可以说“假如你不知道该做什么才好，我希望能给你一些建议”，但是假如你们要说我大搞阴谋，是个狡猾的家伙，试图让高三年级变得翻天覆地，这个锅我绝对不背！

于是我走上前去，盯着子溪的眼睛：“子溪，大家都是高中生，在其他学校无非就是个只知道要好好读书，要和朋友愉快玩耍的年纪，我刚刚从别的高中转校过来，所以我也还是这么一个状态，根本不懂得什么斗争，也不懂得什么阴谋诡计。但是我想问，你哪来那么一肚子坏水，把我想得这么阴险。明浩挨揍，身为同学只好去帮忙，事情就是这么简单。难道这种状况你不会去帮忙打架的？”

子溪丝毫不让：“只会说漂亮话是不可以服众的！”

“这不是漂亮话，这是我的真实想法。”我平静地说，“我虽然不是笨蛋，但对阴谋诡计的套路，确实一窍不通。假如就因为这样你们认为，我就不配当这个皇帝，我是绝对不可能认同你们的！至少我认为，像我这种虽然很笨却真心想帮助大家的人当皇帝，会好过换一个整天用阴谋论来揣度别人的家伙当皇帝。”

我上前一步，拍着胸口说：“所以有什么挑战，你们尽管提出来。要怎样的人才值得你佩服，我就努力做给你看！”

蓉蓉用力拉我的衣角，轻轻摇头，我却不明白她是什么意思。

子溪粗声说：“哼，我只服篮球打得好，有爷们儿气质的人。”

女生们发出嘘声：“干脆不如说你只服比你胖的人，和皇帝比体重的话，你的赢面就非常大了。”

有别的男生站出来：“至少，要敢于和高二年级正面对抗！”

我在月下天井和高二年级正面对抗的时候，你们还在梦里！

还有男生不服地说：“要让我们航模社的人服你，就做出比我们更好的航模！”

仿佛保守派的学生们正在进行一场表演，如果能在某方面胜过我，能显得比皇帝技高一筹，就可以当保守派同学们眼里的大英雄，就可以往自己脸上贴金。

蓉蓉无奈地摇头：“真是越来越一塌糊涂了。”

飞羽也目光凛然地说：“诸位不要无理取闹，拿兴趣爱好来决定皇帝大权，难道不怕其他年级的学生笑掉大牙吗？”

“那简而言之就是，这也不敢比那也不敢比！”保守派的学生们不屑地说。

乔治正色分开人群走出来，说："那你们敢和思贤比学习成绩吗？"

这句话令喧闹的球场暂时冷静下来。

"身为学生，以学习为第一要务，这一点大家没异议吧？"乔治环顾四方，义正辞严地说，"在其他高中，成绩好的同学担任班干部，也是十分正常的事。所以与其用不靠谱的个人兴趣爱好来挑战思贤，你们敢不敢正常一点，用最公平公正的考试成绩来决胜负？"

子溪等人立刻就蔫吧了，保守派的学生们自知自己实力有限，但是又实在无法反驳乔治的提议，当他们看到明浩的时候，就勉强答应下来。

"下次月考的第一名才有资格担任皇帝，挑战的内容就决定是这个了！"

我点点头，答道："一言为定。"

双方的矛盾终于暂时化解，虽然这只是权宜之计，但是能换来一时和平，总归是件好事，我松口气，对乔治投去感激的目光。

成绩的话，我还是有自信的。乔治把挑战内容引到学习考试上来，正和我原本转校的目的不谋而合，我心中是大大的情愿的。

然而等到大家散去，蓉蓉依旧站在原地，用力将毛茸茸的团子压得很扁。

"咱们也回去吧，蓉蓉。"

蓉蓉突然抬起头来，眼眶微红，显得十分生气，声音却无比低沉地对我说："你可真是……天真无邪莫名其妙。"

我不由得也忧愁起来，强打笑容问蓉蓉："怎么了？这结果不是蛮好的吗？"

"到底哪里好了！就在刚刚，人家就在你面前，对你发起了一场政变！你倒好，不但一点警觉性都没有，还乐得给人数钱！"

我的心微微一沉："政变？我怎么有点搞不太懂……"

蓉蓉倔强地仰视着我的眼睛："为什么要答应和他们搞什么比试？"

"是希望大家能够不要那么反对我啊。"

蓉蓉痛心疾首地说："可是你是皇帝，皇帝可以不需要做错任何事，就有一大堆反对者。因为皇帝的权威在你看来不知道可以如何运用，在很多人看来却是能够实现个人价值甚至是满足个人私欲的神器！他们反对你并非因为你能力不足，单纯只是因为自己想要窃取至高无上的权力！”

呃……你这样把同学形容得也太坏了吧！

蓉蓉继续又低落又生气地说：“可是皇帝生来就是皇帝，哪怕他才五岁，哪怕他身边的能臣再有天大的本事，君臣的身份都不可以更改，通过比赛决定皇权归属什么的，更是不可想象的蠢话！蒙恬敢不敢对秦始皇说，皇帝，你射箭不如我，所以你退位让贤吧，让我身登大宝。韩信敢不敢对汉高祖说，皇帝这大半的江山是我打下来的，你功劳不如我，干脆金銮殿不如就让我坐吧。为什么到你这里，你那么痛快地就答应了呢！”

我被教训得全无自信，低声问：“那像刚才已经无法服众的时候，该怎么办？”

“对于这些人就应该用铁腕手段！”蓉蓉小小的个子迸发出惊人的气势，“像子溪那种家伙，抓起来好好收拾一顿，以儆效尤，什么保守派，就知道厉害了。”

要、要采用怎样的铁腕手段！我已经开始脑补子溪在寒冬腊月里被冻成冰雕屹立于学校的喷水池上，或者是在雷雨交加的夜晚，被绑在避雷针上，还有人在旁边邪恶地说：“如果你真的是忠臣良将，应该立刻就会云烟消散，雷是不会劈中你的。”

幸好蓉蓉赶紧补充道，比如让子溪一个人把一整个学期的卫生全部打扫。

蓉蓉本质上还是一个温厚的好孩子，我不由得松了口气。

我勉强挤出笑容：“可是蓉蓉，为什么你就默认我已经输掉了考试比赛呢？”

蓉蓉的大折扇当头砸下。

“你忘了你功课还落下两周这件事吗！”蓉蓉怒目而视，“你的胜率有多少？如果你输了谁有可能成为最大的赢家？一直以来的年级第一名是谁？”

飞羽在一旁也不敢大声说话，只能小声搭茬："是明浩。"

我立刻摇头："不对，明浩不会这么做的。"

"哈？"蓉蓉歪着头又给我一折扇，觉得我无可救药，说，"你可别天真到以为帮他打了一架，他就会领你的情！"

"可是如果明浩要自立为王……这三年来哪天不是机会呢？"

"这三年来无论哪天都没有机会！因为名不正言不顺！"

蓉蓉已然无语，似乎觉得在我这样一个政治和谋略的白痴面前，恶补政治课也没有用，只好气呼呼地转过身去，对我说："总之你要犯天真幼稚病，我想拉住你已经晚了。兰帝高中历史上被同学用阴谋轰下台的皇帝，反正你也不是第一个。"

"对不起。"

我没想到蓉蓉会为这件事恼火纠结到这个地步，比起内疚，我先是觉得感动。虽然蓉蓉总是一副恨铁不成钢的表情，可是在我遇到磨难，或者被人带到坑里的时候，她比任何人都要着急，在共赴患难的时候，往往有些平时看不到的真挚情谊，会显得熠熠发光。

于是我全无心机地说："到现在我才明白，蓉蓉内心是希望我一直当这个皇帝的。"

突然蓉蓉和飞羽的脸上同时飞起红霞，而蓉蓉更是一副瞬间高烧的模样，手中的折扇也开始微微发抖。

飞羽也紧张地对我说："陛下你……为什么要说禁忌的句子？"

这句话到底哪里禁忌了嘛！事实难道不就是这样吗！

然而蓉蓉已经气得糊涂，她的斗气比昨天在球场上手起伞落砍翻混混的飞羽还要燃一百倍，白纸折扇也恍惚间燃起了熊熊烈火。

她迷迷糊糊地说："我明白了，反正这个皇帝迟早要被别人推翻，那不如我亲手把他终结掉好了。至少这样，不会有遗憾……"

而飞羽则一脸慷慨赴死的表情回头对我说："快撤陛下，因为你提到了禁句，所以皇后已经魔化了，虽然皇帝和皇后发生冲突的时候我最两难，但就现在而言，蓉蓉的战斗力是一万而你的战斗力依然只有五，所以我还是先保护你吧！跑得越远越好，我会把蓉蓉挡到最后一刻，不论以后我还能不能在你身边，请陛下答应我，要带着笑容活下去！”

女孩子天生都是老戏骨啊！这突然间又在唱哪出啊！

可是现在还是先撤为妙！我抱着脑袋快步跑开，折扇、鹅卵石和栀子花盛开的花盆，不断朝我砸来，我一路狂奔，就像二战炮击阵地上苦苦挣扎的老兵。

我毕竟不放心飞羽，怕她被凶狠的蓉蓉打伤。

然而我看到的一幕却让我直接摔倒。

只见飞羽像安抚小妹妹一样拍着蓉蓉的头，温和地说：“相信刚刚那句话，思贤不是在故意占便宜，只是想表达一种伙伴相互信赖的心情而已。思贤是非常单纯的孩子，他要是真的懂得追女孩，恐怕就……”

“恐怕早就有属于自己的后宫了吗？”

“不不，岂敢岂敢。”飞羽谨小慎微地说，“他会在救下蓉蓉打跑摇滚乐队的时候，突然把假发一扔，一秒钟变装成男生，校服变成长袍在身后飘扬，然后把蓉蓉揽在怀里，霸气炫酷地说，你是我的皇后，是我的女孩，除我之外任何人胆敢对你不逊，我必让他付出代价。”

蓉蓉被转移了注意力，反问：“原来你喜欢这种类型的啊。”

飞羽脸一红：“蓉蓉你可不能这样，我在说你的事情呢。”

看到两个可爱的女生在诡谲的一天之后，最终还是把话题转到“青春恋爱”的方向上，我不由得略微松了一口气，突然觉得无论关于宫斗和诡计的 COS 剧大家演得多像，本质上，同学们只是单纯善良的高中生而已。

蓉蓉看到我傻乎乎地回头微笑，就拍着扇子对我说：“听好，晚饭以后来找我，我来给你安排晚自习的事情！”

说完蓉蓉像骄傲的公主一样转过身去，将蓬蓬的校服裙略微抖了三抖，才趾高气扬地和飞羽一同离开。

而直到目送她们远去，我都未能明白，我刚刚那句话到底为什么就触犯了禁忌。

第六章 不靠谱啊！白骑士团六人！

晚饭后，我如约在教学楼下的花园等候蓉蓉，看见她背着书包走来，我快步上前把可爱多蛋筒递给她。

“今天让你费心，真是过意不去。请你吃雪糕！”我笑嘻嘻地说。

蓉蓉傲娇地接过去撕开包装轻轻咬了一口，顿时整个气场完全变了。

“草、草莓味！”蓉蓉幸福地捂着脸颊，“果然草莓和香草是最棒的搭配了！在辛劳一天之后吃一个蛋筒冰淇淋，真真是极好的！喵呜喵呜。”

蓉蓉仰起头来，带着少女的红晕和如栀子花般清甜的笑容对我说：“谢谢你，思贤。”

难道有人想下毒害朕却不凑巧被蓉蓉吃下去了吗！

我刚想说“喂别吃了！如果这个世界上存在一种叫做‘千娇百媚散’的毒药，肯定就是这效果没跑了”，蓉蓉就恢复了平时对我不屑一顾的傲娇表情。

“以后你买冰淇淋，不准买草莓味的。”

“这有什么说法吗？”我嘴角微微抽动。

“我……我是一个非常容易被冰淇淋影响心情的人。不能让草莓这种小女儿气质的口味，影响我对大局的判断。”蓉蓉叉着腰颇为威风地说。

原来蓉蓉吃不同口味的冰淇淋，就会变换不同的心情，真是奇妙的设定！好，以后你准备揍我的时候，我一准把草莓口味雪糕作为贡品献上，假如可以换我一条生路，便可以说不亏。

蓉蓉指着教室说：“你，去把书包拿下来。今天的晚自习，不在教室上。”

“那去哪？”我好奇地问。

蓉蓉眼睛一瞪：“去皇帝的‘别墅行宫’。”

“哦哦，好。”我听话地答道。

等等……

“别墅行宫”的意思，难道就是“别墅行宫”吗？

“我……”

“不准说我的天哪这么神奇吗。”

我被蓉蓉硬生生地堵了回去，眨着眼睛兴奋地问：“我作为皇帝居然还有专门的住所吗！还是别墅这种高端大气的概念，感觉有点犀利啊！哎，我用不用付房租？可不可以自由地在休息时间躺在舒服的大床上看漫画？有没有阿尔弗雷德这样的管家？”

突然觉得当皇帝的福利有点好的呀！

蓉蓉扶着额头：“你该不会从来没研究过当皇帝有什么特别的优待吧？为了方便‘外交’和联系下属，皇帝有自己的特别居所，就是所谓的别墅行宫，还有专人厨师帮助你准备‘国宴’，管家服务也可以提供。身为皇帝还有图书馆特别借阅权，甚至连今天食堂要做什么菜都可以由你决定。我说思贤，这些你都没研究过吗？”

“如果我说真没研究过……会不会挨揍？”

蓉蓉额角挂着大汗珠：“算了，是我不好，我早就该意识到你这家伙并没有当皇帝的觉悟。那啥，这也算是你的一个小优点，在不知道皇帝能得到什么优待之前，就先努力地为人民服务了，还挺了不起的。”

蓉蓉居然在夸我吗！难道说草莓雪糕的药劲儿还没过去吗？

“别发呆！快去楼上拿书包！”

在拿书包的时候，我注意到教室里少了好几个同学，心里有些惴惴，难道今天大家吵架的事情影响到同学们上晚自习了吗？我把这件事告诉蓉蓉，蓉蓉只是漫不经心地摇头，说过会儿我就知道了。

绕过教学楼后落满银杏的花园，再踏着青石板路，在芳草青青的小缓坡上慢慢上行，前方是一片郁郁葱葱的树林，在高大的树干上有鸟儿们的小木屋，树下是低矮的灌木丛，不时有小松鼠眨着机敏的眼睛抱着橡果，警惕地打量着周围，看见我们到来，就飞快地钻到灌木丛中去。树林再往里走是剔透的玻璃花房，在暖色的夜灯下，花房的玻璃上凝结着水晶般的露珠，而郁金香、百合和玫瑰花，就在老式唱机悠扬的小夜曲中，如少女般婉约地安睡。

而传来小夜曲的地方，就是今晚我将要用来上自习的，传说中的“别墅行宫”。

我抬头望着这栋建筑物在月色下伟岸高耸的影子，心中暗暗吃惊。

我的天哪，要是我得自己打扫卫生，这千来平米的地面我扫一遍要花几天啊！

“就不能稍微想点有出息的事情吗？”蓉蓉无奈地说。

可是我并不是一位善于压迫人民的皇帝！我可从来没想过让同学们来帮我打扫卫生！

别墅是红砖尖顶的欧式建筑，在墙壁上有翠绿的爬山虎，虽然茂密却打理得十分用心，所以即使呈现出已经很久没有主人的感觉，却并没有衰颓的迹象。

蓉蓉在大门口鼓掌三声，红木的大门缓缓打开，金碧辉煌的水晶吊灯投射出七彩的闪光，令氤氲的夜色变得光芒灿烂。

“这真的不是校董事会的豪宅吗？”我有些心虚。

“这里就是皇帝的住所。在你来之前钥匙一直由我保管，毕竟我是皇后嘛。”

蓉蓉说着突然脸上一红，叉着腰一脚把我踢进屋里，说：“不准给我胡乱理解，我只是出于职责才保管钥匙的，现在！给我！进去！”

如果我看到的是风度翩翩的燕尾服管家，我丝毫不会感到吃惊，毕竟我早就做好了“这所学校总是不乏惊人之举”的心理准备。然而眼前的一幕，还是让我觉得无比震惊！

在豪华的阶梯前迎接我的，不是管家也不是服务生，而是五个白裙飘飘长发飞舞的可爱女孩。

其中两位我认识，是飞羽和大律师同学月鹿！飞羽身上是装饰着浅蓝条纹的白色水手服裙子，而月鹿也解下了平时一直挽成发髻束在脑后的长发，穿着宽松的白色长裙，非常有温柔大姐姐的风范。

我语无伦次地看着蓉蓉，指着大家问："蓉蓉，这是在给我开……开玩笑吗？"

我活生生地把"开后宫"三个字咽了下去。

"不是开玩笑，她们是你的补课老师。其中我负责数学，飞羽负责物理，月鹿教英语。"

蓉蓉指着另外三位女生分别介绍，其中那位仙气飘飘的汉服少女名为瑶玲，给我补习语文。而穿着白色短裙戴着棒球帽扎着马尾辫的活泼少女，背上趴着一只虎斑猫，是我的生物老师小萌。最后那位女生要归类在"白裙少女"之中显得十分勉强，因为她穿的是实验室白色长袍，齐肩短发略微有些凌乱，而且眼神也十分迷离，是教我化学的幕璃同学。

飞羽兴奋地扬起物理书："陛下，在下次月考之前，就由我们来为你补课。"

小萌也握着拳头干劲满满："我'森之女神'小萌，一定不辜负皇后的嘱托！把我对生物课的一切要领，全部传授给你。"

幕璃慵懒地笑笑："我不会炸掉你的别墅的。"

而瑶玲只是婉约地用丝绸小团扇挡着嘴唇，一言不发。

"可是大家为什么不穿校服呢？"我简直不好开口问。

"因为这里，是皇帝陛下的'行宫'啊。"月鹿眼神迷离地说。

所以这是什么特别的福利吗！蓉蓉不可能允许这种事情发生的吧！没错这一定是蓉蓉的考验，可恶，居然想要试探我能否做到非礼勿视专心学习，蓉蓉你难道不能信任我吗！

然后月鹿继续解释道："所以这里有暖气。"

然后女孩子们便一起开心地说："是啊是啊！最近天气越来越冷，已经好久没机会穿漂亮的小裙子了！在思贤的别墅里，终于有机会可以穿自己喜欢的衣服了！”

为什么我有一种淡淡的失望感觉。

我问蓉蓉：“为什么补课老师全部都是女生？”

蓉蓉凭空变出一把大折扇拍在我的头顶：“发了这么半天呆，你原来就在想这个！”

是啊，这件事是有点不同寻常啊！

瑶玲慢慢开口：“皇帝问指教者全是豆蔻少女，莫非担心有人妄议陛下道德？”

我还真没想到这么深远的地方！

月鹿弯下腰轻松地对我说：“男生虽然也有学习好的，但别忘了现在陛下和他们关系仍很紧张，所以向他们寻求帮助，并不是‘The Best Solution’。”

飞羽高高地举着手：“而我们拥护派成员，一定是愿意像自由电子那样，围绕在带正电荷的陛下身边的！”

在蓉蓉面前别用这种容易被误会的比喻句好吧！

我一直在等大家开始补课，可是只要女孩子们聚在一起，话题就不可能拉得住。大家立刻就开始惊叹起别墅的豪华，然后叽叽喳喳地讨论，大家的服装可以更加切合这里的装修风格，由红木、浮雕和油画装饰起来的欧式建筑，果然要穿洛丽塔风格的蓬蓬裙才搭啊！下下周大家穿曲裾也不错，中西风格的交融与和谐想来也是极好的吧？下下下周该尝试黑暗哥特风格表演吸血鬼物语呢？还是要穿巴洛克风格表演宫廷剧，总之飞羽你要负责扮演男孩子，而月鹿扮演帅气的吸血鬼伯爵就最好了！

我无力地拍着桌子：“喂！说好的补课呢！”

“补课？”月鹿微微一愣，然后回过神来，“对对对，还有这件事呢。”

果然一转眼就彻底忘记了吧！真是很不靠谱啊！

飞羽很有气势地说：“那么，皇帝和六位守护骑士的故事，正式开始吧！”

“骑士不是明浩吗？”我嘴角抽动。

“他是黑骑士，我们是白骑士！就这么愉快地决定了！”

最终还是蓉蓉一锤定音，我是说，她真的不知道从哪抽出了一把流星锤砸在桌上，然后说：“爱怎样都好啦！总之现在，开始补课！第一天的内容是瑶玲的语文！”

其他的白骑士们去旁边的会客室一起学习，不时传来铃铛般清脆的笑声，果然没有老师看着的话，这群小姑娘根本是没心思安静学习的。

可是女孩们天真烂漫的笑声，正好把瑶玲的清泪衬托得特别孤寂。

“呜呜呜，本来审理买卖香菱一案的人就是当时受过她家恩惠的贾雨村，可是偏偏因为人性薄凉官场黑暗，哎……”瑶玲幽幽地叹了口气，接着说，“香菱其实是一个很痴的孩子，学写诗的时候堪称呕心沥血只为求一佳句。这样的才情和心性，在《红楼梦》的女孩子家中间也是上等的，哎……”

我已经不知如何是好，香菱是很可怜，我是很同情，可是我眨巴着眼睛，心里面一个声音在大声咆哮，这一段难道不是选读课文吗！选读课文的意思不就是——因为考试不会出题，所以根本没必要去深入研究吗！

我小心地问瑶玲：“咱们能不能讲一下……那篇你们已经学过，可是我因为转学并没有学的《屈原列传》？”

瑶玲先是愕然地看了我一眼，说道：“皇帝陛下你难道是个……俗人？”

紧接着瑶玲开始对我进行无尽的训导，所谓文学之道切不可以考试的命题量来衡量，曹雪芹先生的巨著自然也不是能够被老师读懂用来出题的。皇帝也应该有极高的文学素养，这样才能谈吐不凡，切不可因为课文不是重点而不引起重视，厚此薄彼是不对的。

然后瑶玲抱着壁炉上的塑料假花，悲戚地说：“不想陛下心中对文道无爱，我高三年级文学凋零至斯。我本将心令陛下热爱文字，不想陛下所想，竟全是经济仕途的那些劳什子东西，我的心一如暮春之华，忽逢深秋之寒霜，果然是……无可指望了。我只怜惜这盆花儿，假如你竟比我先要调零，我会将你葬在清流之畔，花泪圃中。而倘若先凋零的是我，嘤嘤嘤，又有谁来葬我呢？”

那是塑料假花不会凋零的好吗！

我无可奈何，只能劝瑶玲，不就四大名著吗？我听就是了，奈何我愚钝根本读不懂《红楼梦》的幽微情思，咱们不如来讲《水浒传》吧，鲁智深行侠仗义，拳打镇关西，带劲而热血，咱们不如赏析这一段。

我提鲁智深，无非是希望冲淡瑶玲悲伤的心情，我想不会有人在看鲁提辖快意恩仇的时候还要哭哭啼啼吧？瑶玲要是再哭下去，感觉这栋空落落的大宅里潜伏的幽灵们，都要被她招出来了。

瑶玲于是点头，开始讲起鲁智深，讲到醉打山门那一段，没想到又悲从中来，泪水泫然欲滴。

“思贤你能懂吗？鲁提辖醉打山门的时候，内心那种寂寞与悲凉。”

“啊？”我被问得一脸呆滞。

“鲁提辖是真的想吃狗肉想喝浑酒吗？不，不是嘴馋，而是想以此悼念自己快意恩仇的过往，在一心长向青灯古佛之前，再回头看一眼身为提辖的自己，放不下洒家的洒脱，守不住贫僧的清贫，似乎遁入空门这条路，是走错了。可是鲁提辖不能后悔，后悔就意味着昔日为公道挥动的拳头，所击打的全是虚妄。后悔就意味着恶霸虽然死了，却仍是最后的赢家。虽不后悔，却不代表不寂寞不冷清啊。”

“这……”我简直完全无法插嘴。

“身入佛陀门，戒断贪嗔痴，自己就算有心清净，然而这终究不是一个清净的世界。滚滚红尘仍是恶霸横行，就连佛祖门下的寺僧们，也都心怀恶念，容不得这位心地纯良却性格刚烈如火的新僧人。提辖心痛，这世间原不缺一个守戒的僧人，却永远少了一位路见不平的好汉啊！所以只能在醉中清醒，将那不平，将那愤恨，通通拔拳击碎。即使身为好汉的这个自己，永远不能为世人所容，但假如连自己都不带着酒肉前去纪念，智深和尚心中那位深藏的提辖官，也太寂寞了。”

我眨眨眼睛："所以就……喝醉酒乱打人吗？"

"呜呜！连你也不能懂呢！这份狂烈沉醉之中的，清冽冰冷的寂寞！"

我是不能懂为什么你连看鲁智深拳打山门的时候都可以难过地哭起来啊！

"那孙悟空制服牛魔王的故事……"

"这是一个关于背叛，关于过去的友人分道扬镳，关于民间豪杰被权势无情绞杀的黑暗故事。"

"那刘玄德三顾茅庐的故事……"

"这是一个明知自己走出山门，就必然卷入乱世风波，一生鞠躬尽瘁却无非是逆天而行，却仍为报答知遇之恩洒干热血的，关于牺牲的故事。"

总之就是……哪怕是看汤姆和杰瑞，也要难过得不能自已才行对吧？

然而这个时候其他女生推开门走进来，看到瑶玲在流眼泪而我坐在旁边苦劝，嘴角都略微抽搐。

飞羽擦着汗问："喂，思贤，你怎么欺负小姑娘啊。"

拜托！说出来你们可能不信！这姑娘是在回忆鲁智深的时候哭起来的！

"大战在即，思贤你还有这么多时间来玩弄女孩子的内心吗？"

所以说这根本是冤枉啊！

瑶玲在旁边点头说："这就是所谓的，比窦娥还冤。"

你就别解说了好吗！

好在月鹿和瑶玲一个班，一向知道这小姑娘伤春悲秋流眼泪就跟家常便饭一样，几句话把事情原委问清楚了。蓉蓉无奈地摇摇头，说："一个快被人家赶下台的皇帝，哪还有心思去同情香菱，他要是下台了，准比香菱还惨你信吗？"

没错，这一点上我和皇后英雄所见略同！

"总之瑶玲，下一节课你再给思贤讲课文，就务必讲考试内容吧。今天就到这里。"

说罢蓉蓉问："大家的睡衣都带来了吧？时候不早了，回不去女生宿舍了，今天大家就在这里睡吧。"

我回头看了看我房间里几米乘几米的超级红木大床，大床上铺着气氛奢靡的薄毯，就超紧张地说："不！你们就这样睡在这里果然是不太好的！"

蓉蓉羞愤地举起流星锤朝我砸来："你到底在想些什么乱七八糟的事情啊！这里有几十个客房！大家当然各自有自己的睡处！你以为是怎样！"

我飞在半空，用尽最后一丝力气说："我是说……被子太薄……要是不加厚的话会感冒的……你以为是怎样啊……"

"你这个不纯洁的家伙！"

"我看明明是你曲解了我纯洁的用心！"

白骑士团的其他人，便一边捧着红茶，一边开心地说："皇帝和皇后感情非常好，这对高三年级而言应该是很幸运的事情吧？"

到底你们从哪里看出蓉蓉和我感情好了啊！

"总之你不给我学到半夜两点不准休息！以上！"

蓉蓉气鼓鼓地揽着大家一起走出我的房间，将门用力摔上，转眼喧闹的屋子就恢复了宁静。我疲惫地笑笑拿出习题集，虽然大家吵吵嚷嚷的是没有给我补习什么功课，但至少极大地缓解了我遭遇政变的紧张感，让我可以把愧疚和自责暂时抛下，并认认真真地做起题来。

我原本以为，不靠谱的白骑士有一个瑶玲就够了，没想到第二位骑士登场的时候，让我觉得我果然还是太年轻了。

补习生物的小萌敲响了我的房门，我刚刚把锁打开，就被流浪猫狗的洪流彻底淹没。

为了把猫猫狗狗全部抓起来可废了我们不少工夫，简直比上了五节体育课还累。我伤痕累累地靠在椅子背上，对小萌说："来……开始讲课吧。"

"陛下真是个仁爱的好人呐！"小萌双手合十说。

不要一言不合就发好人卡好吗！我哪就得罪你了！

“愿意让流浪的动物们待在温暖的屋子里，陛下你简直就是菩萨心肠啊！这种义举简直堪比割肉喂鹰舍身饲虎！”

我根本就不知道你会在门口藏这么多小动物好吗！

小萌向往地说：“皇帝陛下，你文成武德天下无双一统江湖谁与争锋！只要有你，我们高三年级就会有美好的明天！”

我于是眨眨眼冷静地说：“要多少钱？”

“当然是！五百块钱！”小萌果断地答道。

然后她才非常不好意思地捂着脸说：“哎？”

“哎什么哎？小萌，你想找我拉赞助，但是不好意思开口，就先讲一大堆恭维话对吧？”

小萌点头。

“快问我为什么知道。”

“哦。伟大的皇帝陛下为什么能明察秋毫到如此地步！”

“因为小萌你，用的圆珠笔都坏掉了，用胶布缠一缠将就使用，并没有随意丢弃，衣服也十分简朴，所以我想，你可能是把你的零用钱全部用来饲养小动物了吧？”

小萌眼眶里转动着大大的泪珠：“皇帝陛下圣明，真是明察秋毫，臣下真是感激万分。”

“你最爱看的电视剧是《铁齿铜牙纪晓岚》吧。”

“还有《康熙微服私访记》。”

然后小萌非常激动地站起来捂着脸说：“哎！”

“哎什么哎！只有清宫戏才有那么多层出不穷的拍马屁的台词吧！”

我无奈地笑笑：“不用恭维我，我也会帮助你的。皇帝的事业资金是公款吧，而养育流浪动物，也是非常伟大的善行，总是靠你一个人苦苦支持，实在是太辛苦了。以后给猫猫狗狗们买猫粮，也算我一份。”

“太好了喵！”小萌一开心连喵星语都蹦出来了。

就在这时久违的折扇敲在我的头顶，而蓉蓉叉腰吼道：“绝对不行！”

“小萌你怎么回事，课都没补你就先收学费，要是思贤被推翻了，别说资助你买猫粮了，他自己都吃不起猫粮了好吗！思贤你到底知不知道现在的状况很严重？居然找这么不靠谱的小姑娘给你补课，正事没说一句全在讲猫猫狗狗的事情，等你努力过了这关，哪怕你养狮子老虎都可以好吗！”

小萌明明是你给我找的老师啊！

蓉蓉看穿了我内心的吐槽，稍微一窒，立刻很有气势地说：“本、本来小萌就是生物尖子啊，虽然有点迷糊，但如果皇帝你大事拎得清，不要对宠物感兴趣，只是些无聊的猫猫狗狗有什么好喜欢的？你就该说，我想学习我最爱学习你不让我学习都不行，那肯定小萌就会好好补课了。”

哈？还可以有这样的逻辑吗！

这时一只虎斑小猫走到蓉蓉面前眯着眼睛温柔地喵喵叫，蓉蓉谨慎地看着这只小动物。

一分钟后。

“思贤你看！猫咪和我很亲呢！啊啊啊好可爱！”蓉蓉心花怒放地说，“快来接住我手中的猫咪！它一直在乱动！要掉下去了！”

连你都抵挡不住猫咪的攻势，为什么还要求我冷若冰霜地学习呢！

小萌痛苦地捂着胃：“猝不及防又被你俩塞了一口狗粮。”

蓉蓉呆了一呆，把猫咪一扔，然后说：“小萌，还有白骑士们，给我听好。我找你们来给思贤补课，并不是让你们混玩的，保守派反对的声音如此强烈，形势动荡不安，你们还纠结于香菱可不可怜，猫咪有没有饭吃这种小事，面临大战而婆婆妈妈，并不是男子汉大丈夫的风格。”

她们本来就不是男子汉大丈夫！

“总之我把小萌拎回去教训一顿，今天换幕璃来给你讲化学吧。”

话音未落，长袍着火满脸焦黑头发被炸成鸡窝的幕璃飞快地奔跑到我的房间里：“灭、灭火器在哪里！不好了，厨房被我点着了！我不知道用铝来置换氧化铁中的铁，会产生这么高的温度！”

你们倒是可以给我适可而止一点啊！

虽然大家给我补课是一片赤诚，可是三四天来当真有几分钟是在和我认认真真讲题，又实在是难说得很，最后总得我把烂摊子收拾完毕，然后晚上十一二点才有时间开始读书做题，黑眼圈比以往更加严重了。

可是话又说回来，由天真烂漫的女孩子们组成的学习小组，本来就该是这个样子。这种不靠谱的作风反而是最正常的，如果大家每天仪容整肃地捧着奏折，说什么启奏陛下，今天氧化还原反应的一章，陛下做错了五道题，和平日相比，简直是江河日下了，长此以往国将不国，希望陛下以唐尧虞舜为目标，殚精竭虑焚膏继晷地学习，而臣等也将效诸葛武侯之尽瘁，秉汉相萧何之公允，与君上共谋大计，将平生所学托出，则收复河山指日可待也，反而才是不正常的吧！

另一方面，看到我再次睡眠不足，乔治感到有些焦虑。

“思贤，你每天熬夜学习很辛苦吧？要不我给你安排几个成绩好的同学帮你补课。”

“乔治，我有帮我补课的同学。嘿嘿，谢谢你。”

“哦？可以说说是哪些同学吗？”

我于是把蓉蓉安排的人选们告诉乔治。没想到乔治听着听着就开始愁眉不展，自言自语地说：“这是蓉蓉给你安排的人选吗？不能够啊。”

“有什么问题吗？”我有些意外。

“蓉蓉自己和飞羽也倒罢了，的确是数学和物理的尖子。可是其他人……我不是想说同学的坏话，但比如说瑶玲，不见得是最好的人选啊。”

可是瑶玲很厉害啊，撇去爱哭不谈，瑶玲同学出口成章，顾盼之间文采飞扬才气侧漏，我们说废话是说废话，人家说废话拿打字机记下来叫散文集。我虽然写作不厉害，但也读过不少书，算得上文学爱好者，完全不怀疑瑶玲出色的灵性和文学之心。

“瑶玲到底哪里不够格当我的老师呢？”

乔治为难地说：“简单打个比方，在超级英雄的故事里，我们都知道，有没有强大的力量是一回事，能不能控制这份力量又是另一回事。瑶玲虽然才气横溢，可是不一定能收得住，所以真到了写文章或者是语文考试的时候，说不定还不如才能比她平庸得多的同学。”

接着乔治看一眼手表，匆忙地说：“思贤，我和同学约好了要去打羽毛球，就先走了。”

乔治的话令我如鲠在喉，就算瑶玲才气锐不可当，那也不是坏事。要成为真正的文学大家，谁不是才气锐不可当的呢？可是当我向瑶玲的同学打听的时候，大家大多露出不屑一顾的神气。

“瑶玲啊，感觉是爱文学爱魔怔了，连话都不会好好说了。”

“其实瑶玲的作文的分数很极端，要么超高要么超低，这取决于她文中老师读不懂的句子有多少。”

“瑶玲的文章总是掺杂很多个人感情，有时候根本就是无病呻吟。”

我心事沉重，不明白为什么同学们要用这种句子来形容瑶玲，明明在我看来，瑶玲就是很棒，虽然感性，但是身为文学家为什么不可以感性，为什么不可以掺杂个人感情？

更何况，瑶玲是蓉蓉给我举荐的老师，必然是错不了的。

当晚在补习语文的时候，我小心地对瑶玲说，能不能让我拜读一下作文。

瑶玲无比害羞地把作文本放在胸口紧紧捂起来。

到底害羞个什么劲嘛！我只好许诺说，如果给我看一篇作文，瑶玲就可以借阅别墅图书馆的十本书。

然后瑶玲把六个沉甸甸的盒子摔在桌上：“这是初中一年级的作文，这是初二的……每一个盒子里，集中了一个年级的练笔，皇帝陛下，你随便看吧！”

原来瑶玲侧漏的不光是才气，也有霸气。

我翻起她高一年级的练笔册，发现她的文字清秀隽丽，果然是如同云雾中的名山上飞流的银白瀑布，抑或是阳光灿烂的春日里姹紫嫣红的花园小径，完全没有收不住，或者无病呻吟的意思。就连一篇普通的游记，仿佛不输给散文大家的手笔太多。

“在澄澄暖暖的夕照下，都市里的高耸大楼也褪去正午冰冷骄傲的湛蓝色，染上如炉火般温暖可亲的金黄，一如白领丽人们在一天的忙碌之后，回到家里以娴雅的姿态系上暖色的围裙，便暂时忘却文稿与项目，只是认认真真地以母亲的身份，对孩子露出和蔼亲切的笑容。在这遥远的城，我站在天桥上的时候，却有一瞬感动莫名，从未觉得这里有家的气息，而今却忽然有了，华灯初上的夜市里，出炉的面包或小笼包的缥缈蒸汽，亦是这座城袅袅的炊烟。穿行的车流留下从容的红色尾迹，时而按响的喇叭催促着回家的脚步，亦是这座城质朴的鸡犬相闻。这里是异乡人想家的地方，亦是异乡人的家。我曾遗憾不够有好的素描手法，把故乡夕阳下的牧童和牛儿回家的背影描绘下来，却在今天欣喜地想，未必身在田园才可以写田园诗，未必不可以以故人的姿态爱上我所求学的城市，在天桥上用不够质朴的手机将眼前的夕照拍下，也未尝不是一幅令人心生暖意的作品。”

读到这里我能感觉到初入学的瑶玲，远离田园家乡，在大城市一直寻找不到归属感，却终于在某一天回眸看到夕阳的时候，豁然开朗，感觉故乡从未远去，因此露出了清丽的微笑。不但文字优美，而且意向丰富，加上精气神也是十分积极阳光的，哪就收不住了，哪就无病呻吟了？

我又拿起一本写着“广播台新闻稿”的本子，发现本子的书页被订书机完全钉死，来不及问新闻稿为什么不让看，瑶玲就十分激动地把本子抢了过去。

“皇帝陛下，你……随便看看别的文章就好。新闻稿写得不好，就不必参考了。”

瑶玲睫毛低垂，轻轻咬着嘴唇，显得十分难过。我赶紧打岔，说藏书室里有很多原版漫画呢，补完课我带你去挑，这才勉强把瑶玲不愉快的回忆暂时打断。

提到广播台和新闻稿，我不禁想到，既然大家对瑶玲的文学水平充满质疑，我为什么不可以拿着她的散文去请广播台在放学时间朗读，只要大家稍微驻足聆听片刻，就能意识到这文章原本就写得很棒！

然而，广播台是高二年级的势力范围，虽然管理广播台的高二学妹对我勉强还算客气，但是当我提到我来为瑶玲投稿时，对方就打了个哈哈，像看外星人一样看着我。

这位学妹名叫汐夜，将头发扎成凌乱的双马尾分在头的两侧，穿着口袋超多的马甲，随身放着小本子和笔，显得十分精明能干。

“高三皇帝同学，你是转校生，难怪不清楚以前的事情。瑶玲的稿子我们绝对不会用的。”

“你……难道在嫉贤妒能吗？”

面对她轻蔑的表情，我感到十分不爽。

汐夜哈哈笑道：“那也还不值得我嫉贤妒能。我们并没有故意打压瑶玲，其实她以前就是广播台的记者，只不过她做了一件身为记者绝对无法被原谅的事情。”

身为记者绝对无法被原谅的事情？我暗暗皱眉。

“她进行了不实报道。”汐夜的眼中闪过一丝不善的光芒。

瑶玲进行过不实报道？瑶玲曾经……居然犯过如此严重的错误吗？可是她一副与世无争、潜心在自己的文学世界里的模样，怎么可能会胡乱写歪曲事实的报道？

汐夜轻飘飘地说：“所以瑶玲就被开除了，就这样。没事的话，学长请回，我们马上要开始今天的播报了。”

我站在广播台楼下，听着扬声器传出优美的乐曲，思绪一直十分混乱。看来瑶玲以前的错误，乔治他们是知道的，故而会说“瑶玲的文章容易夹杂太多个人情绪，容易收不住”，或许指的就是，当时在报道事件的时候，过于主观，反而失去了真实性。

那得是多严重的失实，才会遭到广播台的开除啊！

当晚给我补课的是月鹿。月鹿还是穿得像温柔的小姐姐一样，托着下巴靠在桌上问我：“My emperor，Why do you look so confused？”

我忧心地叹气，问月鹿：“你知道瑶玲以前不实报道的事情吗？”

月鹿眼光流转，轻声答道："我知道的。瑶玲以前是广播台记者，因为某个报道失实，所以被广播台负责人，也就是高二年级的汐夜，开除。"

"到底是怎样的不实报道？无中生有吗？恶意中伤吗？损伤了他人的名誉吗？"我急切地追问。

"详情是怎么回事，很可惜我不太清楚。当时我正在负责一个非常棘手的案子，对这件事并没有过多关注。"

月鹿拿着钢笔沉思："不过说来也怪，如果是非常严重的失实报道，我不至于一点印象都没有。毕竟我的职阶是 Lawyer，看到有可能引发官司的事情，一定会特别注意的。"

"我总觉得非常在意。如果有机会能够查查看当时具体发生的事情就好了。"

月鹿微笑说："刚好我们两个就可以办到这件事。我是律师，只要得到授权，就可以得到查找资料以还原案件事实真相的特权。而你是皇帝，刚好就可以授权我办这件事。"

于是到了第二天，我们"威逼利诱"瑶玲拿出了那本被封印的"新闻稿"。

"皇帝陛下，也许你已经……开始怀疑我够不够资格教你语文了吧？"

瑶玲紧紧抿着嘴唇，在撬开订书钉的时候，双手微微颤抖。

"是啊，我感到有些怀疑。"

瑶玲听到这句话的时候，脸色有些苍白。

我故意板着脸说："我怀疑他们说你不够资格教我语文，这种说法本身就有问题。我怀疑他们说你写过不实报道，这件事本身就不是事实真相。"

瑶玲愕然抬起头来，眼眶变得湿润："皇帝陛下……莫非是想替我打抱不平？"

"没错，吓一跳吧！"我笑着露出洁白的牙齿，"这就叫欲扬先抑的修辞手法。"

瑶玲那篇新闻稿所揭露的，是一件十分黑暗的事情。

当年我们高三年级，还在读高二，而如今的高二是当时的高一新生，但是在他们年级杰出皇帝的带领下，势力大盛，在兰帝高中的方方面面都取得了优势——

比如说，就连在冬天学生宿舍开空调，他们年级也具有“开到 25℃以上温度”的特权，而为了避免我们学校电网超负荷运行，我们年级就在宿管的施压下，只能低温运行空调，所以在大冬天我们年级的学生冷成狗，感冒者无数。

而瑶玲那篇没有用过多修饰装点，只是用强劲的语言控诉事实的报道，所揭发的就是这一事件。

“他们说你这是不实报道，难道是这件事并不存在？”

瑶玲用力摇头：“这件事情的确是真实发生的。皇帝陛下倘若不信，可以去找高三 6 班的史官同学，他记录几个年级的历史，包括这件事情在内。”

我愤愤地说：“那为什么要说报道不是事实！”

月鹿轻轻拉我的衣袖：“思贤，我们去找史官同学核对事实，而瑶玲就好好休息吧。”

的确再追问下去就是揭瑶玲伤疤了，我点头，和月鹿一同去找史官同学。

然而我大致扫了一遍史官记载的史实，又对照瑶玲当年的报道，并没有发现任何有意而为的偏差之处，什么恶意中伤诋毁高一年级荣誉，更是无从谈起。

月鹿比我更加细致，她蹙着眉，发现了两份资料不一样的地方。

“瑶玲的报道，有一部分描述相对于事实，确实有所夸张。比如说高一年级空调温度高于 25℃的宿舍，超过了二十间，实际上真实数字是十五间。高二年级和高三年级，也就是当年的我们和上一届学长，感冒人数超过一百，其实感冒人数不超过八十人。”

我拍桌道：“但这最多叫做报道和真实情况有所出入，并不是故意造谣，也不是恶意抹黑高一年级！”

月鹿点头："没错，思贤你的观点，也正是当年主管学校广播社和报社的高三年级学姐的观点，所以这篇报道才能见报，才能公之于众。当时引起了轩然大波，生病学生的家长来学校提出抗议，学校不得已，才把高一年级吹暖风的特权剥夺了，这场风波才得以平息。"

接着月鹿拿起另一份资料，看图像是一次庭辩会的现场。

"然而当年高一年级有一位叫做汐夜的女生，是庭辩的好手，以彪悍的风格著称，在兰帝高中庭辩场上，就瑶玲报道失真一事发起辩论。结果就是……她用她的方法，把瑶玲形容成一个为达目的不择手段，用煽动性语言挑起年级间矛盾并为学校带来巨大损失，比起用理性来诉说真相，更善于用感性来蛊惑人心的，这样一位不够格的记者。"

月鹿难过地说："最糟糕的是……她对瑶玲的质疑，使得大家对瑶玲失去了信任，就连得到瑶玲恩惠的本年级同学，也不再认为她之前的报道，是用文字守护自己的同伴。"

我将握在手中的废纸团捏紧："汐夜用的，是什么方法？"

"比如道德绑架，强调报道的真实性是新闻工作者的生命，只要失实，记者就不配再当记者。又比如极端推理，假设每一个记者都随自己心情胡编乱造，学校的信息将会变得无比混乱，而每一个人都有可能成为谣言和诋毁的受害者。又比如不合理类比，将瑶玲拿来和真正的无良媒体进行对比，说两者其实没什么区别，无良媒体的今天就是瑶玲的明天。"

"实在是太过分了！"

月鹿的目光充满了不忍："庭辩是汐夜大获全胜，结果使瑶玲和当时比我们高一届的报社主编以及广播台负责人，那位支持瑶玲报道不公正现象的学姐，都被拉下马来。汐夜入主这两个部门，并表示瑶玲的投稿，将永不录用。"

"这家伙，才是把文字武器运用到极致，以满足她自己的利益吧。"我生气地说，"这也算得上是最佳辩手吗？她的辩论手法，难道不是非常低劣无耻吗？"

"虽然低劣无耻，但是有效。逻辑是普通人很难拎得清的，但是煽动性的发言，把事情极端化，或者去揣测人性，却是普通观众很容易买账的。”

“是吗？”

月鹿微笑道：“在名牌大学的逻辑学大师身边，鲜有什么追随者。但譬如说传销组织，几句话把人洗脑，让大家鼻涕一把眼泪一把地乖乖掏钱被骗，反过来信众无数啊。”

瑶玲就是在这种家伙手上，承担着无端的冤屈，曾以英雄的觉悟去抗争黑暗，在胜利之后却以败者的姿态孤独地生活。

“月鹿……你的职阶，是律师吧？”

月鹿的瞳孔中闪烁着日光灯澄净的光芒：“思贤，我知道你要说什么。”

“你怎么想？”

月鹿嘴角扬起骄傲的微笑：“思贤，你知不知道我曾经打败过汐夜。”

“那这真是个好消息！”我激动地说。

“只不过我因为赢了她，而让自己的名声跌入谷底。总之过去的事情不必再提，假如思贤想为瑶玲讨回公道，那么这件事，算我一份。”

第七章　高明的辩论与不高明的辩论

在我的授权下，月鹿获得重新开启此案的机会。她向高二年级的汐夜提出要在全校范围复查此案，以庭辩的方式重新判断当年的判决有没有不公之处。

蓉蓉听到我自己还烂摊子无数，竟然又跳出来找事了，就叉着腰凶巴巴地问我是不是不想混了。站在她身边的瑶玲也不安地抚弄着辫子，说担心这样会耽误我月考的成绩，实在要想翻案，月考之后再把这件事提上日程，也是不迟的。

“就怕到时候来不及了啊。”我微笑着说。

蓉蓉和瑶玲呆呆的，一时没弄清楚我的话是什么意思。

“重开旧案是需要皇帝授权的，所以这件事情趁着我现在还拥有皇帝的权力，就抓紧提出来吧。假如不能趁着当皇帝的时候，尽可能地帮助我所知道的正在遭受不公的同学，以后万一当不成了，就会变成永久的遗憾。”

“喂！不准你说这么不吉利的话！”蓉蓉拿出折扇，却最终放过了我，然后转过身去傲娇地说，“总之像你这种不听劝的笨蛋，就随便你想怎样好了。丑话说在前头，汐夜可不是这么好对付的，你和月鹿并不一定能翻她的定案。”

我没来得及搭茬，蓉蓉继续说：“所以啊瑶玲，我的意思是他或许不能帮到你，但那真是非不为也不能也，你依然要努力为他补课。假如连我们都不帮助他的话，以他这种笨得没救的性格，就真的没救了。”

我微笑，所以蓉蓉的态度，就是默许我做这些“多余的事情”吧。

在我的执意要求下，“汐夜控诉瑶玲书写不实报道案”再度重开。

根据兰帝高中的规则，庭辩双方将展开2对2的辩论较量。高二那边汐夜无比自信地当场随便找了一个男生当她的副手，而月鹿穿着小西装，将长发盘成发髻挽在脑后，笑眯眯地对我说：“就请思贤同学当我的副手吧。”

“可是我辩论不厉害啊！”

“但你是皇帝啊，皇帝职阶无论在哪种场合，都拥有许多好用的特权。”

“比如呢？”

月鹿摇摇手指：“比如可以同时拥有许多女朋友，可以安排文艺表演，可以……”

“Stop！这些神奇的特权和庭辩没关系吧！”我红着脸比出一个停止的手势。

月鹿开心地笑笑：“没错，随时叫停，就是在庭辩上非常好用的特权。”

不过同时交往很多个女朋友这种事情是真的吗？

“是真的，高二的劲臣皇帝就可以。你要不要试试看？”

“不必了。我是一个好学生，可不想早恋，凭空增加许多感情纠葛出来。”

这样我身后腾起的杀气，来自蓉蓉的焦灼杀气，才终于有所止息。

简而言之，我不必和汐夜正面抗衡，但是如果汐夜用煽动性的语言试图转移大众视线的时候，我可以果断站起来打断她的发言，不必得到裁判的同意。

在庭辩开始之前，汐夜和月鹿擦肩而过。

“月鹿，都快要毕业了，何必还要将自己所剩无几的名声来砸在地上？”

月鹿沉静地微笑，眼中闪着明耀的斗志：“这可不是一个曾经输给我的学妹应该说的话。”

“啊，没错，在拿人钱财为人消灾，替有罪之人辩护的方面，我确实不如你。”

身穿法官服的裁判用木槌敲击：“庭辩马上开始，请同学们马上就坐。”

月鹿和汐夜这才远离对方，看似平和却暗中刀光剑影的语言交锋，终于正式开始！

月鹿首先起立，手持厚厚的资料，轻抬眼镜，说明我方所持有的主张。

“一年前担任记者的瑶玲同学，曾写过一篇报道，揭露了当时的高一年级，也就是现在的高二年级，在冬季将空调温度调高，并迫使当时的高二年级只能调低空调暖风温度，导致多名同学着凉感冒的不公正现象。瑶玲同学的报道基本属实，所以才引起校方与家长的关注，但就因为个别数据存在偏差，就被对方指控，认为瑶玲同学故意歪曲事实，以此为由对瑶玲同学进行了恶意的攻击和打压，这件事是有失公允的。我方希望通过将本案重新探讨，来摘掉瑶玲同学被无端扣上的黑锅，以恢复她记者的身份和名誉，而对方必须向她道歉。”

汐夜不屑，她根本没准备什么材料，只是大大咧咧地跷着二郎腿冷笑着听，然后站起来懒散地说：“恢复名誉？道歉？月鹿学姐，如果瑶玲那篇文章，是我教她写的，又或者她的数据来源，是被别人恶意误导，那的确是该找我或者别人来背锅。问题是这一切都不成立吧？她拿到一个题材，为了争头版头条，不加甄别就着急忙慌地把稿子发出来，混淆了视听，误导了大众，这完全是她做错事情了吧？有错就要认，挨打要站好，这是大家的妈妈从小就教过的事，怎么到了瑶玲犯错的时候，我只不过指了出来，就得捧着鲜花跪在她面前请求原谅呢？”

没想到汐夜的发言引来轰然叫好。我隐约觉得不妙，月鹿的语言风格十分书面正式，用词中肯准确，而汐夜的辩论风格充满攻击性，善于使用各种比方，简单易懂而且易于煽动气氛，不明真相的吃瓜群众听来，果然很痛快。

我环顾四周，发现高二和高三的听众大约是七三开，我们年级的同学对这场早有定论的案件，显得并不在乎，即使是到场的那些同学，似乎也在汐夜的带领下默默点头，似乎早就认定“瑶玲就是有问题，时隔一年为瑶玲辩护简直是白费力气”了。

月鹿镇定一笑：“请检方辩手注意，我所谓的你的错误，并不是指你误导瑶玲写下那篇报道，而是你过分夸大了瑶玲所犯的错误，让她一年来承担原本并不需要承担的沉重罪名，这非常有损法律公平，而且于道德方面也是有问题的。”

汐夜嘻嘻一笑，指着瑶玲说：“月鹿是指，当时瑶玲是为了针砭时弊，所以情急之下用词有些过激，但这构不成大错，犯不上被人口诛笔伐，对吧？”

月鹿点头。

汐夜耸耸肩：“好吧，月鹿，你突然说服我了。我对你的观点，完全接受。”

我感到吃惊，全场的听众们也十分诧异，哪有这样的辩论，才听到对方讲第二句话，就立刻表达自己已经全盘接受了，汐夜她不可能是这种会听人话的家伙吧！

然后汐夜狡黠一笑，说：“我接着你刚刚指出的观点继续说下去。我呢，我这个人也嫉恶如仇，对无良媒体和不实报道深恶痛绝，害怕心怀恶意的记者败坏了学校纯净的风气，所以也站出来针砭时弊，我针砭的时弊，就是指胡乱报道。情急之下用词也有些过激，但这也构不成大错，你也犯不上来讨伐我，对吧？既然如此我也不用献花和道歉了吧？”

高二的听众们非常喜欢这套诡辩技巧，听到汐夜以彼之道还诸彼身，顿时轰然叫好，同时鼓起掌来。

我觉得这根本是偷换概念，于是二话不说站起来叫停：“汐夜，瑶玲针对的是不公现象，目的是为了阻止不公平的行为继续发生。你针对的是瑶玲，目的是让瑶玲声名扫地，这并不是一回事！”

月鹿暗中伸出大拇指，表示我做得很好。

“高三年级的副辩手，我还没准许你起来发言。”裁判大声说。

我亮出卡片：“我是高三皇帝，请问有什么问题吗？”

“唔……”裁判吃了个瘪，强行冷静地说，“好吧，辩论请继续。”

汐夜无奈地做了个夸张的叹气动作："没办法，皇帝就是厉害。说起来皇帝应该非常讨厌这些胡言乱语的记者才对啊，毕竟皇帝有那么多特权，说不好什么时候就触碰到记者们的敏感点了，如果这个时候有个记者奋笔疾书，明天报纸上登出《高三皇帝思贤滥用特权，试图颠覆庭辩规则》，那是不是很气？"

高二的看客们大喊："没错！高三皇帝你歇着吧！"

人气已经完全被汐夜拉拢了。

我再次起立叫停："请不要讨论和案情无关的事情！"

汐夜再次故作让步地摊开手掌，点点头说："好好好，头儿，你说了算。"

月鹿继续说："固然瑶玲的报道是有失真，但她该承担的错误，应该按照法律或者是现有规章制度进行处罚，并不至于被剥夺记者身份。首先，瑶玲的文章写得很好，代表她具有当记者的能力。其次，她的报道大致属实，代表她并没有故意违反记者的职业操守。如果只是细小的过失，你就可以随意审判，给她背负不相符的极大罪名，法律的尊严性在哪里？"

汐夜淡淡地问："你说这种话，那些被封杀的艺人岂不是冤枉死了？"

月鹿眉头微挑："啊？"

"比如上个月的艺人A，名字我不提了。A被狗仔队爆出婚内出轨，遭到全体网民的一致讨伐，而相关部门也决定，对有劣迹的艺人将永不录用。我反问一句，A平时演戏演得不好吗？正相反，A的演技出众，是公认的实力派演员，可见他有当演员的能力。其次A婚内出轨违反了法律吗？并没有，A出轨只是道德问题，而且说起来这件事，和他的演艺事业根本没什么关系，他也没有因此违反职业操守。可是结果怎样？就因为这和能力与事业无关的小小劣迹，该封杀还不是要封杀？如果A至今过得很光鲜，人们岂不是要觉得，婚内出轨这种事情无伤大雅，随便做做也没关系？"

听众们再次大声称赞，十分激动地大嚷："没错！有劣迹的人就该封杀！"

汐夜目光轻蔑地看着瑶玲："而且你猜怎么着？没有劣迹的记者一大

堆，用都用不过来，为什么我们非要照顾这种有黑历史的人啊？”

瑶玲脸色苍白地握着长袖，嘴唇微微颤抖。

“没错！汐夜说得非常有道理！”

“这件案子本来就没什么重新辩论的必要。”

我站起来叫停，却发现这一次我无法压过场内喧闹的声音。

即便如此月鹿还是大声说：“注意！明星出轨和瑶玲写错报道，还有一个巨大的差别，就是两者的主观意识是不一样的！检方辩手在试图歪曲事实！”

我也补充道：“明星出轨是故意为之，瑶玲是无意犯错，这难道也要混为一谈吗！”

汐夜反问：“你怎么知道是无意犯错？哦，对了，瑶玲是你的补课老师对吧？你当然体贴同伴。换句话说，如果你不是皇帝，你没有特权，你甚至是不能坐在这里替她辩护的，因为你不是中立者，不能保持客观公正的心态。”

我开始发怒：“你只会做有罪推定，不由分说把所有人都想成罪人吗！”

“你要证据我可以提出来啊。为什么说瑶玲不是无意犯错，在这篇报道登报之前，瑶玲在广播台有十二篇文章对当时我们年级进行了冷嘲热讽，有六篇报社社论也对我们年级的内部事务指手画脚，瑶玲早就对我们年级很不爽了，我们也一直没怎么样，毕竟新闻自由嘛。可是要故意造谣来抹黑我们年级，我们追究其过失，可没错吧！”

听众们也群情激愤：“没错！高三皇帝，你只是在帮朋友！你根本不知道什么是公平！”

月鹿平静地说：“思贤同学转校过来不到两个星期，要说他和瑶玲有什么交情，也十分勉强。他也没有经历过之前的事件，之所以提起复审，纯粹是因为他觉得事情不够公道。”

汐夜不以为然地抿嘴：“皇帝同学就罢了，你说他公正就公正吧。你呢月鹿，你和瑶玲是朋友吧？对了我差点忘了，你很难有什么真正的朋友吧？你只不过是想打最难打的官司，让自己扬名立万。帮有罪之人开脱罪名不正是你最擅长的事情吗？以前为那个偷小提琴的同学辩护，让他洗刷污名全身而退，这让你成了兰帝高中闻名的大律师吧？”

我站起来喊：“反对，你又在说和本案无关的事情！”

“好好，虽然皇帝陛下你反对了我无数次，但依照规定我还是不说了。”

全场发出嘘声。

我还想继续反驳汐夜，月鹿却拉住了我的手。

“够了，思贤。应该也发现了，在你每一次叫停的时候，汐夜确实没有再将原本的论点穷追猛打下去。可是她总有办法，开辟一个对自己有利的战场。”

“月鹿，即便是律师职阶，也对付不了汐夜这种胡说八道的家伙吗？”我焦急地问。

“如果是在真正的法庭上用严肃的法律说话，她不是我的对手。可是在这种起哄架秧子方面，我确实不如她厉害啊。”

月鹿遗憾地摇摇头：“毕竟，她的职阶是‘舆论主导者’嘛。”

那么汐夜可以站在原地，像乐队指挥一样用双手掀起观众们的一阵阵呼声，也是她的特权所在。

“我们输了吗？”我不甘心地握着拳头。

“这一场大概是扳不回来了。可是依照规定，还有第二次庭辩，那才是定胜负的关键局。”

我点点头：“那么今天就只好认栽了。”

随着裁判木槌落下，第一次庭辩以我们败北，而舆论主导者汐夜大获全胜为结局。

高三年级负责采访的同学拦着我说：“思贤为什么要去打这样一场必败的官司呢？”

我还没有来得及回答，就有人对月鹿说：“你果然是想把不可能的案子翻回来，以此证明自己很强，可以用所谓的法律为有罪之人免罪对吗？”

“这样做可以让知名大学法律专业对你降分录取吧？”

“以前替那位偷小提琴的同学辩护也正是这个目的吧？”

月鹿曾经为偷小提琴的同学做过无罪辩护？

月鹿淡淡地转过身来，答道：“没错，两个案子在我看来是同一回事。”

“都是为了证明你比汐夜更强？”

“不，两个案件的共同点在于，我发自内心地，不认为我的当事人有罪。”月鹿斩钉截铁地答道。

“可是事实上他们都有过失，无论是偷小提琴的同学，还是瑶玲。想要逆转事实证据确凿的案件，成功一次或许是侥幸，这一次把思贤皇帝拉下水，恐怕只会让我们年级颜面扫地。”

我非常不开心地说：“说什么拉下水啊，为什么我们就必须得输啊。各位，瑶玲是有写得不真实的内容。但是人非圣贤孰能无过，只是犯了错，瑶玲的记者生涯结束了，连她的人品和文学素养都被怀疑，说她写的东西感情用事言之无物，不是太过分了吗？大家，你们考试不及格一次，以后就不能参加高考了吗？投篮三不沾一次，就要被拉下去剁手吗？”

“这……”

“我重开庭辩的原因，不是被月鹿蛊惑，而是我听到大家说瑶玲的文章写得不好的时候，心里面会很难过。抱歉，为了赢下第二次庭辩，我们要去搜集资料了。”

我和月鹿步履匆匆，瑶玲一直不紧不慢地跟着我们，忽然她追了上来，内疚地双手放在裙上，对边走边讨论案情的月鹿和我鞠躬。

“皇帝陛下，月鹿同学，我想……这件事情就到此为止吧！”

夕阳下月鹿咬着小曲奇说：“为什么啊？”

“我的事情不但耽误了思贤的功课，连月鹿也在饱受非议。其实我早就习惯了，是不是无良记者有什么关系呢？我的职阶本来也不是记者，而是‘文学大师’才对啊。所以思贤和月鹿你们的好意我心领了，接下来不如好好复习考试，不要操这份闲心了。”

“瑶玲，你原来并不是记者吗？”我也好奇地回过头。

瑶玲面无血色，却强行微笑着点头。

“你不是记者你干吗要多管闲事？”我板着脸问。

瑶玲有些吃惊地睁开圆圆的眼睛。

月鹿拉着我说：“喂，你这叫什么话。”

然而接着我走到瑶玲身边，轻轻拍她蓬松的刘海，屈膝笑道：“当年你靠文字揭发黑暗面的时候，要是有人对你这么说，你心里一定会觉得超窝火对吧？”

瑶玲再次感到吃惊。

月鹿也没好气地笑笑：“总是欲扬先抑，这样有劲吗？”

她也走到瑶玲身边，蹲下来温柔地说：“而且瑶玲，你也听出来了，事到如今不光是你和汐夜有账要算，她和我也结下了梁子。她说我拿人钱财替人消灾，打官司纯粹是为了自己的名利，这不能忍对吧？和她作对的人，要么是无良记者，要么是无良律师，所以其实她只会一种套路。”

我耳朵微微耸动：“月鹿，你看得穿汐夜的套路吗？”

“这套路有多复杂？无非就是，你和她谈法律，她和你谈道德。你和她谈道德，她和你谈民心。你和她谈民心，她和你谈法律。用煽动性的修辞让舆论一边倒，善于说听众能够听懂的话，让听众们自以为听懂了高明逻辑，内心便不自觉地开始迎合她的观点。”

我激动地说：“既然汐夜用的全部是伪逻辑，月鹿你可以当庭指出啊！”

月鹿幽幽地叹气：“大家哪有工夫听我在那里普及辩论逻辑呢？每个人都那么忙，逻辑什么的高考又不考，干吗要花这份脑筋去记？我说什么‘滑坡谬误’、‘统计悖论’、‘虚假两分’什么的，思贤你能懂多少？”

我眨眨眼睛，果然是完全听不懂。

月鹿无奈地耸肩：“所以说了也是白说，不是吗？”

“有没有可能在短时间内普及逻辑学知识？”

“哪有那么容易啊，现在的孩子们只爱读段子，哪有时间读文献？”

我不禁脸红，这倒也是实情。刷微博的时候，我关注的段子手，就比关注的学者多多了。

辩论逻辑，段子……

一个念头在我脑海中轰然炸开。我猛然回头，用收获珍宝的眼神看着瑶玲，看得她有些害怕地向后缩了几步。

“瑶玲，你会不会写段子？”

瑶玲嘴角抽搐：“哎？”

月鹿莞尔一笑：“思贤是说，我们也可以找自己的宣传工具？”

“光是段子是不够的。”我无比自信地笑笑，“如今微博转发最多的，除了段子，还有另一种类型的文章。”

“是什么？”

“四个字，转发抽奖。”我露出了闪闪发光的牙齿。

当夜在“别墅行宫”，白骑士团齐聚一堂，将瑶玲团团围拢，瑶玲亚历山大地用电脑写文章，月鹿负责思考辩论谬误的种类，而我和蓉蓉则负责开脑洞。

月鹿突然双手一拍：“有了，有一种逻辑谬误，叫做‘滑坡谬误’。”

“什么意思？”

“通常推理的过程，一个论据只能推理一个论点，但是有些人却会把推理得到的这个论点，再作为新的论据，无限制地向下推理，以一个很小的开端为起因，推理出无比严重的后果，而整个过程只是听上去似乎有道理，其实根本没有足够的论据支撑。这个过程就像雪崩一样，所以叫滑坡谬误。”

瑶玲眨眨眼睛：“我还是不太明白。”

蓉蓉就抱着胳膊说：“思贤，你本该让瑶玲帮你补习语文，结果非但没有补课，反而一直在浪费时间，所以你语文成绩一定会大受影响，所以你的月考分数一定高不了，所以你的皇位一定会被推翻，接下来你一定会在兰帝高中处处受到压制，过着无比凄惨的生活，继而影响到你的高考成绩，你无法去一流大学读书，人生也会彻底失败，变成一个庸碌无为的无聊大叔，以单身狗的姿态过完一生。”

我跪在地上捂着胸口：“够了蓉蓉……这种时候就别说丧气话了。”

瑶玲悲伤地说：“果然还是……不能耽误皇帝陛下的时间。”

蓉蓉却满不在乎地对瑶玲说：“这就叫做‘滑坡谬误’，现在你懂了吧？”

白骑士团同时晕倒在地。

月鹿解释：“为什么说这是一种谬误呢？因我这一连串事情未必会接二连三地发生。不补语文课的确有可能造成语文成绩受影响，但不代表这一定会造成月考总分偏低，有可能数学和英语都考得很不错弥补了语文的失误呢？对不对？当不成皇帝，也未必会导致高考受到影响，说不定思贤心无旁骛，反而比之前学得更好了呢？”

听完月鹿的分析，刚刚蓉蓉那番听起来有道理很有气势的连续推断，果然经不起推敲。

又比如“虚假两分”。

月鹿解释道：“简而言之，就是人为把事情简单化，让人们觉得一件事情只有非此即彼两种选择，然后排除其中之一，那么另外一个似乎就是唯一的正确答案。”

蓉蓉就盯着吃零食的飞羽：“飞羽，你嘴馋是没有关系，但你这么吃个不停，体重一定会暴增的。所以你要么放下那块仙贝，要么变成子溪那样的死胖子，自己选一个吧。”

飞羽流着眼泪把仙贝乖乖放回盘里。

月鹿擦擦汗：“蓉蓉你可真是毒舌界的最佳段子手啊。这种谬误的原因在于，凡事都不是非此即彼的，并不是要么不吃零食，要么胖死。也可以吃完零食之后再努力锻炼依旧保持苗条身材啊。”

飞羽流着眼泪把仙贝塞进嘴里。

最后大家用了一晚上同心协力得到的成果，在瑶玲的整理和构思下，变成了一篇简单直观又非常有趣的“逻辑谬误集”。

小萌开心地举着手：“连我都看懂了，还学到不少辩论知识，瑶玲你真了不起！”

幕璃也叼着一根手指饼干：“没错，连我这么不爱看书的人都读进去了，写得很棒。”

瑶玲不好意思地捂着害羞的脸。

蓉蓉却依然抱着悲观主义精神：“可是思贤，你能保证有多少人愿意认真去读这篇文章呢？别忘了文章的署名者，是大伙认为并不配舞文弄墨的瑶玲。”

“这件事情就交给我吧。”

我十分狡猾地笑了起来。

文章发到学校的论坛，同学们用学校配置的“学生学习平板电脑”可以在网上阅读到。

汐夜当然是很坑爹地动手脚让帖子沉了下去，可是我是皇帝啊，我有让帖子在高三年级板块置顶的特权。

两三天后，就连在食堂吃饭，都能听见高三的女生们开心地讨论那篇帖子。

帖子的标题不叫“常见逻辑谬误”，而叫做“互撕实用手册，如果和人吵架对方说了以下的句子，请你不要笑得喷出来！”

这是非常高明的吸引眼球手法。

“哈哈哈简直笑死我了！以后人家说‘你行你上啊’，我就可以回他一句‘我不会生蛋，难道我都不能讲你的蛋炒饭炒得难吃了？’”

“还有这句话也很有趣，以后要是有人说‘放开他，他只是个孩子’，就可以说，以后你被砍了可千万不要去报警，毕竟砍你的人那么贫困那么可怜，家里都揭不开锅了，如果不是没钱他怎么会抢劫，你不反抗怎么会被砍，而你比他过得幸福多了，这点小事不要计较，你这个人还有没有同情心？”

接着她们商量着一天以后的第二次庭辩。

“你们会去听吧？”

“当然当然！记住要带着平板电脑去！要按时跟帖才算有效的！”

蓉蓉问我：“按时跟帖是什么意思？”

我把餐盒中的炸虾夹到她碗中，眨眼说：“乖乖吃饭，这可是本山人十年一遇的妙计。”

第二次庭辩如期进行，如果说第一次庭辩，高三年级无人问津的话，这一次的火爆程度，简直到了要抢票的地步。当事双方高三和高二各自撑满了自己的席位，人数达到五五开。

我们高三来观战的主要是女生，大家看见我和月鹿走到场中，就大声问：“思贤皇帝，你在论坛上搞的活动是真的吧？”

“绝对当真，而且肯定不搞黑幕！”我挥手答道。

然后女生们便一齐欢腾起来：“皇帝要发糖啦！”

月鹿微笑，而站在对面的汐夜不屑地说，哼哼，要学我操控舆论啊，真是班门弄斧。

抱歉，我可不是在操控舆论，那样会被你用丰富的经验打败的。

我只是想让尽可能多的人见证，我和我的同伴们，将用真相和真正的逻辑打败你。

庭辩正式开始。我抱着胳膊牢牢坐定，而月鹿和汐夜双方，开始进行辩论角逐。

月鹿：“我方坚持认为瑶玲以区区几个数据错误的过失，承受如此骂名，还要遭到封杀，实在是很不应该。”

汐夜：“又来了，如果当年的判决有误，为什么大家会表示赞同？人民群众的眼睛是雪亮的，大家都坚持认为瑶玲的过失不值得原谅，那事实就是如此。不管你站在哪一边，总之我选择站在大众利益这边。”

高二年级轰然叫好，而高三年级这边，则显得沉默而紧张。

而我带着笑容站起身来。

“思贤皇帝又要来反对我了？”汐夜挑衅地说。

“啊不，今天不反对，我以为你话讲完了，所以要起来给高三年级的观众们公布点事情。如果你没说完，我就先等你。”说着我就坐了回去。

汐夜一脸莫名其妙，大概无法料到我今天为什么风格大变，只好讪讪地说：“我讲完了。”

于是我再次站起，全场屏气凝神。

我吐字清晰地说了四个字，顿时高三年级这边爆发出惊天动地的呐喊。

这四个字是“诉诸大众”。

高三这边可真是炸了锅啊，好家伙，大家欢欣鼓舞摇旗呐喊，高兴得跟捡了钱似的，大声嚷嚷道：“十四点零五分！诉诸大众！果然是诉诸大众！我们猜对了！”

汐夜看到欢腾的高三感到不可思议，一时竟然呆得说不出话来。她大概从来没遇到过这种事情，明明自己的言辞压制了对方辩手，对方辩手的啦啦队竟然会高兴疯了。

月鹿冷静地带着礼貌的笑容：“群众的呼声也不一定代表真理，法律的威严性，也未必总能满足人民大众的心意。法律是严谨的，对于瑶玲的事件，应该依据法律进行判断而非人们的观点。为此我愿意援引一些经典判例作为参考。”

汐夜没来由有些焦躁：“好吧，你看不起人民大众，那就算了。我上次说过的例子你还记得吗？有污点的艺人 A，遭到封杀并不完全是人民的意愿，也是有关部门高层一致决定的结果。有关部门有权威性，你总不能说他们的判决不够正确吧？”

我于是又站了起来。

汐夜暴躁地大声说：“你要反对我吗？”

“我说过今天不反对你，如果你话没说完，就不要坐回去，还是要一口气全部说完才好，否则会影响我的判断的。”

汐夜不爽地把头一扭：“我说完了。”

那么我便平静地说：“类比失当，诉诸权威。”

高三同学再次炸锅。

“十四点十分！类比失当，诉诸权威！好棒，我猜对了！”

“啊啊啊我少写了一个啊！好遗憾！”

汐夜的表情，就像是真正见了鬼了。

月鹿再次坦然地陈述观点：“呃，我上次也说过了，艺人出轨有主观意愿，但瑶玲的数据错误是无心之失……”

汐夜站起来粗暴打断：“你怎么知道瑶玲是无心之失？你有证据表明瑶玲不是故意的吗？以你们的脾气，如果有证据，比如说当时是被人误导才写错的录音，或者是排版失误，你们肯定早就列举出来了吧！你们既然没有证据，一口咬定瑶玲是无意犯错，这不合适吧？”

高二那边也不敢起哄了，因为他们也不明白高三这边为什么要起哄。

这一次高三年级稍微显得有些安静。

“这道题不是送分题啊。呐呐，皇帝，是……诉诸无知吗？”

我赞许地点头。

“耶！”有大半的人兴奋地站起来，“十四点十五分！诉诸无知！”

汐夜坐不住地对我大嚷：“你们那边没完没了地说一些怪话扰乱庭辩秩序是要怎样！”

我无辜地说：“以前你们高二年级尖叫鼓掌吹口哨的时候，我也没说什么啊。”

月鹿抿嘴而笑：“好啦，检方辩手，你们照样也没有证据表明这件事情是瑶玲故意为之，所以也不应该下判断才对啊。”

汐夜站起来说：“我们有证据，瑶玲之前写过许多社论和广播稿，都在表达对高二年级的不满。”

月鹿无奈地说：“就算有一个人每天和他的朋友开玩笑说，我要杀了你，有一天朋友意外身亡，也不能直接把以前的那些玩笑话当成证据，指控说那就是朋友的杀人动机啊。”

我站起来公布，十四点十八分汐夜犯的逻辑错误，是“轻率归纳”。简而言之，就是指汐夜判断事情依据的并不是事实真相，而是根据以往的经验进行大致判断。

高三同学的欢呼，在此就不作更多描述。

月鹿继续发言："所以瑶玲犯错是有意无意，争论下去意义不大。我们可以更多地来关注瑶玲的新闻稿造成的实际后果。她描述的事件真实存在，所以才引起了校方与家长的关注和声讨。而所犯的谬误，仅限于几个小数据，分别是温度超过 25℃的寝室数目，和受害感冒的学生人数，这是缺乏真实数据和细致调查导致的错误，然而并不影响事实真相，也不影响结果。"

汐夜针锋相对地说："月鹿的意思，是要鼓励新闻工作者不加甄别就胡乱发稿？"

"我没有这么说……"月鹿简直无奈。

"新闻行业是十分重要的行业，是人们信息的来源，是社会舆论的风向标。如果为了吸引眼球或者以个人好恶为标尺，就随便发布不实报道，今天只是小小的数据错误，把一百写成九十八，明天就会演化成颠倒黑白，把好人说成是恶棍。今天只有一个瑶玲，站在对高二年级敌对的立场上，用文字对高二年级进行攻击，明天就有无数人，自以为拥有无冕之王的权柄，以自己的私利为出发点，手持着新闻和舆论的大棒，朝你或者我，朝每一个普通人进行狂殴。届时谣言横飞，每个人都有可能变成恶意舆论的受害者，这种未来难道不可怕吗？如果这种丑恶的风气不被扼杀在摇篮之中，如果我们不以瑶玲为例子告诫所有在学校里从事媒体行业的同学，这种与真实为敌的事情做不得，用现在的姑息去换一个黑暗的未来，这样的责任谁能付得起？"

这番洋洋洒洒的宏论，赢得了高二年级同学的欢呼叫好。

可是汐夜没有像往常那样，以胜者的高傲姿态示意大家安静。

而是无比惶恐地发现，高三年级这边的欢呼声，一点都不比对面来得小。

她肯定在想，今天真的活见鬼了，局面已经完全脱离她的掌控了。她善于哄起自己粉丝的气氛，也善于打压对方观众为对方辩手加油的呼声，但要是对方观众也为自己的精彩发言而欢呼，这件事情就太诡异了！

“十四点二十五分，大家等待已久的‘滑坡谬误’，终于隆重登场了！”我郑重地朝大家宣布，高三年级再次欢呼。

汐夜看不懂这扑朔迷离的状况，只好加紧攻势，这一次采用的手段，却是煽情。

“我们每天都有关注时事，而时下热点之一，是日益严重的医患纠纷。昔日的白衣天使，今天是病患的生死之敌，患者不信任医生的处方和疗法，认为医生是吸患者的血增加自己的黑色收入。这一切是谁的过失？是新闻媒体。无良的记者和媒体为了增加关注度，以造谣生事或者故意偏离事实的办法，把不治之症得不到治愈，说成是医生的无能，或者宣传某种未经验证的廉价偏方，对比医生选用的昂贵药物，得到结论说医生在抬高医疗费，在压榨病人。得不到病人的信任，医生将如何救死扶伤？得不到医生的信任，病人该如何寻求帮助？这是无冕之王的原罪，是无数鲜血和生命写下的残酷实例。”

汐夜感动地张开双臂大声疾呼：“所以传媒无小事，上天给了你描摹世情的如椽大笔，你就该入木三分地去表达事实，而不该用来挑起仇恨，用来增加自己的知名度，用骇人听闻的标题去吸引眼球，用低俗下流的报道来迎合失败者的口味。我们不是 Loser，我们也不是没脑子的读者，我们想看真正的新闻，而不想看胡编乱造的文字垃圾，不想自己的大脑被某个人自私的用心所左右，不想在为谣言付费并发声的时候，让那写下谣言的人在一旁嘲笑，说我们真是没救的傻瓜。”

汐夜沉痛地说：“一年前读高三的那位学姐，是报社和广播社的主管人。她得知瑶玲的报道充满了无知和不实之后，意识到自己犯下大错，于是引咎辞职。她的离去虽然可惜，但她的背影依然没有偏离新闻人的正道，她审判了自己，却维护了新闻真实的尊严。她清清白白地走了，却远比缠杂不休的某些人，更让人尊敬和惋惜！”

高二观众们的情绪再次激愤起来，大吼“没错！我们不想当傻瓜”，或者“为无良记者开脱的人一定也用心险恶”。我不得不承认，汐夜在煽动气氛，让群体变得疯狂，让个人意志暂时失效的能力上面，确实很有一套。

连裁判也认为局面已经一边倒了，意识到这时候锤子砸得再响都没用，就任凭高二年级大声地咆哮公堂。原本有些同情瑶玲的副裁判也连连摇头，觉得这局面是没法翻盘了。

可是高三年级这边非常冷静，在等待我起身公布答案。

我站起来小声地问已经准备以胜利者姿态结束发言的汐夜："请问你的发言还要继续吗？"

"啊？"汐夜蒙掉，"我说得还不够多？"

"我就是问问，免得你老觉得我反对你。如果你说完的话，希望我可以占用几分钟的时间。"我故意十分诚恳地说。

汐夜抱着胳膊坐回座位，没好气地说："那就请吧，高三皇帝。"

我于是清清嗓子，环顾身后的高三听众，面带微笑说："公布结果的时间到了。这几段话所代表的，分别是'类比失当'、'道德操纵'和'倒果为因'。我知道这几道题是很难，但是猜对的请举手。"

有一半多的高三同学齐齐举手，在聚光灯下的我，看见她们挥舞的平板电脑，如演唱会上对巨星挥舞的荧光棒。

大家一点都不觉得紧张，心情跟看春晚小品似的。

汐夜满头汗水，紧张地问我："思贤皇帝，从刚刚起你就在说些什么？"

我故意惊讶地反问："你是学习辩论的，我刚刚说的词条，难道你一次都没听说过吗？"

汐夜那边沉默良久。

我看看手表，说："现在是下午两点半，约定的时间到了。麻烦你帮我一件小事，从 1 到 231 的数字中，分别随机给我抽选出 1 个、2 个和 3 个数字。"

汐夜目瞪口呆："16，32 和 64，1 和 10 和 100。"

"你可以随机一点啦！这样听上去就像是在搞黑幕一样！"

"哦。"

汐夜估计大脑正在拼命运转，不知道我在闹哪样，外在反而是一副内存不足的表情，像天真的小姑娘那样说："那就 19，31 和 53，71 和 131

和 167。”

虽然全部是质数……罢了就这样吧。

于是我大手一挥，热情地对身后的观众说：“那么现在，恭喜我们第 19 楼的答题者！你获得了这一次有奖答题竞赛的一等奖！也就是超精装 Saber 手办一个！”

那位 19 楼的女生兴高采烈地起立拼命点头：“谢谢大家！谢谢思贤皇帝！昨天晚上拜锦鲤真的有效果了！”

汐夜和高二那边看得都傻了。她愣愣地问：“什么东西的……答题抽奖？”

我回过头来，无邪地笑着回答她。

“就是我在学校论坛发了一个问题，大家进行回答。全部答对的同学将被管理员从 1 楼开始往后排列，获奖者将在他们之中产生。”

“你问了个什么问题？”汐夜还是完全摸不着头脑。

“我问的问题是——”我的笑容突然增添了一丝杀气，“在第二次庭辩中，在下午两点半之前，高二辩手汐夜，一共会犯多少个逻辑谬误。”

汐夜的眼睛陡然增大，后退一步差点跌坐在椅子上。

“你没问题吧！你说我有逻辑谬误？”

“那是相当的多，你语速再快一点的话，思贤都要统计不过来了。”

月鹿也将小西装衣领一抖，再次斗志昂扬地站起来，帅气地将长发朝身后甩去。

“你一直不太清楚自己的辩论手法有什么问题，而且又很不爱听别人劝，好在以前的观众绝大多数都是支持你的，你可以用舆论压力迫使对手低头认输。”

月鹿深蓝色的瞳孔中闪耀着光芒：“而这一次，思贤皇帝陛下耍了个小滑头，为我争取到了至少一半的观众，他们一直在认真地挑你的错。所以现在我指出你的逻辑谬误，就一定会令这一半观众产生共鸣。”

月鹿抬起手腕直指汐夜的胸口：“这一次你就好好听我给你上一课

吧！”

律师小姐对舆论主导者，展开怒涛之反击！

首先说说什么叫“倒果为因”，就是你把事情的结果当成了原因，把事情的原因当成了结果。你的观点是，因为高三学姐引咎辞职，所以你可以证明瑶玲的报道影响十分恶劣，但真相是，因为你一直在努力强调瑶玲的报道影响恶劣，煽动同学对报社和广播台施压，所以高三学姐不得已才只好辞职以谢天下，你根本就把因果关系搞颠倒了！

然后是“道德操纵”。用煽动性和感染力极强的语言，把你和听众们放到被害者的立场，让你的听众产生同仇敌忾的情感，你说“我们不当笨蛋”，但事实上瑶玲根本也没有把诸位当成笨蛋的打算。反而你随便令大家群情激愤，影响每个人独立的思维和判断，才是把你的听众们当成笨蛋吧？

然后是“类比失当”。本案的核心问题就是，瑶玲的报道虽然有偏差，但是有没有主观上的恶意，如果没有恶意，瑶玲的行为算不算是错误，这两点直接影响到本案的判决。你倒好，直接把瑶玲和无良记者画上等号，把瑶玲带来的后果和医患纠纷画上等号。仔细分析的话，你的这一比喻根本站不住脚吧？

月鹿一口气说完这番话，然后敏捷地拿起桌上的纯净水飞快地喝了一口，将嘴唇擦干就继续昂首挺胸地往下分析。

然后是“滑坡谬误”。你说瑶玲今天会把八十错误夸大成一百，明天就会颠倒黑白，长此以往这世界将会变成残酷的人间，恐怕未必吧？今天只有一个瑶玲搞错了数据，明天就有一百个坏记者跳出来诋毁普通人，恐怕也未必吧？辩论不能随便搞什么蝴蝶效应，用一个小的论点无穷无尽地推论出无数论点，每一个步骤都必须进行严格的论证过程，否则姑且一听，根本不值得反驳。

所谓的“诉诸无知”，就是你没法证明一件事情存在，故而他就不存在。常见的是你没法证明神的存在，因此神就不存在，或者反过来说你没法证明神不存在，所以神必然存在。你说我没证据证明瑶玲的稿子没有主观恶意，所以瑶玲必有主观恶意，这种说法实在是过于简单粗暴了吧？

所谓的“轻率归纳”，就是即使A对B说了一万次我要杀你，当B真的死去的时候，也不能立刻断定是A动的手，甚至不能认为A具有杀人动机。即使瑶玲真的很讨厌你们年级，也不能随便认为瑶玲把她的主观恶意写在报道之中。平常说说而已的话随便就当成证据，还要刑侦学做什么？警察叔叔办案就不用那么辛苦了，只要问问死者生前和谁怄气，直接把那人抓起来就行了，不是吗？

所谓的“诉诸权威”，就是只要是权威机构所做的一切都是对的，有关部门封杀了污点艺人A，因此我们就必须封杀瑶玲。事实上就算封杀艺人A的事情没错，不代表可以简单照搬到瑶玲的案件上来吧？如果有关部门说什么是什么，还需要如此条款清晰的国家法律法规做什么？任何一个领导都可以去当法官了好吗？

所谓的“诉诸大众”，就是认为人多就是真理，少数必须服从多数。大家认为瑶玲有错，所以瑶玲就有错，带领大家痛打落水狗是很有趣对吧？然而不好意思，现在至少整个高三年级都觉得你水平有问题了，你愿意开开心心地接受这种观点吗？如果大众的观点真的这么值得采纳，还要那么多辛辛苦苦学习法律知识的人做什么？还要法官和审判员做什么？所有案情不都可以靠投票表决吗？

月鹿深深呼吸，进行最后的总结陈词。

汐夜，虽然这是兰帝高中的庭辩厅，不是真正的法庭，我和你也不是在进行真正的法庭辩论，可是这件事关乎瑶玲的名誉和前途，我不得不采用最严谨的态度来和你分析整个事件。所以我希望和你进行一场堂堂正正的庭辩，而不是挥舞着道德大棒，煽动着听众们的情绪，随便将一个女孩钉在耻辱柱上。只是之前我一直都没有这样的机会，而你也从不以为你那样的辩论方式，到底有什么问题。

而今天是思贤皇帝陛下为我创造了这个机会，可以就事论事，不把事情扯远，也不能蒙混过关，所以我哪怕代表自己，也要对思贤同学说一声谢谢。

月鹿转过身来，慢慢将我的右手托起。

“不！你别乱来！”我感到十分慌张。

“不喜欢吻手礼吗？”

“不，你就来个鞠躬就行了！”我慌乱地说。

月鹿开心地笑笑，便真的给我鞠了一躬。我只能不好意思地挠着头，转过身去害羞地说：“搞恶作剧我最擅长啊，这点小事……家常便饭而已。”

一直十分难过的瑶玲也第一次破涕为笑，捂着嘴眼泪也来不及擦，笑声低低的却很甜美。

月鹿再次面朝汐夜，虽然表情沉稳，声线也并不激昂，却有一种泰山崩于前而面不改色的坚定气度，令我也不禁心生崇敬。

“那么，我可以把我对瑶玲不实报道案的主张，再次陈诉一遍了吧？”

月鹿的主张我不再复述。总之她的语言依然客观精准，听上去质朴简单，可是等她邀请汐夜发表主张的时候，汐夜竟然第一次害怕得不敢从椅子上站起来。

这丫头打败无数辩论高手，但她其实从来都没用过真正的辩论逻辑，去和其他强者进行堂堂正正的对战。

所以现在是真的感到害怕了。

她瘫坐在椅子上，虚弱无力地说：“我方认为……瑶玲的报道对高二年级存在抹黑和污蔑，是有损职业道德的行为。”

月鹿等对方说完，才礼貌地点头说：“嗯。针对检方的说法，我们有做过对照试验，将史官记载的史实作为样本 A，同时把原报道作为样本 B，随机发放给其他学校的同学或者是路人阅读，无论读到哪一份样本，都要填写一份问卷，问卷内容我会放映在 PPT 上，相信问卷并没有进行恶意误导，都是十分客观的问题。”

要知道路人们可没那么多耐心看报道答问题，这可都是白骑士团的功劳。她们去街上请路过的同学们答问卷了。

而且这帮不靠谱的家伙……差点还要强行把我按倒，也打扮成“高挑的漂亮小姐姐”，说是多一个人多一份力量。还好飞羽在人生的重大关头幡然醒悟，没忘记自己是我的近卫，把女孩子们拦了下来，令我溜之大吉。

的确在 PPT 上放映的问卷，问题的格式是“在冬季，高一年级在使用空调供暖的时候，具有可以调高温度的特权，是还是否；高一年级的行为导致高二年级空调供暖温度不够，是还是否；高二年级不少同学因此感冒，是还是否”。的确没有明显的感情色彩，也都是新闻交代的内容。

而重点在于，拿到样本 A 和样本 B 的随机路人，做出的答卷，结果都惊人的相似。

月鹿总结道：“所以事实上大家在读报道的时候，对数字并没有那么敏感，不会觉得高二年级有 80 人感冒就无伤大雅，而有 100 人感冒就事态严重。事实上读数字大家只是一晃而过，看到的更多是事件本身，而针对事件本身，瑶玲的文字并没有问题。”

汐夜无数次坐下又站起，像是想使用某种诡辩术来破解月鹿出示的证据，却又很害怕再被高三同学们抓住把柄，再罗列一两个“逻辑谬误”出来，可就太丢人了。

“所以瑶玲的数据错误，根本没有改变大众对你们年级的看法。”月鹿平静地说完，伸手十分有礼貌地对汐夜说，“检方对这一点持有异议吗？”

“没……没有。”汐夜不停地擦着额头上的汗水。

月鹿微笑着点点头，然后说：“那么为了佐证以上观点，我将播放一段电话录音。我们采访到的这个人是当年辞职的学姐，希望大家听听她的观点。”

学姐的声音在大厅里播放，她是这样说的——

“其实新闻媒体的意义在于监督，在于揭露黑暗面，我觉得瑶玲的报道在这两点上都做到了，数据的错误有许多原因，一是对高二年级那边的取证很困难，二是我作为主编确实也没有去真正查实。但处理这种工作失误采用的一般方法是什么？是另外登报说明真实情况，并且瑶玲做出道歉声明就可以了，不至于上纲上线。把瑶玲往死里面打压，这真是有点过了。我现在读大学也负责学校的广播，新闻每天都要播难免会有失误，主播们也经常嘻嘻哈哈态度很不端正地道歉，所以瑶玲那点数据错误，真的没啥。”

汐夜努力挣扎起来反对：“学姐作为过失方，当然会用这种话替自己和瑶玲开脱。”

月鹿点头：“好，汐夜的意思是不赞成用这种柔和的办法处理新闻报道出现的小失误。那我们来看看汐夜你管理学校报社和广播台这一年来，难道一个错误都没有吗？远的不说，就在上周的报道，转校生思贤来到兰帝高中，担任高三年级皇帝，报纸第二版第三栏第五行写成了‘丝线’，这事儿有没有？”

还有这事儿？兄弟你拼音输入法用得不溜啊。虽然这是在打我脸，不过这巴掌拍在汐夜脸上，恐怕会更疼。

“额……”

“这件事可大可小，往小了说就是错别字，往大了说是在对尊贵的高三皇帝挑衅。那么请问汐夜，这位打错字的评论员你把她开除掉了吗？”

汐夜无比痛苦地憋出三个字来：“我没有……”

“类似的小错误还有很多，如有需要我可以一一列举。我想说的是，既然学姐认为用柔和处理的办法是恰当的，而汐夜平时处理其他犯错的记者时，手段也是温柔的，那么对瑶玲的攻击和处罚，是不是就太不公平了？”

第一次庭辩的时候汐夜靠着插科打诨的方法，以“我不听我不听”的态度，就可以蒙混过去。而这一次，汐夜同学真的不得不听了。

月鹿用铁证分别证实了三个分论点，分别是“瑶玲几乎没造成恶果”，“这种低微的错误不必严厉指责”和“起码你面对自己人的时候，就不会指责这种小错误”，这三个论点足以让汐夜陷入看不见的牢笼，她搜索枯肠，也找不到任何语言，可以突破这金字塔般屹立的三重论点！

汐夜最终无助地说：“月鹿，我做这一切也是出于好心，是不希望新闻操纵舆论，不希望不实报道的风气肆虐。你说我做得不对，难道你的主张就是正确的吗？”

“我确信我的主张是正确的。”月鹿斩钉截铁地说。

这句话令沉默已久的观众们窃窃私语。

“哈哈，这没什么好奇怪的吧？要是我自己都没有坚定的立场，又怎么能帮老实的瑶玲证明她根本没有过错呢？”

裁判轻敲木槌：“请注意你的观点。如果你声称瑶玲没有过错，就意味着你试图进行的，是瑶玲的无罪辩护。”

月鹿意气风发地脱下小西装搭在肩上，露出洁白的衬衣，无比自信地说："没错，我要做的就是无罪辩护。"

而这一句话，连我都感到十分吃惊。

我原以为瑶玲写错了数据，只是无心之失，错误并不严重。

但是月鹿竟然坚持认为瑶玲是完全没有过失的！

会不会野心太大，反而会露出破绽？

瑶玲拿出一本厚厚的法典，进行了最后的陈词。

"我的职阶是律师，所以对人类司法历史上的重要大案，也都有过细致阅读和粗浅研究。其中上世纪六十年代美国的《纽约时报》诉萨利文案，正好情形十分接近瑶玲的案子。

"为了声援黑人的民权运动，《纽约时报》登出了南方黑人们举行运动，以及遭到警方镇压的报道。但是和瑶玲一样，虽然内容大致属实，但有许多数据还是出现了错误。南方警局的官员萨利文觉得，《纽约时报》的大兄弟，你们这谣言造得飞起啊，是在警方头上扣屎盆子啊，于是将报社告上法庭。而地方法院认为萨利文的主张很有道理，于是判他胜诉，并对《纽约时报》处以罚款。剧情发展到这里，是不是很像瑶玲经历的故事？"

裁判和副裁判默默点头。

"可是《纽约时报》也不是好惹的主，并把官司打到联邦最高法院。这一次萨利文老兄的运气就很不好了，最高法院的九位大法官，以9：0的悬殊结果，判《纽约时报》胜诉，说萨利文你要是再找报社麻烦，我们就弄你信吗？当时援引的复杂法律条陈，在这里我就不做赘述，但我希望可以简单复述一下法官们所坚持的精神……"

月鹿将右手高高抬起，在日光灯的映照下，她的身上笼罩着洁白的光晕。

"法官们认为，新闻媒体相较政府和官员，是无权无势的一方，作为媒体从业者，我想要第一手的真实数据你可以耍无赖不给我，我的调查和取材也总是充满重重困难，如果我写错一句话，你就告我诽谤，让你在法庭工作的好朋友罚我个万儿八千，我一年就白干了。假如老这样，新闻做不到100%准确就不敢公开，社会将得不到监督，人们将得不到相对真实的消息，社会将变成一个你们当官的说什么就是什么的地方。所以法官坚信媒体无罪，而从今往后的新闻从业者，在报道政府弊端的时候，只要没有怀着主观恶意去诋毁政府，其新闻自由就该得到完全的保护。”

月鹿用怜爱的眼神俯身看着瑶玲，伸手摸着她蓬蓬的团子头，对裁判说：“而我们的瑶玲同学，她报道的是不公平的现象，她不是在针对某个人，是在针对弊政。即使有些许错误，也不该认为瑶玲侵害了你们年级的利益，毕竟你们年级侵害别人利益，已经做在前面了。”

汐夜气急败坏地指着月鹿：“你！”

“所以我的观点是，瑶玲非但不是罪人，还应该称为用手中的笔守护同伴的英雄。不但汐夜你欠她一个道歉，我想包括我们高三年级的所有人在内，都欠瑶玲一个道歉。”

听到这里我先是豁然开朗，对月鹿精深的法理知识感到无比敬佩，虽然萨利文案对她而言可能是学法律的人必懂的经典案例，但我这种小白听来还是觉得十分振奋！

接着又对瑶玲感到由衷的欣慰！

所以我立刻起立，和月鹿一起，同时对瑶玲鞠躬——

“瑶玲同学，这一年来，真是辛苦你了！”

观众席在蓉蓉的带领下，也全部起身，真诚地对瑶玲说了一句，真是辛苦你了。

瑶玲灿烂地笑了起来，可惜眼泪还是很不争气地冲出眼眶。

可是我和月鹿都没有意识到，已经全然败北的汐夜，正酝酿着发动一次可怕的反扑。

如果当时我把眼睛从瑶玲的丸子头上移开稍微去看一眼汐夜的话。

描述起来，一定是“一股黑暗力量正在她身上迅速聚集。她的眼睛发出赤红光芒，嘴角也扬起邪笑，由于不愿意接受败北，她的灵魂正在飞快黑化，而这股暗之能量，将很快席卷全场”。

第八章　里月鹿

汐夜双手撑着木桌，佝偻着身子，突然有些发狂地大笑起来，这令忙着安慰瑶玲的我不禁吓了一跳。

“嘿嘿嘿，哈哈哈。很好，月鹿学姐你又一次战胜我了，真是不错。好棒呐，懂这么多法律知识，可以把我们这些笨蛋辩得哑口无言。只要是为有错之人开脱的官司，我永远都打不赢你吧？”

裁判敲锤示意汐夜安静，可是汐夜却突然将头一抬，眼睛瞪得大大的，夸张地大笑，完全不理会裁判的示意，并用嘶哑的声音大声说：“今天瑶玲成英雄了，我们都被打脸。打脸虽然疼，但是也还可以忍受。可是一年前学校琴房小提琴失窃案，你做出精彩的无罪辩护之后，那个负责看守乐器的孩子，可就惨了。”

汐夜让他身边的副辩手起身，笑容突然一收，换成暴怒的神情，大声斥责月鹿。

“我以为律师是帮助弱者和受苦者的职业，不是多读了几本法典就玩弄逻辑的职业，也不是靠打赢一个个不可能翻盘的案子为自己博取名声的职业，更不是收取当事人的高额酬金，去颠倒事实真相的职业！”

月鹿表情一沉，并没有立刻反驳。

汐夜眼中含泪，指着副辩手：“一年前你为那个偷琴的同学脱罪，你胜诉了，他是无罪了，拍拍屁股走人，而我的当事人，也就是这位副辩手，明明家中贫困，却不得不因为失职，赔偿那把贵重小提琴一半的价格！一万块钱对下岗职工家庭而言是小数字吗？”

月鹿小声地答道：“可是既然看守琴房是他的责任，没能好好看守提琴，自然要……”

“谁说的没有好好看守！”汐夜咬牙说，“他原本就亲眼目睹了偷琴者偷走贵重小提琴的过程，而在偷琴者的宿舍里也的确找到了失窃的小提琴！本来就是偷琴者犯下的罪，只因为被你巧舌如簧地开脱掉了，便都成了我们这位琴房管理人的错！”

那位副辩手反而没有太多的情绪起伏，非要用一个词形容的话，是比暴怒和憎恨更令人绝望的，一种槁木死灰的神情。

“这一万块钱变成了压垮他原本就十分清贫的家庭的最后一根稻草，爸爸和妈妈开始无休止的争吵，开始后悔把品学兼优的他送来兰帝高中读书，爸爸只能用酒精麻醉痛苦，而妈妈只能靠无休止的抱怨来抒发心中的怨气。月鹿，你打赢官司一时爽，有没有想过竟有这么多人为你感到痛苦？”

月鹿隐忍地低下头，反而是蓉蓉在观众席上站起来说：“我反对！”

裁判：“旁听席上那位观众，你没有权利提出反对。”

我也立刻站起来说：“蓉蓉是皇后陛下，她反对就等于是我反对！如果她反对无效，那就由我来提！”

蓉蓉盯着我：“喂，你别讲多余的话。”

“与其有工夫骂我，不如把你该说的话先说了嘛！”

蓉蓉于是移开目光，依旧一副无敌傲娇的架势，对汐夜说：“你说的那位偷琴的同学，后来不是自己掏钱帮琴房管理人支付了一万块钱的赔偿金吗？”

汐夜冷笑：“可笑就可笑在这里，连当事人都自知有愧，为了良心的安宁，把这一万块钱拿出来了。如果不是他干的，他怎么可能这么好心？”

这番话已经完全不讲逻辑了，我大声提出抗议。

“没错！我就是不想讲逻辑了！假如逻辑就是用来为有钱人铺平道路，让弱者沦为牺牲品的东西，我不要也罢！”汐夜蛮不讲理地横下心来。

汐夜眼眶通红，对月鹿用最大音量吼出来：“你就是用逻辑作为你的武器，把亲眼目睹罪行的管理人的证言，说成是谎话！把在偷琴者宿舍搜出来的提琴，说成是与本案无关！你怎么就这么能干呢月鹿学姐！偷琴者良心不安拿钱赔偿，可是刻在琴房管理人家庭上的伤，早就已经永远抹不掉了！”

汐夜对沉默不语的月鹿再次大声控诉，说着自己的眼泪就掉了下来。

“月鹿学姐，我确实不像你一样，对法理有很高深的钻研，也笨嘴拙舌不懂逻辑。但我知道至少一点，必须要讲良心，一定不能颠倒黑白，一定不能拿人钱财替人消灾，一定不能用自己的能耐，让弱者更加贫弱，让强者越发肆意嚣张！”

观众席上的同学们也按捺不住激动的心情，讨论的声音越来越大。

“月鹿真的做过这么过分的事情吗？”

“我是听说过大律师最喜欢为罪证确凿的当事人进行辩护，以增加自己的知名度。”

“一部电影叫《魔鬼代理人》不就讲的这个。”

没想到当汐夜决定不再辩论瑶玲案，而一味对月鹿发起攻击的时候，依然能掀起如此的波澜，场面一度到了失控边缘。

而月鹿只是默默披着西装外套，坐在椅子上，目光出神地玩弄着自己的手指，表情十分寂寞。

关于月鹿一年前参加辩论的提琴失窃案，我动用皇帝的特权也让史官找出来给我看过。

确实如汐夜所说，当时的证据都是铁证。

管理人说在琴房窗外，亲眼看到那位同学抱着名贵小提琴离开。

月鹿的辩驳如下——

当时琴房之中有没有开灯？没有开灯，好。当时是在夜里十一点，学校的路灯是开启的，正好在琴房外就有一盏。路灯的灯光反射在玻璃上，会晃到管理人的眼睛，导致他看得并不清楚。如果各位不信，今晚可以做个实验。

到了夜里，月鹿把裁判、证人和双方当事人一同叫到琴房外。

“管理人，你当时就是在这里看到的偷窃行为对吧？我们今天重现当天的情景。请问现在在琴房内部的人，是高二年级的同学，还是高一年级的同学？”

管理人擦了擦额头上的汗珠：“我……”

“看不清对吧？”

“偷琴的同学经常来练琴，所以我对他是很熟悉的！”管理人强行辩驳，“而现在你随便找一位同学，我不认得，当然答不上来！”

月鹿点头：“好，那你告诉我这人是男生还是女生。”

管理人用力地眯着眼睛，答道：“从她瘦小的身材看上去，她是个女生。”

“好，那大家就随我进去看看吧。”

一分钟后，月鹿指着摆在房间当中的衣帽架，说：“如果管理人能把衣帽架说成是女生，那么他声称亲眼目睹我的当事人偷窃提琴的事情，恐怕就不足以作为证词。”

而对于在被怀疑偷琴的同学房间里搜出来的名贵小提琴，月鹿做出了如下的辩护——

“这把提琴上又没有其他人的指纹。所以我的当事人说这是他自己的提琴，我是相信的。”

“可以是他把其他人的指纹全都擦掉了！”

“提琴弦也和学校那把并不一样。”

“提琴弦可以换！”

“我的当事人这把提琴是新买的，成色比较新。”

“但是我方作为管理人，每天都要养护学校的提琴，能够一眼识别这就是学校那把！”

月鹿无奈：“好吧，既然这么说，那就请把这把提琴拿回去吧。”

汐夜欣喜：“你这是认罪了吧？”

“你就当我是认罪了吧。”月鹿故作犯愁，“但是我们遇到了一个小小的麻烦，不小心把两把价位一致的小提琴放一起了，我和当事人眼光不行，分不清楚到底哪把是失窃的琴了。刚好你说管理人眼光独到，能够一眼就认出来学校的琴，真是帮大忙了。那就请管理人来帮忙挑选吧。”

然而管理人这次眼光就不独到了，挑选良久，最终胆战心惊地随便指了一把。

旁听席上一个小辫子大叔猛地跳下来，怒吼道：“你胡说八道我抽你信吗！这是你们学校的小提琴？这是我们琴行的高端琴！两万块一把，还没卖给别人呢！你随便一指就想拿走？”

他拿出手机照片和提琴证书：“看见没！这把琴背后的拼板花纹和照片上一模一样，就连那纹路上小小的瑕疵也是一样的！证书也全部齐全，这是在国外小提琴生产厂商那里进货的时候留的影，你不懂请不要乱说好吗！”

管理人无比心虚：“我说的……是旁边这一把。”

旁听席上另一个白发婆婆跳下来：“这是我们琴行卖的琴，小伙子你别欺心啊！”

月鹿轻松地说：“所以这就证明管理人根本无法分辨小提琴。”

汐夜：“我反对！辩方是在故意用必错的问题诱导证人！”

管理人也帮腔：“没、没错！两把琴都不是当天我看到的那把，我这是一不注意被你套路了！”

反对有效。

老婆婆说：“不对，这虽然是我们琴行卖的琴，但现在的主人就是月鹿身边这位同学。”

月鹿笑眯眯地举着这把提琴：“没错，这就是那天在男生宿舍搜出来的提琴，上面还有你的指纹呢，而且取证当天我也照了相，可以证明这把琴的花纹和当天你搜到的琴花纹一样。那么你刚刚说，这两把琴都不是当天看到的那把，到底是什么意思？”

管理人这下彻底无言以对了。

“你其实，根本就无法分辨学校的提琴和我的当事人的提琴吧？”

所以证人的证言被月鹿证伪，被彻底封印。

所以因为证据不足，对那位同学的指控取消。

虽然月鹿是胜利者，当时却并没有享受到胜利者的待遇。

由于汐夜可以煽动学校的舆论，这个原本精彩的案例，就被汐夜描述成“月鹿收取高额报酬，用诡辩术替他人洗脱罪名，把一切污名栽在家境贫困的管理人身上，令管理人家庭陷入危机。这是一种无良律师玩弄法律和正义的恶劣行径”。

不见得每个兰帝高中的学生都对庭辩过程很了解，但管理人确实很可怜，不但勤工俭学的工作被开除了，还要担负高额的赔偿，却是大家很容易就观察到的。同情弱者的情绪逐渐高涨，而大家矛头指向的，就是“无良大律师月鹿”。

原本和“法律研究学会”的同学们相处融洽的月鹿同学，经过此案之后，被大家冷漠地排除在外。只要月鹿到场，原本热闹的讨论就会立刻冷却下来，学会的同学们各自捧起一本书闷不吭声地看，月鹿先是笑着问，大家这是怎么了。然而时间长了，月鹿也知道自己只有默默离开，以孤单的步伐，和这些曾经志同道合的朋友们告别。

而那位同学，也迫于压力，转学离开兰帝高中。在此之前出于同情心，花了一万块钱替管理人支付了赔偿金。

所以月鹿才会说，自己虽然赢了汐夜，却仿佛只能以败者的姿态苟活。

舆论的无形力量是十分可怕的。

靠喷是可以喷死人的。

而现在，汐夜在瑶玲案上，再次提出此案，又一次把民怨的浪潮掀到最高点。

时间回到现在，之前汐夜假装自己是靠着逻辑和口才与月鹿展开辩论，然而她带有煽动性的伪逻辑，被我用答题抽奖的计谋封印住了。

而现在她直接承认“我就是不想和你们讲道理了”，事情又再次变得非常棘手。

汐夜再次掀起大家的怨恨：“月鹿，我知道你未来走向社会，将以大律师的身份，成为精英阶级。你虽然说话的风度看似客观文雅，其实内心在窃笑我们书读得少，还在用朴素的观点分辨是非，根本不懂法庭上应该怎样操作才会赢对吧？”

汐夜身子用力前倾：“所以你也只会帮助精英阶级，只会帮助能够给你高额辩护费的富人们，用你平生所学，把苦难和悲伤带给招惹了富人的普通人民，对吧！”

瑶玲小声却坚定地说：“我并没有办法给月鹿律师费。”

汐夜指着瑶玲：“你闭嘴！我知道你当然给不起！但是这一年来月鹿也没有替你辩护不是吗？今天重开旧案，那还不是看在皇帝的面子上，是希望赢得皇帝的欢心！”

我当然要立刻反对：“你说的事情已经严重地和本案无关了！”

“反对无效！”汐夜竟然这么说道。

你还真是无法无天啊！连裁判的台词都敢抢啊！

会场已经彻底变得乱七八糟了，没有人还记得今天的二次庭辩讨论的是瑶玲的不实报道案，仿佛一开始接受审判的，就是月鹿同学。

“像你这种人，能力越大，害处也就越大。我可以输给你一百次，但当你伤害弱者利益的时候，我永远不会允许你任意妄为的！”

大英雄汐夜带来的正义浪潮已经彻底不可阻止，我紧张地看着月鹿，月鹿只是疲惫地垂着头，嘴唇微微抖动，似乎连她也没有办法了。

然而在蓉蓉的授意下，飞羽跳到场中，在我耳边轻声说：“再等一分钟，我们的救兵就要到了。”

救兵？我回过头去看观众席上的蓉蓉，只见她霸气地跷着二郎腿，似乎早已成竹在胸。

高二观众席对月鹿的讨伐已经化成整齐的口号，裁判和我大声提出抗议也是无效。

而阻止这讨伐的浪潮的，是一首悠扬的小提琴曲。

一位穿着白西装的少年站在证人入场的入口处，正以清澈的琴声平息会场的戾气。

“高三年级的同学们，我回来看你们了。”少年带着笑颜说。

我愣了半分钟，然后哇地一声指着他说："你就是……"

少年靠肩膀和下巴的力量压着提琴，腾出两只手来揪我的脸："我的名字叫星川！你就是转校过来的皇帝同学吧？真是的为什么要拖到高三年级才出现？"

"哎？"

星川同学一脸天真亲和的笑容，对我身边的月鹿打招呼："哟，月鹿，你还好吗？呃，看起来是不太好。"

汐夜狠狠地对星川说："你怎么还敢回到这里？你不怕你的良心受到谴责吗？"

星川回过头去演奏了一小段欢快的喜剧曲，然后才挑着眉毛说："但我根本没做过任何违背良心的事，所以我想回来就回来咯。"

然后星川沉静地对琴房管理人说："哟，阿满，看到你到现在还是过得不好，我也就放心了。"

这句话不但令我眼睛睁大，也令一直有些颓废的月鹿微微吃了一惊。

"喂！你小子又要欺负弱小吗！"汐夜大声说。

然而星川只是抬起琴弓，用金戈铁马一般的琴声，将汐夜震了回去。

"我看阿满不爽，就叫欺负弱小啊？"星川像执拗小孩一般不买账地笑着，"学妹你没学过高中政治课吗？矛盾的双方在一定条件下可以互相转换，看似强者未必永远强大，看似弱小者也未必永远弱小。我倒觉得，去年你们对我所做的一切，就是所谓的欺负弱小。"

星川琴弓直指阿满："你当时掌管着琴房，我按照学校规定去借最好的小提琴来练习演奏，你却给我平添出许多规定，笑眯眯地说什么，有别的同学借用这把琴是要加钱的，这是不成文的规矩。你看你家又不缺钱，能不能也……"

然后星川剑眉竖起十分强硬地说："你私自收取练琴费，装入自己荷包，因为我家有钱，所以我就应该也给你额外的贿赂？我的职阶是小提琴家，我不能容忍你让小提琴蒙上铜臭味，所以我借不到琴，只能愤愤离开。

这个时候你觉得你和我，谁是强者，谁是弱者，到底是你在欺负我，还是我在欺负你？”

星川继续丝毫不留情面地说道：“那位花钱借好琴的同学，用很粗暴的手法在演奏那把提琴，我听得心碎，就告诉你这么做是不对的。你于是暗暗对我不满。所以当那把提琴真的坏掉以后，你先暗中处理掉，然后冤枉是我偷走了提琴，因为全校同学都知道，我是琴痴嘛，我看不下去那把琴被暴力演奏嘛。一时间竟然没人怀疑你的说法。这个时候你和我谁强谁弱，到底是谁在坑害谁？”

“你不允许我使用学校的好琴，我当然可以自己买一把，这也成为你用来指控我的证据了吗？”

星川皱着眉，仿佛正经历着当时的痛苦：“你知不知道，你明明有自己提琴的发票，也有买家的证明，学校还是一遍遍找你问话，旁敲侧击问你这把琴是哪里来的，这种感觉有多痛苦多难熬？你知不知道，原本把你当成音乐王子的同学们，突然同时用看贼一样的眼神看着你，你手中的琴不再是你荣耀的象征，不再是你的朋友，而变成了你的原罪，这种感觉有多寂寞多冰冷！我虽然知道提琴并不是自己偷的，可是咬牙撑得久了，甚至会产生幻觉，在梦里自己会在浓得化不开的黑暗里走进琴房，偷走那把提琴，会在长期的失眠之后，思维混乱地独自发笑，说要不就承认吧，承认下来就轻松了。那段时间我的琴声，不再是音乐的涓涓细流，而是神经病人狂躁的呓语，你能明白这种感受吗！”

星川转身搭在月鹿的肩上：“所以你也永远意识不到，月鹿对我而言有多重要。”

“在案件陷入僵局的时候，月鹿突然有一天对我说，星川，你能不能演奏小提琴曲给我听。优美的音乐，是可以启发智慧的。”

星川的声音从激昂变成低婉，望向月鹿的眼睛，也充满了温柔的谢意。

“我演奏了几个小节，月鹿问我，为什么不用那把比较贵的小提琴呢？可我害怕去触碰那把提琴，就在犹豫不决的时候，月鹿满不在乎地把那把琴递到我的手中。”

星川略略停顿，感动地说：“这是你的琴，无论别人怎么说，都无法改变这个事实。这是当时月鹿对我说的话。于是我吃惊地反问，月鹿你……真的相信我是无辜的吗？月鹿当时的答案是，当然啊，这不是明知故问吗？身为律师，为一个连自己都不相信的人辩护，这种事情做得到吗？”

星川的声音有些哽咽：“我狂躁的琴声，正是从这一秒开始，才恢复清澈的。那一刻在我大脑中混杂纠缠的可怕念头，突然消失不见了。我只有一个坚定的信念——哪怕全世界的人都认为我有罪，但至少还有月鹿愿意相信我，这就已经足够了。”

一直埋着头的月鹿也带着不可思议的表情，第一次抬起头来，目光闪烁地看着星川。

“后来我转学离开兰帝高中，是因为我虽然赢了庭辩，骂我的声音从未止息，重重的压力一直无法放下，不得已才离开朋友去别的学校读书。即便我赢了庭辩都承受不了这种重压，如果我不幸输了呢？那我的人生，一定会变成无法想象的噩梦。所以你们在对我提起诉讼的时候，谁是强者谁是弱者，是谁在打压谁。”

星川的声音又再次振作起来：“可是幸好我赢了，带着无罪之身离开，怀揣着在那个夜晚月鹿送我的小小光明，我才没有失去对小提琴的热爱，才能心无旁骛地练习，让琴声变得更加优美。所以月鹿她，从来就没有帮助强者打压弱者，她所做的一切，只是在寻找真相，在申张正义。这和她的当事人有钱还是贫穷无关。”

星川拉着月鹿的手：“所以月鹿，假如汐夜想再次用舆论的方法击倒你，你也没有必要一直坚守公允稳健的作风。可以把你的里人格解放出来，让他们吃一顿麻辣重口的。”

“我……可是……”月鹿目光眩惑地看着星川。

里人格？这到底是什么设定？难道月鹿也可以黑化，变成比现在已经这么强大的家伙还要恐怖百倍的存在吗？

星川笑眯眯地替她打气：“别担心，就算解除封印，我也会打心眼认为月鹿是一个最棒的律师，相信皇帝陛下和他的皇后，也一定会这么觉得的。”

喂，少年！初来乍到的别搞事啊！折扇拍的又不是你，你当然不觉得疼啊！

“哦，是吗？那倒是可以试一试。毕竟汐夜这个学妹，可不是吃素的对手。”月鹿摘下眼镜，笑容带着一丝邪气，转身问我，“思贤，我有告诉你我最喜欢的律师是哪一位吗？”

“没……没说过。”我不禁把板凳蹬得后退了一步。

“是日剧*Legal High*中的主角，古美门研介。”月鹿的声线已经变了！和平常柔腻婉转的小姐姐声音相比，现在可以说简直混杂着恶魔带着硫磺味的浑浊回响！

月鹿嗖地一声站起来，指着汐夜：“喂，汐夜，你这臭丫头真的令我很不爽，作为姐姐我今天不摔打你一顿，恐怕你长大还要摔得更惨。”

“你……你说什么？”恐怕就连汐夜这么狂霸的人，也没见过这样的月鹿。

“你整天叨叨叨地说星川有多高富帅，我有多跩，你和你的当事人过得有多惨。喂，你是在参加《中国比惨王》啊？我不知道你的大脑是被开水煮过还是怎么的，化学成分已经不适合接受人类的逻辑思维了。那我只好送你简单粗暴的五个字……”

月鹿用力拍桌，怒吼道：“你弱你有理啊！”

汐夜被里月鹿的无形气场击中，摔回座位，而里月鹿如加特林机枪般的攻势疯狂展开！

“姐姐我读这么多法律文献，写的笔记有厚厚十几个笔记本，不是用来被你这种屁都不懂的死孩子随便践踏的好吗？我懂得多我有理有据，就变成无良律师，反过来连大陆法系和英美法系这俩词儿都没听过的你，倒变成了正义化身，傻不傻啊亲，是不是小屌丝逆袭大大的脑残文看太多了啊！”

好可怕！

“我搬出法理来压你叫仗势欺人，你无知无畏反而成了奋勇抗争对吗？这就好比我请你吃大餐，你不谢谢我就算了，还说我装，你请我吃饭不给钱，说这不叫霸王餐，这叫缩短贫富差距，我和大师傅一人拿铁锅一人拿锅铲，对你进行混合双打你信吗？你要多读点书至于说话这么没谱吗？书就在图书馆里面，有人拦着你说敢去看就打断你的腿了吗？既然不懂法律学人家当什么律师？我知道我不是干传媒的料，要是我在广播台天天播《今日说法》得把全校同学烦死，所以我不去那凑热闹，但你呢，大草原上的土拨鼠都知道别去惹狮子呢，你怎么脸就那么大非得来找我 PK 呢？我和你讲法律，你要和我骂闲街，但你连骂街都没有我词汇丰富好吗！”

月鹿的手离开汐夜，指向那位管提琴的阿满：“你，现在来说说你。你自己把琴弄没了，严重失职，往人家星川身上一赖，反正小伙子家有钱嘛，还个两万块钱又不心疼，这像话吗？人家的钱是复印机印出来的？何况贫困人家的孩子只要走正道，未必不能成龙成凤。”

然后月鹿鼻梁因为愤怒的表情而产生许多细小的褶皱，她伸出食指飞快而有力地朝高二看台上的学生狂点，衣袖带起呼呼的风声，仿佛指尖真的发射着激光，所指之处尸横遍野。

“还有你们，人性是有弱点不假，各位的弱点未免也太突出了吧？把你们做成靶子，我端着枪闭着眼睛扫射，枪枪都是十环好吗？面对弱者就毫无缘由地同情，面对有能力者就抱团打压，有点卑劣了吧？兰帝高中历来是培养人才的，人才是思维敏锐不人云亦云的独立思考者，如果各位实在麻木，可以先去报名参加网瘾戒除班，给各位开一个十万伏特的电疗套餐，说不定大脑会清醒一些，前提是不要因为电流过大而烟掉，然后再回到这里像个有脑子的人一样学别人听法庭辩论。盲目支持弱者，是生怕强者变得更强将你们吊起来打吗？但你们想想狮子老虎是不吃垃圾的啊，会翻垃圾桶的是癞皮狗才对啊！不好意思，我不是针对谁，我只是想说，就今天的表现来看，在场的各位，都是垃圾。”

方才嚣张的人们，竟然没有一个人敢反驳这无比犀利的人身攻击。

月鹿将乱发轻轻理好，由于连续地以极高语速发言，现在也终于感到疲惫了。于是月鹿慢慢地拿起水瓶喝了一口，最后目光一凛，说："古美门研介说过，真正的恶魔，正是无限膨胀的民意，虽然这只是一部影视作品之中的台词，可是并非全无道理。大家坐在旁听席上便认为自己是潜在的法官，拥有对场中展开辩论的双方进行判决的权力，可你们同时，又不敢真的开动自己的脑筋，用最基本的因果关系，寻找唯一确定的充分必要条件，来判断这个人有罪或无罪。只敢大声地一拥而上，认为既然是大家都认同的道理想必不会有错，又或者是认为假如我和大家不一样，说不定他们会说错的是我。抱着自以为是的责任感，却将自己化身为乌合之众的一部分。更可怕的是，你们所坚持的观点根本都不是你们自己提出来的，只是那位拿着舆论掌控者职阶的女生强加给你们的。你们要的不是真相和正义，要的只是百无聊赖被作业烦得要死之余，用来醒瞌睡的拙劣狂欢而已。"

最后月鹿把眼镜重新戴好："我只庆幸诸位即使加在一起，也并不是真正的法官。那么像我这种除了巧舌如簧外加懂点道理之外一无所长的家伙，就暂且不用被踢到历史的垃圾堆里。像瑶玲和星川这样被弱者一拥而上无情碾压的强者，也并不会全然没救。我的发言完了，谢谢大家。"

我呆住不动，而月鹿微笑着转过头来看着我，吓得我毛骨悚然。

"讲完这番话还真是心情舒畅！呼！"

"你先告诉我，你现在是表月鹿还是里月鹿！"

"哎呀讨厌，连思贤也取笑我。"月鹿脸上泛着红晕握着小拳头忸怩地说。

是表月鹿，原来切换形态的关键是眼镜吗！开玩笑！我哪敢取笑你啊！

裁判和副裁判也在疾风骤雨的洗礼中，良久都无法回神。至少三分钟后，裁判才颤巍巍地敲着木槌，问："检方对此还有什么反对意见吗？"

而汐夜早已眼睛都不能眨地，彻底缩在椅子当中，再也不能起来。

最擅长用强烈情绪击垮对手的汐夜，在今天第一次被别人用感情强烈的句子击倒。

又过了没多久，裁判公布了瑶玲案的最终结果。

汐夜在一年前对瑶玲的指控取消，瑶玲最终没有任何过失，而所谓的失实报道，应该认为是瑶玲身为记者所进行的一次正常报道。瑶玲的名誉得到恢复，而汐夜必须对她公开道歉，与此同时瑶玲的记者身份也将得到恢复，对瑶玲稿件永不录用的决定，也必须取消。

我们最终赢得了第二次庭辩的胜利。

一天之后，我和蓉蓉鼓励瑶玲拿着稿子去广播台投稿。瑶玲仍旧不安，说虽然庭辩是胜诉了，但是广播台的负责人仍是汐夜，她一定会用尽各种办法进行刁难的。

我和蓉蓉答道，这还用得着说吗？总之兵来将挡水来土掩，先去试试水再说。

果然汐夜休息了一天，再度精神饱满地挡在了我们面前。

“虽然瑶玲稿子永不录用的规定取消了，但不代表瑶玲的稿子我就必须使用。还要取决于她作品的水平，如果是很烂的稿子，恕我也是不可以广播出来的。”

我摇摇头：“瑶玲是文学大师，她不可能写很烂的稿子。所以你要是以文章水平不够当成借口，把每一篇稿子都退回来，我可以再去找月鹿来和你谈谈。”

汐夜向后退了一步，紧张地说：“我……我有说我要退掉每一篇稿子吗？”

蓉蓉眼睛微闭平静地说：“你没有这种想法那就再好不过了。只要你愿意给瑶玲一个机会，朗读她至少一篇稿子，这件事情就有的谈了，相信大家就能欣赏到她的文笔。”

“可以，今天下午放学后，五点开始广播台开门，让瑶玲拿着稿子来念吧，她有五分钟可以朗读一篇小短文。我作为台长，会根据听众的反应来进行评判，如果大家显得都很满意，我的确也没理由拒绝瑶玲的投稿。但如果瑶玲的文章真的存在水平问题，也希望你们不要曲解我对工作负责的态度。”

“没问题，下午五点我们准时造访。”我立刻答应道。

汐夜转身离开，没忘了说一句：“要是迟到，就过期不候了。”

我十分紧张地挨到了下午放学的时候，一直在想汐夜到底会搞什么幺蛾子来妨碍瑶玲。

用蓉蓉的话来说，文学大师这个职阶，是高三年级的瑰宝。文字可以唤醒世人，可以催人奋进，就连奇异博士都认为学医救不了美国人……我是说，就连鲁迅先生都认为学医救不了中国人，所以弃医从文，写下无数发人深省的文章，到今天他对国民劣根性的控诉，依然并不过时。

而瑶玲也是一样，虽然是个爱哭鬼，却有可能用自己的文章创造许多奇迹，高二年级不会容忍我们轻轻松松就培养一个强大的宣传机器，一定会把瑶玲扼杀在摇篮里。

果然到了放学的时候，麻烦就接二连三地来了。

先是教学楼通往学校广场的道路被封了起来，说是教育局的领导要来视察，让同学们从教学楼后门绕往后山的方向，再从体育场折返到广场。广播台在学校广场的方向，直接过去只要五分钟不到，可是如果从后山绕大圈子，估计就很难在五点之前赶到目标地点了。

“真是莫名其妙，非得是今天来视察。”我着急地掰着手指。

“因为劲臣皇帝可以办到这种事情。”蓉蓉表示毫不吃惊。

高三年级管乐队的女生们也穿着漂亮的白色军装制服，被挡在警戒线这一侧，表示很不开心，因为她们的社团活动也要被耽误了。

只有明浩站在教学楼前面转着篮球，一副无所谓的表情。

领导们沿着主路慢慢走来，其实领导也觉得拉警戒线什么的挺奇怪的，把学生挡住不让通过，着实带来了极大不便。而领导身边负责讲解的高二同学，则狡黠地笑着说：“这是学校安排的，因为不希望各位领导看到同学们放学去食堂抢饭的乱哄哄的场面。”

“哦，原来是这样。”

领导即将经过我面前的时候，我突然灵机一动，对管乐队的少女们说：

“快！大家把乐器全给明浩拿在手上！”

“哎？”

“没时间解释了！抓紧吧！”

于是一分钟以后，明浩一脸惊愕地站在原地，身上挂满了乐器。嘴上咬着一个小号，肩膀上挂着一把圆号，面前放着大小军鼓，背后背着一把手风琴，双手还拿着一对大钹，乍一看跟变形金刚似的。

我拿着明浩的双手，拼命撞响了大钹。巨大的声浪让附近的同学们捂紧了耳朵，也让领导们好奇地回过头来。

“走过路过千万不要错过啦！兰帝高中百年不遇的音乐奇才！一个人就是一支乐队！小号长号样样精通！大鼓小鼓全都能打！人称小周董，是连《×× 新歌声》都请不动的达人啊！”

明浩慌张极了，嘴里的小号发出嘟嘟的声音，翻译过来就是“思贤你敢玩我！”

不好意思了兄弟，谁叫在场的人只有你的脸最经得起丢呢？

嘟嘟嘟当当当，嘀嘀嘀……咣咣！

嗯嗯，你说我我都明白，明浩，为了夺回高三年级的舆论阵地，我们必须把瑶玲送到广播台，今天就暂时请你做出牺牲吧。

领导们果然惊喜地拉开警戒线往这边走：“哦？这个学生厉害了，咱们过去瞧一瞧吧。”

高二的引路员无比着急：“哎？各位领导，我们还要去参观实验室呢。”

“实验室一会儿再去，我们只是在网上看过有人可以同时演奏五六样乐器，没想到你们兰帝高中的音乐奇才可以同时演奏十几样乐器，简直神奇。”

于是警戒线就宣告突破了。

我对蓉蓉眨眨眼睛，在前方分开众人，她拉着瑶玲也开始快步奔跑。

我们来了，广播台。

我知道事情不会这么简单。16 点 55 分我们到达广播台门口，没想到

那里横着一条长绳，正在搞什么拔河比赛！四周堵满了人，完全没办法绕开长绳抵达广播台大门，播音员已经开始介绍文学大师瑶玲，表示今天要带来一篇她的散文。

“让我们过去！”我大声喊。

“怎么让！我们在搞拔河比赛！这玩意儿能中途停下来吗！”裁判大声说。

可是这些家伙根本就没有认真拔河，虽然声音是喊得很有节奏，可是每个选手都站得笔挺，与其说他们是在角力，不如说单纯是绷起一根绳子拦住我们的去路而已。

简直有点卑鄙无耻。

就在我和蓉蓉一筹莫展的时候，一个清脆的声音兴高采烈地问道：“大家好！请问你们会对猫毛过敏吗？”

拔河赛的壮男们愣头愣脑地答道：“不会呀。”

“那么……猫骑士团的例行冲锋训练马上开始，希望不要给你们带来麻烦！”

只见旁边的大树上一个绿色的小小身影一跃而下，是戴着棒球帽梳着马尾辫的小萌！

而她将小手一挥，不知道从哪里涌出无数只各色猫咪，以迅猛的威势，朝进行拔河比赛的高二学弟们发起冲击。猫咪的喵喵声和呼哧声，以及紧接而来男生们恐惧惊惶的叫喊混成一片，只用了五秒钟，群猫风暴过境，拔河比赛的选手们全部人仰马翻头发凌乱，浑身猫爪印，就连长绳也被猫咪们叼走了。

“森之女神小萌参上！”小萌对我略略抱拳，爽朗笑道，“快带着瑶玲去广播台吧！”

我也心情大好地露出洁白的牙齿大笑：“谢啦！小萌！”

16 点 58 分，我们到达广播台大门。播音员对瑶玲的介绍已经结束了，她必须在两分钟内拿到稿子，而非常不幸地，这一次拦住我们去路的，是冷若冰霜的铁将军——

“不好意思，不知道是谁手欠把广播台大门锁住了，而且锁又坏掉了，根本打不开！”

汐夜站在玻璃门内，勉强装出十分忧愁和遗憾的表情。

“汐夜，这样有意思吗？”我极为不满地训斥道。

“锁坏了嘛，这种事情我们也不想的，我们也被困在里面了啊，估计晚饭都没法吃了，晚自习也没法上了。”

可恶，早知道我就带一副弓箭来，把稿子绑在箭上射到三楼上去。我和蓉蓉不惮以最坏的恶意去揣度高二的家伙们，却不料，也还不信他们竟然会过分到这地步！

这时一个听起来就睡眠不足的声音在我身后响起。

“哎呀,不就是锁坏了这么点小事,包在我身上。专业开锁,免费服务。”

是为我补化学的“爆破鬼才”幕璃同学！

“你带炸弹来了吗！”

如果是别人，我会问“你难道带着开锁工具吗？”可是既然是幕璃，我下意识地认为她会使用炸弹解决一切麻烦。而现在，我第一次如此希望听到幕璃制造爆炸的声音。

“有点常识好吧，谁会随身带这种危险的东西啊。”幕璃皱着眉挠挠后脑勺。

“那你要怎么开锁？”

“用乙炔火焰喷枪啊。”幕璃淡定地从白大褂里拿出一把喷发着蔚蓝火焰的喷枪！

随身携带着乙炔火焰喷枪什么的，难道在常识范畴以内吗！

果然在五秒之内，钢铁的锁头就变得赤红，最终融化成铁水滴落在地上。

我和蓉蓉用力把门推开。

“去吧瑶玲！”

“嗯！”瑶玲鼓起勇气，掠过吃惊的汐夜，无比坚定地朝广播台二楼飞快奔去。

半分钟后，广播台传来播音员的声音。

“稿子已经送达了。那么由我为大家带来瑶玲的散文，标题是《天才梦》。”

我是一个古怪的女孩，从小被目为天才，除了发展我的天才外别无生存的目标。然而，当童年的狂想逐渐褪色的时候，我发现我除了天才的梦之外一无所有——所有的只是天才的乖僻缺点。世人原谅瓦格涅的疏狂，可是他们不会原谅我……

接下来的五分钟内，全校静静倾听着播音员的朗读，沉浸在瑶玲身为文学少女的梦境之中。汐夜先是眉头皱起，似乎也认可了这篇文感情之幽微细致，有大文学家的水准。可是最后她还是释然了，一言不发地微笑起来。

“文章好不好，还得全校同学亲自判断。”汐夜带着自信的笑容，眼睛低低地看着我说，“到底瑶玲是当之无愧的文学大家，还是仅仅浪得虚名，决断权在兰帝高中的同学们手上。”

五分钟的朗读很快就结束了，我听到楼上的热线电话同时急切地响了起来。

而电话的内容，将进行全校广播。

“瑶玲这篇文章写得真是令我惊叹不已！”

我和蓉蓉静静倾听，不带任何表情。

紧接着电话里的男生继续说道：“瑶玲职阶是文学大师，怎么可以写出这种渣爆的文字？”

幕璃微微抖动了一下，感到有些吃惊。

“这篇文章根本就是五分钟的废话吧？感情既不真挚，也没有丰富的意向，完全就是一个人狂妄自大的碎碎念而已啊。简直连小学五年级的水平都没有吧！”

播音员谢谢这位听众的来电，紧接着接通了第二个电话。

“以前还觉得瑶玲的稿子不被录用很可惜，今天听完觉得，还是不要读她的散文了吧。行文生硬辞藻堆叠，又难以引起共鸣。谁要知道你七岁还是八岁写的乌托邦小说啦，搞那么多英文词汇简直是一种恐怖的阅读障碍好吗！”

批评瑶玲散文的电话有四五个之多，汐夜也不禁叹惋，说真不是我不爱才，皇帝陛下，或许你看人的眼光可以稍微提升一下了，看来你们高三年级的文学大师水平不怎么样嘛，你这么努力为她争取的机会，她依然把握不了，假如以后我退她的稿子，希望你不要再误以为是我嫉贤妒能了。

果然直到最后，汐夜依然没有放弃任何打压瑶玲的机会。

舆论权始终掌握在她的手里。在操控言论方面，我和蓉蓉始终不是汐夜的对手。

就在这时候，楼上的电话再次响起。

扩音器传来一个十分火爆的声音。

“思贤，不论你在哪，你给我等着！刚刚的事情我和你没完！”

呃，是气急败坏的明浩。

蓉蓉点头答道：“没错，是气急败坏的明浩。”

然后明浩清清嗓子，开始讨论刚刚广播的文章。

“我很好奇，刚刚打电话的有些人，是不是任何一篇文章，只要署名是瑶玲二字，在你们看来都是一坨屎啊？明明一个个文学素养为零，还在这里大谈意向和情感，是不是笑死人了？我看你们单纯是为黑而黑吧？”

播音员小声地说：“呃，请这位同学，稍微注意一下措辞，不要发表过激言论。”

明浩：“这篇散文是瑶玲写的吗？并不是，这篇散文的原作者是民国时期的才女，张爱玲的大名，不知道你们这群文盲有没有听说过。张爱玲是我最喜欢的作家之一。”

没错，作文课上，明浩细腻的少女文风就是模仿张爱玲先生的笔法，这也是明浩仁兄很有反差萌的地方。听到有人黑他偶像，他是一定坐不住的。

我和蓉蓉同时露出轻松的笑容。

而幕璃和汐夜一瞬间内变得目瞪口呆，尤其是汐夜，在刹那间脸就红了。

“连张爱玲的散文都敢黑，说不如小学五年级的水准，各位有点玩脱了吧？我承认张爱玲的文章是写得有点神，姑且这么一听的确是品味不到文章到底好在哪里，但要是不事先说明这是瑶玲的文章，各位听到这样的文字也不敢这么放心大胆地批评，总有点敬畏感，生怕会贻笑大方对吧？”

明浩最后轻蔑地说：“所以嘛，无聊的把戏就收起来，真正的金子不是靠几粒沙就掩埋起来的。瑶玲同学是连我明浩都不得不佩服的文学天才，希望今后要黑她的文章，请自己先去恶补几年文学再来，不然被打脸你们不疼，我替你们疼，就这样。”

明浩之后再无热线。

汐夜呆在原地久久不能平复。

而我于心不忍地拍拍她的肩膀：“不好意思啊……瑶玲这丫头就是粗心大意，谁知道费了这么大劲，最后送到这里来的稿子，还是拿错了呢？”

“你们……”

蓉蓉可没有我这么好心，直接说：“假如你没有安排一轮集火来欢迎瑶玲的归来，其实瑶玲这么做是很不妥的。可是很不幸你一定会安排一轮集火，我只好在瑶玲面前安排一位巨人，让你预备的子弹全部打在巨人身上。由于冒犯了真正的文学大师，所以你也不会再有第二轮集火了吧。”

蓉蓉牵着下楼的瑶玲，微笑着说：“那么，明天我们会再来投稿的。”

直到现在，我们一起为瑶玲赢回昔日荣光的战役，才正式取得胜利。

一天的时光匆匆流逝，放学时瑶玲飞奔过来拦住白骑士团的大家，非常害羞地什么也不敢说，但我知道她是希望我们能够花几分钟，聆听广播台朗读的散文。

这一次的文章是她用三十分钟一挥而就的，得到了全校师生的一致赞赏。

“皇帝陛下……白骑士团的大家，如果不是你们愿意如此努力地仗义执言，我……我直到毕业，都不可能有机会像现在这样，能够自豪地说一声，我的文章果然是写得很棒的，我果然是不愧于拿到文学大师的卡片的！”

“什么嘛，说得这么郑重其事。说到底是瑶玲你自己厉害，文学素养非常人能及，我才有机会在需要补习语文的时候，能遇到像你这样一位老师呀。”

我挺直了腰轻松地笑着，对瑶玲说：“我和月鹿，和白骑士团的大家，只是把事实说了出来。可是创造这个事实的人是瑶玲，这个事实就是，瑶玲的文章果然写得最棒了。所以依我说，我们或许有一半的功劳，但另一半了不起的功劳，你却必须骄傲地承认，是属于你自己的。”

“我自己，也有功劳？”瑶玲的声音又开始有些轻颤。

“嗯。”我点点头，“在所有人都不相信你是文学大师，在每个人都指责你是无良记者，说你只会玩弄笔墨的时候，你依然坚信自己有一颗文学之心，依然坚持阅读和写作，依然能在提到香菱和鲁智深的时候，暂忘自己的苦恼，去体察他们的寂寞，为名著里的人物流下纯净的眼泪，这不是一般人做得到的。这世界上坚持者并不少，可他们坚持下来的动力，是因为有人希望他们继续努力。可是在我认识你之前，已经没有人想看你的文章了，遭到世界背弃，却依然能孤独坚持，这是最困难的。在我看来无比悲壮而冷清的道路，你义无反顾满不在乎地走下来了，这就是属于你的了不起的功劳。”

“嗯！”瑶玲鼻子一酸，泪水不由分说便冲出眼眶。

蓉蓉无奈道：“喂，你又把瑶玲弄哭了，你可得负责。”

我只能着急忙慌地说：“飞羽！快过来抱住瑶玲，好生安抚！”

飞羽在一旁望着天：“又不是我弄哭的，我可不管。”

连你也学会顶撞朕了！

“两分钟……”蓉蓉红着脸说。

“啊？”我完全不知道是什么意思。

“今天就特别允许你去抱抱别的女孩子吧，但不能超过两分钟。”蓉蓉用跺脚掩饰内心的复杂感情。

喂，我为什么会觉得这么奇怪啊！

月鹿也带着神秘的笑容：“哟，这句话很值得玩味啊。允许，别的女孩子……也就是说在 Proprietary Rights 的概念上，蓉蓉认为思贤皇帝的所有权，应该属于自……”

蓉蓉红着脸跳起来想捂住月鹿的嘴巴：“再胡说我就不饶你了！”

而小萌则在一旁大声地喊了出来：“反过来说，思贤皇帝平时要是抱抱自己的皇后，则是完全可以的！”

喂，小丫头你想谋害我啊！这是什么鬼逻辑啊！

幕璃点头：“原来如此，很有道理。”

有毛道理啊！你们这种看透一切的眼神是怎么回事啊！我平时哪有抱过蓉蓉啊！

我也只好十分僵硬地略略环抱瑶玲就飞快离开，在哄女孩子方面，真心一点办法都没有。

而瑶玲却早就被大家胡闹的言语，逗得破涕为笑。

当时广播台朗读瑶玲的散文，大部分句子我已经记不太清了。

只记得最后一句——

“思贤和白骑士团的大家，我和他们不期而遇的时候，无心眨了一下眼睛，却突然发现，原本在我眼前已经变成黑白胶片的沉寂初冬，在睁开眼睛的刹那，就有了鲜亮活泼的色彩。”

虽然较之瑶玲其他文采斐然的句子，这一句话读起来简单质朴，可这却是我最喜欢的句子。

解决了瑶玲的麻烦，我才回忆起我的初衷，是想要恶补功课为下一次月考做准备，然而有人说瑶玲教语文教得不好，我心中不服，这才深究过去重启旧案。

然而时间过去了一周，当我回想起月考的事情时，才发现我的功课差不多一点进展都没有！哇啊，真是着急到爆啊！

对于这一点，一直为我出谋划策的乔治也感到忧心忡忡。

“思贤，你真的应该抓紧时间埋头在复习考试上面了。”

“我知道啊！”我手忙脚乱地收着书包。

“你在考试前花一周时间组织庭辩，蓉蓉竟然没有阻止你吗？”

事实上也是阻止过的，只不过听到我说“如果未来我当不成皇帝，恐怕就不再有人愿意帮助瑶玲了”，蓉蓉就无奈地决定先帮助我办完这件事。

乔治负手沉思：“蓉蓉难道……并不是真的想帮助思贤吗？”

“怎么可能嘛，你可别随便怀疑蓉蓉。”我不假思索地说。

“我也不想怀疑蓉蓉，可是结合这一周来思贤你功课毫无进展的事实……”

乔治突然抬起头来，小声地对我说：“晚上回到‘别墅行宫’，去翻一本叫《帝王条例》的书，去看第五章第二十一条第三十款的说明文字。”

“那是什么东西？”我不安地问。

“你看完以后就明白了。”乔治的眼中闪动着一丝代表危机的光芒。

第九章 被尘封的秘密条例

今夜照例又是喧嚣的一夜，为我补习化学的幕璃再一次把“别墅行宫”专门为她开辟的一间实验室搞炸了。

而我直到现在也没明白，为什么只是做一个“酚酞试剂遇到碱性溶液可以变红”这么简单的酸碱度测试，都可以引发剧烈的大爆炸。

我咬着铁钉拿着木板把破洞补好，再做了会儿题，鼻子里一种浓硝酸的味道挥之不去，虽然已经是深夜十二点，但我并不能睡着。

挥之不去的不光是浓硝酸的气味，还有白天乔治曾经提到的《帝王条例》第二十一条。

我拿着小夜灯走到宽阔的图书室，虽然是私人图书馆，但规模却十分惊人，一个书架就有三四米高，几十个书架整齐地排列，不但有常见的畅销小说和漫画书，还有一些惊人的藏书，比如《红楼梦曹雪芹版真后四十回》，甚至连《灵丹集》这样的道家炼丹文献都找得到。

而最令我在意的是那些藏在最里侧的手抄本。

那本光听名字就知道来头不小的《帝王条例》，就是一本手抄本，是一个中二气十足，职阶却是“王牌御史”的少年写在一个小熊维尼笔记本上面的。

前言的第一句话，就非常霸气——

自古受命于天之帝者无数，然则昏庸者众多，而明达者寥寥，戕害百姓者众多，而为民谋利者寥寥，颠倒社稷者众多，而宁定江山者寥寥，以天下事一人者众多，而以一人事天下者寥寥。是故刚直勇毅如吾辈者，若见之身负王命者在其位而不谋其政，擅使帝权祸乱天下，则吾虽肝脑涂地，誓必除之。

故作《帝王条例》一卷，以约束至高之权，不致使帝者之鞭稍，驱黎民之水火也。

简而言之就是写这本书的目的，是假如皇帝昏庸无能特别坑爹的时候，无论是大臣还是揭竿而起的英雄，都可以拿着这本书，让不干好事的皇帝滚下台来。

而乔治专门提醒我去看的第二十一条，写着这样一句话——

如果皇帝失德，或才干明显有缺不足以统御天下，而同时皇后在位，没有犯下明显的过错，才德也足以服众的情况下，皇后可以取而代之，执掌皇权，行皇帝职责。

我把书本一合，心绪难平，只觉得有说不出的郁闷憋在胸中，好不容易半梦半醒地挨到天亮，在早自习之前我把乔治叫到门口，十分生气地对他大声叫嚷。

“乔治，你是在试图挑拨离间我和蓉蓉的关系吗？”

乔治不紧不慢地把握着他肩膀的我的手拿开。

“思贤，你也知道我原本是可以选择不说这种话的。如果不是出于公心，不是为了让思贤在接下来的月考内能够拿到第一名，好堵住保守派的嘴，我根本没必要把这种无端的担忧说出来，说出来除了让思贤对我产生敌意之外，一点好处都没有。”

乔治略微一顿：“更何况，思贤，我并不是一开始就想让你怀疑蓉蓉对吧。直到思贤你答应用考试成绩来决胜负之前，我一直相信蓉蓉是你最坚定的伙伴，她替你扫除各种障碍，不希望有人向皇位发起挑战，连‘皇帝根本没有必要和其他同学进行比试’这种观点，我和她也是不谋而合。可是自从思贤不再上晚自习，而是靠白骑士团给自己补课之后，我内心的担忧就越来越明显了。”

“是我自己要打乱主线去帮瑶玲，而且现在补课的事情又回到正轨了啊。”

“真的回到正轨了吗？”

我想了想，昨天我又钉了一晚上的墙，实在很难说得上是在认真复习。

乔治郑重地说："就以数学而论，思贤，平时蓉蓉给你补习数学的时候，说的是让你做哪种类型的题目？"

"多做基础题，怎么了？这有什么问题？"

根据我多年的考试经验，题目难中易的比重，一般是 10%、20% 和 70%，就连我以前的高中老师也说过，掌握了基础题的学生就等于掌握了整个考试，蓉蓉希望我打好基础，把 80% 甚至 90% 的分数稳稳拿到手，这种策略我认为是非常科学的。

乔治点点头："但是蓉蓉没把兰帝高中的考试规则完全告诉你。有心的话，思贤你该去好好研究一下数学考试的规则，最简单的，至少去看看别的同学是怎么复习的。"

没想到兰帝高中连同学们备考的方式，也和普通高中有很大不同。

通常在我看来，偏题难题是只有尖子生可以涉足的领域，尖子生不满足于仅仅干掉基础题和中等难度习题，在学有余力的基础上靠这些 SR 级或者 SSR 级的诡诈题目，和普通学生拉开差距，而一般的学生，是不会闲得无聊去挑战这种题目，因为大家都知道，这种题目除了能把你的信心装进麻袋里乱棒殴打一顿之外，并没有任何别的意义。

然而在兰帝高中，几乎所有人都在挑战难题。

要是明浩和蓉蓉这种强者，倒也罢了。连坐在教室后排成天上课打盹的胖妹妹都在做最难的题，一眼看去，好家伙微积分线性代数，似乎都是大学内容，这令我不禁感到吃惊。

"难道兰帝高中考试，出的全部是这种难题吗？"我问。

胖妹妹耐心地对我说："兰帝高中的考试当然不可能全部是难题，可是做难题效率更高啊！"

"思贤你来看。"胖妹妹拿出上个月的数学试卷，"兰帝高中的试卷是分两面的，一面 150 分高考程度的题目，另一面也是价值 150 分的超难题。但是高考程度的题目，有满满四页的内容，而超难题一共只有三道，每道

50 分。虽然总分是 300，但是计入月考成绩的最高分数，不能超过 150。根据这种规则，先去尝试搞一搞那三道难题，如果能顺利拿下，150 分立刻就到手了，要是时间还有剩余，回头去做基础题，就可以大量刷分，这些分数可以按照一定的比例折算，可以变成事业资金之类的东西。”

“能搞定三道难题的强者，做高考程度的题，讲道理不也能够拿到满分吗？”

“哎呀思贤！”胖妹妹指尖摇晃，对我郑重地说，“但是那样不帅啊！你有一个高富帅男朋友，和有一百个阿宅追求者，这是一回事吗？拿下难题，在兰帝高中是身份的象征！”

真是拜金主义的扭曲三观！

可是你很认真写的难题部分，一共只给了你惨淡的 23 分……

“总、总之！”胖妹妹红着脸解释说，“每一个同学都有两种选择，一种是跨过海洋与森林，在荒野上疾驰，经历沿途的艰难险阻，终于来到古堡见到魔王。另一种是直接打倒魔王，从古堡出发，许诺在日落之前你的马蹄所踏遍的土地，就尽皆属于你。前者费尽力气不一定能见到魔王，后者不但有打倒魔王的荣耀，而且既然连魔王都能打倒，接下来在原野上跑马就简单得如同兜风一般。反正选择后者的同学是很多的就对了。”

我想了想，这话倒也很有道理。正所谓江湖六字真言所云，顺风稳逆风浪，而我差着许多课程，岂止是逆风，简直是绝境，这种时候求稳怎么赢？或许正该靠这三道超难题搏一搏才有机会拿下考试。

至少，我应该去了解一下这些令大家痴狂的超难题。

乔治热心地给我找来以往的超难题集，我拿到手就埋头苦读，这些题果然非同小可，第一道题我足足花了半个小时——

才把附在后面的答案看懂。

我热泪盈眶，发誓第二道题谁再看答案谁就是小狗。

当我决定恪守诺言不看答案以后，我发现自己身上还是有潜力可挖的，平时做不到的事情，在这种时候做起来竟然毫不犹豫！

我双手一拍，对蓉蓉说：“蓉蓉大人，请你教我做这道题吧！”

蓉蓉微微皱眉，银色的钢笔在她纤细的手指上飞转。

“思贤，双曲线、椭圆和抛物线齐聚一堂的题目对你来说太难了。这三章内容你都不够扎实，何况还要放在一起呢？这就相当于要体育天赋为零的思贤，举起五十公斤的杠铃从十米跳台跃下还要以体操动作稳稳落水一样困难。”

这是什么奇葩的比喻啊！虽然画面感倒是很赞啦！

“但是教练，我想要做难题啊。”我祈求地说。

“做什么难题！我给你那本《高考数学题要是有一道能偏离这本书总结的考点，我的名字就倒着写》难道你都做完了吗？”

这本名字像轻小说一样乱来的，并不是真正的教参书，而是蓉蓉打印给我交代必须做完的习题集。A4 纸开本，四十页，最可怕的地方在于这还仅仅只是“第一卷”！有些地方由于油墨不均字迹还看不清楚。我只听说在大学的打印室，会有历年的考题结集打印出来卖给考生，没想到在兰帝高中也有。

可是这名字显然一点诚意都没有，因为蓉蓉的名字无论正着写倒着写，哪怕先开个根号或者求个导数，也还是蓉蓉啊！

“并没有都做完。”我心虚地说。

“那就对了，去做基础题吧。你又不是要参加奥赛，只是参加月考而已。”

我不服地说：“可是大家都在做超难题，连子溪都是。”

“你是皇帝，又没必要和大家事事相同。”

我拿出勇者斗魔王的理论来说明为什么我应该要去做难题，没想到蓉蓉轻描淡写地说：“但是你又不是勇士，仔细想一想的话，你的身份倒是更加接近魔王。只靠最基本的火球魔法也能吊打勇士，这才是魔王强大的地方。”

可是顺风求稳，逆风要浪起来才能赢啊。

蓉蓉无比霸气地说：“只要有我在，思贤你就不算逆风。要知道我就是一位只靠着基础题拿分，最终稳坐数学课代表位置的基础题高手！”

换做是平时，我深怕再违抗蓉蓉的命令就会遭到折扇暴扁，肯定不会再问下去，一定会乖乖地拿出那本《我的名字就倒着写》来认真研究。

可是昨天我在暗影幢幢的图书馆看到的“第二十一条”，仿佛魔咒一般印在我的心底，我鬼使神差地朝蓉蓉的桌子上多瞧了一眼，一颗心顿时沉入冰窖。

“蓉蓉……可是你，明明就是在和超难题死磕啊。”

蓉蓉身子一震，手中的自动铅笔笔尖啪地断了。

她慢慢睁大眼睛，眼中闪烁着莹莹的光芒，宛如湖中的波澜。

她最终没有转过头来看我，而是心烦意乱地从铅笔盒里拿出另一支笔芯，微微颤抖着往铅笔里塞。我看到蓉蓉这样的神情，心中也十分难过，很后悔自己为什么要说那种话，分明就是在怀疑她了。

“我……是因为有同学拿这道题问我。”蓉蓉失落地说。

“不不，我没有别的意思，蓉蓉是数学课代表，有时候要做很难的题目，这并没有什么奇怪的。说起来蓉蓉今天脾气不错啊，以往我只要多问几句蠢话大折扇就会立刻拍过来了，今天却那么耐心地和我交流。”

我是真的希望蓉蓉可以立刻拿出大折扇，恢复昔日傲娇女王的神采，把刚刚这尴尬的一幕就此揭过。

可是蓉蓉并没有这么做，只是勉强笑着说：“我也不总是凶巴巴的啊，只要思贤乖乖听话，暴力什么的根本不必使用。我……我要去一趟十一班，告诉那位同学他拜托我解答的题目我也解不出来。不过思贤，你不懂的基础题，还是要拿来问我。”

“嗯，一路平安。”

我不由得也很生分而且很惆怅地说了一句。

平心而论，我并没有在怀疑蓉蓉，虽然阅读过《帝王条例》，但要我相信什么蓉蓉并非真心对我，无非是想取而代之，我压根不会有这种想法。

我比较在意的是，蓉蓉明明可以把兰帝高中的考试规则告诉我的。或许由她说明，再分别给我两套题试试水，我可能也会明智地选择不去碰超难题。

可是我不想蓉蓉代替我“做出明智的决定”，因为这么做意味着在蓉蓉看来，我的学习不够好，不足以去挑战超难题。

换言之就是对我不抱有希望。

曾经在半夜的天井，蓉蓉遭到摇滚乐队纠缠的时候，我站了出来，原因无非就是，希望蓉蓉从今往后不再感到失望，从今往后都要相信，有一个人叫做思贤，会努力保护她。

而当天的豪迈之气有些黯淡，无力感再次袭来。

那究竟蓉蓉的主张，与乔治的观点，我到底该听哪个呢？

也许我本质上，真的情愿去和超难题扭打，而不愿意去欺负基础题。

如果不是这样，我也就不会在白骑士团的女孩子们劝我要牢抓基础的时候，竟感到是那样的不服气。

首先是瑶玲，这丫头的作文一向自成一派，除了“诗歌除外”的诗歌不敢写，但散文小说是很随意的，虽然有时候不慎也会写出零分神作，但她内心真正渴望的，是靠这些风险与难度系数远远高于普通议论文的文体，拿到远远超过别人的高分。可是她强烈要求，我考试的时候只能写议论文。

然后是月鹿，月鹿的英语极好，一向只做八级水平的高难度部分，而老师改她的试卷，是必须手拿一台文曲星边看边查的。可是她也拼命建议，我只能去做高考难度部分的题目。

飞羽的物理和小萌的生物也是如此，飞羽的物理早就到了大学水平，理由是为了让自己的剑术更加精准，必须研究理论力学和材料力学，而且假如有一天必须要对抗机器人呢，所以也去研究了机械力学和麦克斯韦方程。而小萌也超级猛，早就把关于微生物和兽医的各种学问都摸透了。

她们两个，也一致认为我不必多想，按照白骑士团安排的方针补习就好。

除了幕璃……

“幕璃，你觉得我是该做基础题，还是该挑战超难题呢？”

幕璃听到这句话的时候，眉毛一挑，紧接着无比激动地拿着试管和烧瓶朝我扑来将我紧紧抱住。

“我果然没看错你！思贤皇帝，你的野心，我很欣赏！虽然蓉蓉反复强调不能建议你去做超难题，但是我内心希望看到的皇帝，应该是一个敢于挑战最高学术的强者！”

“不不不别别别，你这样会出人命的！”

“也用不着把蓉蓉形容得这么小心眼外加暴力狂吧？被白骑士们抱一下，蓉蓉还不至于会气得杀了你的。”幕璃满不在乎地说。

“我说的是你手里的两瓶溶液会要我命！”我抓狂地说。

“碳酸氢钠和稀盐酸溶液没有危险性啊，不信我混合一下给你看看。”幕璃笑嘻嘻地说。

那你告诉我为什么你在混合给我看之前要穿防爆服！

而且为什么你穿防爆服的动作会这么熟练！

幕璃竖起大拇指：“没想到思贤拥有向往最高科技力量的豪迈与勇气，白骑士团的其他姑娘们不懂得欣赏你的闯劲，但我懂得。因为我和你有着同样的理想，不甘于四平八稳地参加高考，我希望通过实验在高中阶段直接获得诺贝尔奖，然后保送到国家最高学府，以后就不用再学习什么语文政治等学科了。”

喂，你可别把我和你这种“恐怖分子”混为一谈！就靠制造爆炸也能拿诺贝尔奖吗！幕璃你野心未免也太大了吧！

幕璃不服气地说：“那你告诉我诺贝尔本人，靠的是什么。”

竟……竟然无法反驳！

总之幕璃打心眼里希望我有骨气一点，去挑战超难题。

幕璃朝我竖起大拇指：“总之思贤，不要气馁，不论你选择做普通题还是做超难题，我都会无条件支持你。”

我感动地说，谢谢你幕璃，或许大家都不认可我的实力，要我去做基础题最为稳妥，但只有在你心目中，我的能力是不设限的。

“当然是不设限的。”

幕璃眼神明媚地说：“因为即使思贤皇帝的大脑内部化学物质不足以

对抗这高难度的习题，我也会继续想办法帮思贤突破极限的。”

第二天我在课间努力地尝试着攻克超难题，不是故意和白骑士团对着干，而是想确定自己是否真的存在界限，是不是有可能在短时间内掌握超难题的知识点。

由于之前帮助了瑶玲，所以愿意支持我的同学们，比最初又多了几分。男生和女生们围在我边上陪我一起写写算算，不时出谋划策，或者干脆提起笔也在一旁画着辅助线，陪我一道冥思苦想。

虽然大家都是好意，可是偶尔有人说一句“这种题型很普遍的，我做过好多呢，就是难算了一点，不过思路我是清楚的”，然后就开始自顾自地和同伴商量该用解析法还是几何法来解这道题，就十分让我心塞。我好比挣到第一个月工资的小职员，狠下心去日料店，点了两三个寿司打打牙祭，看着眼前的珍馐舍不得下咽，就听到邻桌说，寿司这种东西我一年要吃一二百回的，这家店非要打分的话，十分给两分，那种凄凉感简直难以形容。

以前的高中老有嚷嚷着“完了完了我这次考试不及格了”，结果一发卷子拿到 146 分的牛人，当时我觉得太可气了，可是相比之下，我现在好像更希望听到这种虚伪的谦虚话语啊！

这时蓉蓉拿着两瓶温好的牛奶慢慢走来，我呼啦一声把超难题收回桌箱里，桌子上赫然就只剩下蓉蓉给我的那本参考书，我心不在焉地在草稿纸上假装写写算算，虽然有一万遍想过要亲口问她为什么要求我必须只钻研基础题，为什么要隐瞒兰帝高中的考试规则，可是我终究不敢。

然而蓉蓉是皇后，一定能猜到我的心思，何况我桌面上的草稿纸，写得密密麻麻，几何图画得如东京地铁线路一般纷繁复杂，一看就知道刚刚我准是在计算超难题。

蓉蓉果然意识到我分明就任性了，脸一板眼皮一翻，把其中一瓶牛奶转身递给了后桌的飞羽。

飞羽尴尬地说：“蓉蓉，这一瓶原本是皇帝的啊。”

“是给你的！”

“可是你也知道，我一向最讨厌喝牛奶了。”

“那你可以拿去喂楼下的流浪狗，如果流浪狗也不喝，还可以送给明浩。”

明浩在我边上大喊：“喂！我为什么躺着也中枪！”

等等！明浩这臭家伙一直站在我边上看我做超难题？他难道把我做超难题却毫无头绪的窘境尽收眼底了吗！啊啊啊连骨头缝里都开始难受起来了！这种感觉就好比美少女在路边对着一个车窗化妆，不小心口红还涂歪了，这时候车窗摇了下来，发现车里面坐着的人是自己最讨厌的恶少，恶少还说了一句“你的口红是便宜货吧”，简直恶心到爆了啊！

世界上最大的不幸就在于向臭屁之人展示自己的弱点，使自己成为他长久的嘲笑对象。而明浩就是这样的家伙。虽然我有意和他成为朋友，可后来发现这家伙根本就不能成为人类的好伙伴，我练 1000 米跑的时候，跑到后面已经贼慢了，上气不接下气，可是明浩这小子跑到终点以后，还要专程跑回来在我身边展示他的体力，一会儿正着跑一会儿倒着跑，然后边擦汗边跑，边喝佳得乐边跑，最可气的是佳得乐还是我给他买的！因为上次投篮输给了他！

而我为了追上他暴打一顿，竟然在最后关头也跑得飞快，勉强闯进了及格线。

就连我上讲台写化学式的时候粉笔断掉都能听到他老实不客气的“哈”一声大笑。想到这里我不禁掀桌喊道：“粉笔断掉到底有什么好笑的？”

站在讲台上的化学老师目瞪口呆：“莫非思贤同学对我讲的内容有什么不满？”

什么时候已经上课了！我回想明浩那些该杀的历史，竟然用了二十分钟这么久吗！

“对不起，刚刚是我走神了。”我连忙收拾好课桌，“打扰老师讲课，真对不起。”

经过明浩这么一番打岔，我和蓉蓉的尴尬就稍微化解了几分。

可是大脑里还是不时会想起“第二十一条”。不是觉得幸好我读到了这样的内容可以对蓉蓉提早提防，而是觉得要是从来就没有看到过这样的内容就好了！

因为蓉蓉可以看穿我的想法，她说不定已经发现我知道“皇后可以取代皇帝成为女皇”这条规矩了。

假如蓉蓉认为我是对她处处设防才故意去查《帝王条例》，一定会感到特别伤心。

假如蓉蓉觉得我去做超难题，是因为对她失去信任，一定会感到更加伤心。

我和蓉蓉的关系好不容易才越变越好，终于能像要好的同桌那样开心谈笑，有牛奶一人一瓶，有薯片每人半包，说话做事都已经有着难得的默契，但这该死的条款如同魔咒一般，又把我和她正常交流的能力封印住了。

所以整整一天，我和蓉蓉竟然连一句话都没有说。

飞羽也只是在后排看着干着急，并不知道我和蓉蓉为什么突然之间就生分了。

我整整一天都思考该如何与蓉蓉恢复关系，但一句“我从来没怀疑过你”，就相当于直接说“我的确有怀疑过你”，怀疑这两个字充满魔力，你试图让它消失而所做出的一切努力，恰巧都是它存在过的有力证据。

我唯一能想到的办法，就是假装这件事从未发生，如果飞羽嘴馋就再好不过，她只要说学校超市新口味的菠萝包很好吃，蓉蓉略微点头，我就可以补充一句“红豆口味的面包也很不错”，大家开心地分享着吃货心得，天大的烦恼也都丢到脑后去了。

或者就有劳明浩再来露个脸，当个靶子，我和蓉蓉同时对他展开攻击，也能重新打出默契来。

我一直等待着时间淡化我和蓉蓉产生的一丝隔阂，没想到这种隔阂竟然演变得越加明显。

后来我都没去动超难题集，但那道蓉蓉没帮我解答的可怕几何题，我花了一两天一直解答不出来，便赖在我大脑里不肯走了。那个图形，恶心到只要看上一眼就会引起精神污染。math = mental abuse to humans，数学 = 对人类进行的精神折磨，而这一道题无疑完美地彰显了这种精神，附在旁边的图形乍一看上去根本无法用人类语言形容，三角形圆形矩形平行四边形通通都不足以描述它的大致形状，反而如果是瑶玲，可以很贴切地将其描述出来——

这是一块坑坑洼洼的小行星坠入大气层分裂成无数碎片并被大气烧灼出无数沟壑最终又被地对空激光武器命中之后产生的形状。

还是乔治看到我一脸郁闷，于是帮我解说这道题的正确解法。

听完题目，我呆呆地说："明明大家都是拥护派，都是支持我的人，为什么做事情的主张却差别这么大呢？"

乔治微笑着说："思贤，就算是为了同一个目标，大家提出来的方案不同，这也是常有的事，所以要点在于，思贤你要懂得分辨好主意和坏主意，至少偶尔也要有听从本心办事的决断，不能任由不同派系牵着自己的鼻子走。"

"那我应该做基础题，还是应该做超难题呢？"我感到无比为难。

"思贤，你不是明白第二十一条的内容了吗？该做出怎样的选择你还不明白？"

乔治突然提到《帝王条例》上第二十一条内容，我不禁诧异，问道："这和第二十一条有什么关系！"

然而这时候我听到身后有书本落地的动静。

回过头去，我看到蓉蓉眼神恍惚地站在原地，手中的参考书落在地上也浑然未能察觉。

而我的大脑里面轰地一声，顿时一片空白，只剩下一个念头——

完蛋了！这句话一定会让蓉蓉感到难过的！

果然蓉蓉慢慢握紧拳头，步伐仓促地朝教室跑去。

下午最后一节课，蓉蓉都趴在桌子上埋在自己的手臂围成的圈中，软软的头发无力地耷在肩上。如果她有手提折扇暴扁我一顿，就可以将这份疼痛转移到我身上的超能力，我情愿她立刻就用。

而我除了把她掉落的书本小心地整理好放在她身边之外，不知道可以做什么，可以说什么，来安慰已经难过得不能自已的蓉蓉。

第十章　深夜对决！皇帝 VS 黑骑士！

夜晚在“别墅行宫”，白骑士团照例给我辅导功课。

大家似乎没有意识到我与蓉蓉和往常显得不太一样，只关注我的学习情况。

“皇帝，最近你做题的进度慢了下来，请问是因为有什么事情在牵绊你吗？”瑶玲好心地问。

月鹿则头发一撩指着幕璃：“说，是不是你炸毁了学校实验室，又想求着思贤去帮你摆平此事！”

幕璃到底平时给大家留下了多恐怖的印象，以至于月鹿问都不问，直接把嫌疑对象锁定在她身上。

幕璃摇摇头。

对嘛，幕璃虽然不靠谱，哪能那么随便就炸毁学校实验室了呢。

接着幕璃说：“不，我并没有求思贤出面帮我摆平。”

我的天！你还真炸毁了学校实验室是吧！

可是连性格最为奇特的幕璃都知道，这种时候惹了祸也千万别来拜托我，意味着我的学习真的已经到了一点都不可以耽误的地步。

白骑士们一脸难过，仿佛已经看到了恶人当道的凄惨场面。

蓉蓉一句话打破了沉默：“因为思贤这几天在研究超难题。”

大家一时又激动起来，异口同声地发表观点。

“超难题这种东西皇帝你现在是来不及去研究的了，这一次月考要想获胜，宝只能全部押在基础题上！”

“其实全体学生一致研究超难题这种现象，是非常浮夸的，像楼市泡沫一样，让外人看去好像兰帝高中的学生水平很高，其实都是虚高。思贤不必去在意大家的做法，好好钻研高考难度的题目就好。”

“喵，更何况我们白骑士虽然厉害，每个人也只有最拿手的一门学科可以去挑战超难题，像我就不会试图在写物理的时候，去做什么理论力学材料力学的题目呢。”

“没错，皇帝陛下只要好好听从皇后的建议就好了。”

“放胆去做超难题吧思贤！敢去挑战不可能的男生最帅了！”

白骑士团众人一齐转头怒视着兴高采烈的幕璃，幕璃连忙把向上竖起的大拇指往下一扭，指尖冲下凶巴巴地说：“如果有人说这种话假装给你打气，不是在帮你而是在害你！”

白骑士们一致点头。

幕璃你简直是秋名山车神！这么急的弯刹车都不踩就转过来了？

月鹿温柔地托着下巴趴在桌上问：“思贤，为什么要做超难题呢？难道踏踏实实地做高考题不好吗？”

瑶玲和飞羽她们也一脸不解，希望我能解释一下。

我找不到话说，反而是蓉蓉答道：“因为思贤从小到大最引以为傲的，就是自己是优等生，学习很棒。而到了兰帝高中，假如完全不理会超难题，只靠基础题拿分，大概也就是承认自己能力不足，连引以为傲的学习成绩，都不值得认可了吧。”

蓉蓉的话的确就是我的心声。

“所以一开始我才交代大家要隐瞒着你兰帝高中有两套考试题的规则，直到临考前一天才要通知你。因为我明白，思贤虽然外表看上去很温柔，其实却是一个很有主见的人，虽然脾气像女孩子，但本质上也是一个热血少年。要一个热血少年承认自己最强的地方也不如别人，甚至还不如普通人，写这种剧情的难度实在太大了。”

蓉蓉将手一拍：“总之，闲聊到此为止。接下来该轮到月鹿给思贤补习英语了，其他人都去别的房间学习吧。”

蓉蓉她明明已经知道我读过了《帝王条例》，可是现在却把内心的酸楚暂时放下，装作没事一样替我打圆场，我心里很堵，觉得自己应该立刻走过去抱抱她说一句谢谢，可是我毕竟只是个高中男生，一直以学习为重，根本没有抱过女孩子……

我只犹豫了一秒，刚想站起来拉着蓉蓉的手给她解释，我去读《帝王条例》的原因并不是像她想的这样，我并没有和乔治一起讨论自己有可能被皇后推翻的话题。

可是就这一秒显然都过于漫长。

蓉蓉小小的背影，早已消失在门口。

我是第一次这么痛恨自己竟然连耍流氓和强行壁咚都不会。

因为一直走神，所以补课的进展就慢了一些。等今天的内容全部讲完，时间已经超过了十点半。

“思贤，我也看得出来你和蓉蓉关系有些微妙。究竟是发生了什么，你们两个不像平常那样要好了呢？”

“我做了一些事情，让蓉蓉认为我并不信任她所做的一切，都是对我好。”

月鹿披上毛领的白色小外套，慢慢穿上褐色的小靴子，然后微笑着对我说：“总之思贤，为了回应少女的心意，少年有时候该学着放弃自己的自尊和骄傲，这是恋爱心法的第一准则。”

月鹿一定仅仅是以为，蓉蓉不开心的原因，只是因为我放不下优等生的架子去做超难题。

她并不知道《帝王条例》才是最难解的心结。

我害羞地红着脸说：“喂，月鹿，再胡说八道，你们女生宿舍就要关门了。”

“嘿嘿，那我走了。”月鹿把眼镜戴稳，就听到急促的敲门声。

难道是蓉蓉来了吗？

我连忙把门打开，夜晚的冷风卷着落叶呼啸着吹进“别墅行宫”的大厅，令水晶黄铜吊灯轻轻摇晃。忽明忽灭的光芒，让门口那人的影子忽长忽短，呈现出恶魔般的狰狞感觉。

月鹿握紧了拳头，充满敌意地说："你来干什么！"

"大律师，我来看球赛，管着吗？"

明浩嘴角微斜表情不屑地说。

"怎么是你……"我失望地问。

"你这是什么表情嘛，看到来的人不是你家蓉蓉，心里很失望吗？"

明浩大大咧咧地坐在沙发上，抓过遥控器就打开了电视，果然欧冠球赛准时开始。

"喂喂喂，明浩！你这样也太不把自己当外人了吧！"我超不爽地说。

"怎么嘛，这又不是你一个人的房子。"明浩舒服地窝进沙发。

月鹿也超不爽："从所有权归属上来说，目前这座'别墅行宫'，就是思贤一个人的房子。所以请你离开。"

明浩满不在乎地说："我的职阶是骑士，骑士在皇帝陷入危急状况的时候可以在未经授权的情况下进入'别墅行宫'进行护卫。"

"可是……"月鹿着急地申辩。

"现在算不算危急情况？"明浩惫懒地笑着说。

好像的确非常危急，基本上照这样的状况发展下去，一周以后月考结束，我就该引咎退位了，虽然明明知道明浩这家伙的道理超不对劲，可是不知为何就是无法反驳。

"所以我来这里也是合理合法的。"明浩懒洋洋地将手一招，把球赛声音开大。

别人家的骑士利用这条规则来保卫君上，你却用这条规则来看球赛！简直是把自己的开心建立在我的痛苦之上！

月鹿生气地抱着双臂亭亭站立："我明白了，你想用卑劣的手段干扰思贤学习，我决不允许你这样做。"

月鹿真乃忠臣良将国之栋梁！

然而下一秒月鹿和明浩像两个笨蛋一样抢起遥控器来。

"喂，月鹿！到底是我要吵你们学习，还是你们要吵我看球！搞清楚好不好！”

月鹿干脆也坐在沙发上，冷笑着说：“好啊，我陪你一起看，你看你的足球，我看你今天晚上究竟想对思贤做什么不轨的举动。”

拜托不要说这种容易让人误会的话好吗！

我当然不忍心让女孩子帮我在这里盯大坏蛋明浩，于是把她扶起来送她出门。

“放心好啦，明浩虽然很讨厌，但我自己搞得定的，月鹿没必要在这里替我盯着他。”

“可是，他可是万人唾弃的明浩哎。”

“不要紧，或许明浩真的只是想看球而已。我和他相安无事，相信不会有事的。”

月鹿还是很不放心：“好吧，那我先回去。有要紧状况用学生平板找我，我会带着飞羽来砍他。‘别墅行宫’地下室之间有陷阱，可以把他引过去按动机关降下铁笼子把他关好。”

月鹿一向成熟稳重，但面对明浩的时候，还是不禁处于完全戒备状态，把对方当成世界第一恶人来全力应付。

我觉得有些好笑，送走月鹿之后，就笑眯眯地走回客厅，只看了一眼，顿时杀气升腾。

明浩不光声音开得山响，脚下还堆着瓜子壳，两三个空可乐瓶歪斜地靠在沙发上，薯片和牛肉干的碎屑满地都是，明明才五分钟的工夫，他竟然把我干净整洁的房间，变得好像邋遢大叔一个多月没清理的猪窝一样！

“你不觉得你声音太大了吗！”我超火大地说。

“喂，别闹！给个直塞球啊！前锋你脑子是不是有坑？为什么这么明显的造越位你都看不出来！”明浩回过头来对我超不耐烦地说，“皇帝，麻烦你不要吵我看球！”

“哈？你叫一个正在做作业的人，不要影响你看球？兄弟你大脑没问题吧！”

明浩无赖地笑着说：“你又没在做作业，你只是在站着大声说话而已。”

“哼！”我超生气地拿出习题集，“看好，我要做作业了！”

“哦，那我就把声音关小一点。”

明浩竟然难得地讲理了一回，要不是电视机上的比分还是零比零，我真以为这哥们儿是因为自己喜欢的球队踢了人家十八比零，所以心里开心才显得特别好说话。

该做哪套习题呢？是高考题，还是超难题？

我气鼓鼓地瞪了明浩一眼，做超难题。

身为男人，我可以技不如人，但是绝不能在讨厌的家伙面前输了气势。

可是超难题就是超难题，我冥思苦想了半天，只是将将解答了题目的第一问，身上就瞬间被施加了“眩晕、中毒、虚化、迷乱、睡眠、攻防降低、视野丢失”等不良Buff。假如说高考的数学题，只是要求你背着帐篷扛着猎枪，以精良的装备在野外生存一周，那么超难题就坑爹如同把你扔在月球上，发给你一把匕首，然后要求你自己造一台航天飞机回归地球。

而且最可恶的是明浩那边的球赛又变得十分大声！

我咬牙切齿：“混蛋！不是说我在做题目吗！你为什么又把音量提高了！”

明浩一脸无辜地耸肩：“可是皇帝，大半天了，你只是在纸上写了两行字，根本没在做题啊！拿一本习题集搁在面前就不准别人发出声音，简直是暴君！”

有你的，明浩。

“做超难题当然需要花点时间，难道你不清楚吗？”

“花时间？不会啊。要是我的话，我十分钟就可以做一道。”

我想，不知道皇帝可不可以动用极刑，如果可以的话，现在马上立刻就将明浩斩立决。

“既然你不做题我就把声音再开大点。”

我被明浩气炸了肺，完全无法思考问题，心里面只剩下一个念头，他给我添堵，我也不能便宜他，必须让他不能好好看球赛，无论用什么手法！

我把基础题集拿出来，腹黑地笑着说：“刚才是拿错试卷了，现在这一本才是对的。那么我真的要开始做题了，在做完卷子之前你不准把声音调大。”

“哦。”明浩转过头去看球，然后用猫咪一般的超小音量说了一句，“好球，得分了，太棒了，耶。”

我无语地埋头做题，这一本是蓉蓉的《我的名字就倒着写》，相比刚刚的超难题，这一本简直就像是少女漫画一样轻松愉快，还洋溢着小粉红的温柔气息。我轻车熟路地奋笔疾书，开心地哼着小曲，超烦的心情总算是平复下来。

然而我无意伸了个懒腰，拳头却碰到了不知什么时候站在我身边的明浩。

然后我瞬间捂着习题集不想让他看。

“啊啊啊！你什么时候站过来的！”

“中场休息的时候无聊就过来看看你。”明浩笑嘻嘻地说，“皇帝你可真了不起，做事走极端，要么做最难的题，要么做最简单的。”

“要你管！”我不服气地说。

明浩看着我的卷子只是笑，然后说：“第 5 题、第 11 题和第 28 题。”

我狐疑地回头检查了一遍，反复验算，发现这三道题好像算错了！我把基础题做错了这件事竟然被明浩尽收眼底，不知为何我的脸蹭就红了，好像妹子换衣服的时候被讨厌的男生看到一样超不舒服！

“你干吗蒙着试卷，像正在换衣服的小姑娘被男生看到一样。”

我的天，你什么时候偷学蓉蓉的技能了？

总之对付脸皮厚的家伙，要点就是脸皮也要厚，只有睁着眼睛说瞎话，对方强词夺理的时候，才能做到满不在乎。

“明浩啊，这你就不懂了。”我摇摇手指说，“我做题是分两种模式的，刚才这叫做‘随随便便模式’，就是大概看看题目随便算两下，觉得哪个答案顺眼就选哪个，也不验算和检查，通过这种方式可以知道自己最薄弱的知识点是哪些，好进行查漏补缺。”

“哦，这么神奇吗？”明浩托着下巴，“另一种模式，是‘SEED’模式，还是‘独角兽高达爆裂模式’？”

“你也喜欢看高达吗！”我激动地说。

“我看是你高达看太多了吧！”

于是我板起脸：“另一种模式当然是‘全神贯注模式’，开启之后做这些基础题，简直百战百胜手到擒来。”

“哦！那你给我表演一下吧！”明浩挑着眉毛说。

虽然讲道理今天我已经做了一套卷子了，应该去睡觉才是正理，但要是我去睡觉这货一定会再次以大闹天宫的阵势看下半场比赛，我一定没法睡得安稳。

更重要的是，我不服气。

所以我笑着重新提起笔，对明浩说：“好啊，你就好好给我瞧着吧，全神贯注模式的一击必杀！不过要是你吵到我了，害我把题目做错，那你就得负责任！”

“别用这种小姑娘和渣男谈判的口气说话好吗！”明浩咧嘴笑道，“我不会影响你的！”

为了不让明浩小瞧我，我这一次竟然把平日的杂念完全抛开，知识点在脑海中熠熠明熙，斗志顺着血脉灌注在手上，而下笔的时候，便如有神助。每题必克，每分必取，而且速度飞快，下半场球赛不会超过五十分钟，而我竟然只用了五十分钟，就干掉了一套高考数学卷，这是平时根本不可以想象的。

球赛结束，明浩一把抓起卷子来开始看题，然后哈哈大笑。

我心里发毛：“我……我又做错了？”

“一道题都没错。”明浩一本正经地答道。

“那笑你妹啊！”我抓狂地大喊。

“我是笑你蛮拼的，比如第25题，立体几何，竟然用那么复杂的解析式，以几倍的计算量硬生生算出了正确答案，就好比用集成显卡硬跑《守望先锋》全画质一样，有一种虽然原始但屌炸天的感觉，所以忍不住就想笑了。”

“管着吗你，我乐意增加计算量！好锻炼我数学运算的能力！”

“那你把简便方法说给我听。”明浩笑嘻嘻地说。

我目瞪口呆。

明浩大手一挥，自得地说：“如果你不知道我就告诉你吧……”

我捂着耳朵大声喊：“不准说！”

如果他在我想到简单解法之前就听到了他的解法，岂不就代表着我真的输给他了！“

“那就是……”

“我不听！”我连忙摇头。

“事到如今也由不得你了，就让我简便的解法在你大脑里留下深刻的记忆吧！然后你将永远记得，这种神奇的方法不是你自己想到的，而是明浩灌输给你的！”

然而最危急的关头，我和明浩异口同声地喊了出来——

“把空间直角坐标系的原点移到立方体的中心！用向量法求解！”

明浩狂傲地一笑：“不错嘛皇帝。看来你的智商不算很低。”

我无比窝火，虽然一份试卷全对这成就相当了不起，可我一点都不觉得开心，好比刚刚我在和明浩比武，自以为疾风骤雨一般的拳头够这家伙受了，没想到他非但不躲闪，也不会受伤，还笑嘻嘻地给你点拨说“这一拳往上半寸就更好”，“那一棍直接扫向屁股就不显得拖泥带水”，虽然你揍了他二百拳他都没能还手一拳，却比自己被揍了二百拳还要难受。

“好啦，球赛结束了，快滚蛋啦，你今晚严重打扰了本皇帝的进度，朕大人大量不予计较，总之明天你别来了！”

“男生宿舍已经锁门了。”

“笑话，区区一把铁锁能够拦住你明浩吗？”

明浩依然没皮没脸地说：“你别这么抠门嘛皇帝，这么大栋房子，房间这么多，怎么就容不下区区一个明浩呢？哦，我明白了，咱们皇帝的‘行宫’，只欢迎女孩子入住，对男孩子是拒不开放的，原来如此。”

我生怕他再讲出什么难听的话来，就说："好吧，那你挑间屋子。"

明浩径直朝飞羽平时住的客房走过去，我连忙制止："那是女生的房间！"

明浩无奈地指着我的房间："这总不是女生的房间了吧！"

"但是我的房间只有一张床！"

"可是那是一张大床啊。"明浩认真地答道。

可是当我认真起来的时候，浑身的杀意还是能把明浩这种脸皮强无敌的家伙镇住的。

"皇、皇帝，当然是你睡床，我睡沙发。多余的被子给我一床，没有被子的话龙袍也可以凑活。"

"被子不多余，没有龙袍。"

"遵命陛下，那我就和衣而睡吧，我保证在客厅里不发出一点声音，也不打鼾，定然不会影响你的睡眠。"

明浩乖乖地坐在沙发上，小手放在膝盖上，可怜巴巴地说："那么现在，思贤，你可以把猎枪放下了吗？"

明浩一晚上倒是没怎么闹腾，第二天清晨七点不到，"别墅行宫"的大门就被白骑士团冲开。

飞羽手持折伞，小萌身边站着体型巨大龇着白牙的德牧，幕璃拿着炸弹，胆小的瑶玲也不知道哪搞来一把鲁智深的禅杖，无比吃力地双手搂紧靠在门边，一齐说："臣等救驾来迟！还望皇帝陛下恕罪！"

然而蓉蓉没来。

只有月鹿看上去十分正常，不像其他小姑娘一样胡闹。

月鹿说："明浩惊扰圣驾，打他算正当防卫，没关系的。"

刚刚的话你当我没说。

飞羽皱着眉带着十分的敌意："明浩，你未免太无耻了吧。你以看球赛为借口，在陛下复习最要紧的关头竟然怀着恶意来打扰他，假如他如你所愿果然没能拿年级第一，最大的受益人恐怕就是你了吧。"

“我只是想看个球赛，用不着把我想象得这样诡计多端吧。”明浩又耸肩又摊胳膊地说。

飞羽哼了一声，问我：“昨天夜里你是不是被吵得无比烦躁！”

没错！明浩又嗑瓜子又打嗝的，简直是烦死人了！

飞羽冷冷地注视着明浩：“所以我说你无耻真的没冤枉你。陛下，你一晚上的学习计划又被耽误了吧？”

我呆了一呆，举起蓉蓉给我的基础题集，足足有两套题目写满了答案。

飞羽表示对这种神展开一时有点难以理解。

明浩把书包一背，然后说：“既然没问题了，我就去吃早餐了。”

“思贤这边是没问题了，但是……”

飞羽满脸黑暗杀气，眼中放出血光，指着满地的瓜子壳和薯片袋：“知不知道把女孩子们的零食全部偷吃殆尽，还要把女孩子们精心打扫的房间弄得乱七八糟，其罪可诛！”

最终明浩遭到了严厉的惩罚，当他鼻青脸肿地去上课的时候，他的兄弟们惊疑不定，问他这是怎么弄的。明浩不好意思说因为偷吃零食是被女生打成这样，就撒谎说昨天翻墙到学校外面去看球，被意见不合的十几个大汉们打了一顿。

“嘘，这让学校知道，是要被开除的啊。”兄弟们紧张极了，“和校外人员打架，一次是记过，两次就是开除啊。”

而飞羽和月鹿则好心地说：“大家放心，明浩不会被开除的。我们可以证明明浩昨天并没有和校外人员打架。”

“怎么证明？”兄弟们欣慰地问。

“因为明浩是被我们打的。”

为了证明此言不虚，白骑士团的大家现场又揍了明浩一顿。

我和蓉蓉依然一早上无话。

中午乔治找到我，关切地说，听说明浩昨天夜里去找我了，一定是站在保守派的立场上，不希望我顺利复习，特意前来胡乱打扰。

“《帝王条例》里面有针对骑士的罢免条例，如果骑士的行为失去了忠义，和皇帝的利益严重背离，是可以将他罢免掉的。”

乔治似乎是把《帝王条例》研究得很透彻啊。

“可是非得说明浩在打扰我吧，昨天被他一闹腾，我做题的效率反而奇快，一天顶平时两天用。”我平静地说。

乔治表示难以置信：“你是说明浩帮你辅导功课？”

“那倒不是，更像是我小时候听过的关于马和猴子的故事。”

“马猴烧酒？”

我大声说：“是马和猴子啦！据说古代养马的时候卫生条件不够完善，马儿容易生病，要是得了马瘟就算完了。养马人后来想到一个主意，就是在马厩里搁一只猴子，猴子天性活泼好动，烦得要死，马儿们每天为了不要被猴子骚扰，也是凝神应对，无形中运动量和斗志都加强了，反而不容易生病。所以派孙悟空去管天上的御马监也是有道理的。”

“那么思贤，你指的效率奇快，是指做基础题还是超难题？”

“是基础题。”

乔治皱着眉头，心思沉重地说：“思贤，我有一种担忧。蓉蓉如果是拥护派的中坚力量，她的主张为什么和保守派的魁首明浩同学不谋而合？”

“你想说什么？”我也变得沉重起来。

“啧，欧冠不是昨天才开赛的，以前也有，但以前蓉蓉瞒着思贤，思贤只做基础题的时候，明浩并不去捣乱。直到最近思贤你在大家的帮助下开始研究超难题了，明浩突然出现，最终导致你也只能做基础题，这是巧合，还是有意而为之？”

我提醒乔治：“乔治，你如果想说蓉蓉联合明浩想一起坑我，你就直说。而我呢就一笑了之，反正我是不会信的。”

乔治沉痛地说：“我知道我这种担忧听上去很不阳光，可是兰帝高中历史上，包括中国历史上，被皇后玩弄于股掌，甚至于谋害掉的皇帝，也不是一个两个。”

“可以了乔治！”我大声阻止他说下去。

“思贤，我希望你明白，兼听则明偏信则暗，后宫乱政的情形并不罕见，而身为皇帝的谋士我直言劝谏，也是我所应尽到的本分。”

“你越说越离谱了！什么后宫！什么乱政！”

“后宫是指白骑士团六人，都是可爱的女孩子，都是蓉蓉的好朋友。这导致保守派的很多敌视思贤的男生，说这个皇帝除了把漂亮女生聚集在身边开后宫以外，别的本事都没有。”

既然是保守派那自然我无论做什么都得批评我啊，而且指责我坐拥六个美少女，总好过指责我坐拥六个男生吧！

“乱政是指白骑士团的补课方针，根本没有得到拥护派的一致认同，甚至都没经过讨论和策划，直接就自作主张地决定了方案是攻克基础题。至少，也要事先把规则告诉思贤，让思贤自己来做决定吧。”

我确实直到现在也不明白蓉蓉为什么没有这么做。

可是乔治，我一直把你当成是值得信赖的朋友，在兰帝高中有好多次困难都是你站出来替我摆平，虽然你职阶是谋士，但我仍然不希望你以阴谋论揣度同学们，大家都只是高中生，哪有那么多阴谋诡计，哪懂得什么祸国殃民！

乔治摇头：“思贤，这你可就冤枉我了。对白骑士团的真实用意最怀疑的人，并不是我，而另有其人。当他们发现白骑士团的做法，和保守派领袖明浩不谋而合的时候，就委托我来向思贤转达要提防白骑士团和明浩的建议。而接下来，他们恐怕要亲自采取行动了。”

当天晚上白骑士团例行补课的时候，果然有一群不速之客在风雨中造访。

来者共有七人，他们收起黑色长伞，门外的雷光映出他们的身影。

瑶玲不安地问：“请问你们是……”

“你是白骑士团的瑶玲？哈哈哈，我好笑的是，明明你是皇帝的补课老师，结果非但老师没有帮学生补完丢失的课程，反而是学生为了证明自己老师并非浪得虚名，花了整整一周时间来重翻旧案，到底是谁在帮谁，可就很难说了。”

月鹿也凝神注视着对方：“尊驾是故意来找茬，影响思贤复习的吗？”

“我影响思贤复习？不一定吧？至少我没在庭辩场大出风头的时候，非要拉着思贤坐在旁边当副辩手，利用思贤的皇帝特权随时叫停。”

月鹿微笑：“你们到底是谁？”

那七个人把黑色雨衣掀开，露出了高三年级的校服——

“我们是勤王七学委。”

勤王……七学委？

为首的高个男生傲然指着瑶玲和月鹿：“我们是各班的学习委员，也是各班的第一名，学习成绩没的说。我们来到这里，是为了亲自帮助思贤登上月考顶峰，并制止你们误国的行为！”

“我们怎么误国了？”月鹿轻轻推起眼镜。

“明知皇帝的事情耽误不得，还要使他为你们个人那点破事东奔西走。光是重开旧案就花了一周时间。这是不是误国？”

瑶玲十分内疚地说：“对不起，我起初也劝说思贤暂时不要把我的事情放在心上。”

我也站出来替瑶玲申辩：“没错，而且不是一次两次！”

“可是结果怎样，一周的时间是不是被耽误掉了？”

瑶玲慌张地说：“接、接下来我有尽全力给思贤补课，已经把落下的课程都补回来了。”

“好，这件事姑且放在一边，毕竟思贤皇帝热诚爱民，耽误一周时间为你翻案，尽管我们觉得不值，皇帝觉得值就好。”

七学委之首面带狡黠微笑：“那为什么不把兰帝高中的考试规则告诉皇帝？”

月鹿好脾气地说：“因为思贤是转校生，在以前的高中从没接触过超难题这种设定，所擅长的也是高考难度的题型。为了稳妥起见，我们宁愿他将自身优点发挥到极致，而不必剑走偏锋。”

“你们是说，不太可能在短时间内把思贤皇帝培养成做超难题的高手。”

“正是如此。”

七学委同时发出了狂傲的笑声。

“你们自己做不到，但也没问问别人做不做得到。这，不是误国是什么？”

屋外闪过一个霹雳，轰鸣声在巨大的别墅里回响不绝，狂躁的大风卷动寒雨，令“别墅行宫”寒意彻骨。

另一个矮个子女生口气不善地说：“考试决胜好比是比武决胜，如果说基础知识是一个人的根基和内容，那么解答难题的技巧，就相当于他的剑招。思贤如今可以说内功相当充沛，面临强敌之际，只需要临时学几招高明剑法就可以取胜，可是你们到现在仍然在教他打坐，眼观鼻鼻观心，到底是何居心？”

白骑士团的大家神情凝重，只有幕璃抱着双臂点头说：“没错，其实我也觉得思贤皇帝应该去挑战超难题。”

然后看到白骑士团的朋友们面带怒色，就连忙改口说：“但是只有一周要考试了，当然只能沿着一条既定方针走到底，你们既然有这本事早点不提，偏偏今天跳出来扰乱军心，到底是何居心！”

月鹿吃惊地眨眨眼睛，心里大概是在想，可以啊幕璃，我从来没想过作为不靠谱的白骑士团里最不靠谱的一员，你竟然也有这么可以的时候。

“是，现在再靠三道超难题直接拿下每科的满分，已经不现实了。”

一个飞转着钢笔的男生眼睛低低地笑着说：“但是如果只是用比较短的时间，挑选其中一道解答，率先拿到50分，那么在剩下150分的高考题里，拿到100分，最终凑成满分的概率，是不是就比只做150分的高考题，来得要大？”

我鬓边流下汗水，说得不错，将两种题型混搭起来，似乎也不失为一种很好的思路。

“这种设想蓉蓉和白骑士们自然也没给皇帝提起过吧。”七学委冷冷地笑着说。

我心里一沉，这种计策，的确蓉蓉从来都没有提起过。

“皇后足智多谋，不可能连这么简单的计策都想不出来。但我权力低微，不足以去过问皇后的决策。不管皇后有没有想运用《帝王条例》将你取而代之，我都不好评判。”

月鹿眼神一凛：“《帝王条例》？皇后想将皇帝取而代之？”

七学委为首的少年竖起食指，一字一句地说：“不过白骑士团的其他人，你们还是先担心自己吧，如果我有足够的理由表明皇帝在你们的帮助下根本毫无进步，就可以在高三年级各位位高权重的大臣和诸侯王面前进言，以启动‘误国处置’，来取消你们待在皇帝身边出谋划策的权利。”

“误国处置”四个字，我虽然并不明白其中的含义，但仅凭字面就可以猜到一定非常严重，果然瑶玲眼珠微微颤抖，月鹿也慢慢握紧了拳头，幕璃和小萌也是沉默不语。

我不禁问：“老兄你谁啊，大家付出的努力，你说误国就误国了？”

少年从口袋里拿出卡片：“不好意思，皇帝陛下，我的职阶是‘凤麟学士’，虽然只是区区一介读书人，但不仅成绩好，而且通晓国家律令。自古民间寒士，以天下兴亡为己任，可以为万民请命以上达天听，虽然这些民间的饱学之士无权无势，却在关键时刻可以左右国家的命运，所以我职阶的特殊能力，是‘通天进言’，简单来说就是，如果对方是诸侯王或更高地位的人，至少必须采纳我的一个建议。”

少年挥动长袖风声呼呼地说：“而我的建议，就是皇帝陛下，由你来和我进行全学科的模拟考试，假如你的成绩并不如我，就意味着白骑士团果然耽误了皇帝的学业，而接下来辅导皇帝参加月考的重任，就必须落到七学委肩上！”

“我为什么非得听你的啊！”我这个人最不乐意别人强迫我做事，你又不是蓉蓉。

反而是月鹿劝我：“思贤，不听也没办法，对方是凤麟学士。你也知道在兰帝高中是不可以轻易公开自己的卡片身份的，但是对方既然直接把卡片亮了出来，意味着的确是以相当的觉悟来说出这番话的。而凤麟学士的特殊能力，的确是你必须听他至少一个建议。”

少年略略一笑："思贤，你这次月考的目的是年级第一，自然也必须将我打败。所以提前和我比一比有什么关系？一个人做题也是做，多一个我陪着你，也不影响。如果现在思贤并不能将我打败，又有什么底气在月考上和全年级强者一较短长呢？"

凤麟学士说得没错，我找不到反驳的理由。

可是不代表我愿意心悦诚服地接受他的建言。

对我而言，白骑士团不是臣下，在我思贤的大脑里也根本没有什么"列位臣工择优而上"的概念，月鹿和瑶玲她们，是我的同学，是我的朋友，是牺牲自己学习时间来帮我补习功课的老师，是值得信赖的伙伴！

就因为有人觉得她们不一定能帮我拿到年级第一，就说她们误国？

她们自己难道从来没想过，或许思贤就是不一定能拿到年级第一，或许思贤以后真的再也当不成皇帝，到那个时候，曾经的拥护派会指责她们的无能，而曾经的保守派会把她们当成失格皇帝的好朋友，以充满敌意的目光注视她们吗？

可是不管是胆小爱哭的瑶玲，还是性格不羁豪迈的幕璃——

从来没有说过一句"帮助思贤对我们有什么好处？万一失败这责任我们担得起吗？"

她们每天都在说的话，只有"拿出课本，思贤。今天我们也要加油"。

所以还轮不到所谓的勤王七圣骑，来说什么"清君侧"一类的话。

"不是七圣骑，是七学委！"

少年指着我说："记住，我的名字叫凰鸣，你先准备两天，后天周末，中午十二点开始，在'别墅行宫'，我和你进行一对一的全科目模拟试题比赛。"

勤王七学委撑开黑伞，再次踏着夜色，消失在如厉鬼呼啸般的骤雨之中。

第十一章　误国处置与禁忌之药

七学委闹完就走，但幕璃给补习化学还得继续进行。

“误国处置，具体是指什么？”

幕璃懒散地说：“大概就是指这几个人是奸佞小人，待在思贤身边除了会把思贤教坏，一点好作用都起不到，就跟纯净的硫酸铜溶液里面滴了几滴氯化钡溶液，除了没用的沉淀什么都得不到。所以必须禁止我们这样的家伙，和思贤混在一起，说不好听一点，就是打入冷宫。”

不，你等等！你真的明白打入冷宫是什么意思吗！你们只是老师而不是嫔妃好吧！

幕璃晃动着手中的试管，蔚蓝的硫酸铜溶液泛起小小的水花，平日只要看到实验器材就狂暴得无法阻挡的幕璃，今天竟然也只是蔫蔫地坐在实验台前，完全没有干劲。

“我不一定就得输给那嚣张得天是王大他是王二的凰鸣啊！打起精神来嘛幕璃！”

幕璃叹口气：“可是凰鸣一直以来是年级前十的强者，虽然不如明浩那么霸道，但实力也不容小觑。说真的我心里也十分没底，没底的原因在于，我打心眼里认可七王爵的说法。”

是七学委不是七王爵！

“三道分值为50分的超难题，思贤找到其中会做的一道把它搞定，然后再去基础题卷疯狂刨分，也是我想象中效率最高的一种做法。我一直希望蓉蓉能够好好琢磨一下，不要一刀切地禁止思贤去碰超难题，可是蓉蓉总是拒绝，还要叮嘱我们千万不要提起超难题的事情。”

幕璃不解地靠在桌上："说不定七武海才比我们更适合成为帝师也不一定呢。"

比起七武海我更看好四皇！

我强打精神说："这不是重点。重点在于，我不希望你们遭到误国处置，不管凰鸣有多强，我都必须打败他，不论是在后天的模拟考上，还是在正式的月考上。"

"可是这并不是连续努力两天就可以立刻翻盘的……"

我想了几分钟，然后微笑着说："你不是有突破极限的药剂吗？假如我能突破极限，或许还有一丝获胜的可能。"

幕璃呆呆地问："用来把凰鸣迷晕吗？"

"当然是给我喝下，剑走偏锋拼一枪！"

我自从进入兰帝高中以来，剑走偏锋拼一枪的事情也做得不少，无论是女装潜入，还是在校外球场和混混打架，或者是要诈用有奖竞猜击败舆论主导者，没有哪一件事情是四平八稳的。但或许皇帝职阶的特殊能力就是命运女神的微笑，虽然每一次都险象环生，都是我从未体验过的奇特经历，可是结果都还不错。

而这一次，我也有必须豁出去的理由。

理由就是蓉蓉。

昨天被七学委逼宫的时候，蓉蓉不在我身边，所以等到今天大家把这件事情传开的时候，蓉蓉听到的就是这样——

"看来皇帝已经不信任皇后了呢，已经和七斗神约好，要换掉白骑士团了。"

"不过撇开七龙将不管，白骑士团和皇后也有问题，哪有在考试之前拜托思贤做这做那的呢？而且为什么从来不让思贤做超难题呢？难怪思贤会怀疑蓉蓉了。"

我听到这句话，在纸上写算的笔无意识地把纸戳了一个大洞。

光听七学委这三个字，都能误传出无数个千奇百怪的版本，就可以猜到同学们的议论离真相究竟有多遥远。

可是对此我又能做什么，写一篇长文解释真相吗？

我根本没有这种时间。

蓉蓉宛如大病初愈一般毫无力气，看着我面前的习题集，气若游丝地问："思贤，你在做超难题啊。"

"嗯。"我继续演算，事到如今也顾不上在蓉蓉面前掩饰了，我再怎么掩饰，同学们"思贤和蓉蓉已经隔阂很深"的传言，也不会稍微减少。

"能做得来吗？"蓉蓉趴在桌上眼睛微闭。

"现在还不行，但是过了今晚，或许可以。"

"那么……思贤加油。"

"我必须答应七学委的建议，是因为对方有凤麟学士！我并没有怀疑过蓉蓉你和白骑士团！"

"可是你到现在，也还是在做超难题呢。"

睡意像一片轻柔的羽毛，就这样落在蓉蓉轻颤的睫毛上。

蓉蓉睡着之前说的最后一句话，是"全科目模拟会非常劳累的，思贤你要注意休息"。

而整个下午，蓉蓉竟然没来上课。

蓉蓉是那种尽管感冒发烧也依然会挣扎着来到教室的好孩子，而现在她已经没有来教室的力气了。

我心痛得难以形容，看到生物书上的线粒体，便会立刻想起和蓉蓉一人一半分享的鱼皮花生。听到老师在黑板上演算求导，便会立刻想起我由于课上太困不注意倒在蓉蓉肩膀上的事情。做题做到归有光先生的散文，其中有一句"庭有枇杷树，吾妻死之年所手植也，今已亭亭如盖矣"，不知为何我竟然心痛得坐不起来，蓉蓉的参考书和文具明明就在我身边，或许还残留着她护手霜的香味，可是现在我却悲伤得好像从今往后再也见不到她了一样。

飞羽也难过地把手放在我的肩上："思贤……"

"放学了，咱们回'别墅行宫'吧。"

我把眼角的泪水一把擦干，抓起书包和外套胡乱搭在身上，大步朝教室外走去。

甚至把一边听歌一边唱着RAP的明浩撞在一边都没注意。

我可以用下午三节课的全部时间来思念和感伤。

可是下课铃响，我必须立刻抛下一切，奔赴战场。

我只有今天一个晚上来准备和凰鸣的对决。

要和蓉蓉消除嫌隙，第一件事就是赢得对决。

我连儿女情长的时间，都不剩下了。

“幕璃，你的药水做好了吗？”

“做、做好了，就放在桌子上。那瓶可乐颜色的就是。”

我抓起杯子刚要喝，飞羽就十分紧张地阻止我说：“不能让陛下直接喝这种来路不明的药水。”

幕璃竭力镇静地说：“只是把咖啡因和各种维生素有机结合在一起，有一些辣椒和胡椒的提取物增进血液循环。”

飞羽大声说：“你别忘了，你连往澄清石灰水里面通二氧化碳这样的实验，都有可能炸掉半个实验室！”

“但是我自己喝过的，目前为止依然健在。只是好像也没灵光一闪的感觉。”

飞羽气得不行：“那是因为你这种化学怪人本身就有抗药性！”

“飞羽，别这样。”我轻轻把狂暴的飞羽拉回身边，“已经被七学委逼到这个地步了，不拼一下怎么赢。”

“输就输嘛，思贤！”飞羽大声地说，“误国就误国好了！没必要喝这种东西！”

“飞羽，不信任这种情绪，是会传染的吗？”

我轻声说：“我要去查《帝王条例》，要去做超难题，一直表现出一种对你们不信任的情绪。所以今天飞羽，对幕璃也完全没法放心吗？”

“这……”

“既然不信任的源头在我这里，就由我将它终止掉好了。我信任幕璃，她制造的提神醒脑开发智能之药物，我愿意喝，虽然服用药物去比赛是有点那啥。”

飞羽心痛地说：“有什么必要为臣下做到这种地步！”

“听好，不是臣下，是伙伴。”

“那也是无能的伙伴，我们白骑士团，不能确保思贤赢得月考，还在这种时候逼得陛下你只能喝这种不明药剂！”

我拍拍飞羽的头发，正色道：“从来就没有谁规定，只有那种无比强大，能替别人摆平一切的人，才配成为别人的伙伴！”

飞羽眼中泪光莹莹闪烁，抓着我的袖子说：“陛下，你至少答应我一件事。”

“嗯。”

“只有在确实做不来题目的时候，才可以喝这瓶药水！”

我宽慰地微笑说：“我答应你。放心好啦，听什么辣椒胡椒提取物，我就晓得这种东西肯定难喝到爆炸，除非迫不得已，是绝对不能去喝的。”

幕璃也十分感慨地强笑着说：“没错，我的药水可是超级难喝的！”

语文数学外语，考试的时间是两个小时。

身经百战的我竟然第一次发出疑问，考试的时间到底要怎样安排才最合理？

比如数学，三道超难题，要花多少时间确定自己应该努力攻克哪一道才最有效率？攻克这道题所需的时间不能超过多久？半小时？或者再长一点，四十五分钟？

剩下大约七十分钟的时间，全力来搞定基础部分的答卷，150 分只要拿到 100 分就足够了，意味着最佳策略是看到简单的题目就做，看到稍微有点费工夫的，就直接跳过。

既然决定了战术，我擦擦汗水，肾上腺素激增地提起钢笔，竟然觉得身上十分燥热，连手都有些颤抖。我牙关紧咬，扫视着三道超难题，试图在它们冷酷无情的条件语句里，找到一丝 Friendly 的意味来。

我确定第三题看上去似乎是个软柿子，便竭尽全力去捏。时间一分一秒过去，我汗流浃背只答出了第一问，发现这道题根本是绵里藏针，是一个长着可爱萝莉外表的变态电锯杀人魔。

“哟，在做题啊。”

是明浩来了。

“你来干什么？”

“骑士的特别能力是在皇帝陷入绝境的时候……”

“你闭嘴，这上次已经说过了，今天又有球赛吗？”

“没错，欧冠的另一场比赛。”

“不要打扰我。”

“放心。那么这杯可乐，你既然不喝，我就端走了。”

“嗯。”

我双手紧紧按着太阳穴，目光汇聚在纸上，只差一点就要把试卷盯得燃烧起来。

然而下一秒，我脑海中轰地一声，突然发现一件无比不妙超级糟糕的事情，然后猛地回过头去，看到明浩把空杯子愤愤地扔在茶几上，吐着舌头一脸难受！

“皇帝！你知道我今天要来是不是！在可乐里面加胡椒粉和辣椒粉整蛊我是吗！”

“有没有……五脏六腑烧起来，或者是体内动脉血管爆裂的感觉？”我紧张地说，“要是觉得哪里难受，我马上送你去校医院。”

明浩无动于衷地摸摸肚子：“并不觉得难受。你在说什么啊？”

我心里略略宁定一些，既然这是幕璃给我配置的药水，她自己也亲自喝过，说不定安全方面真的没有大碍。

“那么你有没有一种，大脑突然打开了新世界的大门，灵光忽闪，眼前出现五颜六色的蝴蝶，仿佛跌入四维空间，看到青铜门后的终极，这种类似的感觉？”

“你在说什么怪话啊，快去做你的题目，不要打扰我看比赛。”

然而我始终放心不下明浩，大脑乱得不行，花了四五十分钟始终不能完全解答超难题，于是揉乱头发，向身后看了一眼。

然后就被眼前的场景彻底震惊。

“明、明浩，比赛的内容是……路飞打乔巴吗？”

电视屏幕上肆意烂漫的，是冬岛上空盛开的樱花。

我承认当时我看《海贼王》，看到乔巴最终决定要离开充满回忆的冬岛，加入小小的海贼团，继承希鲁鲁克的遗志，立志成为最了不起的医生时，我也十分感动。

但我并没有像明浩那样感动得把一整盒纸巾都拿来擦眼泪啊！

看来明浩的大脑确实有某种界限被突破了。

“思贤！你不乖乖做题，是想辜负伙伴们的心意吗！”明浩站起身来，热血澎湃地说。

哈？

明浩把我按在座位上，挥着拳头说：“现在再不努力的话，你想重演乔巴的悲剧吗！”

乔巴的悲剧？

“乔巴不懂药理却想治好生病的伙伴，却误采毒蘑菇害伙伴病情更加严重，乔巴一生的遗憾，是当时并没有拯救朋友的能力。皇帝，你觉得你现在的学习水平，已经足够拯救白骑士团了吗！”

为什么明浩突然变了画风，变得无比热血正直，平时那种阴阳怪气非常欠扁的神气到哪里去了！

“所以还不快给我加油努力！”明浩眼眶盈着泪水，踩着凳子大声激励我。

我如芒刺在背一般提着笔继续演算试题，明浩冲上来一把将超难题给抓了过去。

“你的伙伴们平时教你做的，是这种题目吗！”明浩眼中冒着熊熊火焰。

混蛋！如果说上次看球你歪打正着激发着我做了两套题，今天你这样放肆，摆明了就是想阻止老子安安静静地复习考试吧！

明浩大大地瞪着眼睛，流下沉痛的热泪，一把抓住我的衣领把我提起来，表情超级夸张，随便给他拍一张照片，可以直接拿去当热血少年漫使用。

“你怀疑我没关系！但是你对伙伴们的每一分怀疑，都是在践踏她们炽热纯真的心意！心意这种东西可不是无限再生的资源，虽然不会被酷寒的现实冻结，也不会被黑暗的未来粉碎，却会毁于本该信任她们的人内心的一丝怀疑！醒醒吧，皇帝！”

换做平时，要是明浩这小子敢抓我衣领，我一定狂暴地挥拳相向，可现在我竟然有点慌，只能说：“你……你先别哭，你不要胡说八道，我是要做基础题的！”

“那就快做！”明浩把红色的必胜条扎在头上，不知道从哪摸来一面龙旗呼呼挥舞！

“可是我的策略是先得到超难题的50分……”

明浩把必胜条一撕，走到门外背对着我，夜风在他身边狂啸。

他的热泪滚落在地板上，映着清冷的月光。

“既然你不是一个热血的男子汉，我也就没什么好说的了。”

明浩在故意捣乱吗？不，这一切都是因为他刚才喝了突破极限的药水。

要不然的话，恐怕这家伙宁愿去死，也不愿被我用这样的句子形容——

这家伙简直是我十几年来见过最肯哭的男生了。

我怕突然变成热血直率单细胞少年的明浩出去惹是生非，只好劝他留在这里。

“你、你给我回来！我当然是热血的男子汉，我最信赖伙伴了。反正超难题什么的我也做不来，你、你进来看，我要开始做大家给我提供的试卷了。”

下一秒明浩站在壁炉前，身后烈火熊熊燃烧。

“这就对了，皇帝。带着大家的羁绊向前迈进吧，努力成为站在顶峰的男人。虽然这也是我的理想，不过我看得起你这位兄弟，暂时借给你也无妨，哈哈哈哈！”

我隐约琢磨出个味儿来，平时明浩无敌理性，而且冷面朝天，对人非常不友善，三句话问不出个屁来，是个别扭至极的家伙，而今天的明浩却感性爱哭，性格简单直接，突然变得蛮热心的，竟然还是个话痨——

药剂的效果不是突破智商极限。

而是让人变成完全相反的性格！

然而一方面性格大变的明浩在我身后一直打岔，另一方面是我明明只剩一天，制定好的考试策略，还要被这样式的明浩各种阻碍，心里着实着急，做基础题的时候十分毛躁，仿佛有猴子在我心中抓挠一般，大概是希望赶紧做完一套题哄这家伙滚去睡觉，我好真正研究一下原本的策略，不光写字歪歪斜斜，而且动不动就计算错误，平日里的十分能力，由于心急如焚，竟然只能发挥出六七分的水准。

明浩高大伟岸的身影又一次出现在身后，头顶的吊灯从高处打下光来，所以明浩背光的脸一片漆黑，只有两行清泪闪烁着光芒。

“肚子饿了吗，明浩？”我哭笑不得地问。

“你信不过蓉蓉，对吧？”明浩沉闷地问。

这句话在七学委来逼宫那天晚上，白骑士团的女生们在听到凰鸣提到《帝王条例》，提到蓉蓉想将我取而代之的时候，无不震惊，肯定早就想问了。可是她们当时选择了顾及我的心情，选择强行忍耐，并没有问出口。

而现在无比直率的明浩不经大脑就直接说出来了。

我停下飞快书写的笔，消沉地说：“的确，我是看到了《帝王条例》第二十一条，我身为皇帝如果失德或者明显能力不足，蓉蓉的确可以成为女皇代我管理国家。不过我不是故意去研究这本书的，我……并没有怀疑蓉蓉。”

“皇帝，这样的答案你自己相信不相信？”明浩颤抖着握拳说。

“我……”我低下头，半天才说，“我真的不可能怀疑蓉蓉，只是各种巧合让蓉蓉对我产生了诸多误会，觉得我一直在提防她，在研究如何才能不让皇位被蓉蓉夺走。而我连解释的机会，都没有。”

“是她误会你，而不是你怀疑她吗？”明浩目光一紧，“可是你到现在还想着用超难题决胜负。”

月光破云而出，轻轻洒在我面前雪白的习题集上。

“你跟我来，皇帝。”

明浩不由分说竟然把我从椅子上提了起来，推开大门便向外走。

“我们去哪？”我惊讶地问。

“去教室。”

“可是现在已经是夜晚一点了，教学楼早就关门了！”

“对于男子汉而言，这点小小的阻隔并没有什么问题！”

明浩拍拍自己的肩膀，豪迈地说：“来，你踩着我的肩膀上二楼。”

“等你恢复正常的时候，会不会想杀了我？或者更想杀了自己？”

“你在说什么？”

“没什么。”我摇摇头，指着二楼阳台说，“蹲好吧，明浩。”

明浩身体蜷成一团蹲在地上，我咬着牙轻轻踩在他的肩膀上，紧接着明浩大喝一声，用蛮横的力量将我顶到二楼上去。

“那你要怎么上来呢？”我关心地问。

明浩竖起大拇指：“男子汉有自己上楼的方式。”

我刚想提醒他别一飞脚把一楼锁好的铁门踹开，就看见明浩像青蛙一般用难看的姿势攀爬着墙角的下水管慢慢移动。

到我们班，大门紧锁，似乎只能想办法从窗户进到教室。

明浩脱下外套捆在手肘上，说：“我要破窗了！你站远点，免得碎玻璃崩着你！”

“等等！有什么必要这么做！砸坏窗户不但会受伤，而且一定会记过的！”

“这点小事，不劳烦你操心！”明浩亮出白牙，“对于热血男儿来说，让你明白伙伴的真实心意，付出这点小小的代价不算什么！”

明浩虎吼一声高高跃起，朝窗户用力撞去。

我赶紧把窗户朝左边拉开，明浩直接摔进教室。

“我是说……窗户根本没锁啊。”我嘴角抽动地看着明浩在教室里摔得四仰八叉的可笑场景，有一种想掏出手机把他拍下来的冲动。

“狡猾！腹黑！心机多如牛毛！”明浩指着我骂。

我也不甘示弱地回击：“愚蠢！莽撞！说真的，你要我来教室想给我看什么？”

明浩嚣张地提着蓉蓉的书包，哐哐哐地往地下倒。

薯片、漫画书、护手霜、宝宝霜、小熊饼干、手撕牛肉干，还有各种不能详细描述的女孩子的用品，全部被倒在地上。

“喂！你干什么！”我大声喊了出来。

明浩翻翻找找，捡起一个本子递到我的手中。

“我想让你看的就是这个。”

这是个装饰精美的小笔记本，有着兔子和猫咪穿着蓬蓬裙在晴空下喝下午茶的可爱封面。

我翻开扉页，明明写在最初的几个字我每天都会见到。

此时此刻，却给我无与伦比的巨大震撼。

《高考数学题要是有一道能偏离这本书总结的考点，我的名字就倒着写》。

这是手写版的习题集！

我内心悸动地连忙翻了几页，没错，这些题目都很眼熟，都很亲切，全部是我前不久才刚刚做过的。

区别在于，我平时练习用的习题集是打印版，纸上是四平八稳的宋体字。

而这本笔记本，全部是蓉蓉用她少女纤细隽丽的字体，一笔一画地写下来的。

明浩看到我震惊得双手颤抖好久都不眨一下眼睛，淡淡地说了一句：“蓉蓉翻遍了十几本参考书，什么《王后雄》，什么《五年高考三年模拟》，什么《全国模拟卷集总》，一道道把那些最有代表性的题目挑出来，记在笔记本上，然后又委托飞羽带到打印店，给你印成册子。所以这本习题集，是只为你一个人编纂的。”

我难过地合起笔记本，把它贴在心口：“可是蓉蓉，也可以直接把这本笔记本交给我的。”

“皇帝你是高中男生，看着自己在意的可爱女孩的漂亮笔迹，还要想平心静气地做题，恐怕会很难吧。”

说得不错，明浩。

明浩目光变冷：“那么问题来了，皇帝。那本超难题集，背后也灌注了同样的心血吗？也是翻了无数本书自己先研究透了再一笔一画抄写下来的吗？”

“我想，应该不可能吧。”

“所以你为什么还要做超难题呢？”

直到现在，我才真正明白这个问题的含义——

如果你口口声声说你并不怀疑蓉蓉，为什么你会舍弃她全部的心血于不顾呢？

如果你真正了解她的话，她的真实心意，她付出那些你不知道的努力，即使选择傲娇选择不说，你也一定能感觉到才对！

是蓉蓉误解了你，还是你从一开始就从未真正了解蓉蓉？

我单膝跪地，慢慢把蓉蓉的东西一件一件捡起来放回书包。

我小心地把书包塞回蓉蓉的桌箱，回头对明浩果断地说：“咱们回去做题吧。”

“嗯，继承蓉蓉的遗志，以灵魂为燃料彻底燃烧，让这心意相通的一瞬化作照亮这寂静之夜的怒放花火吧！”

一秒后明浩脑袋挨了我一记王后雄。

“别说这么不吉利的话好吧！别啰嗦了，快回去吧！今天不干到五六点是收不了工的！”

我们重新关好窗户翻身下楼，我畅快呼吸，连着冰冷的空气都有了几分畅快的味道。

“谢谢你，明浩。”

“不用谢我，保护君上，在迷途中骑着战马旗帜高扬给你指引，是骑士存在的意义。”

这突如其来的表白，令我……觉得超级不适应！

你把诚恳实在的飞羽的台词抢了，飞羽干啥去！

明浩你既然是死傲娇，既然是别扭少年，你就说什么“谁帮你了？可笑，我只是来你这里看球而已，让你滚去做题，是不想你吵我看球”就可以了啊！

这药剂的效果不会要持续一辈子吧！非要让我选，傲娇的明浩和直率的明浩，我还真不知道我希望看到的是哪个。

可是不知为何，今天和万人唾弃的明浩相处了一个晚上，我竟然觉得压在心上的包袱通通都被甩掉了，心绪变得无比清朗。

明浩果然是在帮我，从上一次逼我做两套基础卷开始，就在帮我。

因为这是他亲口告诉我的，所以我愿意相信他。

回到“别墅行宫”，我把超难题彻底丢到一边，认认真真地解答着每一道基础题。

不光怀抱着对决和考试必胜的希望。

也怀着“假如我把这些题目通通做完，蓉蓉就会再次回到我身边”的期许。

《我的名字就倒着写》第一卷被全部攻略的时候，蓉蓉一定会带着第二卷回来的！

所以必须加油！必须竭尽全力！

之后的整个夜晚，我把全学科的高考卷全部做了一遍。

正确率比一直左右摇摆的时候无疑高出许多。

明浩一直在背后摇旗呐喊，嚷嚷什么“大力写下答案吧！将白骑士团和你的羁绊化为锋锐之剑，斩开这座由题目组成的迷宫吧”，我实在不胜其烦，只好打电话让飞羽过来护驾。

飞羽看到这样的明浩，目瞪口呆。

然后以无比的耐心，像照顾小朋友一样安抚他热血激荡的内心。

明浩指着我：“看见没，那是为伙伴而战斗的男人的背影，坚毅、执着、永不言败！宛如大山一般高大巍峨，如果说仁者乐山智者乐水，这背影无疑就是仁者的最佳注解！”

飞羽超级无奈，一边给明浩擦干泪水，一边把他拉到电视机前：“好好好，我们不要吵陛下做题好吧？来看你最喜欢的足球赛吧。”

可是折腾了大半夜足球赛早就没了。最终电视频道定格在一个青春偶像剧上。

飞羽嘴角抽动满脸黑线地说：“明浩，你确定你要看青春偶像剧？”

“嗯。”明浩坦诚地说，“因为我只看了一眼，就觉得女主角的马尾发很像你。”

“哎……哎？”我和飞羽一同惊讶地站了起来。

明浩把坐垫呼啸着甩了过来：“皇帝你赶紧给我复习！”

最终到六点全科目攻略完毕，我必须抓紧时间睡觉，因为紧接着在十二点，我将和凰鸣进行全科目对决。

这场比赛只许胜不许败，它关系到白骑士团的伙伴们，会不会担上“误国”这样沉重而冤屈的罪名。

明浩折腾了一夜自去呼呼大睡，而白骑士团全员到场，貌似心情十分凝重。

而蓉蓉仍然没有来。

“谢谢你的药水，幕璃。”

幕璃开心地笑起来：“我的药水竟然管用了吗！这可真是史无前例！”

“啊是，效果非凡，虽然起作用的方式和预想的不太一样，哈哈。”

七学委也集结来到“别墅行宫”，为首的凰鸣傲然坐在书桌前，而剩下六位伙伴则在他身后列队站好，以壮声威。

“我觉得月鹿花一晚上说服我采纳的建议，你也可以采纳一下。”

我皱着眉问："什么建议？"

"月鹿为了避免皇帝你在正式考试之前，在和我的比赛上先尝到一次败北，然后心态崩掉，把真正重要的月考输掉，建议我们取消这次对决，直接接替白骑士团辅导皇帝的工作，并且让白骑士团接受司法调查。"

月鹿尽量装得满不在乎地说："思贤，只要开启司法程序，事情就好办了。你别忘了我是高三年级最有名的大律师，一定不会让姐妹们受到刁难的。"

我沉重地低着头想了数秒钟，然后用力把椅子一拉，斩钉截铁地坐在书桌前，抱着胳膊跷着腿，大声说："别开玩笑了！月鹿，七学委不相信我的实力也就罢了，连你们都不肯相信我可以打败这横生枝节来找茬的小子，到底这老师是怎么当的！"

"可是万一输掉对决……思贤你对真正的考试就会产生恐慌，还有无数的杂念。"

竟然这种时候还在担心我产生杂念，却不去想"误国"二字会对你们产生多恶劣的影响。

我指着凰鸣，勇敢地说："但是只要打败他，我的信心就会暴增！"

凰鸣冷冷地说："看来皇帝已经是志在必得了，那么，全科目模拟考试对决——"

"正式开始！"

职阶是"公证人"的同学拿出全学科的试卷分别发给我和凰鸣，这些试卷是这两天内由公证人同学请老师根据兰帝高中考试规则编纂而成的，保证一定是我和凰鸣都没做过的题目。

在试卷发放完毕时，计时器被同时按下，每个学科所用的时间，不能超过正式考试允许的最大时间。每考完一科，交卷以后时间进行重置。

最终总分最高的人，能赢得这场比赛。

我和凰鸣同时提笔，翻开试卷的动作也是整齐划一。

区别在于，我翻开的是基础卷，而凰鸣率先去浏览的，是超难题卷。

第一科是语文，由于凰鸣做超难题内容，所以速度很快，在我刚开始写最后的作文时，他就已经交卷，并重置时间，翻开了数学的超难题卷。

我看到他对我缓慢的速度，露出了不屑一顾的笑容，然后翻开数学卷，依然是挑战超难题部分，略略挑了挑眉毛，似乎是觉得这次的超难题并不夸张，然后抓起草稿纸奋笔疾书，以屋内任何一个人都听得清的写字声，在草稿纸上落下狂傲的笔迹。

而我写完作文开始做数学卷的时候，那家伙似乎已经快把超难题做完了。如果不是考试中间不允许对话，他肯定要骄傲地对我说，思贤，仅凭基础题你是赢不了我的。

凰鸣突然举起手来，对公证人说："草稿纸不够了，请再发我一张。"

凰鸣由于演算飞快而潦草，早就已经把两张草稿纸全部用完。公证人正想发给他第三张的时候，我举起手来阻止了他。

"如果是正式考试，每个学生所用的草稿纸不能超过两张，这规矩大家都明白吧。所以我认为凰鸣不可以再拿更多的草稿纸。"

凰鸣不爽地说："你……"

"既然要全力模仿正式考试，就给我模仿得像一点啊。"我面不改色地说。

凰鸣慢慢把手放下，表情大概在说"切，真是大意了，早知道这样就不要把字写得这么潦草了"，缺乏草稿纸的支持，凰鸣不得不放弃继续研究超难题，可是现在他已经拿到了超难题的一百多分，剩下分数随便在高考难度的基础卷里找找，很容易就有了。

又过了大约半个小时，凰鸣数学考试的两个小时全部用完，于是举手交卷。他故意伸了个懒腰，露出得意的笑容："真是意外，这次基础卷的运算量竟然这么大，限定草稿纸数目不能超过两张的规定，看来我不是最吃亏的。"

凰鸣十指交叉靠在书桌上，下巴靠在手背上，是碇源渡标准的老谋深算的姿势。

而在我身后十米警戒线圈子外看题的飞羽，说话的口气也明显紧张了起来。

“这一次的基础部分题目虽然难度不高，但是计算量很不小啊。”

没错，飞羽说的话，正是我此时此刻的感受。基础部分的题目为了尽量避免和以前做过的大量考卷重复，所以故意选用了一些运算复杂的题型，我虽然并不怕算错，但只有两张草稿纸，却成了这次考试的关键——

假如没有草稿纸，无论思路如何清晰，演算如何精准，都无法付诸行动，大题还可以将就在答题纸上一并把计算过程写出来，选择和填空，无法计算的问题就显得很严重。

月鹿也十分担忧地说：“真是不妙。凰鸣的考试策略是做大半超难题然后靠基础题补分，在这种计算量下，假如说凰鸣每一张草稿纸可以拿到70分的话，只做基础题的思贤，每一张草稿纸能计算的题量，其实不超过50分。”

也就是说，我最多能算完100分的题目，草稿纸就会耗竭。

凰鸣故作同情地笑笑：“所以这规则到底害了谁？”

我停下笔，平静地说：“那再多加两张草稿纸，我要完成150分的基础卷就没问题了吧。”

凰鸣收起笑容：“皇帝，莫非在考试之中你也要运用特权？”

“和特权无关。”我笑着翻开试卷，“我额外的草稿纸，就印在这里。”

紧接着我在留着大片空白的“超难题卷”上，开始进行一道基础卷选择题的演算！

在场的人们都很吃惊，但最为震惊的还是凰鸣同学：“你……你把超难题卷用来当草稿纸，难道想选择彻底放弃超难题部分？”

“没错，超难题试卷在我看来就是白纸。”我不假思索地答道。

“可、可笑！这样一来你的数学考试总分量就只有150分了！而我的总分量是300分，你不觉得以一半的总分量和我对抗，是一种非常蠢的行为吗！”凰鸣几乎站了起来。

“可是数学考试的最高分不能超过150，所以这总分量150分的部分我能全部拿下，就绝对不可能败给你。”

凰鸣瞪着眼睛：“你……”

我提起笔将答案填在答题卡上，斩钉截铁地说：“要知道，我就是一位只靠基础题拿分，也可以把你打败的高手！”

说这句话的一瞬间我内心产生某种震动，没错，这句话并非是我原创的。

曾经蓉蓉就对我说过：“要知道我就是一位只靠着基础题拿分，最终稳坐数学课代表位置的基础题高手！”

蓉蓉亲手为我编写一本无比注重基础的参考书，正是希望我有一天能以同样的底气说出这句话来。

所以这一瞬间的震动，就叫做——

心意相通。

我的觉悟令七学委不解而惊愕。

却令原本慌张的白骑士团感到希望还在。

幕璃轻松地说：“原以为思贤大脑突破极限，是为了拿下超难题，没想到思贤的决意，反而是只做基础题。”

“因为，思贤并不仅仅是代表自己，和凰鸣争胜负。”

瑶玲握着拳头激动地说：“就好比金庸先生的武侠小说，如果你以对手门派的武功赢了对手，只能证明你个人实力出众，只有以自己门派的武功赢了对方高手，才可以证明自己门派的武学，并不是花拳绣腿。思贤只做基础题，是为了证明，白骑士团注重基础的风格，并不是花拳绣腿！”

没错，大家费尽心血一心一意教给我的知识，怎么会是花拳绣腿！

小萌振奋地答道：“嗯！没错！”

而月鹿没辙地把长头发往身后扬起，微笑着说：“虽然从战术层面，完全放弃一半的分量是莽撞的举动。但是不知为何，这件事由思贤做出来，却让人感到莫名的靠谱。”

最终我拍停了计时器，把写满的基础卷答题卡和一字未写的超难题答题卡一并交上。

这令七学委感到无比震惊，而凰鸣慌张得用力过猛，2B 铅笔的笔芯嘭地一声飞了出去。

就这样，一心一意的我对阵犹疑不定的凰鸣，为期约八个小时的全科目模拟考试对决落下帷幕。

“思贤的语文分数是 131 分，而凰鸣语文 126 分。”

在揭晓考试结果的时候，凰鸣听到第一科就考得不如我，脸色顿时一沉。

“数学卷，凰鸣的总得分，是超难题部分的 82 分加上基础卷的 61 分，一共是 143 分。”

飞羽捏了把汗，143 分在大家看来已然是相当了不得的成绩。

“而思贤，超难题部分得分为 0。”

白骑士团每个人都显得十分紧张。

“但是……基础题部分，却拿到了 146 分。”

“成、成功了！”

大家热泪盈眶地将我团团围住拥抱起来，胸口传来的柔软触感，差一点令我鼻血狂喷。

明明只听到公证人公布了两科的成绩，大家却相信我已经赢了。

而这的确就是这次对决的真正结局，最终我所有的科目都赢过凰鸣，总分超过 21 分。

我假装十分大度地说：“怎么样凰鸣，如果你感到学习吃力，也可以找白骑士团打个商量，让她们帮你补补课啊。”

“我……”凰鸣双眼无神，显然是不敢相信这样的结果。

我说：“不过我还挺为你们感到庆幸的。”

“我们输了，你还为我们感到庆幸？”凰鸣咬牙问道。

“没错。”我平静地解释说，“假如我一开始加入的是你们的学习小组，而在暴雨之夜杀到这里来的是白骑士团，她们要和我比赛，以证明你们根本就没有用心辅导我的功课，并提起‘误国处置’，那恐怕现在各位真的，恐怕全是误国罪。”

七学委低着头，目光变得十分惊恐。

凰鸣面如死灰，终于低头服软。

“皇帝，看来我们自以为，相比白骑士团，七学委更能胜任帝师的职责，是我们狂妄了。不过皇帝你能如此坚信白骑士团的策略，依据究竟是什么？”

“因为我有一本最棒的辅导书。”

我拿出《我的名字就倒着写》给凰鸣看，凰鸣说：“还以为你要打广告，这种名字闹着玩一般的教参大概是自制的吧，印刷粗糙甚至还有错别字，到底哪好了？”

“就因为是自制的，所以是最好的。”

我思念着蓉蓉，现在赢了至关重要的对决，对蓉蓉的担忧和内疚就立刻填满了心头。蓉蓉到底去哪里了，有没有生病，会不会不开心，无论我怎样问飞羽，飞羽都不肯告诉我。

凰鸣说：“我不明白。”

“等你终有一天，会真心实意地照顾某个人，希望把自己最好的一切传达给那个人的时候，一定就会明白我今天所说的话的。”

凰鸣摇摇头，带着歉疚的笑容，朝我伸出右手。

“思贤同学，总之你今天干得十分漂亮。正式的月考上，也要以这股气势漂亮地拿下。”

“你也要加油。而且我希望，你能对白骑士团的大家，说一句对不起。”

七学委走到白骑士团面前，诚恳地弯下平日里高傲直立的腰。

“对不起，各位。”

月鹿和飞羽笑着摇头：“虽然我们本来挺气的，想要你做点事情弥补我们。可是既然这次对决令思贤信心大增，就算扯平了吧。”

这时候沉睡一天的明浩终于走出了房间，头发凌乱眼袋下垂，迈着懒散的步子揉眼走来。

“你们这挺热闹啊，开 Party？考试主题趴？每人做一道题，做不来就选真心话还是大冒险？”

我发自内心地说：“明浩，谢谢你为我指引方向。”

明浩脑袋一歪："哈？"

"昨天晚上的事你都不记得了吗？"

"哪件事？昨天做题思路太蠢被我嘲笑，还是说，和你抢床气得你拿猎枪威胁我？"

那是好久以前的事了！

难不成这小子恢复正常，还失去了昨天的记忆吗？

"虽然嘴上不说，但我知道你做这些都是关心我。"我微笑着说。

明浩吓得向后跳了三步："皇帝你脑袋里戏太足了吧！我帮你图什么啊！你又不是萌妹子！我来这只是想蹭电视看足球而已啊！动不动说这种肉麻话！先说好，讲这种好听的话哄哄妹子还好使，对我就别来这套了。"

明浩说着下意识地像猴儿一般缩起来，抬手挡住脑门，因为即使我不把板凳扔过去，站边上的飞羽大概也会把折伞抽出来给他会心一击。

可是明浩震惊地发现，我和飞羽并没有发起攻击，因为我脑子里全是蓉蓉在哪儿，而飞羽红着脸，实在没法动手去揍这个昨天照顾了一晚上的小朋友。

明浩先是意外，然后感到深深的不安。

但是相信我，如果你还记得昨天晚上你都干了些什么——

你一定会比现在更加意外和不安。

"你难得赢一场，小皇后怎么不在？"

明浩的问题，也是我心中一直放不下的事情。

飞羽温柔地对我点点头："陛下，咱们现在就去找蓉蓉吧。"

在兰帝高中瑶星湖畔的小木屋中，壁炉里温暖的火苗轻轻跳跃，厨房壶里的水烧开，蒸汽让哨笛发出了清脆绵长的鸣响。

蓉蓉穿着暖和的大衣，戴着绵绵的绒线手套，原本靠在小木桌上小寐，听到哨声就激灵灵地清醒过来。

她看着小木桌上堆满的各种口味的蛋糕，呆呆地眨眨眼睛。

“飞羽，怎么这么多蛋糕？”

“是陛下给你买来的。”

“什么？思贤也来了？”蓉蓉立刻惊觉，手速飞快地把桌上的书籍和文本一股脑全部藏在身后。

飞羽于是开心地眯眼笑道：“陛下，没错吧，皇后大人并没有生病。”

“嗯！”我也无比开心地点头。

在赢过凰鸣的时候，我并不十分痛快。

而现在我却高兴得不能自已地手舞足蹈起来！

飞羽把我打败凰鸣的事情告诉蓉蓉，将我只用基础题就取得上风的过程，描述得英明神武强悍霸气，像是武林高手只靠双掌就打败了天下最强十剑客一样伟大，令我非常不好意思。

最后飞羽兴奋地握着蓉蓉的手说：“所以，既然思贤拿下了比赛，白骑士团就不会遭到误国处置了！蓉蓉你就不用再花时间研究针对误国者的特别豁免条例了！咱们来吃蛋糕吧！”

原来蓉蓉没去上课的这两天，是准备应付万一我无法拿下比赛以后，白骑士团们将要面临的残酷结局。

蓉蓉知道我自尊心强烈，所以“因为害怕你失败所以事先做好准备”这种话，她不能轻易对我说出口，只是一个人藏在小木屋里，把兰帝高中历朝历代的史书翻来翻去，试图寻找一个即使白骑士团被断定为“误国”，依然能安然无恙地正常生活的法子。

我心中百感交集，归根结底我为蓉蓉惹下的这一系列麻烦，全是因为我在看到《帝王条例》的时候，心中竟然有些动摇。倘若我一开始就能像蓉蓉对我一般的，全心全意地相信着她，就不会去绕弯路做什么超难题，也就不会对白骑士团的学习计划有恐慌感，那么七学委纵然心里不以为然，看到我坚定的态度一定也不会发起无端的质疑。

“蓉蓉，我真是个笨蛋，给你添了无数麻烦，真是对不起。”

蓉蓉的表情并没有特别的变化，拿起刀叉平静地说：“多余的话就不要说了，吃蛋糕吧。”

“嗯嗯！”我连忙给蓉蓉拆开盒子递到面前，“无论做什么都难以表达我对你的感谢和歉意，听飞羽说蓉蓉你很喜欢水果味的蛋糕，所以就买来一些，只希望你的心情能够变好一些。”

蓉蓉不以为然地摇晃着叉子，翻了个白眼：“啧啧，要不怎么说百万事业资金财大气粗呢，做错了事情花俩小钱，就可以哄得我们这些不谙世事的小丫头破涕为笑了。”

啊？

“不，不是用事业资金买的，公款不可以动用，所以这些蛋糕是我和飞羽凑钱买的，等考完试以后，会打零工还给她。”

蓉蓉把头转向一边：“哟，那可担当不起，我怎么配劳动圣上的大驾呢！”

果然蓉蓉还是不肯原谅我。

这时飞羽把蓉蓉面前的蛋糕一把夺过去，对我说：“陛下你别多想，全是蛋糕的错！蓉蓉话里面带着酸味，是因为刚刚吃的蔓越莓慕斯，味道超酸。”

我这才想起来蓉蓉有可以根据水果味道变换心情的！于是赶紧打开了另外的蛋糕。

蓉蓉一边吃一边流泪：“你知不知道为了让你不被推翻，落个惨淡的下场，我可是操碎了心，谁知道思贤你竟然是个白眼狼，一点都不懂事，问天底下的宝宝，有哪一个命苦如我。”

我黑着脸把这个蛋糕抢回来一口吃掉，看来苦到死的咖啡味卡布奇诺蛋糕也不适合。

蓉蓉踩着凳子暴跳地说：“思贤你长能耐了啊，敢怀疑老娘的安排，现在又在这婆婆妈妈，你有胆子和我对着干，没胆子硬到底吗！”

到底是做蛋糕的人有什么病，才会研发“川香椒辣”口味的芝士蛋糕？

直到我终于把王道的草莓牛奶慕斯喂到蓉蓉嘴里。

我才终于再次见到蓉蓉清甜的笑容。

“对不起，蓉蓉。”

“其实这件事，是好事呀。”

我呆了一呆，蓉蓉是在说气话吗？

“我一直都劝思贤不要太过善良，在状况复杂的兰帝高中，要适当地学会一点怀疑的精神来保护自己。”

蓉蓉轻松地眯起眼睛，完全没有什么仇怨地说：“既然现在思贤已经学会对人设防，以后在遇到坏人的时候，就不会轻易吃亏了。”

“蓉蓉，你可真是个笨蛋！”

我轻轻抱住蓉蓉的肩膀，也不再顾及“高中男生要和异性保持适当距离”的规定，感动得热泪盈眶。

“可是……可是真的被思贤怀疑的时候，我果然还是……有点难过。”

蓉蓉的眼眶也泛起了微微的泪光。

“当然应该难过！”我赶紧站起来举起右手，“我是说，既然知道这样做你会难过，从今往后我一定给蓉蓉以绝对的信任，再也不让你因为这样的事情悲伤了！”

“嗯！”蓉蓉十分温柔地点了点头，微眯的眼睛闪动着如小星星般的可爱光芒。

飞羽也十分感动，却不希望我们再提过去的事情，连忙打岔说：“哎呀，要被你俩闪瞎了，但这把狗粮我嚼得还蛮温馨的。总之都开开心心的嘛！蛋糕要趁热，凉了就不好吃了。”

这蛋糕本来就是凉的好吧！

至此，我终于和蓉蓉重归于好。

或者说，彼此的羁绊比之前还要深刻。

一直以来都辛苦你了，蓉蓉。

而接下来的战斗，就请尽管放心地交给我吧！

第二天乔治带着笑容，来向我表示祝贺。

我把超难题集交给他，表明自己已经不需要这本书了。

乔治挠着头憨厚地说：“瞧我，差点就好心办坏事了。之前七学委表示忧虑的时候，我在旁边也是担心得不得了。还好思贤很有主见，而且对蓉蓉的信任毫不动摇，我们的忧虑才没有干扰到蓉蓉的正确判断。”

“说来惭愧，我对蓉蓉并没有你说的那么信任。如果不是明浩帮忙澄清，可能我和蓉蓉的误会，到今天还解不开。”

“你是说，明浩帮助过你？”乔治感到十分诧异。

我想起明浩热血笨蛋的表现，笑着说：“虽然中间发生了一些状况外的事情，但确实就是这么回事。”

“明浩是保守派领袖，一直对思贤你当皇帝的事情不屑一顾，他为什么会帮你？这对他到底有什么好处？”

“或许有些事情，并不一定要看到好处才愿意去做。有种关系叫做亦敌亦友，明浩大概是不希望用卑鄙的手段在月考中赢过我，他希望我这个对手，在面对他的时候，能够拿出最好的状态。”

第十二章　保守派颠覆

离考试的日子只剩三天，我在白骑士团的带领下抓紧最后的时间复习，不必赘言。

我感到前所未有的轻松，甚至在最后的晚上，我终于搞懂了大别墅里电影放映厅的用法，和朋友们一同看了一部柯南的剧场版。

然后怀着无比坦然的心情，在第二天踏上考场。

在考试的时候，我有一瞬间的冲动，想看看超难题长什么样。

可是我最终只是笑了笑，假装兰帝高中从一开始就没有超难题这种设定。

因为最了解我的蓉蓉，深信只做基础题的策略是最适合我的策略。

“靠一道超难题赚到 50 分，然后在基础部分挑简单题目快速拿到剩下的 100 分，听上去很美，可是仔细分析就能发现这种策略非常不切实际。”

在考试前夜，蓉蓉最后一遍叮嘱我绝对不可以去尝试超难题。

“这种策略最大的陷阱，就在于选择。”蓉蓉伸出两根手指，认真地说，“三道超难题做哪一道，放弃哪两道，光是做出这个选择，就需要浪费掉不少时间。而基础卷部分也是如此，哪些题值得拿来刨分，哪些题应该跳过，你只有大致去思考看看才能做出决定。那么假如花了一分钟觉得这道题性价比太低，然后放弃，那这一分钟是不是等于没有任何意义。”

蓉蓉继续解释说：“不，这比纯粹浪费还要糟糕，因为它会在你脑海中留下‘这道题我做不来’的挫败感，不仅如此，而且无数杂念凭空产生，你会想万一后面的题目更难怎么办，我放弃这道题其实比较值得去做，思绪就会陷入混乱。”

“就如同那个残酷的预言，许诺你日出之时骑马从城堡出发，日落之前赶回城堡，则马儿所跑过的土地，就尽数属于你。但勇士因为贪婪，或者单纯只是不懂得计算体力，不知道该什么时候折返，所以从来没有人在日落之前赶回城堡拿到许诺的土地。又比如另一个预言，在一片麦田里你只能从这一头走到那一头，不能返回，如果你能挑选出最大麦穗，今年的收成就全部属于你。结果人们在前半段总相信后面或许还有更大的麦穗，在后半段后悔前面错过的那些绝佳的机会，却又不能回头，只能在无限的懊悔中两手空空地走到尽头。”

蓉蓉眨眨眼睛，郑重地说：“所以，‘选择’二字，并不是仁慈的馈赠，而是险恶的挑战。它会产生一个名为‘犹豫’的黑洞，吸走本属于你的时间，又会产生一种名为‘后悔’的强酸，腐蚀你原本坚韧的意志。兰帝高中的考试规则，似乎给大家更多拿高分的机会和更多选择的自由，但其实这种涉及到‘选择’的艰难试练，是只有意志极强的人才能够胜任的。”

蓉蓉竖起大拇指，坚定地说：“而我，无非是想用简单粗暴的方式，把名为‘选择’的附加难度，从思贤你所面临的考试中彻底排除！”

没错，只做150分的基础卷，一切就没得选了。为了尽可能拿到高分，从第一题到最后一题，都必须全力以赴。会做的必须牢牢握在掌心，不会做的题目也能够坚决果断地放弃，排除杂念一气呵成，以及和其他人相比更多的草稿纸——

我想以一鼓作气的斗志考完全科，没想到第一科语文的考试就状况百出。

“报告老师！他作弊！”

我后排的同学呼地站起来，抬起手指，指着和我有三排之隔的大胖哥，用洪亮的声音打破了考场的静寂。

大胖哥一脸无辜地举起双手，然而他脚下正有一本语文书摊开掉在地上，这嫌疑未免比天还大。

监考老师皱着眉头走到大胖哥身边：“同学，你翻书？”

大胖哥无比惊慌地摇头："我、我没有抄书！我也不知道这本书为什么会掉在地上！都不知道书是哪来的！我正做着卷子突然啪地一声就掉到我面前了！请您一定要相信我。"

老师托腮沉思："我作为物理老师，倒是听说过一种说法。有时候在宇宙间会产生虫洞，将原本并不连续的时空连接起来。说不定刚刚在考试的时候，在你附近就出现了这样一个虫洞，把别处的语文书转移到这儿来，又正好摊开落在你的脚底下。"

大胖哥眨眨眼睛小声问："老师您在说啥？"

老师反问："用很前沿的高维宇宙理论可以解释这种现象，怎么，你觉得我在瞎扯？"

大胖哥点点头。

老师暴跳地踢在他的凳子上："你也知道这是瞎扯吗！出来，跟我去教务处！"

大胖哥双手合十泪如雨下："行行好啊老师，我是真不知道为什么凭空会掉本书出来啊，我真没作弊，不信我可以证明给您看啊！"

"怎么证明？"物理老师轻推眼镜。

大胖哥无比自信地拍胸："因为我实力不行，所以可以保证卷子上的答案基本上都是错的，而我如果抄书，没理由还要做错这么多吧！"

我也是第一次听别人把"我做题基本全错"这句话说得这么得意扬扬！

最终大胖哥总算是洗脱了嫌疑，可是我的心情一直无法平静——

因为大胖哥的座位，原本是我的座位。

在语文考试之前，蓉蓉找到老师，要求我换座位进行考试。

我当时还纳闷，我坐在熟悉的地方做题难道不好吗？

蓉蓉固执地摇头，说有些事情还是多留个心眼为好。

我一直不明白蓉蓉这番安排的意义，直到现在我才感到后怕。如果不是我对蓉蓉言听计从，但凡有一丝怀疑，执拗地坚持要坐在原位，那么现在就是我桌子底下啪地掉一本书出来，然后班上的保守派同学，便会一齐站起来说"思贤同学在作弊"！

看来有些同学为了阻止我拿到好成绩，已经到了不择手段的地步了。

物理老师仔细端详那本书，发现书的四角有透明胶带的痕迹，再弯腰看桌箱底下，顿时明白语文书原本是粘在那里的，的确如大胖哥所说，是考到一半自己掉了下来。

乔治把笔一拍，大声说："在原本属于思贤的座位底下粘本语文书，保守派的同学们，你们想做什么不用我点破吧。这小动作未免太难看了！"

炮灰子溪照例发挥了站起来挡炮的本性："乔治你嘴巴放干净点！你说我们陷害转校生，有证据吗！话不说清楚谁都别想考试了！"

我心中焦急，这突发事件已经耽误掉不少时间了，要是子溪再撒起泼来嚷嚷个没完，大家都会受到严重影响。一向老成持重的乔治，怎么到今天反而如此冲动?

一把直尺飞来插在子溪面前的桌子上，入木三分，余劲未消，如蜻蜓拍翼一般颤抖了数十秒。

教室后排的飞羽面带杀气："谁再敢说半个字打扰思贤考试，我保证这将是他这辈子发出的最后声响。"

子溪冒着冷汗坐了回去，乔治也哼了一声坐回座位，考试得以继续进行。

我也不安地深深喘息，看来这场考试一点都不比《火影忍者》的下忍考试来得轻松。虽然我们不会写轮眼和白眼，也不会操纵虫子和心转身之术，但看不见刀光剑影的恶战正在上演，比下忍考试更严酷的一点在于，鸣人君只要发动嘴遁说几句漂亮话决不放弃考试，哪怕交白卷都能蒙混过关，我却必须要在这种恶劣的状况下，把年级第一的名次握在手心！

上午的语文考试结束，蓉蓉和飞羽把我买的午饭倒进垃圾桶，把我的咖啡送给明浩，然后把亲手做的盒饭端到我面前。

我嘴角微抽："这……这是什么？"

蓉蓉晃动手指闭目分析："既然敌人会试图诬陷思贤作弊，那么他们事先调查思贤的饮食喜好，然后在相应的食物里放点巴豆什么的，导致思贤失去战斗能力，也是丝毫不奇怪的。”

飞羽也认真地说：“思贤中午最喜欢吃的东西是咖喱炸鸡，为了提神一般会喝瓶装的卡布奇诺，下午吃牛肉饭和时蔬菌菇汤的概率最大，喜欢喝白葡萄汁。”

我……我的确中午买的就是炸鸡和咖啡，而下午真的是准备吃牛肉饭的！

有史以来第一次有妹子用心记住我爱吃的东西，然而这却不是一个温柔的爱情故事！

所以你们就那么大方地把“有可能被下巴豆”的咖啡送给明浩了吗！

蓉蓉信心满满地说：“不过我们为你准备了午餐，所以你就不用担心饮食安全问题了。”

“今天的午饭是水煮蛋和水煮西红柿吗？”我问。

“那个是西红柿鸡蛋汤。”蓉蓉解释道。

一个完整的鸡蛋加一个完整的西红柿放水煮熟就叫做西红柿鸡蛋汤吗！那唐僧要是在河里洗个澡，岂不是下游喝水的人们都能长生不老了！

“这是蜂窝煤？”我指着另一个可疑的漆黑圆柱体说道。

“这是巧克力蛋糕啊！”蓉蓉心虚地说。

“这个是蜡烛？”

“是被蒸化的白巧克力薄片。”

蓉蓉气呼呼地转过身去跺脚：“问东问西的！你要是觉得吃了会闹肚子就扔掉好了！”

“是啊，我觉得吃了会闹肚子的。”

我微笑着把鸡蛋放在她手里：“不过我并不怀疑蓉蓉对我的心意，只是怀疑你的厨艺罢了。幸好我厨艺尚可，所以在这些食物的废墟里挑出尚未被毁的部分，相信吃进肚里，一定会比任何人做的菜都要安全。那么，可以麻烦你帮我剥一下蛋壳吗？”

蓉蓉嘟着脸飞快地把鸡蛋剥开交还给我：“越来越油嘴滑舌了！”

“月考我最大嘛。”我笑着说，“在大战的间隙抓紧时间开开玩笑放松心情，也是战场必备的准则之一。”

“你一边吃，一边听我给你说一个沉重的话题吧。”

蓉蓉的眼睛反射着晴空的颜色，如盈盈的碧蓝湖水，低声说道：“临时换座位这一招虽然帮你挡掉一劫，却也只能挡掉一劫了。”

飞羽的右手也轻轻搭在左臂上，不安地说：“既然他们已经知道陛下的座位会随机更换，一定也会采取另外的对策了。”

“下午的考试，一定仍会充满障碍。”蓉蓉盯着我的眼睛，“思贤，务必要事事小心。”

下午数学考试开始，我提前五分钟来到考场，随便找一个座位，像防爆专家寻找炸弹一样，认认真真地将课桌椅仔细地检查了一遍，果然在桌箱的缝隙中找到一张可疑的纸条，上面密密麻麻地写着三角函数和差化积公式，以及排列组合的计算公式。

我心想该不会到了下午所有课桌椅都被动过手脚，又转身查看背后一排的课桌，发现桌面上用铅笔写着不起眼的数学公式，只在特定的角度下借助日光灯的光线能够看清。

乔治无比沉重地在我身后说：“总不可能……”

“不是总不可能，而是非常可能。”我皱眉说，“这间教室里无论哪一个座位，似乎都留着保守派的同学告发我作弊的证据。”

而且最可恨的地方在于，每一张课桌上留下的作弊痕迹还不一样，我甚至没法确定，每一张课桌是不是只有一种作弊痕迹。

所以直到考试铃响，我都没办法决定我该坐在哪里进行考试。

监考老师耐心地说：“思贤同学，你决定你的座位了吗？”

“我……”

“你要是没法决定你的座位，同学们也没办法开始考试，毕竟不知道你最后会和谁换座位嘛。”

我不能说出实情。要是真讲每张桌子都写着公式，“总有刁民想害朕”这种奇怪的理由要解释起来太困难了，老师宁愿相信是大家考试之前在课桌上打小抄，会直接把每个同学都当成作弊的嫌疑人。等说清楚实情的时候，不但浪费掉了考试时间，考生的心态也都会崩掉，一定会严重影响大家的发挥。

子溪极其不爽地指着我说："喂！转校生，考试开始了，别杵在那里好吗！"

老师也问："思贤同学，你有什么难言之隐，尽管告诉老师。"

蓉蓉走到我身边说："老师，是这样的，因为教室里的每一张课桌上，全部都……"

我连忙轻轻拽蓉蓉的衣袖，希望她不要说出实情。

蓉蓉看穿了我的心事，于是改口说："是这样的，教室里的环境不太好，思贤最好去教师办公室参加考试。当然，可以派专门的老师在他身边负责监考。"

这倒是一个很不错的办法，毕竟阴谋家们的魔爪伸得再长，也不可能在老师的办公桌上暗布机关。

可是这事情哪有这么容易。果然子溪再次发难，冷笑着说："你学什么不好，偏要学中国足球，踢不好球怪草皮太硬，考试结果还没出来先为自己找好借口了是吗？"

其他保守派的同学也纷纷说道："没错，谁知道你一个人在教师办公室会耍什么把戏。要是不和大家在同等条件下参加考试，你的成绩就绝对得不到认可。"

我也希望和大家在同等条件下参加考试啊！但问题是你们的考试是普通难度的，而我的考试却是状况横生的地狱难度啊！

就在我左右为难的时候，子溪轻蔑地说："这教室大家都待得，偏偏你待不得，屁股就这么金贵么？座位随你挑都不满意，难不成你想上天？"

我……想上天？

我突然灵光一闪双手一拍："谢谢你！子溪！你这句话倒是提醒我了！"

这个教室里并不是每一个座位都被留下了作弊的痕迹，那海拔最高的桌子，简直就像青藏高原一样，是这个教室里仅存的一片净土！

我无比爽朗地亮出皇帝卡，大声说：“我以皇帝的特权，要求以多媒体讲台作为桌子进行考试！”

“讲……讲台？”乔治感到吃惊。

“你没想到吧？”我开心地笑着说，“所以那些人一定也想不到。”

蓉蓉瞪着圆圆的眼睛，然后露出一个小小的微笑，朝我竖起拇指。

得到了监考老师的同意，我在讲台上展开试卷，士气大震地奋笔疾书。

明明只是在参加高中生每个月都会经历一次的月考而已——

但这一次我却考出了大决战一般的气场！

我们生活在一个以学习考试为日常的世界，会向往小智和皮卡丘一同冒险的精彩旅途。而生活在平行世界的小智，假如看到一本叫做《考试之神》的漫画，说不定也会觉得我这位主角，不断突破逆境奋勇考试的历程，也充满了热血和不屈的光芒！

数学考试结束，保守派的阴谋再次落空。我和白骑士团把课桌彻底清洗了一遍，晚自习后幕璃就在我的课桌边架设起防护网，避免有人搞鬼。

我擦擦汗说，大半夜门一锁，坏蛋没可能进来吧，然后转念一想，我和热血率真明浩前几天不就干过这种事情吗？

第二天早晨进行的是英语考试，在防护网的保护下，坏蛋们的确无法触碰我的课桌，正当我以为英语考试不会再有人弄什么幺蛾子的时候，我又被沉重的现实重重打脸。

这一次反对我的同学们使用的不再是阴谋，而是明火执仗的诬赖！

我认真地做着选择题，突然手臂被一个小纸球打得生疼。

我展开一看心说不好，头皮发麻着来不及报告老师，我身后的同学就站起来大声说：“报告老师！思贤同学正在作弊！”

此言一出，我成了全班视线汇聚的中心，全班同学放下铅笔，眼神或震惊或疑惑。

监考老师走下讲台：“你举报思贤同学作弊？”

后排的学生坚定地说："那张写着答案的小纸条还在他手中呢！"

我惊慌失措，手中纸条被老师抢走。老师认真地把纸条上的内容查看一遍，原本和善的目光也渐渐变得冰冷。

老师不可能不怀疑我，因为我知道那张纸条上写着 1B，2A，3D 这样的文字，分明就是选择题的题号和答案！

这些家伙还真是把事情彻底做绝了！

老师严厉地问我："思贤，你有什么想要解释的吗？"

我紧张得手脚冰凉，写满答案的纸条在我手上被收走，简直是人证物证俱在，这种情节在警匪片里，往往只出现在倒数第二集，因为剩下一集就该交代成功让犯人落入法网的警察们，从此过上了幸福的生活。

可是我没有抄答案，没有和人传纸条，没有作弊！

"老师，我真的没有对答案，这张纸条不知道是谁扔的，打到我的手我才捡起来看，才知道上面写着答案，但我真的没有把这上面的内容看清楚，更没有抄在自己的答题卡上。"

举报我的同学冷笑说："没抄答案？未必吧。我刚刚分明看到你一个一个对着填到答题卡上，肯定毫无差别，连做错的题目都一模一样！老师你比对一下就清楚了！"

我头发一竖，不会吧！要是纸条上的答案果然和我答题卡上的内容一个不差，那这就不只是人证物证俱在，简直是铁证如山了！

老师发出一声叹息。

"思贤，假如你没抄纸条，为什么纸条上的内容和你的答题卡完全一致，连做错的两道题目都一模一样。恐怕你得停止考试，跟我去一趟教务处了。"

蓉蓉瞳孔微颤，震惊地差点站起来，幸好身边的幕璃将她紧紧摁在椅子上。

而明浩也对杀气爆发的飞羽说："别傻了，近卫，这种事情不是靠剑术就能解决的。"

我完了吗？以作弊者的身份，失去考试资格，在全校被通报批评，被记过处分，不但不再是皇帝，而且要被永远地钉在名为“不诚实”的耻辱柱上！

到底是谁用这么阴毒的计策要陷害我！

到底是谁有未卜先知的能力，在用来诬陷我的纸条上，写下和我完全一样的答案，连做错的题目，也填写了同样错误的选择项！

我看到我的答题卡，最后的题号是53，难道我的考试只能止步于此了吗！

我的脑海中轰然闪过一个念头——

敌人并不是未卜先知，虽然我只看了一眼纸条，但却记得很清楚，纸条上解答题目的个数，并没有这么多。

两份完全相同的答案，既然我没有抄袭对方，原因必然是对方在抄袭我！

而最方便偷看我试卷的人，正是坐在我正后方的这位举报我的同学！

假如他偷看我的答题卡，并照抄了一份答案，写在纸条上扔给我，在我捡起纸团来看的时候就立刻告发，就一切都说得通了！

可是只有我一个人知道真相，这无济于事。所有证据全都对我不利，直接指出是那家伙偷看我的考卷，把我的答案记下来然后制作纸条来陷害我，根本不可能逆转局面，只要他矢口否认，我这番话看上去就只像是恼羞成怒的犯人在试图反咬一口！

冷静下来，思贤。

假象就是假象，永远不能取代真实。

曾经有一个假象，是“蓉蓉想要对我不利”，而真实是“蓉蓉是真心实意想帮助我”。

透过假象看到的世界，和真实的世界几乎一模一样，但这两个世界之中，永远存在着唯一一件迥然不同的东西，这件东西就是开启真实之门的“钥匙”。

上一次名为“钥匙”的关键之物，就是蓉蓉那本字迹娟秀的习题集。

如今假象是“思贤照着纸条抄写答案”，而真实是“有人照抄我的答案，并把我的答案写在纸条上用来诬陷我”。

这两种说法唯一的矛盾点在哪里？

我的题目的进度比纸条上快？不，这不能成为我脱罪的理由。

为什么我后面的小子对我的一举一动看得如此清楚？不，他依然能找到解释的理由。

有什么事情，是在“我真的作弊”的情况下绝不会发生，而在“我的确是被人陷害”的情况下一定会发生的？

只要找到这件事情，我就掌握了推开真实之门的唯一钥匙！

我在老师把手伸向我的短短数秒内脑力全开，等我反应过来的时候，才发现自己竟然不自觉地把老师的手从我肩膀上拿开了！

我认真地说：“老师，就算是缉毒题材的电影，要抓住毒贩，光知道他把毒品藏在哪里可不行，他只要抵死不认，说这毒品不是他的，证据就不够充分，警方就不能给他定罪。抓毒贩的唯一时机，是在毒贩和别人进行毒品交易，一个箱子里装着钱，另一个箱子里装着毒品的时候，证据才无可辩驳。”

“思贤，你想说什么？”

“要指控我照着纸条上的内容抄答案，成立的条件，是必须有那么一位同学把自己的答案写在纸上并捏成团扔到我这里。”我伸出手指坚定地眨眨眼睛，“那么老师，给我传纸条的人是谁！”

“唔，这……”

“要知道这个问题的答案很简单，把全班同学的卷子都检查一遍，要是有人和我答案完全一致，就可以认定是这个人把自己的答案给我抄吧。那么既然是作弊行为，当然不能只抓我，要连他一起抓。”

“的确是这样。”老师点点头。

我自信班上没有谁的答案和我完全一致，毕竟几十道题，而且我自己也做错了两道，能有这种巧合概率一定极低。而诬陷我的后座同学虽然知道我写的答案，但肯定不敢原样照抄，是为了避免自己被怀疑。

所以真要沿着这条路子查下去，结局基本是全班同学没有一个人和我答案一致。

我微微一笑，说道："如果完全没有人和我答案一致，那我到底是抄谁的？所以说这张纸条是我自己写的，是想在考试结束以后和同学对答案，这种行为一定不能称之为作弊吧！"

后排的同学大声说："你这是强词夺理！"

我转过头去极不客气地说："你这么笃定纸条不是我自己写的，难不成是你扔给我的？"

老师感到为难，拿着纸条认真地审视了半天："思贤，你不要混淆视听，这张纸条上的字迹和你的字迹完全不同。所以肯定不是你自己写的。"

乔治站起来义愤填膺地说："老师您既然提到了字迹，那就太好不过了。只要将全班同学的笔迹一一比对，到底是谁传纸条不就很清楚了？"

后排的同学明显一震，把铅笔盒碰得掉在地上。他嘴唇微微颤抖，显然这家伙没料到他在陷害我的时候，会遭到这样坚决的反击。

子溪咋咋呼呼地拍桌子说："喂喂喂，你们还考试不考试了！英语考试一共就这么点时间，一个个查笔迹，日子还过不过了？思贤你抄答案就抄答案，没必要那么缺德的把我们拉下水吧！"

后排的同学也紧张地说："没错！你、你没必要拉着全班同学和你一起陪葬吧！"

子溪的话其实不错，大张旗鼓地对照笔迹，将浪费掉不少时间，其中也包括我的时间。我隐约觉得这件事应该不是后排同学自己的主意，他自己没能想到假象和真实之间的那把钥匙就是"假如我照抄，则班上必有一个学生和我答案一样"，所以也没料到自己有阴谋败露的可能。

我猜说不定在他背后，有一个更为老奸巨猾的人，是这个人指使他来诬陷我，只告诉他这样做能将我扳倒，却没有告诉他会有败露的风险。所以后排同学现在明显也十分慌乱，语言闪烁地不敢对答案，也不敢对照字迹。

所以诬陷我作弊，其实是一套组合计谋——

假如我不够坚定，在被告发的时候自己先慌了，被老师送往教务处也不能头脑清晰地辩驳，这次考试就算完了。

即使我找到了真实之匙，用对照答案或者查字迹的办法把真相查出来，后排同学对我的诬陷就将被攻破，他将遭到惩罚，但相应地我也付出了惨重的代价，而且全班同学也将为我所累。

在查出来之前我肯定不能触碰自己的试卷，所以我自己的时间将被严重浪费。

所以这个计策十分凶险，即便诬陷不成，也将牺牲后排的诬陷者作为代价，大量耗费我的时间，避免我考出好成绩。

唯有速战速决地让诬陷者自己露出马脚，才是我唯一的希望！

我继续给后排的同学施压，尽量把他的心智变得慌乱。

“你的草稿纸怎么少了一截。”

因为那个纸团的纸质，貌似和草稿纸一样。

“你……你别胡说八道。”

“好像你的2B铅笔写出来的字，和纸条上的字颜色一样。”

“你是想倒打一耙吗！”

我心想这家伙快撑不住了，如果他仍然很冷静，他反驳我的话，应该是“英语考试人手一支2B铅笔这很正常吧！我的2B铅笔和纸条上颜色一致这也不奇怪吧！”

我用眼神示意乔治，希望他站起来，假装这张纸条是他扔给我的，这样就能够进一步扰乱诬陷者的心智。可惜乔治愣愣地看了半天，没明白我的计策。

就在老师宣布要一个一个地对照笔迹的时候，乔治身边的小萌突然站了起来，不好意思地挠头说：“没、没这个必要啦。事到如今我只好承认了，纸条是我的，我原本是想抄下来在考试以后对答案来着，一不留神在发呆的时候，把纸条弹到思贤那边了。然后立刻就被同学误会说是思贤同学抄纸条作弊了。”

老师一脸狐疑：“纸条是你扔的？”

小萌笑容可掬点头哈腰地说：“是不小心用直尺弹过去的。刚刚老师说思贤的答案和我的答案一模一样，真是吓了我一跳。大家都知道我虽然喵星语十级，但英语却是爆烂的，不可能和大学霸思贤做得一样好，老师再仔细检查看看，纸条的答案和思贤一定很不一样的。”

老师无比诧异，因为他很清楚小萌分明在睁着眼睛说瞎话。后排的同学更加诧异，因为他不明白小萌为什么要站起来替他背锅。

而我心里却暗暗叫好，太棒了小萌，做得不错！

这就相当于狼人杀游戏之中，为了让狼人露出逻辑错误，平民在自我辩白的时候谎称自己是狼人，这样做便有可能让狼人感到意外，从而露出破绽。

后排同学心里肯定有种脑浆沸腾的感觉。

老师摊开纸条，我立刻添一把火：“原来是小萌不小心扔过来了，我还纳闷到底谁想陷害我呢。老师你看，不但 5 题、12 题、24 题和我的答案都不一样，就单说纸条上 1 到 5 题，写的答案是 DDDDD，一看就知道很扯，我也不是这么填的嘛。”

老师眼睛圆睁：“什么？你说 1 到 5 题……”

然后老师似乎若有所思地点头：“没错，仔细看看的话，纸条上写着 DDDDD，并不是你的答案。”

Good Job！没看出来老师您也是玩狼人杀的高手！

后排同学终于坐不住了，大声说：“老师，纸条上开头 5 道题不可能写着 5 个 D！明明是 BADCA，您没理由这么容易就被思贤误导了啊！而思贤答题卡上的答案，也是 BADCA！”

这家伙终于自己咬钩了！

“没错，他的说法完全正确。”我打了个响指，得意地对老师笑着说：“那么问题来了，老师，请问这位同学为什么会清楚这么多事情？”

老师望向后排同学的目光也带着杀气：“没错，你知道得太多了。”

后排同学的脸色刹那间比日光灯还要苍白，汗水真是哗哗直流，滴得满卷子都是。

老师搭着他的肩膀：“我看这样，英语你就不用考了。详细过程你和我出来说。”

子溪意外地问：“怎么？老师您要偏袒思贤吗！”

老师冷冷地说：“你还看不出来吗？这件事情的真相，是坐在思贤后排的同学，整场考试一直在偷瞄思贤的答案，并把答案抄写在纸条上扔给思贤，并在思贤打开纸条的瞬间举报作弊行为。如果后排同学只是单纯的举报者，就不应该知道纸条和答题卡上的内容，而不是在我故意用 5 个 D 来试探的时候，紧张地跳起来说出纸条上的内容。”

子溪无话可说地坐回原位。

接着老师回过头来对我温和地说：“思贤，对不起。一开始我没有细想，对完答案之后就认定你作弊，实在是过于武断了。”

“没关系老师，确实这种状况看上去真的就像是作弊。”我感激地笑着说，“多亏老师您在最后用计策为我澄清！”

“考完试找人咱们杀一盘吧。”

老师微微一笑，拉着后排同学往外走，一边走一边说，你心理素质这么差，就不要学人家搞什么阴谋诡计了。

我长舒一口气，努力平复心情，继续提起铅笔做题。

接二连三的刁难让我斗志燃烧，事到如今更不能输，不能让那些只敢躲在后面耍花招，不敢堂堂正正和我对抗的人称心如意。

为了给自己打气，我心想，就这次诬赖我作弊的事件，我还得感谢他们呢——

多亏他们搞鬼，我现在知道前五十题我做错了两道。

待会儿检查的时候就方便多了。

英语考试结束，到下午是最后一场的理综考试。老师们意识到我们这个考场这几天事故不断，全是因为有人使用诡计想影响我的发挥，于是在最后一场的时候，竟然临时增加了四个监考老师，以四大护法的姿态，将我的座位团团围住。

数学老师竖起大拇指眼睛一眨：“思贤，你轻轻松松地考你的，要拿出你最好的状态哦！我们围着你，想搞鬼的同学一定不会得逞！”

我怎么觉得他们已经得逞了啊！考试的时候四个老师往你身边一坐，八只眼睛往你桌上一盯，鬼才能拿出最好状态来做题啊！

子溪还觉得这是老师给我的特别优待，在考试开始的时候指责我开小灶。

数学老师笑眯眯地说：“唔，虽然思贤是皇帝，但毫无顾忌地搞特殊是不太好。为了公平起见，要不分两个老师给你？”

子溪于是笃定地说：“老师，我是说这小灶开得好，皇帝就该有皇帝的威风，像我这种小角色就不必给予特殊照顾了。”

老师们爱护我的心情毫不动摇，坚决要把保卫工作进行到底，要陪我从开考坐到交卷。我多想对老师说，您看卷子就看卷子吧，时不时皱个眉打个哈欠，我真的心智大乱啊！

老师察觉到我的难处，于是拿出一把明黄色折扇，说：“我挡着脸就不会影响你了吧？”

看着扇面上写着遒劲的一行大字“朕就是这样的汉子”，我觉得比刚才还糟好吗！

虽然老师们不靠谱，但毕竟是一番好意，果然有他们坐镇，整个下午没出现一桩怪事。

在考试结束的铃声响起时，长期睡眠不足的我，感觉睡意像海啸那般不可阻挡地袭来。

“波折不断的月考总算是顺利结束了。”

我打了个大大的哈欠，对飞羽说：“单车借我用一下。”

“陛下，你不跟我们一起去校外吃大餐庆祝吗？”

我拍拍已经变成一团糨糊的脑袋：“下次再和你们一起玩吧。现在再不睡一觉，真的会变成脑残的。”

我踩着单车，路上不知睡了几觉，直到被“别墅行宫”的大理石台阶颠下来，我才发现我已经到了，回头看着雾气蒙蒙的山路，并不知道自己是用怎样特别的驾驶技巧把车骑上这一百多级台阶的，反正单车的轮胎已经变成方形的了。

我冲进卧室，一头倒在舒服的大床上，连衣服都来不及脱，就沉浸在梦乡之中。

下一个周一，我懒洋洋地单肩背着书包走进教室，以蓉蓉为首的白骑士团早就到了，大家一声不吭地等待着成绩揭晓，眼睛都瞪得大大的，脸蛋全都板着。

“再怎么紧张，考试成绩也不会发生变化不是吗？”我心疼地说。

蓉蓉傲娇地鼻子一哼，说：“谁……谁会为你的成绩感到紧张啊，不要自作多情。”

那你为什么会在剥糖炒栗子的时候，把栗子仁朝垃圾桶一扔，然后把栗子壳放在桌上？

飞羽冲到门口，一阵急刹卷起的烟尘把教室门口戴着耳机唱RAP的明浩淹没。

蓉蓉立刻站起来，郑重而急促地问：“飞羽，思贤考得怎么样！”

“还能是怎么样！”飞羽笑容灿烂地说，“当然是冠军了！”

蓉蓉心中一惊，颤抖着说：“糟、糟了，并不是第一名。”

不要慌！冠军不就是第一名吗！

蓉蓉惊喜地说：“竟然真的办到了吗！”

原来蓉蓉你一直以为我办不到吗！

飞羽点点头兴奋地说：“我反复确认了好几遍，才回来给大家报信的！”

真是的！连飞羽你一开始也不相信我吗！

白骑士团的大家振奋地欢呼起来，她们的笑容，比初升的朝阳更加耀眼夺目！

我不会忘记在我步履蹒跚地前进时，是她们带着诚挚的微笑来到我身边，风雨无阻地陪我向前奔跑，用她们矫健的步伐纠正我笨拙的脚步，用她们纯真而善良的心意点亮了本来阴霾的日子，并在最后一程，满怀期待地目送我第一个冲向终点，仿佛比她们自己拿到冠军还要开心。

实在是无论说些什么，都不足以表达我内心的感激！

飞羽，我会修好你的自行车，也会给你买一把最耐砸的折伞！

瑶玲，以后你要看书不用那么辛苦地来回跑，你说一声多少本我都给你送过去！

月鹿，以后你无论打怎样的官司，我都是你的王牌副手，叫停的事情尽管交给我！

小萌，我会拿我的零花钱帮你购买猫粮和狗粮的！

幕璃，“别墅行宫”的厨房，你用来搞化学实验也没问题！

而蓉蓉，我只有努力当一个最好的同桌，像骑士照顾公主那样，令蓉蓉过得无忧无虑事事顺心，恐怕才稍微能够报答她对我的珍贵心意！

蓉蓉小嘴噘起：“才、才没有为你高兴呢。只是觉得像明浩那种不可一世的家伙，这一次终于当了一把第二名，实在是大快人心。再者，由你这种心地不坏的家伙当皇帝，总好过那些喜欢搞阴谋诡计的家伙执掌大权。”

对了，我还应该感谢明浩。

虽然这家伙一直假装故意捣乱，但实际上他给我带来的帮助，也非常关键。

我好奇地望着灰头土脸却仍在唱RAP的明浩，我能在他手上抢走年级第一，是我实力强大还是侥幸呢？他有没有可能手下留情，故意让着我呢？

“思贤你别天真了。”蓉蓉看穿了我的想法，“明浩才不是那种故意放水的人，他永远都会竭尽全力地超过别人，这样才好毫无顾忌地嘲笑别人啊。”

可是明浩的同伴并不这样想。

子溪握着拳头大步走向明浩：“摘掉耳机！有话问你！”

明浩不屑道：“听着呢，有屁快放。”

“你是故意的吧！”子溪愤恨无比地指向我这边，“故意不使出全力，于是那家伙才可以顺利拿到第一名。”

我早知道即使我拿到年级第一，保守派的学生也不甘心乖乖认账。

只是我没料到，事到如今他们攻击的并不是我，而是他们一直十分敬仰的明浩。

明浩打个哈哈：“老兄，你是我肚子里的蛔虫吗？你比我自己还了解自己？来来来兄弟，我的卷子全在这呢，你帮我看看哪些题是我原本可以答对却故意答错的？”

明浩把试卷一字排开，揽着子溪的肩膀把他摁在课桌前面。子溪气喘如牛，面对试卷也只能瞪着铜铃大眼，说不出个所以然来。

没错，让子溪去审明浩的卷子，就好比让我们这些大外行看奥运会体操比赛，连什么空中转体三周半都弄不明白是什么意思，要指出哪些动作是这位选手原本可以做到，现在却故意没有完成，实在是太困难了。

子溪沉痛地说：“明浩，你居然白白辜负我们为你争到的机会！居然把皇位拱手让给转校生！”

明浩故作惊讶地说：“什么？考试争皇位的机会居然是你们那么努力争取到的吗？我都不知道哎！我怎么不记得我有求你们做过这种事情！”

子溪一时语塞，明浩继续轻蔑地笑笑：“更何况，月考又不是只考我和皇帝，每个人都有参加不是吗？思贤又不是光战胜我一个人就没问题了，他是战胜了在场的每一个人啊。”

子溪大声说：“可是转校生一时得意只是侥幸而已！”

“嘿嘿嘿。”明浩扶着额头大笑道，“子溪，按照约定，皇位归于成绩最好的学生。那么现在结果出来了，你告诉我，假如思贤没有侥幸，难道皇位就归我所有了吗？”

子溪吃惊地向后退了一步，把课桌上的书本撞得满地都是。

我不明白明浩这句话的含义。

飞羽眉毛蹙起，说道：“这次月考明浩不是第二名，而是第三名。”

蓉蓉也感到十分吃惊：“明浩竟然不是第二名？”

飞羽点点头："嗯，明浩和思贤相差16分，而乔治和思贤只相差9分，乔治才是第二名。"

蓉蓉眼睛睁大，嘴唇微微开合："真是不可思议。这个人真不简单。"

明浩在座位上也大声说："单论成绩，第一是思贤。但要说谁才是进步最大的，恐怕得是平时稳居中游，在四五百名的位置徘徊的乔治吧。"

乔治原来这么厉害吗？为什么在我印象里，他一直都对自己的学习成绩不自信，总是说虽然希望帮我补习功课，却因为能力不足，只能在旁边干着急。

乔治这么拼，是为了避免第一名落到保守派手里，造成拥护派的全面崩盘吗？

蓉蓉摇摇头："思贤你可真是太天真了。"

明浩的球友大胖哥也愤恨不平地说："第一二名全部被拥护派包揽，咱们可真是丢人丢大发了。"

明浩似笑非笑地说："乔治是拥护派？恐怕未必吧。拥护派的白骑士团都有意不争前几名，只有这位乔治拼命拿分可一点都不含糊，万一皇帝真的没发挥好，他就是第一名了，说不好直接黄袍加身，直接吾皇万万岁，到时候要是想把皇位还给思贤，恐怕不太容易啊。"

乔治原本十分安静地在座位上看书，低调得仿佛他的成绩不是年级第二，而是年级倒数第二一样。至少刚刚好大一会儿我一点都没在他脸上看到一丝喜悦，所以我以为他考试成绩很不理想，才没有在飞羽带来消息的时候，过去和他分享我拿到年级第一的好消息。

换做任何一个人拿到乔治的成绩，恐怕都得高兴疯了吧。可是他现在只是脖子僵硬地转过头来，眼眶深陷地勉强笑着说："明浩，你这种玩笑有点过了。"

明浩走到他身边，居高临下地说："其实我对你是有点佩服的。为了在这次月考上一鸣惊人，你竟然韬光养晦地徘徊在年级中下游长达两年的时间。只是很可惜，皇帝依靠绝对的实力，把你的唯一的希望毁灭了。"

我听到这里不禁心慌，大声说："喂，明浩你在说什么啊！"

“听不明白吗？好吧，天真帝，我来给你讲解一下。”

明浩跳上黑板，一边画着缭乱得只有他自己才懂的图形，一边大声解释道：“让我们用逆推法来回忆事情的经过吧。假如这一次思贤并不是年级第一，皇位恐怕要被乔治夺走了，毕竟乔治一直以来对人都蛮友善的，和大家也都很熟，说不定大家虽然觉得意外，却还蛮接受这种结局的。一直以来大家都觉得，用考试来决定皇位的规矩，对我是最有利的，毕竟我一直都是第一名嘛。但实际上，乔治不过把我当成一杆和皇帝对立的旗帜高高挥舞，来吸引大家的视线，好让大家无暇去注意他的真正目的而已。”

我依然不愿意相信明浩的话，毕竟之前他一直骄傲地和我对着干的时候，是乔治一直在我身边出谋划策，不止一次帮助我，直到最近考场上我几次被人陷害，乔治也立刻站起来仗义执言，要说这样的同学用心险恶，我实在是无法接受！

“你的逆推法有点不讲道理。在考试上力争上游这很正常吧？”

明浩看我不信，就继续在黑板上涂鸦：“皇帝，任何人考出这样的成绩都没有关系，唯独乔治非常可疑。请你把时间线往前梳理，当初在操场上，你和我同时被学校通报批评，保守派的同学们起哄着要你下台，当时提出用考试成绩来服众，皇位归年级第一名所有的这个人，你还记不记得是谁？”

我心中一梗，当时说出这句话的人，就是乔治。

“当时你还感激地觉得乔治这是替你大脚解围，我却搞不懂他作为拥护派的人，如果不是脑子被狗啃过，为什么要说这种话。他难道不清楚年级的扛把子一直是我吗？嘿嘿。”明浩把粉笔准确地扔进垃圾桶，嘴角扬起，“不过到今天我看出来了，乔治计划这一切，不是为了思贤，而是为了自己。”

蓉蓉无比震惊：“不、不可能。”

我也沉重地点头：“没错，乔治不可能像你说的这么阴险。”

蓉蓉握着拳头对我激动地说：“我是说明浩竟然在帮你说话！这种事情是不可能发生的！”

月鹿也十分不安地看着窗外的太阳：“没错，明浩竟然开始帮助同学，这意味着世界的因果律已经发生错乱了，恐怕初升的太阳，立刻又会重新掉回云海吧。”

喂！要不要说得这么夸张！

我挠挠头说：“其实明浩他一直在帮助我来着。”

蓉蓉抓着我的手臂赶紧问：“什么时候？在哪里？有没有给你带来伤害？”

我苦笑说：“之前在‘别墅行宫’，明浩大半夜摸进来说要看球赛，其实是用激将的办法逼我做基础题，多亏有他我才没把时间浪费在研究超难题上面。”

“我怎么不知道？”蓉蓉问。

“因为他总是等白骑士团离开以后才会来找我。”

蓉蓉更加吃惊地握紧我的肩膀：“也就是说，你们总在深夜里偷偷见面吗？”

女生们发出哦哟的惊呼声，拜托！蓉蓉你不要把这件事情说得这么可疑好吗！

明浩拍拍手，傲气地对我说：“别说这种令人误会的话，我只是去看球赛，而正好全年级又只有你那里有电视机而已。我从来没教过你一道题，连一种解法都没提过，好人卡什么的，你发给白骑士团的妹子们就好。”

“喂，你这家伙给我正经一点啊。告诉大家我们的关系其实是很不错的，从此以后不要再有拥护派和保守派，难道不好吗？”我鼓着脸对他说。

“这些麻烦的事情你自己去处理就好了。”明浩再次戴上耳机，“反正现在你是皇帝，这一点谁都不能不认账了。”

明浩临走之前轻敲乔治的桌面，邪魅猖狂地说：“知道吗？在我看来，把皇位交给思贤这个天真善良的家伙，远比交给你这样一个忍辱负重韬光养晦的人好得多。”

乔治猛然站起，握紧明浩的手不让他走，眼睛微眯，嘴角慢慢提到脸颊上，呈现出一个夸张的笑容，和平时温厚朴实的他简直判若两人。

“明浩，本来以为你是个枭雄，我和众位兄弟们一心追随你，明里暗里扶你上台，没想到你竟然外强中干，本质上是草包一个，我们保守派的人，全部都是瞎了眼了。”

明浩回头讶异地说：“哟？你说什么？”

子溪和大胖哥也鼓着腮帮子大声问：“乔治，你脑子没病吧！一直以来你站在转校生那边，和我们对着干没有十次也有八次，你竟然说你是保守派的？”

乔治眼睛不眨，说了一串奇怪的话。

“ID：35167，废弃伪帝，还我正统。”

子溪吓得嘴巴大张，好久才颤抖着说：“你……你是黑衣谋士？”

黑衣谋士是什么鬼？

子溪由于过于慌张，甚至忘了他生来就必须与我为敌的设定，对我解说道：“就是保守派内部论坛上的神秘军师。为了干掉你这家伙，他使用了不少计策，保守派对你进行种种针对，基本都是这位黑衣谋士的点子。”

乔治把明浩的手甩开，抖抖衣领，笔挺地站直，和刚才被明浩一通数落的时候，呈现出完全不同的状态，他的眼神十分冰冷，笑容也带着邪气，仿佛连衣服都变得深色起来，这种巨大的差异感，不亚于表月鹿变成里月鹿的时候。

乔治捂着额头的刘海肆意大笑。

“哈哈哈，没错，你们这群不中用的家伙，想要拥立明浩，看不惯转校生，却除了嚷嚷什么都做不了。反而是我，一直假装是拥护派的人潜伏在转校生身边，取得他的信任，然后故意透露《帝王条例》引起他和皇后之间的猜疑，故意用超难题扰乱他的视线，也旁敲侧击令勤王七学委去质问白骑士团，甚至在考场上制造种种事端，希望干扰转校生考试，也全都是我的计划。”

我无比震惊，我一直把乔治当成值得信赖的朋友，却不知道他私底下竟然怀着那么大的怨气，对我使过那么多绊子，如今听他亲口一件件地说出来，在我心中掀起巨大的波澜，连拿到第一名的喜悦，也被立刻洗刷得无影无踪。

乔治他真的只是普通高中生而已吗？为什么一个十多岁的少年，在本该一心好好读书，幻想着考进名牌大学的年纪，竟然可以策划出如此阴险狠毒的诡计，来对付从来和他无冤无仇，甚至真诚相待的我，还让那么多无关的同学卷入到这场巨大的风波之中。

明浩露出微笑，对乔治慢慢拍掌："没想到阁下竟然是这样了不起的人物，你自己有野心，别说这一切是为我明浩卖命好吗？搞得好像我和你关系很好一样，以后在学校外面和人家打架会挨嘲笑的。"

可是乔治为什么会如此恨我，难道我在无意中得罪过他吗？

我十分难过地对乔治说："我都不知道自己什么时候得罪过你。可是即便你对我不满，大声说出来也好，约我下午放学别走也好，高中男生有高中男生处理事情的方式，没必要……要用这些手段来对付我吧。我认为朋友之间，是不可以这样的。"

明浩哈哈大笑，嬉皮笑脸地拍着我的肩膀："要不怎么说你是天真帝呢？你不得罪乔治，乔治就不可以来收拾你？别忘了你是皇帝，而皇帝身份，是好多人都想要的。"

蓉蓉也平静地说："思贤，乔治想要的不是朋友，而是你头上戴着的冠冕。"

我不由得又悲又怒，对乔治吼道："乔治！你到底有什么非要实现不可的心愿，必须用自己抢到皇位这种方式得以实现！难道以朋友的身份告诉我我会不帮你吗！如果真的有什么难处，我一样会像帮助瑶玲洗刷污名一样尽力帮忙的！"

乔治突然面孔一板："思贤，你就别再装烂好人了好吗？"

我……装烂好人？

"蓉蓉，明浩，你们以为思贤这家伙心地善良，虽然才能一般，但由他来担任皇帝，大家还不至于受苦，所以明里暗里都在帮他。可是如果我告诉你们这一切都是假象呢！"

我不禁心中一沉，这一切到底有什么假象？

乔治拿出一支录音笔，按下开关，播放的竟然是我的声音！

“我看不惯明浩那家伙……所以……要收拾……他，和平……什么的不要紧，我会团结反对……明浩的人……逼他服软……要用尽一切办法。我不开心……也要想办法……叫他不痛快。”

这究竟是怎么回事！

录音在断断续续的电流声之后彻底归于寂静，这点寂静如浓墨滴入池中，令整个教室沉陷在惊愕与怀疑之中，教室里同学虽多，却连呼吸的声音都听不到。

而第一个打破沉寂的人是蓉蓉——

“我不知道你是在哪里伪造出这种东西！”蓉蓉指着乔治，眼神凌厉地说，“如果你有这种录音为什么不早点拿出来，偏要在阴谋败露的时候当众公开，这不是狗急跳墙是什么！”

蓉蓉她对我竟然一点怀疑都没有。

乔治无声地笑笑：“我也想早点拿出来，可惜录音笔故障，一直拖到现在才勉强修好。”

蓉蓉不假思索地驳斥道：“思贤不可能说这种话！”

蓉蓉的坚定令我略微冷静下来，的确我从来没说过这些话，在录音里我听到很喧嚷的声音，代表着这番话是我和乔治第一次在食堂见面的时候暗中记录的，而当时我说的话，应该是完全相反的意思！

我说的是，我看不惯明浩那家伙欺负各科老师的行为，所以才在课堂上抢他的风头，即使有男生因此看我不爽，要收拾我，一定也不是他的意思。为了维护班上的和平，挨说几句什么的不要紧，我会团结反对我的保守派，总有一天要终止派系之争，不要再分我的人和明浩的人。你说要想办法逼明浩服软，我觉得大概是办不到的，哈哈，我最多只能用尽一切办法，让大家明白我这个皇帝，虽然没什么本事，但至少不会伤害同学。眼下我不开心只是暂时的，乔治你不用担心。另外蓉蓉那边，也要想办法尽量瞒着，我不想叫她不痛快。

没想到这番话被各种剪切粘贴，竟然断章取义，变成证明我心胸险恶的证据。

明浩满不在乎地问飞羽："你家皇帝对你说过类似的话吗？"

飞羽连忙摇头。

"那就是了，飞羽和蓉蓉、皇帝关系最好，她们都没听到皇帝说要收拾我，你谁啊皇帝就能放心大胆地把真心话全部说给你听？"

乔治看着明浩，眼神极度鄙视："还有你，明浩，你真的就是个大傻缺，真的。你和他在校外练球的时候，你被人打，他站在你身边帮你揍了那几个混混，这点小恩小惠就把你收买了是吗？所以后来你对他表面刻薄实则暗中保护，故作清高不争什么皇位，其实在他心里你简直就是个脑残，知道吗？"

明浩冷冷地问："你到底想说什么？"

"打你的那几个混混你认识吗？不认识吧？但是很不凑巧，思贤他就认识那几个人。"

乔治露出白森森的牙齿冷笑着说："那几个人就是他以前高中的同学啊！"

子溪和大胖哥听到这句话，顿时怒火升腾，拔出拳头就朝我走来。

而飞羽则亮出折伞挡在我面前，神情紧张地挡着保守派的男生们。

我怒气爆表，把月鹿拉我的手甩开，踏上课桌，指着乔治大骂："乔治你可以啊！吹牛还知道先打草稿是吧！老子拿你当朋友才真是瞎了钛金狗眼！今天不抽你这事情不算完！"

乔治则一脸死猪不怕开水烫的模样，张开双臂说："来啊来啊，用这种手段堵住别人的嘴，才是你的风格嘛。"

我捡起自己的铅笔盒朝他用力砸去，可是该死的铅笔盒很不争气，半空中就呼啦啦地散架了，铅笔橡皮飞得到处都是。

"你和你老同学的对话我都听到了，你之所以练球，是因为要和明浩比赛投篮，为了不输给明浩，所以叫人揍他，不用揍得太狠，废掉他的双手让他投不了篮就可以了。同时为了让明浩猜不到是你叫的人，你和老同学们约好假装打起来，看上去像帮明浩打了一架，不但洗脱了嫌疑，顺便还卖了个人情给明浩。真是一举两得。"

白骑士团用力抱紧我不让我一脚踹到乔治那张可恨的脸上，我只能大吼："你再说一句试试！"

"再说十句都没问题，明浩，你看到思贤这恼羞成怒的模样了，你好好回忆一下，那天的混混一开始是不是没直接对思贤动手？一般混混打架哪还问你是谁，不是把钢管抽出来就直接开干吗？另外就思贤是优等生，不善于打架，竟然在那天能够放倒了两个混混，简直是天方夜谭。所以是演戏，都是演戏！"

说着乔治竟然把混混们谈论此事的录音也放了出来！

于是全班哗然。

月鹿不安地问："你竟然还给录下来了？你是怎么办到的？"

"当天下着雨，我怕思贤被雨淋，所以送伞给他。在篮球场外看到他和几个混混模样的人对话，我就藏起来听了一会儿，没想到他们竟然在商量这么可怕的事情！"

"那你为什么不早说！"

"知道转校生去校外练球的人，一共就只有三个，飞羽和蓉蓉留在学校吃晚饭，所以这件事一旦公开，即使匿名，那家伙也一定能立刻猜到是我干的，说不定哪天我就被莫名其妙地送进医院了。"

明浩背对着我，肩膀轻轻一抖，一言不发。

这家伙该不会连这种鬼话也信吧！

乔治无赖地往椅子上一躺，大声说："我作为谋士，原本也是想好好辅佐皇帝，直到看到他是如此诡计多端，就真的寒心了，才成为双面间谍，以黑衣谋士的身份暗中帮助保守派扶明浩上台。没错，我是考得比明浩好，但这并不是因为我厉害而是因为明浩太弱！保守派的各位，你们明白我从来没给明浩添过堵吧？所以在我的计策里面，原本默认的第一名就是明浩。可是谁知道这家伙烂泥糊不上墙，因为可笑的义气，竟然故意放水只考了第三名。"

乔治深呼吸，不屑地笑着对明浩说："你看好的思贤现在当之无愧成为皇帝了，大概我该祝贺你心愿达成了吧。"

接着乔治对我说："好了皇帝陛下，你想亲自揍我，或者喊一句来人把我从教室里打出去，甚至直接下令把我开除兰帝高中，我都悉听尊便。我就是想与你为敌，只是你能欺骗那么多人帮助你，而我一直孤军奋战，所以最后没能赢你，事情就是这么简单。"

"谣言止于智者"这句话实在是太轻描淡写了。

我知道自己从未做过这些事，蓉蓉和飞羽也安慰我说，这些诋毁无非是乔治的困兽之斗而已，等这阵风吹过去一切就会回到正轨了，可是事情却远没有这样简单。

原本就对我怀着敌意的保守派，现在的敌意更加炽烈，当我走过他们的窗前，一定会听到他们说："没想到这位皇帝，手腕如此毒辣。"

而以前和我十分要好的拥护派同学，也不由得和我渐渐疏远。虽然嘴上说"思贤你别担心，我们不信乔治说的那些话"，但约好一起买漫画书的活动无缘无故地就取消了，那些平时争着要和我坐在同一张餐桌上吃午饭的女生，也把我孤单地撇在那里。

瑶玲很不乐观地叹气，举着今天的报纸说："果然，高二年级那位舆论主导者，那位汐夜同学，登出了'惊天爆料'的新闻。在乔治的谎言得到查证之前，就全部当成真相写在报纸上，实在是太可恶了。"

汐夜对我恨之入骨，现在她掺上了一脚，利用她可以胡乱操纵舆论的特殊能力，这件事情就真的很难澄清了。

月鹿勉强微笑着安慰我，说："思贤，这件事情我经历过的。帮星川打赢了官司，却成为众人口中的无良律师，我知道这种被谣言中伤、被大众隔离的孤独感。可是你要记住，我们白骑士团，永远都是站在你这边的。"

幕璃咬牙切齿地晃动着试管："其实这事儿不难，把那几个打明浩的混混抓起来，给他们灌下吐真剂，把他们招供的内容全校一广播，事情就解决了。"

小萌为难地摇摇头："问题就是这几个人一定不可能找得到的，他们一定会帮乔治把这件事隐瞒到底。时间过去那么久了，就算派狗狗去闻味道也不会有结果的。”

瑶玲失落无比，泪水泫然欲滴地说：“没想到思贤赢了月考，离胜利却仍旧那么遥远。在这种最凄苦的日子，我竟然不能像当时你帮助我那样稍微帮到你一点……我痛恨这样无力的自己。”

“别在意。”我轻轻摸她的头发，“我们一定能找到办法的。”

此时在众人眼里，我就是一个人人唾弃的伪君子，反而乔治这个真小人的姿态倒是无比潇洒，该吃吃该喝喝，路都是蹦着走的，然而我不但不能凭着一时怒火把他摁在地上打，还得派飞羽暗中盯着他，万一有人要打他还得替他解围。我现在完全相信这位乔治老兄有可能找几个人把自己打住院，然后赖在我头上说我“武力威胁想要他闭嘴”，反而是我更加危险，不但要挨骂，还有高大的男生故意走过来撞我，说：“不注意撞到你怎么了？喊你的皇宫卫队来收拾我啊！”

高三年级没有一个人站出来为我说话，反而是一个身穿高二校服的男生把他掀翻在地。

“你妈妈没教过你道歉的时候态度要端正吗？”

高二男生架着那家伙的胳膊，痛得他龇牙咧嘴，只好服软道：“思贤，对不起，我刚刚走路没看到你，实在是不小心。”

“谢谢。”我内心五味杂陈。

高二男生爽朗地说：“你就是那个报纸上写装烂好人的高三皇帝吧？不知为何我总觉得好像在哪见过你，也不知为何我总觉得，你应该不是那种会找人揍同伴的家伙。”

“哎？”我感到有些意外，这才发觉这个男生我分明是见过的。

他就是那位在女生宿舍天井门前把关的凌冲！是高二年级四武极之一！

凌冲原本是阻止我前进的终极关卡，却被我所打扮成的“高个子小姐姐”的美貌击败！

“我虽然不知道你们高三是什么情况啦，但是你这张脸我并不讨厌。”

凌冲麻利地把男生放开，对我说：“虽然挺想给我们劲臣皇帝说一下帮你一把，但很可惜，要是我们插手你就更说不清楚了。”

然后凌冲对我友好地笑笑：“大晚上的早点回去吧，尤其不要翻墙去校外篮球场那边尝试进行调查。要知道球场是有监控探头的。”

凌冲是在提醒我，搞不好监控摄像头记录着当天打架的状况。

我来不及说谢谢，便加快脚步朝学校南门的围墙飞奔过去。

并踩着墙上的凹坑，翻到围墙的外面朝篮球场疾奔。

却在保安室见到了一整个下午都没见到的蓉蓉。

蓉蓉正在用各种办法恳求保安员给她调当天的监控录像，没想到这丫头，早就已经想到查监控的办法了。

蓉蓉平时何等骄傲，身为皇后，对男生们想搭理便赏脸说上一两句话，不想搭理便鼻子一哼让飞羽把人哄走，就连折扇挥击这样的技能，也是蓉蓉由于青睐于我而特别赏给我的，如飞羽所说，别的男生想被蓉蓉揍恐怕还没这个机会呢。

然而今天蓉蓉却为了我，不惜拿出最大的耐心和善意，来对待那位保安员小哥。

“大哥你看，现在时间也不早了，我去给你买宵夜吧？喜欢吃不辣的还是辣一点的？我知道学校外有一家重庆小面做得非常不错哦！”

保安员小哥不耐烦地挥手：“去去，不吃。”

蓉蓉却毫不气馁：“那么，我去给你端一杯热腾腾的咖啡过来。大半夜的值班，喝点咖啡就最提神了。然后咱们再一起调监控录像吧。”

保安员小哥依旧无动于衷：“啥也不喝，得了你快回去吧。”

蓉蓉深深呼吸，依旧努力地笑着说：“那要不，我唱首歌给你听！”

“你怎么就是不明白呢！”保安员小哥椅子一推站起来，“俺要给你怎么说你才明白？不是我不帮你，是你说的那天隔得时间太长了，我们的监控系统只能录一个星期的影像，再往前的肯定没有，调也是白调！你和我较什么劲呢！”

蓉蓉神情凄凉：“万一……后面的内容并没有将那个内容完全覆盖呢？这是我们最后的希望了。”

我连忙奔跑着冲进屋内，拥着蓉蓉的肩膀，不小心摸到她纤细的小手，在这夜里竟然如此冰冷。我在承受冤屈和非议的时候，尚且不觉得悲伤，现在却悲从中来，心中一酸差点比蓉蓉先流下眼泪。

大晚上一个人在校外，顶着寒风赔着笑容，也不顾被记过的风险，在这清冷的晚上孤单地为我寻找真相。

有什么必要……要为了我做到这种地步。

但要是我先流泪，蓉蓉一定会更加难过。于是我强打笑容，宽慰地说："我是来接你的，咱们回去吧。"

"思贤。"蓉蓉鼻子一酸，"我没找到监控录像。"

"那么，咱们就先一起吃一碗重庆小面再回去。"我努力想分散她无助的心情。

"可是，我没有找到监控录像啊！"

蓉蓉像委屈的小学生一样扑在我怀里，难过地大哭起来。我心中大恸，我和蓉蓉之间，真诚相待互相扶持，本来以为这份心意可以让我们一同战胜各种困难，以为蓉蓉和我的故事，可以向大家证明，虽然这是一所特别的学校，但真诚与善意，未必就对付不了狡诈和阴谋了。

没想到我们的种种努力，仍敌不过乔治的一句信口雌黄。

连保安员小哥也十分不忍，悠悠叹了口气。

"给您添麻烦了。"我礼貌地对保安员笑笑，然后把围巾解下来披在蓉蓉身上，在她手上哈暖气，说道，"小面加烤扇贝加鲜榨橙汁好不好？我先买个烤白薯给你暖暖手。"

"你都这样了，还只顾着安慰我做什么！"

"因为我是皇帝，我被人收拾是正常的，早就已经很适应不会难过了。"我尽量满不在乎地笑笑，"但我看见你不开心，心里面就很憋屈，必须要马上哄你笑起来才好。"

蓉蓉鼓着脸转向一边："不要尽说怪话。"

"走吧，咱们偶尔也违纪一回，在大半夜在校外闲逛，就你和我两个人，不必担心长胖地大吃一顿，这样或许你能够开心一些。"

蓉蓉为难地握着袖子，轻轻呼出白色的雾气："偏偏要在这种紧张的时候任性吗？"

"因为我想留下一些不一样的回忆，以后在想起蓉蓉的时候，除了记得补课和考试大作战之外，也希望另外有一些，只属于我们两个的普普通通的回忆。"

蓉蓉抽泣着说："你说这话好像明天就当不成皇帝了一样。"

我挺直胸膛坦然地说："我可没这样说。到明天一定会想到办法的，而现在，我们应该先填饱肚子，至少先做到无论别人怎么对不起我们，我们都不能亏待自己。"

蓉蓉点头，小小的笑容像雪后初晴的阳光一样："没想到我的第一次，是和你一起。"

"第、第一次？"

"第一次违纪啦！"蓉蓉拿出折扇直击我的脑袋，"你以为是什么东西！"

虽然时局艰难，可是幸而今天最后的回忆仍旧是甜美而光明的。是蓉蓉拿着烤白薯甜甜地窝在暖洋洋的炉边，炉子上鸡丝白米煲仔粥香味扑鼻，而我轻轻将勺中的粥吹冷，然后细心地喂到她小小的嘴巴里。

可是我无论如何也料不到，这竟然如回光返照一般，是属于我的最后一丝光明。

第二天我被闹钟吵醒，以往闹钟只要响到十秒，蓉蓉就会把卧室门摔开站在屋外凶巴巴地喊："身为皇帝还像小孩子一样赖床，又想把晨练躲过去吗？再不起来我就扁你了！"

然而今天闹钟足足响了半分钟，我捂着头慢慢钻出被窝，挣扎着把闹钟按停，才觉得自己头痛欲裂，而蓉蓉却没有像往常一样突然闯进屋里。

难道蓉蓉一大早就去寻找能够证明乔治是污蔑我的证据了吗？

不知何时"别墅行宫"的草地上已经积了厚厚的雪，明明昨天夜里并没有下雪，除非是后半夜熟睡之后，鹅毛大雪又密又急地下到天明，才能堆积成这种厚度。

六个角的雪花落在我的呢绒外套上，我抬起袖子在眼前仔细欣赏雪花的剔透精致，心想白骑士团的姑娘们肯定特别开心吧，一定会欢笑着堆一个特别大的雪人。

然而小萌的猫猫狗狗肯定是不开心的，这个季节寒冷无比，必须把它们喂饱才好。

我转身进屋拿着猫粮出来，将平时喂猫的碗装满，正想呼唤猫咪们来吃早饭，手中的盒子却被人一把夺走。

我转身看到小萌抱着盒子急匆匆地往回走。

“小萌，你的猫骑士团呢？”

“就不劳你费心了。”小萌头也不回小声地说了一句。

“哎？小萌你说什么？”

小萌站定脚步，最终没有回头，只是大声说：“我说，就不劳你费心了！”

我呆呆地站在原地，目送她头也不回地走远，完全不明白为什么突然小萌会变得如此冷漠。

接着我发觉不只是小萌，仿佛整个兰帝高中的氛围突然之间就改变了。虽然校园路上去教室早读的同学们一如往昔，可是我却隐约觉得在我身上有一层看不见的结界，将我和大家隔离开来。平时总会有同学和我打招呼，聊几句最新的《海贼王》，或者谈谈 *FGO* 又抽到了怎样的新从者，而今天我一路走到教室，竟然没有和任何人说过任何一句话，我心中的违和感就越发强烈。

蓉蓉提着书包，不知为何总觉得今天她的刘海很长，将她的目光挡在头发下面。她重重地将书包扔在桌上，用背将椅子顶开，动静很大又显得无比疲惫地坐了下去。

“蓉、蓉蓉……我本来还想问你今天的气氛为什么怪怪的。没想到你好像看上去，也很不对劲。”

蓉蓉呼出一大口白气，并没有转过头来理我，只是嘴角微微勾起，露出一个意味深长的笑容。

我回头问飞羽今天到底是怎么了，飞羽呼地站起身来，假装我不存在一般，拿起习题集跑到另一个女生面前去问题目。

这到底是怎么了！为什么连像汪星人一样又诚恳又有活力的飞羽，也是对我毫不理睬？

早读铃响起，老师急匆匆地走进教室，说道："同学们，早读开始。"

因为我是皇帝，平时是我负责喊起立，现在当然也习惯性地站了起来。

没想到蓉蓉也异口同声地和我一齐喊道："起立！"

我震惊地转身看着蓉蓉。

而蓉蓉眼睛依然藏在刘海底下，拳头却握得很紧，她紧紧咬着白玉般的牙齿，肩膀竟有些微微地颤抖。

"我说你这人怎么连羞耻心都没有！"

哎？我的心脏猛烈一跳。

蓉蓉指着我大声说道："你如今已经不是皇帝了！上课起立的事情，已经轮不到你来做了，明白吗！"

你……你说什么！

全班同学怀着不屑与恨意的目光同时集中到我身上，要不是我扶着椅子，说不定会立刻坐倒在地。

老师也在讲台上冷冷地说："思贤同学，请不要打扰大家上课。"

乔治的确是有抹黑我，的确这番话令不少同学对我的信任大打折扣，可是不至于能直接将我的名声彻底摧毁，更不至于在一夜之间将我从皇帝的位置驱赶下来。

更何况，昨天蓉蓉明明还在努力奔走，还因为找不到监控录像而伤心哭泣，为什么到今天第一个说出"你怎么连羞耻心都没有"和"你已经不是皇帝了"的人，竟然能是她呢！

在昨天那个风雪嚎泣的夜晚，到底发生了什么重大变故！

"喂，蓉蓉，到底这是怎么回事？"我小心地问。

然而蓉蓉并不想和我说话，并告诉老师："老师，我不想听到这个人的声音，请允许我把他调到别的地方。”

喂！蓉蓉，你到底在干什么！

老师答道：“我不是班主任，这事儿你得找班主任商量。”

“没有必要，我并不是在请求您，只是告知您一声而已。”

蓉蓉慢慢从怀里摸出一张金光灿烂的学生卡：“我的职阶是女皇，任意调换同学的位置，是我可以行使的特权。”

女……女皇？

我惊慌地伸手去掏自己的学生卡，发现皇帝卡早已不翼而飞。照这种噩梦般的神展开进行分析，我猜皇帝卡也在我不知道的时候就被收走了吧！

老师点头：“既然是女皇的命令，思贤你就照办好了。教室最后一排有一张没人坐的桌子，就是桌子腿松垮垮的那张，你先去那里上课吧。”

我彻底惊呆，宛如身陷噩梦。每个人都有做噩梦的经历，在噩梦之中就算用尽全身力气也无法向前奔跑，只能眼睁睁看着背后的恶魔朝自己扑来。而我现在就被困在这种境况之中，如果可以我也希望能稍微动弹身体，可是我无论多使劲，这双脚就像冻在地上一样无法抬起。

可是这并不是噩梦，这冷空气打在脸上如刀割般疼痛。

紧接着剧烈的头痛感凶猛袭来，我捂着脑袋，越是试图理清思路就越是头痛欲裂，身后却有人将我架了起来。

“动身吧思贤，用不着在这里装可怜。”

是明浩。

我用力甩开明浩的手：“明浩，你也可以，能不能告诉我，这到底是什么情况！”

“真相就是……我曾经一度还觉得你是个不错的家伙，虽然没什么本事，但是心地不坏。事实如乔治所说，的确是我眼瞎，你既不是没本事，也并非心地不坏。”

说完明浩用力拉着我的手，略略一推，顺便把我的书包也提了起来，扔到最后一排的桌子上，由于用力过大，书包竟然落到了垃圾桶中。

“不好意思，不注意把你的书包当成垃圾了。”明浩轻蔑地说。

我捡起书包，恍惚地坐在角落里，跛脚的桌子差点倾覆，发出了巨大的声响，这再次令全班同学十分不满地看着我。

除了蓉蓉，她自始至终都没转过头来看我一眼。

蓉蓉说道：“早读课之前，新一期的班费该收一收了。乔治，你刚刚担任班干部，这件事情能胜任吗？”

乔治站起来结巴地答道：“没……没问题。”

“那就麻烦你了。”

我瞪大眼睛看着周围熟悉却陌生的一切，明明每个人我都认得，明明大家说的每一个字我都听得懂，可是我依然内心正在大声地咆哮我根本搞不懂这是什么状况！为什么一觉起来，这个被皑皑白雪覆盖的世界就变得不一样了！为什么蓉蓉变成了女皇，我变成了大家敌视的对象？为什么蓉蓉竟然能够对明浩下命令，而又为什么，那样卑鄙无耻的乔治竟然还变成了班干部！

乔治收钱自然要收到我面前，我手中五十块钱几乎捏碎，牢牢盯着他的眼睛，也不知道自己希望从他眼睛里看到的是什么，是打倒我的得意，还是不敢直视我的羞愧。

可是我看到的只有空洞，真的，无论是他平时眼中洋溢的亲切，还是在诬陷我的时候露出的凶狠，这些眼神全都消失不见了，只有深深的迷茫和空洞，两只浅灰色的瞳孔完全失去了神气，他用平静的口气和我说话，仿佛之前没发生过任何事情一样。

“请交五十块钱班费。”

我把钱递给他，却没有松手。他用力拽了拽钞票，发现拽不动，就又说道：“请交五十块钱班费。”

我终于松手，吃惊地看着他从我面前走过，既不像个胜者，也不像个败者。

完全是一位路人。

这是平行世界吧？在这个世界里蓉蓉是女皇，明浩是她忠实的骑士，乔治是国家重臣，而我是全民公敌，我只配坐在垃圾桶旁边，这一切都不是最要紧的——

最要紧的是，蓉蓉看起来很讨厌我。

早读结束，数学老师步履匆匆地夹着课本走进教室，说："请大家把昨天的练习卷拿出来，我们来讲解试题。"

数学课？我一脸空白地把书包放回桌箱，桌面上空空如也。

依照课表今天并不该有数学课才对。难道平行世界的课程表也和我记忆里的不一样吗？

"思贤，你发什么呆？你的卷子呢？"

"老师……"我硬着头皮问道，"星期二的第一节课，难道不应该是语文课吗？"

"你，去走廊上罚站。"老师黑着脸说。

我不知道哪里来的勇气，大声说："改课表这种事情和我说一声也没什么吧！"

"你是没睡醒，还是故意捣乱？"数学老师凶巴巴地对我说，"今天是星期三！"

我掏出手机，眨眨眼睛认真地看了一眼，果然今天是星期三没错！

成绩公布那天是星期一，和乔治互撕也在星期一，在寒风呼啸的夜里和蓉蓉围着红泥小火炉相对而坐，分享同一个烤白薯和同一碗粥，也是星期一。

为什么现在就到星期三了！星期二整整一天的光阴，到底被谁偷走了！难道世界线和时间线同时出现紊乱了吗？

数学老师叉着腰指着门外，沉着脸最后说了一句："请你给我到走廊上去罚站！"

我闷不吭声地将桌子推开，寸步不让地盯着老师看了数秒，依然无法在她的眼中看到任何熟悉的意味，我把手机放到她手里，然后快步走出教室。

我很想在校园里疾奔，寻找我所失去的意识碎片。

可是冬意是如此凛冽，白茫茫一片，大地真干净。

我猜想假如这个世界上真的存在所谓的地狱，地狱就应该是如此的模样——

虽然你熟知眼前的这个世界，可这个世界呈现在你面前的，全是你所畏惧厌恶的一切。

可是倘若真的存在罪与罚的天使，是她令我陷入这种孤独虚无之镜。

我也绝不甘心乖乖接受。

因为我自认为，我从来没有做过任何违背良知的事情，应该承担如此责罚。

我决心寻找真相。

在放学的时候，我自然不必奢望朋友们像平时那样对我说："思贤，我们一起吃午饭吧。"

虽然现在不该是担心这种事情的时候，可我还是想问——

就算我这个存在出现了偏差，为什么平时关系那么亲密的飞羽和蓉蓉，在吃午饭的时候竟然各走各的？

就在这时，我的手机接到了一条短信。

"亲爱的思贤，你所购买的 Excalibur 雨伞已经正在派送中，快递公司为宝通快递，快递员小哥 XXX 电话号码为 XXX，请保持手机畅通，您所喜欢的宝贝将在今天送达您的手中。"

我心中一颤，关于这把雨伞的事情我记得非常清楚！

它是我为了答谢白骑士团而购买的礼物之一，是送给飞羽的。飞羽平时为了保护我，和坏男生们奋勇作战，不知道打烂了多少把折伞，所以我给她网购了一把伞柄和外形设计成"誓约胜利之剑 Excalibur"的长雨伞，因为觉得飞羽富有骑士道精神而且十分认真的模样和 Saber 有几分相似，当时就觉得这把伞和她气场很搭。

这是这个封冻的平行世界仅存的一丝裂隙。

我大声喊飞羽的名字，飞羽停下脚步，却没有回头。

“快递员把你的礼物送来了。我知道我亲自交给你的话，你一定不想要。所以你自己去校门口拿吧！”

“我觉得恐怕没这个必要了，是什么东西你拒收让它原路寄回去就好。”

“我想你一定会喜欢那件礼物的。”

“那也与我没什么关系。”飞羽冷冷地说，马尾辫轻轻摇晃。

我握着拳头，不甘心就这样碰钉子，死缠烂打地说：“如果是朋友送给你的礼物，你会收下吧。”

“但我和你并不是朋友。”

“啊，我知道，以我和你现在的关系，我就算把这笔钱用来买两个炸鸡桶当你面吃掉也不会给你买礼物的。”我故意装得十分强硬地说，“但不好意思！这个礼物是星期一买的！是在你笑着冲进教室跳跃着告诉我拿到了第一名的时候，我由于内心对你十分感激，于是偷偷买的！那个时候我们还是朋友，所以你没有理由不收下它！”

飞羽冷冷地说道：“哼，强词夺理。”

是“强词夺理”，而不是“你在说什么，我们之间有发生过这种事情吗”。

“我以为你不记得，看来你是记得的嘛。”我快速走了几步，和飞羽拉近距离，说道，“那么在湖边小屋你我蓉蓉三个人一同吃蛋糕，在篮球场上你我明浩一同看着雨后的夕阳，这些事情你也还记得吧！”

“你到底想说些什么！”飞羽终于回过头来，眉毛蹙起，眼神愤恨而冷酷，“你不要再妄想我会和你这种人做朋友了好吗！”

“我哪种人？飞羽，你好好问自己，我有对你做过不好的事情吗！看在昔日友情的分上，告诉我一声这到底是怎么回事都不可以吗！”

飞羽左手凛然一挥，扔出一张纸片把树上的冰挂打裂。

“假装失忆有意思吗？就算是失忆，你去找神经科医生啊，你就别来烦我了好吗！”

医生？嘿嘿，谢谢你了飞羽。没想到我在第一天来到兰帝高中的时候，第一个带我走出困境的人是你，在今天第一个给我带来一丝光明的人，仍然是你。

“听上去似乎是失忆症状。似乎你昨天经历了强烈的精神冲击，又在你血液中检测出镇定药物的成分，或许这就是导致你短暂失忆的原因。”

校医院的医生是个温柔的大姐姐，她倾听完我的描述之后，叹气道：“你真的不记得星期二，也就是昨天，到底发生了什么事吗？”

“医生，你能告诉我吗？”

医生姐姐悠然将腿跷起，头侧向左边枕着靠在桌上的左手，微笑说：“所谓失忆，很多时候是一种人类精神层面的自我保护机制。大脑不想留住这段记忆，很有可能是因为这段记忆会带来严重的心理创伤，所以大脑便开启熔断机制，把这段不愉快的记忆彻底清除。所以说由我来诉说你拼命忘记的事情，对我而言不是一个好的建议呢。”

我自嘲地笑笑：“可是再困难的事情，我转眼忘掉，也不见得现在就过得很开心呢。”

“总之思贤同学，你暂且宽心，记不住的事情还是不要强行回忆为好。幸好现在大概不会有人愿意和你促膝长谈吧，真不知道这到底是幸运还是不幸。”

医生摘下眼镜轻轻一撩蓬松的栗子色卷发：“总之有什么解不开的心结，都可以找我来聊。别看我只是一介校医，我也是学校聘请的临床内科和实用心理学双料博士。这是你的病例，下次来找我的时候记得带上，我虽然蛮厉害的，却有一个弱点。”

医生用圆珠笔轻轻敲自己的脑门：“就是记性不太好。”

对哦！

所谓好记性抵不过烂笔头，我拼了老命都想不起来的缺失记忆，既然医生说那是一件大事，肯定有书记官把这件事记录在案。

就算任何人都因为嫌弃而不想和我说话，难道我还不能自己去查卷宗吗！

我今天早晨是在别墅行宫醒过来的，大概是因为昨天吃下镇静药物以后，就在那里睡过去了，当时在屋里的人们没有办法，又完全不想背我去男生宿舍，就将就留我在那里睡了最后一个晚上，而现在我猜我大概永远都不能接近那个豪华的别墅了吧。

我没有学生卡，意味着我午饭都吃不成，正好趁大家吃饭的时候在阴沉的中午在树林里摸索着前进。走进“别墅行宫”，看到我平时使用过的日常用品被当成垃圾一样乱七八糟地丢在雪地里，不禁怒从心头起。

负责扔东西的是两个男生，两人骂骂咧咧一通抱怨，说：“瞧瞧，思贤真是个变态，竟然会买美少女手办，啧啧。”

我记得你们两个，在宿舍里贴靓娘的海报，还偷偷去舔，正好被人看个正着，就你们两位仁兄赠我的变态二字，在下当原数返回，并甘拜下风。

“也不知道那百万事业资金他到底贪污了多少，这些东西肯定全部都是拿事业资金买来的吧？女皇陛下应该追查一下这件事啊。哎，这几天对那位失德皇帝进行检举的话，就会重重有赏，咱们可以拿着这些东西去向女皇陛下检举思贤贪污，一准能成。”

没想到我完蛋归完蛋，还能发挥余热为这帮家伙提供升官发财的路子。

“真没想到思贤这家伙居然有那么多破玩意儿，总算是全部丢出来了，咱们走吧。”

我火冒三丈地握紧拳头，却只好强行忍住怒气，捡起一个小萌送我的狗狗布偶从开着的窗户那扔进书房，正正好好落在办公桌上。

然后我挺直腰杆大步从正门朝“别墅行宫”往里走。

“喂，站住。你如今已经不是皇帝了，没有进入“别墅行宫”的许可。”

我面不改色地答道：“我知道我不能住这了。所以我来搬东西回宿舍。”

“用不着你亲自动手了。”负责扔东西的男生说，“地上这些就是，你随便捡。”

我冷笑道：“但我有好些东西都被你们藏起来了，是不是你们想从中捞一笔。”

“说话注意点啊，谁想要你这些垃圾啊！”

“书房桌子上那玩具不是我的吗？”

男生侧眼看去，果然那个狗狗布偶端端正正地放在办公桌上，他不由得挠了挠头，纳闷道：“我记得我把你的东西都拿出来扔掉了啊。”

“你知道哪些东西是我的？我在这住了多久，到底留下多少私人物品在这边，你们能搞清楚吗？书桌上的毛绒玩具是我的，卧室里的小夜灯和蓝牙音箱，图书室里的新漫画书，都是我自己掏钱买的，我当然要来全部搬走。”

那哥们儿十分犹豫，我强硬地说：“起开，我把东西拿上立刻就走。”

“可是……”

他的同伴劝他说：“就让这家伙去拿吧，说真的我们确实不知道他到底有多少东西留在‘别墅行宫’里面，要是没收拾干净，女皇陛下来看见一定会很生气的。”

“行，那就给你十分钟的时间，我们会在门口盯着你的。”

我装模作样地走进屋里，先拿了个大口袋，把刚刚在地上捡来藏在身上的一些小玩意儿假装从书架上拿下来装进袋子，那两个男生便当真相信我是进来收拾个人物品的，于是变得有些松懈。

接着我故意在书房和卧室磨蹭了一两分钟，然后心怦怦跳提着袋子直奔图书室。

图书室是收藏书籍的地方，高三年级的重大历史事件的记录文件也安放在这里。

我快步走过书桌，书桌上放满了书籍，不但有一本《帝王条例》，而且旁边翻开的书本上，正好翻到“《帝王条例》第二十一条由皇后取代皇帝的特别政令的具体实施手法”，另外有一本笔记本，上面抄录着史上几个皇帝被逼退位而皇后进位为女皇的例子，虽然字迹凌乱，我却认得那是蓉蓉的笔迹。

蓉蓉竟然在我不知道的时候，偷偷研究《帝王条例》的第二十一条？

当初乔治恶意误导我，让我翻到这一章，并因此在潜意识里对蓉蓉心生嫌隙的时候，我感到后悔不迭，巴不得从来没看过这些内容才好。

反倒是蓉蓉，竟然在后来又无比认真地研究这些事情吗？

我心事沉重，不想再浪费时间，直接冲到档案架上，把最新的卷宗抽了出来。

《针对思贤皇帝失德一事，高三内阁启动特别弹劾机制，并启用皇后进位条例的全过程记录档案》。

就是这一本了。

我咬着牙飞快地把棉线扯开，着急地把厚厚的A4纸打印文档翻开，文档上竟然图文并茂地记载着一个令我无比震惊的消息！

星期二清晨，由皇后蓉蓉流着泪公开事实——

“不论是我也好，还有白骑士团的大家，每个人都不相信球场打架事件，如乔治所说，是你故意找以前高中的同学来揍明浩，一方面希望弄伤他的双手让他无法在投篮比赛上胜过你，另一方面假装帮他解围，以这种方式收买人心。”

“我们花了一整夜调查此事，只为了证明这件事是乔治的污蔑，证明你作为皇帝根本没有任何德行有亏的地方，可是没想到调查的真相却是……”

蓉蓉指着我对大家说：“这一切竟然全部都是真的！竟然都是你为了收买人心，为了用伪造出来的纯良无害的面孔打动大家，而暗中实施的诡计！”

我无比惊诧，向后倒退靠在书架上，觉得胸口窒息，宛如身处幽深的海底之中。图书室紧闭的窗户将白雪倒映的刺眼光芒，变成冰冷压抑的深蓝色投在墙壁上，令这座图书室给我带来一种海底囚牢一般沉重而逼仄的感觉。

竟然是蓉蓉……亲口告诉大家乔治对我的污蔑所言不虚？

这个世界究竟为何变得如此扭曲？

我调整呼吸继续读下去，昨天被蓉蓉强硬指责，我当然抵死不认，本来就不该承认，因为这件事情本身就是子虚乌有！

蓉蓉找来那八个“帮我打明浩”的同学，不过他们并不是我以前高中的学生，而是兰帝高中的高三学生！

他们满脸羞惭，十分沉痛地说道："我们也是听思贤说，在兰帝高中有人威胁他要揍他，那么作为以前的朋友，就只好出面帮忙。思贤又说，要打的人名字叫明浩，也用不着把他打成怎样，让他手臂受伤就知道教训了。又约好说等思贤假装帮助明浩的时候，就等于告诉我们可以撤了。后来冒出来一个女生拿折伞把我们打了一顿，思贤还专门请我们吃饭赔不是，说这纯粹是意外，并希望我们对这件事守口如瓶。"

蓉蓉竟然能找到并不存在的八个所谓的"混混"？

难不成这八个人是乔治故意送来扰乱蓉蓉的吗？

不，以我对蓉蓉的了解，就算是乔治当真找来八个人，声称"没错那一架就是思贤让我们打的"，蓉蓉也一定会据理力争，说"随便找八个人来冒充当天的混混有什么难？我还可以另外找八个人告诉大家，当天的打架事件是你乔治授意的呢！如果你试图作伪证，我一定让月鹿开启庭辩环节，让你的丑恶嘴脸在全校师生面前曝光！"

而现在的情况竟然是，找到证据证明我是坏人的，是蓉蓉本人。

这只能证明……

或许我根本就不了解蓉蓉。

当时的我"由于阴谋被披露而无话可说"。实际上应该是蓉蓉突然的背叛让我震惊到说不出话来，竟然无法采取有效的反驳。事实上我猜辩驳也不会有用，大概连蓉蓉都开始认为我是坏人的时候，这件事就已经彻底不可逆转了——

因为基本上在兰帝高中，是个人都知道蓉蓉是我的皇后，从一开始就对我无比信任，对我十分偏袒，凡是对我有利的事情不论有理无理，蓉蓉都愿意去努力争取。代表着拥护派和保守派进行不懈斗争，专门组建白骑士团为我开小灶，为了让我数学拿到高分，亲自为我设计了最合理的"基础题战略"，而且习题集上每一道题都是自己在参考书上精选并手写下来打印成册的。为了不让我在对付七学委的时候分心，自己有天大的委屈只是默默藏了起来，孤单地寻找保全白骑士团不受“误国处置”影响的方法，不希望她认为我有可能输的想法，被我看在眼里于是刺伤可怜的自尊心。而故事的最后，蓉蓉果然一手扶持着我，让我拿到月考的年级第一，依照和保守派的赌约，本来“我成为名正言顺的皇帝”已经是一个笃定的事实。就算乔治跳出来添堵的时候，蓉蓉也丝毫不肯相信乔治的话语，还因为无法查到监控录像而难过地痛哭。

假如这世界上唯有一个人不会背叛我，这个人必然是蓉蓉。

所以当世界上对你最好的人已经背弃你的时候，连这个世界也会一并背弃你。从她失望地流着泪说我是个伪君子的那一秒开始，同学们无论原先持着怎样的立场，都会同情蓉蓉的遭遇，都会痛恨诡计多端的我，都会对蓉蓉的指控深信不疑！

只用了不到一个上午的时间，蓉蓉就轻巧地把我一直想实现却无法实现的夙愿办到了。高三年级从此再也不分拥护派和保守派，只有憎恨“阴谋家皇帝”的人。大家一边同情地安慰着蓉蓉说，人这辈子总能遇到个把渣男的，这件事情不必往心里去，为我这种人生气十分不值当，一边让澎湃的怒火化为足以将我彻底烧成渣的烈焰，群情激愤得甚至下午的课都不上了，全年级同学一同请命要求我这位皇帝下台，如果不是老师努力维持秩序，不是月鹿号召大家要有法治精神，说不定我直接被绑在台上遭受声讨也是有可能的。

蓉蓉就是在这种混乱的局面下临危受命，在明浩、七学委和众位师生的一致支持下，实施《帝王条例》第二十一条，从皇后身份进位为女皇身份，行使一切皇帝职阶所拥有的特权。而我的皇帝卡，就是她悲伤痛哭着亲手收走的。

之后蓉蓉为了平息众怒，下令任何人不得对我泄私愤，对我的处罚应该由月鹿通过法律程序来核定。蓉蓉检讨自己之前识人不明，愿意与一直和我进行不懈斗争的保守派明浩共同处理事务，于是明浩被委以重任，而明浩也表达愿意尽力辅佐这位新女皇。而乔治由于检举有功，也被升格为国家重臣。

而我，据文档记录的文字，是说我由于受到重大打击，在晚上被勒令搬出“别墅行宫”的时候，竟然言行狂悖大放厥词，有暴力狂躁倾向，所以不得已只好由明浩将我按住，由白骑士帮我喂下镇定类药物，其实就是安眠药。由于我昏睡过去，蓉蓉准许我在“别墅行宫”住最后一个晚上，话音刚落便天降大雪，十米开外不能视物。

那能不下雪吗？在这个故事里，我可是比窦娥还冤。

卷宗里有一张手机储存卡，标明是昨天晚上用手机录下的场景。

事到如今我也没什么忐忑不安，在哀莫大于心死的时候，反而显得异常镇定，就像看发生在别人身上的故事一样，我平静地看着这份录影。

我挣扎着对蓉蓉说：“蓉蓉！昨天咱们不是还在一起吃宵夜吗！不是还在一起努力地寻找乔治撒谎的证据吗！为什么到了今天事情会变成这种结局！为什么你会坚定地认为是我欺骗大家！难不成是你过于忧虑，所以精神崩溃了？或者说你是中邪了吗！”

蓉蓉肩膀微微颤抖：“住嘴！我看是你中邪了还差不多吧！之前我竟然被你这种人鬼迷心窍，实在是一生的耻辱。”

“我有没有亏待过你？蓉蓉！你根本没必要做这种事情！假如你真的那么想戴上皇帝的冠冕，你早点说一声，我一定会双手奉上的！”

“住嘴住嘴！”蓉蓉气得跺脚，“这家伙已经开始胡言乱语了，我实在是听不下去了！明浩，白骑士团，让他走！我的‘别墅行宫’实在是容不下这种狂妄的家伙！”

明浩轻蔑地说：“别啊陛下，我可不想背这家伙去男生宿舍。万一有同学误以为我和他关系蛮好怎么办？”

“啧，那就让他最后在这里睡一天。明天等他冷静一点，就让他立刻滚蛋。”

录影到这里戛然而止。

果然如医生所说，我的失忆症，是重大的精神创伤和安眠药共同作用的结果。而这份不知道是谁用颤抖的笔触写下来的文档，就是我所缺失的记忆。

所以今天我像个没事人一样去上学的时候，完全遗忘了昨天经历的剧变，才会有一种堕入平行世界甚至是堕入地狱的错觉。

我呼出大团白雾，窗户投下蓝色的光芒，窗棂的投影正好投在我身上，在对面的镜子里，我看到自己那呈现出痛苦扭曲的体态。

我终于明白我是被蓉蓉亲手打倒的。

可是这一切究竟是为什么呢？

就在这时图书室大门打开，两个人慢慢走到桌边，其中有一人疲惫地在书桌边坐下，说道："明浩，给我倒一杯红茶过来。"

"切，没想到你比之前那个皇帝还爱使唤人。"

是蓉蓉和明浩。

我蹲在暗处，似乎他们并没有瞧见我，而守在门口的两个男生也没告诉他们"思贤刚刚进图书室收东西了"，大概是担心蓉蓉知道他们私自放我进"别墅行宫"，一定不会给他们好果子吃，便一致保持沉默。

明浩把红茶端到桌上，蓉蓉慢慢端起茶杯，说道："虽然不够热，不过算了。明浩，你说那家伙是真的失忆了吗？"

"大概是吧，就昨天那种事情不管是谁，都会觉得能忘掉就最好了。"

"他的事姑且不提，嘻嘻。"蓉蓉微笑道，"但乔治那张脸你看到了吗？真的是笑死我了！他原本想通过各种阴谋自己变成皇帝，甚至也想过计谋失败大不了身败名裂，但当我们说他检举有功，把重臣的委任状递到他手里的时候，他惊讶得眼珠子都快瞪出来了！"

"是啊，一个打定主意要当大反派的人，原本做好了成王败寇的打算，谁知道结局他既不是王也不是寇，反而变成了一个大好人，这种事情无论发生在谁身上，肯定都得蒙。"

蓉蓉跷腿道："是啊，他自己从来没想过自己费尽心机，最后却是为他人做嫁衣裳。要不是他在最后关头拼死反咬思贤，我们哪能找到那么方便的理由证明思贤失德呢？"

"是啊，这就叫鹬蚌相争渔人得利。"明浩笑道。

蓉蓉咯咯娇笑着说："我还记得，昨天早上说找到了那八个混混，乔治还吓了一大跳，我问他，找到这八个人就能证明你没有说谎，你难道不开心吗？乔治言不由衷地眨着眼睛说，开心，我特别开心啊，哈哈哈哈，那个样子差点让我笑场，要知道昨天早上我讲道理是必须演一出哭戏的。"

蓉蓉一边说一边模仿乔治那副道貌岸然又无比惶恐的模样，笑得十分开怀。

"大概直到现在那家伙和思贤依然搞不清楚这到底是怎么一回事吧。"

"没错，他们一定不知道，其实打从一开始，我就誓将皇帝的权柄，变成自己的囊中之物。多谢你了明浩，你能陪我把这盘大棋下到今天也挺不容易的。"

明浩扬着嘴角说："别忘了兑现你答应的承诺就可以了，盟友大人。"

蓉蓉和明浩，竟然是盟友关系？！

难道说他们两个……从我来到兰帝的第一天开始，就盘算着要摘下我头顶上的皇冠吗！

原来真正的终极 Boss，并不是乔治，而是蓉蓉吗！

我头晕目眩，手脚冰冷而全身颤抖，只能用力捂着嘴巴，不让急促的呼吸声被他们听到。

原来是这么回事，打从一开始这就是一盘大棋。想夺走皇帝之卡的人有无数，但隐藏最深也最终获胜的，是皇后蓉蓉。

原本以为不可一世的宿敌明浩，也不过是她的小小跟班而已。

想要取代皇帝而成为女皇，前提条件是必须存在一位合法的皇帝。

所以蓉蓉对我极好，努力扶持我将这个位子坐稳，不过是为了给她自己找一块稳靠的垫脚石而已。本来他们只需要等大家都解释我是皇帝的事实，在证明我才德不足以服众，我就只好退位让贤，让蓉蓉担任女皇。

可是没想到乔治在中间横插一杠，鼓动我通过月考决胜负，所以蓉蓉和明浩就着急了，因为皇位会因此而产生变数，而一旦皇位落到别人手里，可不一定会像天真的我那么好对付。

所以蓉蓉会真心实意地希望我赢得月考，中间乔治误导我去读《帝王条例》，我对蓉蓉产生怀疑的时候，按理说明明站在敌对方的明浩，竟然会站出来用激将法帮我，也会努力让我全心全意地相信蓉蓉。我当时坚信这一切都是因为友情和信任。

而现在我明白了，这一切只是为了不让夺取皇位的计划出现偏差。

同时在帮助我赢得月考的过程中，全校师生都形成了“蓉蓉是思贤最忠诚的伙伴”的观念，相信蓉蓉对我是一片真心。

出成绩以后，拙劣的篡位者乔治因为第二名的高分，再也藏不住那赤裸裸的野心。在被众人质疑的时候，以困兽之斗的架势，对我进行诋毁，明明只是“你不让我痛快，我也不让你痛快”的低劣戏码，乔治都不打算靠这个来扳倒我，大概只能恶心我。

可是当蓉蓉出面证明乔治的诋毁是“真话”的时候，立刻就会对我造成毁灭性的打击。

可怜乔治殚精竭虑搜索枯肠，用尽那么多计策想要实现自己称帝的野心，最终不过落得个“功臣”的下场。而蓉蓉不费吹灰之力，甚至没有令自己的双手沾上硝烟，就赢得了自己的国家。

无比讽刺地，还必须接受蓉蓉的“谢意”，成为蓉蓉“重用”的大臣。

可是我直到现在仍然不愿意相信这样的故事。蓉蓉她只是普普通通的高中女生而已，在本该天真善良充满烂漫心情的年纪，竟然每一天都在试图重现武则天一统江山的故事吗！

兰帝高中难道真的是一座大染缸，难道只要来到这里，人性之善总是无法幸存，人性必将染上黑暗的色彩吗？

想到这里我不禁往后一靠，书架上的书籍扑啦啦掉下来。蓉蓉和明浩立刻警觉地转过头来看着我，神情十分紧张。我本该感到害怕，却在看到他们脸上表情的时候，不知为何竟然想哈哈大笑。

“哈哈哈哈！”我捂着额头放开了笑。

蓉蓉皱着眉头：“你笑什么？”

“我是笑我……”我捂着肚子艰难地说，“堂堂一个男子汉，居然会为了这种事情受到刺激！还竟然失忆！这到底有什么大不了的嘛，不就是你们花了一两个月仔细谋划，把本来就不知道为什么会落到我手里的皇帝卡抢走了而已。”

我略略调匀气息：“就好像几个聪明的骗子，看见乡下小孩喂鸡的破瓷碗竟然是康熙年间的古董，为了骗这碗，一会儿说自己是教育专家，一会儿说自己是房产局的，花大价钱搞得西装革履，还请人量人家的房屋面积，一圈下来十好几万花出去了，总算把孩子手里的喂鸡破碗弄到手，高兴得跟什么似的。”

我接着又忍不住大笑：“可是他们不知道，其实原本只需要把孩子家的鸡全部买走，就可以顺便把喂鸡的破碗一起拿走了！他们竟然费了这么大劲还自以为聪明，你们觉得可笑不可笑！”

没错，我就是那个乡下的小孩，我不懂什么叫价值连城的康熙古物，皇冠之于我，就如同喂鸡的破碗。之所以孩子觉得破碗还有那么点用处，是因为可以拿来喂鸡。我之所以不放弃皇位，是因为天真地以为这份权力可以用来帮到朋友，倒还真不是觉得我能以皇帝身份办什么了不得的大事，能为自己带来多大好处。

没有鸡需要喂的时候，碗也就没有作用了。

蓉蓉他们可笑就可笑在，太懂这皇位的价值了，所以就没想明白一件最简单的事情——

倘若一开始就告诉我“思贤，你别费劲了，你身边并没有需要你真诚帮助的朋友，把你的皇帝卡交出来吧”，以我只想好好学习怕麻烦的性格，一定会不当回事地把皇位让给蓉蓉。

而最讽刺的事情就是，第一次让我觉得皇帝身份还有点用的，恰好就是在夜半摇滚事件里，我借助了皇帝号召力，呼吁大家站起来反抗摇滚乐队，从而帮到了不堪困扰的蓉蓉。

是因为当我以皇帝的身份站出来的时候，我看到了她欣慰的笑容。

要是看不到那甜美的笑容，后面的故事可能都不存在。

蓉蓉把眼睛藏在刘海下面：“‘别墅行宫’……不是你这种人可以随

便参观的地方！”

“啊？原来如此。我当皇帝的时候倒是没立下这种小气的规矩，真是不好意思。”

蓉蓉声音发抖：“明浩！把这家伙带走！必须让他明白，现在已经不是那个他可以为所欲为的时代了！”

到了下午，蓉蓉竟然在放学后举办了一场对我及其支持者的声讨大会。

“我决心效仿《邹忌讽齐王纳谏》的故事，希望能够开言路，将之前思贤造成的扭曲和过失全部拉回正轨。所以大家对以前思贤的行为有什么不满，还请不吝赐教，好让我引以为戒。”

我笑了，《邹忌讽齐王纳谏》的故事，说的是邹忌希望大臣们敢于直言上谏，指出当朝大王的弊政，而不是拿前任大王当孙子一样骂。

一开始大家面面相觑，仿佛他们也是不信为什么突然蓉蓉会做得这样绝，明明两三天前我和她还是朋友，现在她却要发动全年级同学来找我的不是，大家觉得恐怕有诈，好一会儿都没有人开口。

在故事一开始给我添堵的“督查者”华靖同学，在今天开启了对我的声讨。

“思贤他在其位不谋其政，对高二年级的打压一直没有采取对策，没有领导我们夺回属于高三年级的诸多权益，实在是不值得信赖。”

大家安静地观察蓉蓉的态度，没想到蓉蓉果然说话算话，点头道：“华靖同学的说法有些道理，明浩，给他的学生卡充值 100 块钱作为奖励吧。”

于是大家就激动起来了，只要批评我就能拿到好处，要么得到红包，要么可以当班干部，所以不管有没有道理，是不是造谣，大家一股脑儿都开始批评起我来。倘若我是个驻足聆听的路人，我也会觉得这个思贤真是无道昏君。

在帮助蓉蓉对付摇滚乐团的时候，差点害我被宿管阿姨抓住的辫子姑娘跳起来说：“女生宿舍天井那件事情，其实思贤本意不是帮助同学，而是他真的有变装潜入女生宿舍的恶趣味，想偷看女孩子们。后来之所以站出来对付摇滚乐团，是为了替自己的变态行为找借口。”

“好，你的观察很机敏。从今往后由你来管理女生宿舍的纪律。”

至于我搞特殊化住大别墅，坐拥一堆美少女，那更是黑得不能再黑的历史。

后来这些人实在找不到说的了，就说“思贤洗澡比别人要多用三分钟，这种浪费国家水资源的行为实在令人发指”，或者“思贤那一丝不苟的发型看上去就很讨人厌，每天花这么多时间来打理头发可见根本就不勤政爱民”。

我晕，我头发天生就不爱打卷，也是我的错咯！

后面就更像相声了，什么思贤三大爱好，抽烟喝酒烫头，哦不，动漫游戏美少女，实在是低俗。什么思贤炫富，喝酸奶虽然舔盖子，但也只舔盖子，整罐酸奶喝都不喝一口就扔进垃圾桶里。

我的天，把没喝的酸奶当垃圾扔掉，那是因为我每天熬夜做题做蒙圈了好吗！蓉蓉不也干过这种事，吃糖炒栗子的时候，把栗子壳剥了堆在桌上，把栗子仁全扔垃圾桶里。

小萌举手道：“既然这样我也说一个吧。思贤他帮助流浪小动物，并不是热爱生命，而是希望组建猫骑士团帮他作战。”

站在她身边的瑶玲拉她的袖子：“小萌！你怎么可以这样说！”

小萌把手背在脑后：“怎么，我觉得就是这样的啊。思贤做事情是很功利的，并不是真的热心帮助同学。”

蓉蓉颔首威严地说：“说得不错，小萌。以后你的流浪小动物，我会给你专门的拨款。”

小萌双手合十笑道：“谢谢女皇陛下的恩典！”

蓉蓉冷冷地对瑶玲说：“你呢，你有什么话说没有？对了，你是文学宗师，说得不如写得好。既然如此，不如写一篇檄文，来历数思贤的不是，务必要写得文采斐然、情致动人。”

瑶玲轻轻摇晃着蘑菇头，握着拳头小声说：“对不起……我写不了。”

“你写不了？”

瑶玲猛然抬起头，眼角挂着晶莹的泪珠，大声说："没错！批判思贤的文章我写不了！"

"他的确是帮助过你，但那主要也是月鹿的功劳，他只是说一声让大家出力，假如这也能叫申张正义，瑶玲，在你眼里好人的标准也太低了。"

瑶玲用力摇头："你们都认为思贤是坏人，就自己写檄文好了！我并不这样想，所以我肯定不写！"

大家的敌意集中到瑶玲身上，连我都不禁着急，就我现在这样了，浑身鼻青脸肿的很不在意被蚊子叮，倒是瑶玲何必要和大家对着干，实在是太不值了。

所以我大声说："瑶玲，我帮你对付汐夜，只是为了让你更加卖力地为我补课。不然谁管你啊！"

"不对，这不是你的真心话！"

"别由着自己性子办事！"我大吼，"现在看上去像是一个友情能战胜困难的局面吗？"

蓉蓉挥手示意大家安静，说道："够了。瑶玲，你想要支持思贤，就尽管支持去吧。人人都有言论自由，我也不会难为你。其他人还有什么进言还请继续。"

声讨大会成果颇丰，女皇陛下通过评判大家骂我的水平，厚赏了十几个人，对其中骂得角度新奇别具匠心的同学，还奖励了官职，又多了好几个大人。

而那八个站出来指出是我指使他们打明浩的男生，更是得到了奖赏，蓉蓉的理由是知错能改善莫大焉，能为自己犯下的罪行忏悔，能及时和以前的皇帝划清界限，是很值得嘉奖的行为。蓉蓉亲口说，是希望把他们八个人立为榜样，让同学们相信只要忠诚于自己，前途就将无限光明。

作为理科生，我虽然不懂多少历史，但我当皇帝的时候起码不会乱封官职，不允许任何人用伤害他人的方式为自己谋利。

只是我没想到，一向法治精神十足的月鹿，这一次竟然也选择了沉默。

蓉蓉新皇上任，动用职权让老师们将一天的晚自习用来播放电影《疯狂动物城》，我当然是没资格看的，因为我要“戴罪立功”，在教具室整理乱七八糟的学习用品。

这间荒废好久的屋子竟然连电灯都点不亮，我只能借着清冷的雪光，勉强打扫房间。

我提起扫把狠狠地卷走墙角的蜘蛛丝，落下的尘土令瑶玲咳嗽不停。

“你出去吧，瑶玲，这里交给我就好。”

呵呵，说好的言论自由不为难瑶玲，到最后不还是把她发落到这里来了？

“门口有同学监督，不允许我们偷懒的。”瑶玲摇头道。

我无奈地叹气，苦笑着说：“瑶玲，识时务者为俊杰，如今大家只怕手里没我一点黑历史，不能在改朝换代的关头捞到半点好处，你干吗要跳出来为我说话。”

瑶玲温柔地点头笑笑：“古有祢正平裸衣骂贼，如今我也算是一个文人士子，为思贤说几句公道话也是应该的。”

我不禁肃然起敬，没想到平时最爱哭、性子最弱的瑶玲，在要紧关头却是最有骨气的孩子。

瑶玲不好意思地红着脸问：“思贤是不是觉得……我以祢衡自居，实在是自高自大。毕竟我并没有骂曹操的勇气，也并没有裸衣……”

用不着裸衣！我没想到瑶玲竟然也会有一言不合就发车的时候！

看电影的同学们传来阵阵笑声，更令我们这间只有两个人的漆黑小屋显得孤冷凄清。

“思贤，接下来你会怎么办呢？”

我把蛛网清理干净以后，扶着扫把坐在堆着灰尘的纸箱上，看到夜空下风雪疾走，而苍松傲然伫立，在白雪几乎完全覆盖枝头的关头，恰巧是松柏抖落积雪，并再次露出苍翠枝叶的机会。眼前的雪景不知为何令我心中不再难过，反而平添一分豪迈。

“可能我要起义吧。”

“起……起义？”瑶玲吃惊地跳了起来。

我点点头：“很明显我和你现在这种状况，称得上是遭到了校园霸凌事件吧？那么多人用言语攻击我们，大家看电影也不让我们看，大雪的天气让我们打扫卫生，连个灯都没有，还找人在门外盯着，控制我们的人身自由。怎么看都觉得不对劲吧？这种事情要是发微博，明天教育局和公安局的人就得来。你信吗？”

“我……我信的。”

“我这个人呢，没别的优点，就是三观不歪。从小看见大家欺负班上的孩子，我都会站出来为他说话。要是大家孤立某个人，我就会专门去和他做朋友。这些经历让我明白，被欺负、被孤立的孩子，未必不善良，未必不有趣，甚至不一定不卫生，不一定穷，也不一定丑，却几乎都不是坏人。”

我爽朗地笑笑：“没想到现在轮到我被孤立了。我帮帮自己，没问题吧。”

瑶玲不安地把手放在胸前，突然问道：“所以思贤你不再喜欢蓉蓉了吗？”

空气刹那间凝结，这世界安静得可以听到雪花落在雪地上的声音。

“喜欢的。”我轻声答道。

“那为什么……”

“喜欢她，就必须看着她继续胡闹下去吗？就应该纵容她歪曲事实，然后我默默承受吗？就该心甘情愿地献出皇帝卡，来实现她一切合理与不合理的心愿吗？”

瑶玲吃惊地圆睁着眼睛。

“再尊贵的女皇，最多也只能再当一年。但人生的道路却还很长。蓉蓉在兰帝高中获得不少经验，比如说，只要善于使用阴谋诡计就能获得权力与地位，又比如说，用伪装的善良可以获得别人的信任，从而得知他的弱点。如果她把这些歪理牢记在心，带到未来的大学和生活中去……”

我握紧拳头，用力砸在木箱上，大声说：“总有一天她会吃到苦头的！”

“思贤……”

“所以我虽然喜欢她，却仍然要反对她。虽然说出来很矛盾，但这就是我必须做的事情。”

我拿起扫把站起来拍去身上的尘土，示意瑶玲跟上我的脚步，满脸堆笑地走出大门，对看守我们的同学说：“教具室已经打扫好了。接下来我还要去做什么？”

同学愣愣地答道：“不用做什么了啊。”

“但是女皇陛下的命令是，我打扫完教具室，还要去帮其他打扫卫生的同学，把全部事情做完才可以休息。”

“是这样吗？”

我笑着说：“不过，要是你们觉得我可以休息了，我会非常开心的。”

同学当然害怕蓉蓉追究他们“让我偷懒”的过失，所以虽然命令明明没让他们派我去干额外的工作，他们还是不假思索地说道：“三楼的教师办公室、四楼的卫生间、五楼的小花坛，都有人在打扫。那些同学都是吃了你的亏，你去帮他们也是应该的。”

“没错没错，说得很对。”我指着教具室，说道，“麻烦你们看看我们扫干净没有。”

“你这不是基本啥也没扫吗！”两个同学站在屋内说。

然后我果断把铁门反手一带，把扫帚别在门把手上，这两个兄弟把门擂得山响，也只是淹没在大家被闪电树懒逗乐的欢笑声中。

而我在走廊上快速奔跑，只要和那些因言获罪的同学们相见——

就有可能在这个无比黑暗的时代吹响反攻的号角。

“思贤？你……”

“大家放下手中的扫把和抹布。”我大声疾呼，“我们犯下什么错了，凭什么要受罚？”

大家默然不语，并没有立刻燃起斗志。

我问一个身材娇小的女生："你为什么不和大家一起看动画，要冒着雪捡花坛里的垃圾。"

"因为我质疑说……选拔官员要看才干和品德，不能单纯只看谁反对思贤更加厉害……"

"你觉得你的观点有错吗？"我瞪着眼睛问。

女生眼中闪过坚定的光芒："我的职阶是'御使'，特殊能力是可以考核官员们的素质和品德，我坚信我的观点并没有错。"

"那么你呢？"我把手伸向一个高高帅帅的男生。

"我的职阶是'私家侦探'，我只想知道，思贤如果当天真的想把明浩双手打伤，找这八个男生到底够不够格。我不是有意歧视，可是他们八个，身高最高的不超过一米七，分明那体格不像是能打的家伙。"

这时有一个粗重的声音嚷道："说得没错！那八个猥琐男，谁知道他们是不是真的帮思贤揍过明浩啊，随口吹个牛谁不会，靠几句话竟然就鸡犬升天了，现在天天骑在老子头上撒尿。反而老子这个一直和思贤对抗到底的人，今天竟然一点奖励都没有！"

我黑着脸指着他说："诸位，我们中间出现了一个奸细，如果他在这，今天我们的计划就都会暴露。"

那个粗声大气的家伙就是"炮灰"子溪。他确实一直和我对着干，奇怪的是，蓉蓉宁愿赏赐那八个莫名其妙的同学，也没有赏他，他气不过抱怨了几句，就被罚到这边来了。

子溪吓得屁滚尿流，我不禁感到十分痛快，然后微笑着说："开玩笑的！"

私家侦探少年敏锐地问："子溪，你觉得那八个同学并不是假装混混在球场揍明浩的人？"

子溪眨眨眼睛，他当然没法确定，他那张大嘴和脑子历来有半个钟头的时差，基本上所有话都是张口就来不加考证，往往好久以后琢磨出来不对劲，才会说"我真讲过这种话"？

御使妹子托腮沉思："可是子溪这次的武断结论，听上去倒还有几分道理。我讲一种大胆的猜想，这八个人，或许有可能是蓉蓉安排来举报思贤的，他们不必真的参与过打架，假装自己打过架就够了。蓉蓉许诺事成之后给他们许多好处。而今天任命他们为干部，就是兑现当时的承诺。”

私家侦探少年小心地举起双手：“喂喂，你说这种话不怕大不敬啊。”

妹子莞尔一笑：“御使可不是那种只会歌功颂德的职阶啊。”

我钦佩地说：“没想到咱们年级直到现在也没失去敢讲真话的人。我实话告诉大家，我真不认得他们八个人，也从来没请人打过明浩。我知道我的话听上去很扯，毕竟我直到现在依然觉得蓉蓉会算计我这种设定也很扯。但是不好意思，事实就是这么残酷冰冷。”

“思贤……”

“所以我们站起来反对这一切吧。一方面是为我讨回公道，另一方面也是为自己，为每一个高三年级的学生，把这颠倒错乱的世界线彻底修正过来。我相信每一个站在这雪夜里默默扫除的同学，内心都仍然存在着这样的信念——”

我把拳头放在胸前，斗志昂扬地说：“这个属于蓉蓉的朝代，确实有很多地方是搞错了！”

御使和私家侦探微微一笑，一言不发地将右手放在胸前。

其他同学也放下劳动工具，轻轻把右手放在胸前。

子溪惊慌失措：“喂！你是要造反啊！”

“怎么，我当皇帝的时候你造反造得如同家常便饭一样，换我来一次就不可以？”

子溪擦擦额角流下的汗水，胖脸一阵红一阵白，一时无语。

“况且我也觉得，以你老兄的才干，实在比那八个混混强多了。你以前应该算扳倒我的中坚力量，不但能力极强，而且有先见之明，大家都觉得我是好人的时候，唯独你看我不顺眼，那么今天他们应该尊崇你为伟大先知才对。我要是蓉蓉，我应该给你英雄般的殊荣。没想到到了今天，你遇到那八个男生，还得卑躬屈膝，喊他们一声大人，连我都觉得很不公平。”

子溪气炸了肺，把右手猛然拍向胸前：“我干！思贤，你要造反算我一个！不让那八个臭小子哭着叫我哥哥我名字倒着写！”

原来怂恿子溪上战场竟然如此容易……我多少有点理解为什么乔治想给我添堵的时候，总是对这位炮灰同学情有独钟了。

我笑着说：“既然咱们达成共识，就是最坚定的盟友了。在修正扭曲之前，必须相互信赖，通力合作。”

御使大人抿嘴微笑：“如果你说的话都是真话，遭到蓉蓉背叛之后的你，仍然可以信赖别人吗？”

“要是不信赖别人，就连一丝翻盘的希望都不存在了。”

私家侦探叉腰昂然道：“我有点明白为什么思贤你之前能当皇帝了。逆境之中仍然毫不气馁，也不会因为看到别人阴谋诡计总能好使，就轻易改变自己愿意信赖同伴的处世准则。这件事情兄弟要为你点赞。那么我先说说我的观点，要想洗刷思贤身上的冤屈，突破口就是那八个男生。”

“没错，女皇陛下在这种时候赏赐这八个人，实在是过于自信了，说什么连他们都能得到赏赐便可以使天下归心，其实反而让不少同学心怀不满。如今这八个人在明处，我们在暗处，有的是暗中调查他们的机会。”

说得没错，之前蓉蓉急得痛哭不就是因为找不到那八个混混，而今八个混混已经被她自己搬上台面，我也觉得蓉蓉其实没必要让这八个人暴露身份的，倘若蓉蓉令他们八个匿名举报我，不影响将我扳倒的事实，还不会给我留下任何把柄。而如今这八个人过于招摇，实在是一个毫无必要的破绽，大概是她初登大位心情过于激动，心态膨胀而使出了昏招。

御使大人的话令所有人都十分振奋，就当我们自以为抓住了这最后一丁点小小的希望时，十多把手电筒的光柱忙乱地朝五楼小花坛扫来，最终定格在因为刺眼而抬手挡着眼睛的我身上。

蓉蓉披着兔毛斗篷，明浩在旁边为她撑伞，她和我隔着积雪的花坛遥遥对望。

“你可真是不得了啊。”蓉蓉眉毛微微抖动，“都到这时候了，还要做这些多余的事情！”

我在雪中早已白头：“阻止你继续走这条路，我只嫌太晚，并不觉得多余。”

“好，好。”蓉蓉气得发抖，“你蛊惑人心自有一套，要不然为什么能得到我的信赖！你都已经身败名裂了，竟然还可以集结起一小撮人为你卖命，思贤啊思贤，连我都有点佩服你了呢！”

“我说话为什么老是有人愿意相信……”我盯着蓉蓉的眼睛寸步不让，“是因为我从来都不说谎话！”

蓉蓉牙齿轻咬：“够了，你口口声声说最不愿意看到同学们彼此仇视，那你现在为什么要造反？”

“起码我是光明正大地造反，而不像你，在我们这群犯人中间，还要安插你的密探！”

御使和私家侦探不安地打量着同伴，想知道到底是谁在这么短的时间内就出卖了大家，让本该烈火燎原的大起义，在星星之火的阶段就被冰冷雪水无情浇灭。

“不要找了，是我……告诉蓉蓉的。”

瑶玲从蓉蓉身后慢慢走出来。

瑶玲？我才意识到来到五楼以后好大一会儿没和她说话，当时只顾着说服大家和我一同揭竿而起，没留意她的动向。

那是因为我根本不相信瑶玲会出卖我，我根本不相信一个威武不能屈，在大会上坚持不写檄文来责骂我的有风骨的小姑娘，会在这最要紧的关头把起义的秘密暴露出去！

我长叹一声，想指着瑶玲狠狠地说点什么，却最终只是无奈，用力将花坛上的白雪拍得四处纷飞，大声说：“瑶玲，在下佩服，原来各位都是老戏骨，在大会上哭着说这样的文章我写不来，是演戏给我看呢！是为了待在我身边探我口风呢！”

瑶玲哭泣着摇头：“不、不，我没有演戏！”

我不禁心软，不知自己该叹息出师未捷身先死，还是该叹息这校园里终究没有人值得托付真心，叹道：“那你告诉我，你为什么要这么做？”

瑶玲瘦小的身子不住抽动：“因为我不想看到你和蓉蓉……在无休止

的争斗之中，把相互之间的感情全部消磨殆尽了！”

我真怕蓉蓉大声说，感情这种东西，从一开始就不存在！

幸好蓉蓉只是眉毛蹙起，莫名悲伤地瞪了瑶玲一眼，最终没有说话。

我也感到浑身力气被抽离而去，难过地笑着说：“瑶玲，不是我不想停下来。你不知道我多渴望沉沉睡去，一觉醒来，咱们大家依然是曾经的模样，依然可以在一起欢笑。走得太远的人不是我，而是蓉蓉，所以这一次，你挡错人了。”

明浩将手一挥，几个男生架着我的双臂，也气势汹汹地瞪着我新认识的朋友们，让他们离开天台接受调查。

史官写到这一秒的时候，一定会记下这样的文字——

“废帝”思贤试图掀起的复辟行动，在午夜钟声敲响的时刻，未及实施便已宣告失败。

我以为我会特别惨，会被开除兰帝高中。

没想到我却享受到了乔治享受过的待遇。

昔日乔治指责我玩弄权谋，我虽然大怒却不能收拾他，只能眼睁睁看他作妖，还得派飞羽盯着他。我原本像㞞包一样不承认自己是坏人的时候，蓉蓉尚且可以开大会来指责我，而现在我真刀真枪地造反，蓉蓉反而不能拿我怎样，为了假装彰显实事求是的精神，在搞清楚事实之前，还得派飞羽来专门看护我。

“哟，飞羽，你喜不喜欢那把伞剑！”

飞羽汗毛倒竖地转过身去假装看别处。

“看来很喜欢，我看你把那把伞挂在椅子上呢。”

飞羽红着脸尴尬地对我说：“我说你脸皮也太厚了！”

“这不叫脸皮厚，这叫坦荡。”我悠然靠在松垮垮的椅背上，这张破椅子便发出吱呀的刺耳声音。

而瑶玲却没我这份死猪不怕开水烫的闲情逸致。

她的桌上放着一张本市云晴书店的五百元购书卡，是蓉蓉为了表彰她举报有功而送她的礼物。

可是瑶玲只是木然坐在桌边，不悲不喜，轻轻将购书卡推到旁边，然后眼睛直直地发愣。

我猜这份奖励对她而言，一定比天底下一切责罚都更加沉重。

瑶玲的故事告诉大家，蓉蓉其实是非常有气度的，不管之前大家立场如何，只要能及时和我划清界限，站出来反对我，哪怕之前和女皇陛下有敌对的历史都无所谓。所以渐渐地，那晚上愿意和我一同作战的同学们也渐渐归拢于蓉蓉麾下，我不怪他们，毕竟跟着我这个孤家寡人得不到任何好处，而蓉蓉许诺的奖赏，却一定能够用女皇的权威保证兑现。

一两天后，渐渐地这场风波平息下来，我也开始适应瘸腿的桌子，在上课的时候不再发出吱吱呀呀的声音，而蓉蓉除了赏赐那些讨厌我的人这一点外，其他时候也将这年级管理得井井有条，不知道她是有意还是无意，不少制度甚至和我在的时候没什么改变，很有几分萧规曹随的意思。

所以我只好努力说服自己，算了吧别管这件事了，高三年级变得如何都与我无关了。

自古从未有容得下造反者的皇帝，蓉蓉当然也不例外。

据说学校的强制转学通知书马上就要下来，我大概很快就要离开这里了。

最最可惜的事情是，在那个一起在校外游荡的夜晚，我和蓉蓉距离是如此接近，如果不是因为我少了几分勇气，我或许不会建议她买烤白薯，会直接用我手心的热量，温暖她冰冷的小手。

或许也可以像真正心意相通的情侣那样彼此拥抱。

虽然我一直觉得高中生不应该早恋。

但在那个瞬间，我觉得假如能和蓉蓉在一起，便足以战胜人世间一切磨难。

而最美的梦，总是破灭于最寒冷的清晨。

蓉蓉如愿当上了女皇，如愿再也不用和她讨厌的我当同桌，甚至还收服了传说中不可能收服的“神兽”明浩。可是她的眼睛总是藏在刘海底下，始终看不真切，虽然如此，我却能明显地感觉到，蓉蓉并不开心。

她总是独自发呆，和白骑士团的旧友们也保持着距离，连最好的闺蜜飞羽，也仿佛只剩下单纯的君臣关系，再也不一起去食堂，一起去逛街。

我当皇帝的时候，总算为自己赢得不少美好的回忆。

这大概是蓉蓉永远都比不上我的地方。

有件事情不得不提，就是那八个检举我的同学，好像是混得有点过于好了。

短短的几天内官升三级，如今他们已经混到了年级学生会等重要岗位，越发嚣张，上课要坐专属位置，去食堂就餐有专门的小炒，据说他们几个以前在各班诸侯王面前跟孙子似的，而如今诸侯王的名牌山地车，他们要骑就骑，招呼都不用打。

大家不明就里，也是敢怒而不敢言。除了子溪永远是一副混不吝的姿态，成天说："你们几个不就帮着陷害了一下以前的皇帝吗！以前保守派牛的时候，你们舰着脸想帮我提鞋我还不愿意呢！"

蓉蓉大怒，让明浩把子溪的嘴巴堵住。

我一度也猜想这几个人是不是就是当天的混混，但我仔细观察过他们之后，便感到有些绝望，他们肯定不是。记得那天打明浩的人，都是一米七八以上的大壮汉，这几个家伙却仪容猥琐，不知道蓉蓉是怎么挑的，身高反正都没超过一米六五。

可是有什么关系呢？他们只需要穿着我以前高中的校服，蒙着脸再打马赛克，把声音处理一下，假装是我的同学，假装当时打人的混混就是他们，就足以让我完蛋，真相是什么就不重要了。

不过我有时候也想，那几个真正揍我们的人到底是谁呢？难不成那么巧，就真的是学校外面的混混？我不相信会这么巧，我相信他们是乔治找的兰帝学生。

那么那八个真正的混混看到局面演变成现在这样，会是什么心情？乔治当时让他们搞鬼，肯定要许下诺言，说给他们很多好处。而现在乔治当不成皇帝了，虽然是个大臣，却只是一个没有实权的虚架子，意味着当初的许诺如今全部落空。

反而是另外八个莫名其妙的人，享受着原本属于他们的殊荣。

想来他们心里一定很不是滋味儿吧。

我正瞎琢磨，教室后门被人用力推开，把我靠在门上的破桌子连我一起掀翻在地。

一个高大的男生揪着一个矮个子的男生从后门进来，把矮个男生往地上一扔。矮个男生虽然鼻青脸肿，显然是吃了大亏，但脾气却不小，大吼道："混蛋！你知不知道我是谁！在女皇面前对我无礼，是不是活得不耐烦了？"

小个子男生就是那八个新晋贵族之一。

高大男生怒气冲天，扬着拳头作势又要打他。蓉蓉脸一板呵道："住手！谁给你的胆子，竟然在我面前行凶！"

高大男生勉强住手，说道："女皇陛下，是这样的。这小子实在是欺人太甚，他和我是室友，嫌天气冷，非要和我换床位，因为我的床挨着暖气嘛。换就换吧，东西还要我来搬，床铺还得我来收拾，连他的拖鞋都要我提，我实在是气不过就把他打了一顿。"

蓉蓉不耐烦地说："他让你换你就换嘛，哪这么多废话？他是我亲自封赏的官员你不知道吗？"

"可是……"

"没什么可是的，他检举有功，而你呢，你干过什么？"

高大男生上前走了一步："我今天来就是为了把这件事情说清楚。这小子的功劳，原本是属于我的。"

"你的话，我真心听不懂。"

高大男生把手一招，从门外挤进来六七个大男生，他们齐齐站在蓉蓉面前，说道："蓉蓉陛下，那八个小子说的是谎话，他们的功劳原本是属于我们的！"

乔治猛地站起来，还来不及开口，就被不知何时站到他身边的明浩按住肩膀。

“乔治，数学老师有急事找你。”

“老师找我有什么事？”乔治脸上滚落豆大的汗珠。

“老师让我传话，难不成我敢去问她原因吗？总之你去就知道了。”

蓉蓉还是很不解：“他们说了什么谎话，抢了你们什么功劳？”

高大男生拍拍胸脯，大声说：“当天揍明浩的事情是我们干的，哦，对了，是思贤让我们去的。”

蓉蓉大怒，拍桌道：“胡说八道！你们莫非是眼红我对他们八个的赏赐，故意来冒领功劳。如果真是你们干的，为什么早点不说？”

高大男生挠挠头，像笨蛋一样答道：“因为……之前我们不知道皇位会归女皇陛下所有，更不知道说出来能够领赏啊。”

蓉蓉冷笑道：“得了吧，这几天假装自己和前任皇帝有深仇大恨的人，没有一百也有八十，对你们这些邀功讨赏的我都看烦了。滚吧，趁我还没生气。”

高大男生着急道：“可是我们真的没有冒领功劳！冒领功劳的是这八个矮子！就他们这身板，怎么打得过明浩！连我们八个加起来，也没能打过明浩！”

蓉蓉疑惑道：“这就奇怪了。你们的话倒也不是完全没有道理。这到底是怎么回事？”

蓉蓉神情一凛：“你们当中必有一组人想把我当笨蛋耍。很好，你们想办法证明给我看吧！到底谁才是当天打架的混混，我只想看证据。而敢说谎欺君的那八个，我会开动想象力处置他们的。”

高大男生连忙点头：“证据我们有，女皇陛下请跟我们到校外球场走一趟，一看就很清楚了。”

蓉蓉冷冷地瞧了我一眼，对飞羽说：“把他也带上。”

在校外篮球场，高大男生提着一双足球鞋，径自走到围墙边的青苔上，在地上认真看了数分钟，然后兴高采烈地欢呼起来。

“女皇陛下，证据就在这里！”

高大男生指着两道长长的打滑痕迹，说：“当天打架的时候，我不小心滑倒了，在青苔上留下了脚印。你瞧，就这宽度得是 42 码的鞋子吧，那八个小个子男生脚没这么大吧？”

月鹿仔细查看，点头道：“没错，是 42 码左右的鞋子踩下的脚印。但是，这世界上脚这么大的人未免也太多了，不一定就是你啊。”

高大男生举起手中的球鞋：“在痕迹的末端，留下一个很清晰的脚印。月鹿你看，这个脚印，和我这双足球鞋鞋底的形状，是能够完全吻合的。”

月鹿摇摇头：“虽然很吻合，但是这痕迹完全可以是最近伪造的。不能说明问题。”

高大男生焦急得龇牙咧嘴：“还有一件事。当时思贤令我们在这里滑倒，说了一句话，大概的意思是，我思贤打架是最牛的，以前学校的人都管我叫爸爸。”

我心中一惊，没错，当时球场上没有别人，能准确说出这个细节的除了我和明浩，就只剩下要打我们那群人了。

明浩点点头：“还真是这样。”

高大男生听到这句话，不禁兴奋起来：“所以真相就是，当天打架的人是我们八个，不是站出来举报思贤的那八个！功劳应该是属于我们的。”

蓉蓉郑重地说：“我再说一遍，这件事关乎甚大，我不想和你们闹着玩。欺君的罪名，是很重大的。我刚刚让月鹿按照你们的话，草拟了一份证词，你们敢在上面按手印吗？”

“我们没有说谎，真的，请相信我们吧！”高大男生说，“一人做事一人当，我们当然敢按手印啊！”

那八个男生看见证词最后写着：“检举功劳将自动归属于真正的检举者，而冒充者将遭到重罚”，不禁喜上眉梢，没带印泥也不碍事，抢了支红笔在大拇指上涂了十几圈，着急忙慌地将大拇指按在纸上，仿佛那并不是什么证词，而是一张五百万巨奖的中奖通知书。

他们无比开心地说：“感谢女皇陛下恩典！”

我不屑地说：“不以为耻反以为荣，真是黑白颠倒。”

似乎蓉蓉被他们的好心情感染，一周以来第一次脸上出现红晕，两腮蕴起小小的酒窝，然后她伸手捂着嘴巴，扑哧偷笑起来。

我身边一直是板着一张扑克脸的飞羽，在这时候也憋得流泪，强忍的笑声在喉咙里发出呜呜的混响。

明浩看到飞羽这副模样，眼珠子一转，脸上也闪过一个像猴子一般的笑容，然后又立刻恢复冷淡。

然而半分钟后，明浩捂着肚子拉着篮球架，突然说道："不行我憋不住了，哈哈哈哈实在是笑死哥了！指着这件事我能笑一年！哈哈哈哈！"

飞羽指着明浩，用力摇了摇马尾发，最终也忍俊不禁，扑哧一声笑了出来，边笑边摇头，两颊也红润得桃李芬芳，最诡异的是她笑到肚子痛的时候，竟然直接靠在我肩膀上，额头将我的背脊拱得痒痒的。

月鹿也蹲在地上用力抱着自己的双膝，也是笑得爬不起来。

诸位你们突然得了什么病？有人在这里打翻了一罐一氧化二氮吗！

"你们笑什么啊！"我不禁感到毛骨悚然。

蓉蓉慢慢朝我走来，抱着我的手臂笑得花枝乱颤。

月鹿也站起身来，一边揉眼睛一边轻轻拍打我的肩膀。

明浩也夸张地像猴子一般蹦过来，抬起拳头轻轻砸在我的拳头上。

哎？我四处张望，不，这是什么整蛊节目吗？可我实在不知道究竟发生了什么啊，我现在张着嘴巴东张西望的模样是不是显得特别愚蠢啊！

"这么长时间了……"月鹿沉重地说。

"演戏真是演够了……"飞羽如释重负地点点头。

"终于……"明浩露出了狡黠的笑容。

"大功告成了！"蓉蓉雀跃而明媚地在我面前高高跳起。

"这到底是怎么回事？"我和那八个男生一同发问。

蓉蓉回过头去脸一板，指着他们说："明浩，我的卫队们，将这八个人全部拿下！"

"把他们拿下？"我吃惊地问。

蓉蓉点头，开心地说："没错，把这八个不但打架斗殴，还试图诬陷同学的脑残全部给我抓起来！”

我糊里糊涂地跟着大家走回学校，路上大家欢声笑语，蓉蓉的眼神再次恢复了以往的纯真和善良，便不用再藏在刘海底下。似乎她的刘海是切换两个平行世界的开关，当她撩起刘海的时候，我就会立刻回到那个“我和大家是朋友”的世界，扭曲的世界线就会瞬间修复。

“我不明白究竟发生了什么！”

蓉蓉俏皮地眨着眼睛说：“别着急，再等一会儿，所有事情就将真相大白。”

八个人被架到“别墅行宫”，被一脸杀气的幕璃强行灌下自制药水。

“你给我们喝了什么东西！”

“是麻醉剂东莨菪碱。”

“这是什么东西？”他们的脸色在刹那间发青，其实根本不需要知道这是什么东西，只要是幕璃拿给你喝的东西，无论是什么都很凶险。

“简而言之就是吐真剂，在询问过程中你们将无法撒谎。”

蓉蓉于是抱臂怒斥：“说，到底是谁指使你们假装混混群殴明浩的？”

为首那位高大男生紧闭着眼睛，非常用力地憋出一句话来：“是思贤！”

大家失望地耸肩，蓉蓉头痛地靠在椅子上。

好吧，幕璃的药剂会失灵，我一点都不感到意外。

我着急地说：“蓉蓉，虽然想让他们几个说真话，但是随便给人家喝药什么的实在是太乱来了。飞羽，麻烦你赶紧去找医生来。”

飞羽很不情愿：“陛下，这种人不值得同情的。”

“那也不能眼睁睁看着他们中毒，或者突然就变成人体炸弹啊！”

他们听到这句话，便吓得魂飞天外。

不多时校医姐姐和几个男生拿着沉重的设备来到“别墅行宫”，刚进屋子便黑着脸劈头盖脸地把大家骂了一顿。

“自己配制化学药物给别人喝，这种事情是可以闹着玩的吗！搞不好是会出大事的！”

校医姐姐一边手忙脚乱地把仪器的电极贴在那几个同学的心脏和太阳穴处，一边翻开他们的眼睑，又检查咽喉，用听诊器听心跳，然后十分不安地看着仪器上跳动不停的心电图和脑电波图。

“幸好思贤及时叫我，目前他们八个人的生命体征十分平稳，没有出现任何问题。不过具体他们喝下去的是什么东西，还有待我进一步分析。”

他们八个满脸侥幸，这时校医姐姐漫不经心地和他们闲聊起来。

“这次月考你的成绩是七百多名，对吗？”

“嗯……”男生难堪地点点头。

“这分数是不是要上一本线比较够呛？”

“是的。”男生害羞地挠着头。

“你和那个举报思贤的个子不高的男生是室友，而且他还仗势欺人，对吗？”

男生点头，平静地笑道：“医生您真是消息灵通。”

医生盯着平静的电子屏幕，朱红的双唇微抿，笑容魅惑地问道：“在球场上揍明浩的人真的是你们几个？”

“没错……是我们几个。”

医生的眼中闪过一丝不易察觉的锐利光芒：“那么是谁指使你们的？是乔治吗？”

“绝对不是！”男生立即否定。

“那么是思贤咯？”

“那必须的，思贤就是主谋。”男生瞪着眼睛笃定地说。

医生看着变得犬牙交错的心电图，悠然将头发甩在肩后，笑道：“好了，检测结果出来了。我可以很负责任地告诉你们，刚刚你们喝下的东西，是可口可乐和红牛混合兑水，比例是 2 ：1：7。”

男生惊喜地站起来：“所、所以，那个东西并不是化学药剂，也没有危险性吗？”

医生微笑着点头：“完全不会造成任何危险。”

“那我们没事了吧！”八个男生把电极一扯，欢呼相拥。

医生突然脸色一冷："不，我恐怕你们摊上事了。"

面对那八个人惊愕而僵硬的脸，校医姐姐一字一句地说："你们八人，一个都没有通过刚刚的测谎实验。这意味着你们在回答某个问题的时候，都在撒谎。"

男生目瞪口呆："这台机器……是测谎仪？难道它不是测心电图、脑电图的机器吗？"

校医姐姐戏谑地笑笑："喂，你们以为测谎仪应该是什么构造啊，是那种听到你说谎就伸出机械手来甩你两个大耳光的机器吗？测谎仪的学名就叫'多参量心理测试仪'，本质上，就是测心跳、脉搏、血压、呼吸、瞳孔大小和皮肤电阻的仪器。"

"什、什么？"男生如坠冰窖。

校医姐姐把皮肤电阻波形图捧在手里，指着上面的时间说："我简单给你解释一下。我刚刚问了你许多问题，你的答案有真有假。当你说真话的时候，电阻值只是在正常的范围内出现微小扰动。而后来你开始撒谎，这下厉害了，皮电阻值大起大落，我从业这么多年来，也是第一次见过这么夸张的波动。"

校医姐姐踮着脚尖把手抬高，比了个"波动辣么大"的动作，轻快地说："从时间表上来看，数值异常的时间是……从我问你'是谁指使你们的，是乔治吗'，而你答道'绝对不是'时开始，并一直持续到你指出幕后主使是思贤为止。"

校医姐姐轻推眼镜，无比帅气地说道："所以在回答这两个问题的时候，你们在撒谎。"

一直在门口拿平板电脑拍摄的小萌打了个 OK 的手势，笑嘻嘻地说："兄弟们辛苦了，刚刚测谎实验的全过程录得非常清晰哦！"

男生流下两行清泪："没想到这一切都是套路！"

这句话恰巧也是我想说的。

蓉蓉感激地轻轻鞠躬："谢谢您，医生。"

校医姐姐爽朗地说："小意思，我也正好通过这件事，复习一下当年读犯罪心理学硕士学到的知识。”

除了是双料博士，竟然还是犯罪心理学的硕士吗！

从男生们站出来承认自己是那些混混，到球场取证，到测谎实验，整个过程耗时不到两个小时。蓉蓉和大家在电光火石之间一招制敌，没有给乔治任何作妖的机会，就将他对我的污蔑彻底击穿！

每一个环节大家都配合无间，比如说那八个男生才刚刚去找蓉蓉邀功，惊慌失措的乔治就被数学老师叫走，而且再也没回来；幕璃配制“吐真剂”一共用了不到三分钟；飞羽刚刚出门，医生就带着沉重的设备赶来；小萌刚刚录影完毕，瑶玲的帖子就出现在学校论坛上。

仿佛大家对这次行动预谋已久，早就憋着一股劲，仿佛深夜埋伏在树林中的游击队，只要等到进攻的信号弹照亮夜空，只需要一轮进攻，就能将敌军将士全部消灭。

乔治用了将近一个月，将我由一个皇帝变成一个公敌。

而我的朋友们只用了短短 120 分钟，就将我重新洗白，证明了只是一个无辜的受害者。

我本该惊喜，却不知为何像个委屈的孩子一样，鼻子塞塞地问：“我今天晚上假如睡着……明天醒过来的时候，你们能像今天一样，仍然是我的朋友吗？”

蓉蓉叉腰答道：“思贤，你在说什么傻话。这不是明摆着吗？既然这八个男生已经掉到坑里来了，我们就没必要再假装讨厌你了。”

飞羽也背着手弯腰亲切地说：“这几天真是辛苦你了，思贤。”

“真的不会再一次离我而去吗？”我感觉自己的眼眶变得烫烫的，“你们或许不知道，在下第一场雪的那个早上，发生的那些事……恐怕是我有生以来经历过的最恐怖的事情。”

蓉蓉温柔地说：“没想到这件事情也给你带来了那么大的心理负担。”

我心有余悸地点头：“没错，我到现在还整不明白到底是个什么思路，只觉得虽然这次的计策很奏效，却是杀敌一千自伤八百，我自认为不是个脆弱的男生，在你们画风陡变要收拾我的时候竟然被冲击到失忆。不得不说这个计策真的太狠了。”

蓉蓉抱着胳膊幽幽地说：“所以你是在怪我咯。”

“不不，我知道蓉蓉是对我好，而且不知为何我觉得虽然蓉蓉足智多谋，却不像是能想出这种恐怖点子的人。”

我愤恨地掰着手腕：“这是不是明浩的损招？虽然我谢谢他全家，但在谢谢他之前我应该要和他干上一架才行！让我和蓉蓉相互敌视这点是最可恶的！”

蓉蓉捂着嘴巴扑哧笑了一声。

我来不及问她到底笑什么，“别墅行宫”就被震惊的同学们挤破了门。

大家七嘴八舌地发问，这到底是怎么回事，女皇明明前一天还在讨论思贤的过失，为什么今天竟然帮助思贤洗清了污名。

乔治被同学们簇拥着推到前面，他身边的男生们大声问：“事实真的是乔治诬陷思贤吗？”

蓉蓉点头答道：“测谎仪的检测结果是有科学依据的。”

“也就是说，包括女皇政变在内，这一系列事件全是为了引出那八个同学？”

蓉蓉平静地答道：“对的，为了让对思贤故意使坏的人放松警惕，慢慢以为与思贤为敌这种行为不但不是过错，而且还很值得赞赏，我们需要摆出一点不一样的姿态，并且得花上一段时间耐心等待。而最终那八个真正的打架学生，为了争夺功劳，主动站出来承认事实，这一切都在我们的计划之中。”

蓉蓉看着乔治失去神光的脸蛋，英姿飒爽地用食指比了个开枪的动作，对着乔治的胸口 biu 地一抬手，说道：“直到现在，我们才真正地戳穿了乔治的谎言。”

现在赶到“别墅行宫”门前的，都是之前十分支持我的拥护派同学们，他们振奋而激昂，在一阵欢呼过后，精神抖擞地开始讨论起来。

“我早就觉得思贤不是坏人，只是之前女皇陛下的政策实在太高压了，我没胆子站出来公开支持思贤，最多只能做到不为了得到好处而说他坏话而已。”

“那么女皇陛下……不，现在我们该称呼蓉蓉为女皇陛下，还是皇后陛下呢？”

“既然思贤是无辜的，我们却剥夺他的皇位，相当于惩罚一个没有犯错的人了。或许我们应该把皇帝卡还给思贤。”

“嘘，这句话最好先不要乱说。我也学过不少历史，要求在位的皇帝把皇位还给下台的先帝，好像一般都没好下场。”

“没错，先是北伐有功的大将军岳飞被宋高宗忌恨，高宗皇帝害死忠良的理由之一，便是不希望岳飞将军北伐全胜，使靖康之耻中被掳走的二位先帝还朝动摇自己的皇位。”

“可是你说这话难道不担心思贤重返帝位以后就收拾你吗？在土木堡之变中，明英宗被瓦剌掳走，大臣于谦为了天下社稷便扶持新君，从而挽救危局，立下不世功勋。而后来明英宗从敌国回京，通过夺门之变夺回皇位，第一个收拾的就是当年那位拥立别人当皇帝的于谦大人。”

“那郭德纲呢？”

“不是说相声那个于谦！”

大家紧张地看着蓉蓉，也不时会悄悄偷看我的表情。虽然乔治的阴谋已经证据确凿，但蓉蓉究竟是愿意当女皇还是愿意当皇后，这件事情大家还未可知。

问我的意愿？我觉得只要能和蓉蓉，和朋友们重归于好，国家大权交给蓉蓉也未尝不可。我这个皇帝实在当得不成样子，三番五次掉到别人为我挖的坑里，一方面是因为我太笨，另一方面我初来乍到确实不懂得皇帝的正确当法。蓉蓉和我一样善良，却比我机智得多，从考试大作战到揪出八个坏同学，一系列事件倘若没有蓉蓉，我根本处理不好任何事情，所以如果现在由蓉蓉统领国家，而换我来尽心尽力地辅佐她，咱们高三年级或许会比由我来管要更有前途。

这时乔治冷笑一声就开口了，他就是仗着蓉蓉和我不会打击报复他，真搞个校园霸凌事件让他待不下去，所以直到现在说话还是十分刺耳。

“我瞧就让蓉蓉来担任女皇挺好的。思贤又没有能力，从来都是在蓉蓉的帮助下才勉强支撑着不被反对他的人击倒。皇帝这种职阶不是不想害人就当得好的，天真善良不一定是优点。”

乔治说着哈哈大笑：“所有计谋都不是思贤自己想到的倒也罢了，在蓉蓉使用计策的时候，思贤这家伙竟然那么脆弱，嘎嘣一下就失忆了，就这点出息还要来当皇帝，未免太不够看了。高二年级听到这个笑话，一定会笑晕过去的。”

我也知道自己很没用，之前的事件里还能凭着一股认死理的劲头强行去做点什么，但这一次，我只是很被动地等待着伙伴们齐心协力地改变我的命运而已。我也不认为这么无能的我能够带领大家，我虽然看乔治极为不爽，却不得不认同他的观点。

蓉蓉脸若冰霜：“乔治，你好像特别讨厌思贤。能告诉我为什么吗？”

乔治厌弃地说：“很简单，因为他没本事。难道说一个没本事的男人，凭借着手里那张皇帝卡，就可以随意驱策高三年级那么多的大才吗？没有皇帝卡的人再努力再聪慧都只能屈居人下，有皇帝卡的人无论是怎样的废物都可以全凭自己的意志命令他人，那知识改变命运不就是一句废话？”

蓉蓉淡淡地说：“可是思贤他也很努力的……”

“是啊，而且他还是个孩子，为什么不放过他，对吧？”

蓉蓉脸一板，气势非凡地说：“努力的意思，是指认真地试着去做那些原本不会的事情！思贤在女生宿舍帮我解围之前，从来没变装成女孩子过，仅仅是觉得为了我值得去拼一把，就采取行动了。后来无论是投篮，还是参加庭辩，甚至是用有奖问答的形式封印舆论主导者的能力的精彩反击，都是思贤原本不擅长的事情，却为了不让大家失望，而努力做得很好。”

蓉蓉踮起脚尖在我肩上重重一拍：“这样的思贤，无疑已经比刚来兰帝的时候，那个只会像笨蛋一样站在讲台上发呆的思贤厉害多了！”

虽然这句话仍然十分傲娇，但我心中却很温暖。

乔治哼了一声：“可是治理国家不是养成类游戏，蓉蓉你圣母心爆棚，觉得陪伴思贤慢慢成长这也不错。可是等他终于多少有点够看的时候，也许我们大家都毕业了。”

乔治沉重地握着拳头：“我们已经高三了，要想扬眉吐气夺回荣誉，我们已经等不起了！”

乔治的话让大家陷入沉默，只有北风低沉哀婉的回响。

蓉蓉眼睛微闭，露出笑容，答道：“呵呵，有趣。在你看来，一个愿意努力而且进步神速的思贤，仍然很不够看，你仍然沾沾自喜地觉得这个人在智谋上并不是你的对手，因此也不能心服口服地对他低头认错。但是不好意思，思贤的进步其实已经远远超出你的预期了。”

乔治喉头一哽：“你说什么？”

蓉蓉睁开眼睛，朗声道：“这次亲手将你击败的人，并不是我，也不是明浩，而是这位你看不上的思贤同学！”

是、是我想出了这么狠辣的计策？开、开什么玩笑！

如果这是我的主意，那我怎么可能把自己整失忆了呢！

我和乔治再次达成共识，一同瞪大眼睛，以难以置信的表情盯着蓉蓉。

“大家先进屋，在放映室里把那天夜晚录下来的视频一放，真相是什么自然一目了然。”

洁白的大屏幕上，投影仪放映的画面，从分辨率来看是用手机拍摄的。

时间回到我和蓉蓉一起去校外球场调监控录像的那个晚上。

在陪蓉蓉第一次违反校规，半夜在校外吃宵夜，总算让她心情稍微好转之后，我们回到“别墅行宫”，不但白骑士团都愁眉苦脸地聚在这里，连明浩都来了。

录影就从这里开始。

“思贤，干吗要拿手机拍视频？”

我答道：“因为我以后很可能会忘记现在正在发生的事情，所以录下来，以便于在将来的某一天能拿来提醒自己。”

“你为什么会忘记正在发生的事情？”

我郑重地答道："因为……我得拜托幕璃帮我配置激发潜能的药水。就是曾经明浩喝过的那一种药水。"

那种药水能够让一个人的性格变得完全相反，但副作用是会不记得药效存在的时候发生过的事情。

蓉蓉紧张道："喂，幕璃的药水也是可以乱喝的吗？"

"明浩之前喝过一次，除了当时变得异常热忱坦率之外，后来没有任何副作用。"

蓉蓉反驳道："这几天明浩竟然没有主动跳出来惹人嫌，这副作用还不严重吗？"

明浩不爽地嚷道："喂！"

飞羽也很不安心地说："可是这次明浩没能拿到年级第一名或许是副作用。"

"他拿不到第一名是因为我比他强。"我认真地说，"不开玩笑，蓉蓉。既然现在已经很难指望别人帮忙，求助于自己或许是个不错的主意。我平时的性格是天真善良，反义词应该是诡计多端，智商一定会爆表，一定能找到办法解决眼下的困境。"

"可是……"

"蓉蓉，这是我必须亲自面对的挑战。"我握着蓉蓉的肩膀说，"总不能每一次都躲在你们后面，也该我自己站出来为大家分忧了。"

蓉蓉纠结地说："万一天真善良的反义词不是诡计多端，而是阴险狠毒呢？"

"如果我不幸变成了反派人物，你们就把我绑在椅子上坐一天就好了。"

画面一切换，幕璃端来药水，我捏着鼻子痛苦地把药水吞了下去，负责拍摄的小萌把手机往桌上一搁，连忙跑到我身边问我，有没有觉得哪里不舒服。

明浩拿着绳子站在边上，坏笑着问："怎么样，胡椒面可乐的味道爽不爽？"

我把杯子拍在桌上，连忙拧开果汁喝了两口，才吐着肿掉的舌头说：

“这简直是我这辈子喝过最糟的东西！明浩，当时没留神让你喝了一杯，真是对不起了。”

明浩耸耸肩说：“看来思贤没有变成坏蛋。”

他轻松地把绳子放在桌上，下一秒我便抓起绳子扔进壁炉里面。

透过画面我看得出来，当时我的举动惊着了大家，因为我仅用了一秒，就把自己喝药之前设下的保险预案破坏掉了。

“你……”

“各位号称是来帮助我的，但拿个绳子盘算着要绑我，就是你们帮我的方式？”

我抬起头，不知怎么搞的，眼眶颜色变深，像是化妆师拿眼线笔给我画了个有棱有角的眼线一样，眼神和平时相比凌厉了不少。平时服服帖帖的头发也有些凌乱地肆意翘着，脸上虽然有笑容，却是一个轻蔑而不屑的笑容，最诡异的是好像连校服的颜色都变深了，整个人看上去像笼罩了一层黑暗的邪气。

“哈哈，各位，用不着这么如临大敌。”

我昂着下巴轻蔑地说：“我要想使坏你们拦得住我吗？别忘了，你们就连那么低等的乔治都对付不了，就别在我这里费劲了。更何况，我又不是你们的敌人。”

说罢我打开电脑，以飞快的手速打字搜索，屏幕画面飞快变幻，反射在我瞳孔之中，是两点闪烁不停的精光。

我哼了一声，说道：“小萌今天去校医院查档了，是盘算着当天打架的八人，在最后关头被飞羽用剑术击倒，很可能会去校医院治伤。呵呵，那八个人既然有心陷害，受了伤自然也只会偷偷藏在宿舍里贴膏药，不敢明目张胆去找医生姐姐，是担心万一我们也去找她治伤，她很有可能不小心说漏嘴。”

我懒懒地靠在椅背上，点开另一个页面，说道：“而月鹿的方向就要靠谱一些，去查打架事件之后乔治学生卡转账的情况。如果那几天乔治给谁转了一笔钱，这人就极有可能是打架者之一。但乔治也不是笨蛋，他雇凶打人，大概是用现金支付的吧。”

“而明浩。”我斜眼看着他，不以为然地说，“你整个下午在和平时讨厌我的人取得联络。”

蓉蓉擦擦汗水：“明浩，你是何居心？难不成你真的相信乔治那番鬼话吗？”

我满不在乎地答道：“蓉蓉，他倒没有相信乔治的话，只是想假装恨我来寻找乔治的破绽。不过，即使他真的想与我为敌，我不介意稍微费点工夫让他永世不得翻身。”

平时的明浩肯定会像猴子一样一抱脑袋说“哎哟我好害怕哦”，可当时他面对突然变得无比霸道的我，竟然没敢放肆，只是一声不吭地往后退了一步。

白骑士团的妹子们似乎对那样的我有种莫名恐惧，不再像平时那样无拘无束。只有月鹿皱着眉，壮着胆子说：“思贤你刚刚只用那么短的时间……就弄清我们每个人今天的动向了吗？”

“这有什么难的？随便在论坛上看看帖子再推理一番就清楚了。”

月鹿难过地说：“难道思贤你……在怀疑我们？”

我饶有兴致地笑着说：“我在乔治这儿不就吃了从不怀疑朋友的大亏吗？”

“可是我们明明一直对你都是真心实意的。”

我脸一板，对月鹿说：“著名的心理学家弗洛伊德说过，没有所谓的玩笑，所有玩笑都有认真的成分，也没有所谓的口误，所有的口误都是潜意识真实的流露。月鹿你在我面前的言行，可不是玩笑和口误这么无关痛痒的事情，我分明记得白骑士团的诸位平时都叫我皇帝或陛下，只有你的称呼一直是思贤同学，可见你潜意识里是并不想奉我为主上的，我可不认为这就叫真心实意。同时请你注意，乔治平时也从来都管我叫思贤同学。”

月鹿眼睛瞪大，难以置信地说：“没想到在你心底，就是这样看待我的。”

蓉蓉也不平地说：“你过分了啊，思贤。对你最好的朋友们说这些话，你不担心自己变成孤家寡人吗？”

我肩膀一耸，笑道："蓉蓉你错了，如果我不信任，这点心事我自己藏在心底就好了，没必要当面点破。身为皇帝，表面上和臣民们一团和气，暗地里略施手段排除异己，随便翻开哪一朝的历史，都有大把的例子可以参考。"

小萌一激灵缩在瑶玲身后："陛下变得果然和平时很不一样了！"

瑶玲也有些惶恐地说："月鹿平时的称呼是思贤同学，代表着月鹿不认可封建帝制等级分明的一套，毕竟她的职阶是律师，而法制社会和帝制社会区别是很大的。可是月鹿是陛下您真正的朋友，这也是陛下必须承认的！"

"可是事到如今拿友情出来说事有什么意义？"

我双手合拢撑在桌上，居高临下地俯视着各位说："靠友情和热血能解决掉乔治的反扑吗？拜托，这个故事可不叫《海贼王》，不是瞪着怒眼挥动着拳头大喊一句你竟敢伤害我的朋友就可以摆平麻烦的。各位是我的朋友不假，但是如果你们的友情管用的话，干吗还把我召唤出来呢？"

大家又惊又怕地发出嘤嘤的声音。

蓉蓉不满地说："我让思贤你变成相反性格，可不是让你来嘲笑我们的。"

"我知道。"我微笑着说，"你们是想利用我的谋略智计来对付乔治。要澄清事实，关键点是要找到那八位打架的学生。要是用你们的方法，查得越紧他们就藏得越深。"

"所以你想到了更好的办法能把他们查出来？"

"把他们查出来算什么本事？我的办法是，让他们自己站出来拍着胸脯承认，当天就是他们装成混混揍了我和明浩。"

在放映室里看到这一幕的同学们一片哗然，不敢相信我性格的反面竟然是这般模样。

而我自己也无比惭愧，画面上装腔作势的我真是太浑了，我真想对大家说声对不起。

投影继续放映，当时蓉蓉吃惊地说："让他们八个……自己站出来？"

"没错。要是蓉蓉你把他们查了出来，会做什么事情？"

蓉蓉愤恨地说："一定要让他们公开澄清事实，之后让月鹿发起庭辩，让他们和乔治一同接受正义的审判！”

我点头说：“那就是了，换做我是那八个人我也只好不动声色地藏起来，不但能够逃避责罚，搞不好皇帝还会因为这个污点被人推翻，乔治得以登上政治舞台，便有可能给他们更多报酬。”

“所以首先得让哥几个明白，站出来敢作敢当，比当缩头乌龟更有赚头。”明浩终于缓过劲来，参与了讨论。

蓉蓉点头：“我明白了，我可以不追究这八个人的罪责，并且他们以污点证人的身份指责乔治，还能得到奖赏，这样一来他们八个和乔治，就不再是利益共同体。”

我叹气摇头：“蓉蓉你平时足智多谋，怎么事情一旦和我有关你就拎不清了呢？难不成正如那句老话所说，你对我是关心则乱？”

蓉蓉的脸蛋瞬间变得通红：“喂！你、你、你在胡说八道些什么？”

“这不明摆着吗？那八个人虽然不见得聪明，但也不是傻瓜。历史上最不靠谱的一句话，就是皇帝说虽然你得罪过我，但我不和你计较这句话了。现在你不罚他们，但以后他们是皇帝的眼中钉，是同学们心目中的小人，这日子能好过吗？”

蓉蓉不屑：“不当眼中钉和小人，难不成还想当英雄？他们对皇帝做过这么过分的事，就意味着之后别想过好日子了！”

我双手一拍，快步走到蓉蓉身边，搓了搓她的头发：“蓉蓉，你的思路终于有点上道了。”

放映厅中大家的目光全部聚焦在我身上，连我自己都不禁震惊，我敢去摸蓉蓉的脑袋，那得是多肥的胆子啊！

果然当时蓉蓉又羞又怒，拔出折扇要敲我头。

我却一把握住她的小手，低头对她浅浅一笑，说了句：“小皇后，忙完这件事，我再陪你闹。”

蓉蓉便头晕目眩地瘫倒在飞羽怀中。

“蓉蓉刚刚提到，自古造反成王败寇，只要皇位不倒，造反的人一定不会有好果子吃。”

接着我站得笔直，朗声说道："那么在接下来的故事里，我不当皇帝，反而来当败寇就可以了。"

大家集体僵硬："什么？"

"乔治不是一直很努力地在证明我是个狡猾阴险的家伙吗？到现在也有不少人半信半疑，所以我索性就承认这一点好了，承认我是个伪君子，那么曾经对付过我的人，就不是蓄意谋反，而是敢于与黑暗正面较量的豪杰。"

蓉蓉大声反驳："胡说！我们找八个人的目的不就是为了不承认这种说法，现在为了找到他们先要承认这种说法，岂不是本末倒置了吗！"

月鹿也忧心忡忡："这种办法绝不可行。假如思贤主动退位，皇位缺失，咱们年级一定会天下大乱。"

"皇位不会缺失的。"我嘴角扬起，将额发向上撩，"皇位将由蓉蓉代为执掌。"

"我？"蓉蓉指着自己鼻子大声说。

"《帝王条例》不是有个第二十一条吗？皇帝如果才德不足，皇后可以取而代之。如果我找人揍明浩事情属实，当然就是德行有亏，蓉蓉当然可以召集德高望重者对我进行弹劾，夺走我的皇帝卡，并使自己进位为女皇陛下。"

看到大家吃惊得说不出话来，我继续解释道："由女皇陛下亲自告诉大家，思贤是个坏人，这次退位将永远不能翻身，之前与思贤为敌的人，因为先知先觉地意识到思贤的邪恶，可以得到重用。只要把戏做足，那八个人想必就会屁颠屁颠地过来领赏了。"

明浩不解道："可是小皇后和皇帝关系最好，两个人相互扶持走到今天，皇后突然反水把皇帝推翻，自己去当女皇，这种事情鬼才会信！"

蓉蓉情急之下也来不及反驳明浩那句"关系最好"，忙点头答道："是啊是啊，我前一天还在努力为你调查真相，才过一天就承认你是卑鄙小人，这种戏码太假了，不会有人相信的！"

"没错，一个愿意忠诚地辅助的皇后，不可能做出这种事情。"

我朝蓉蓉打了一个响指："但是如果是一个原本就想当女皇的皇后，

在皇帝遭受责难的时候落井下石，自己取而代之，就显得非常合情合理。”

“我？原本、就、想当女皇？”

我点点头：“这就是本计划最重要的部分，也是最考验大家演技的部分。蓉蓉必须把戏做足，花点时间用一些夸张的姿态，让同学们慢慢相信，蓉蓉才是幕后 Boss，打从一开始她就计划着启动第二十一条取代思贤。”

“那之前蓉蓉对你各种帮助又怎么解释？”

“可以解释成，蓉蓉不想让高三变成一个乱世，也不想皇帝卡在乱世中落到别人手里。”

月鹿全神贯注地记笔记:“可是我还是不太明白具体需要怎样的演技。”

比如说，由蓉蓉来亲手补上一刀，亲口告诉大家思贤就是坏人。比如说，在拿到女皇卡之后，用冷酷苛刻的态度对待被废弃的思贤。又比如说，用实际行动告诉大家，只要反对思贤，就可以得到奖赏。

蓉蓉非常不愿意使用这样的策略，于是大声反驳：“可是思贤，你的计划有一个重大的逻辑错误！”

“哦？”

“皇后要启动二十一条，不是只靠自己说说皇帝人品不行就办得到的，那八个人必须站出来指责思贤是主谋，是必不可少的铁证。这意味着在你下台之前就必须找到他们，可是别忘了你下台的原因，就是为了找到他们，所以这就形成了悖论！”

我微笑着说：“凭你灵光的小脑袋瓜不可能想不出破解之法，只是你不愿意出演由你来收拾我的剧情而已。找不到真正的打架者，随便找八个人出来冒充他们不就得了？”

蓉蓉眼角含着珍珠般的泪滴，又羞又急，无话可说。

我坐回沙发上，跷着二郎腿，端起咖啡慢慢啜饮，然后说道：“这番布置，用那八个同学的视角来看，就是乔治和思贤斗得两败俱伤，而隐忍多时的皇后蓉蓉，原来和明浩是隐藏很深的同盟，终于坐收渔翁之利，进位成为女皇。这位女皇非常讨厌思贤，短时间内为了让思贤彻底败北，便给曾经与思贤为敌的人许多好处，比如说乔治，比如说八个冒充打架者的同学。那八个假货越来越得到蓉蓉的重用，越来越肆无忌惮，你说八个真正的打架者看在眼中，会是什么心情？”

“他们既不必担心思贤的报复，因为思贤已经失去了帝位，也不用再顾及和乔治的约定，因为乔治在整个事件里捞到了好处，但他们没有……”瑶玲答道，“他们会愤愤不平，然后站出来揭穿抢走自己功劳的假货，夺回属于自己的好处。”

“正确答案。”我竖起大拇指，“各位还有什么问题吗？”

明浩和白骑士团沉浸在这一系列谋划之中，半天说不出话来。

“提不出意见这很正常，我也知道这个计划是天衣无缝的。”我拍拍手掌，“那就别愣着了，赶紧行动起来。第一步，寻找八个冒牌货，让他们在明天早上公开举报我雇用他们殴打明浩的事情。”

大家仍然呆若木鸡一动不动。

“喂，诸位，抓紧时间啊。我能维持这种状态的时间不会太久。”

我看了看书房里的座钟，当时已经是深夜三点半了，说道：“幕璃的药剂只要不睡觉就不会失去效果，但我撑着不睡到明天晚上就是极限了，所以必须在明天以内，演完我被举报、集体弹劾和蓉蓉政变这一幕。之后我就会失去关于今夜的全部记忆，就没法‘该配合你演出的我尽力在表演’了。”

我想象乔治的反应，不由得捧腹大笑，说道：“明天乔治看到这场戏，看到皇位绕了一圈最终落到蓉蓉手里的时候，不知道会是什么表情，想想就十分期待。”

蓉蓉小声地说：“后天呢？”

“后天大局已定，大家就按原计划继续演戏就好。”

蓉蓉猛然抬头，手拿折扇用力敲打在我的头上：“我是说后天当你醒来，完全不记得前一天发生的事情，也不记得自己的计划，只是突然之间这世界变得面目全非，昔日的友人全部变成敌人，我也好飞羽也好，都以最残酷厌恶的态度来对待你，你又该是什么表情！那种比凛冬还要冰冷的现实，比噩梦还要幽邃恐怖的绝境，你能应付得了吗？”

我昂着头傲然扛了三下折扇，然后朝蓉蓉走过去，直到把她逼到墙边。

“喂，小看我可不是用来表达喜欢我的正确方法。”

蓉蓉的脸蛋再次飞起红霞：“你、你、你……寡廉鲜耻！可恶！谁喜欢你了！”

我霸气地笑着说：“至于我，你别担心。即便我倒霉了，但只要看到你没有一同倒霉，在我胸中那股支撑着我不倒下的精气神，就没那么容易泯灭。”

接着我把手放在自己胸口，坏坏地说：“原因很简单，你既然能读出我的心事，那我就算不亲自开口，你也能明白，我是很喜欢你的。”

听到这里我不禁喷出鼻血，为什么我性格逆转之后竟然还习得了“撩妹达人”的技能！

接下来或许还有许多男生女生不纯交往违反校规的镜头，逼得蓉蓉只好快进。第二天早晨蓉蓉发动政变的画面也一晃而过，只是现在看来，同学们便不觉得我强装的苦相有多么惨，倒觉得那张脸上若有若无的，是睥睨一切的傲慢表情。

画面切换到第二天夜里便停止了快进。

“我有没有亏待过你？蓉蓉！你根本没必要做这种事情！假如你真的那么想戴上皇帝的冠冕，你早点说一声，我一定会双手奉上的！”

“住嘴住嘴！”蓉蓉气得跺脚，“这家伙已经开始胡言乱语了，我实在是听不下去了！明浩，白骑士团，给他吃一颗安眠药，等他睡着以后把他背走！我的‘别墅行宫’实在是容不下这种狂妄的家伙！”

史料对这一段也有记载，画面到这里就戛然而止。不过现在我们可以看到这一幕的后续。

“咔！”小萌清脆的声音在画面外响起，“不错嘛大家！这一场戏演技很爆表！”

瑶玲也点点头走到镜头之中：“思贤和蓉蓉表现得很棒，颇有几分《雷雨》的气势。明浩表情太僵硬了，没有把那种，在九分鄙视之外另有一分同情的幽微感情表达出来。我建议的《断背山》你并没有去参考学习吗？”

瑶玲你为什么要建议这种奇怪的电影！

明浩端起盒饭，沉思良久，然后把鸡腿夹到我的饭盒之中。

“竟然给我吃放凉的鸡腿，你们就这样对待一位人民表演艺术家？”

接着飞羽也把煎蛋夹给我：“我一吃鸡蛋就会过敏的。”

瑶玲和小萌也分别送上叉烧包和孜然牛柳。

“以前看过一个香港的恐怖电影，后来就不能再吃叉烧包了。”

“我是动物保护主义者，只吃素食。”

喂，你们的理由太牵强了吧，你只吃素食的话把那块鸡排也给我行不？

幕璃和月鹿也送给我果汁和布丁。

月鹿温柔地说：“接下来的几天由飞羽来照顾你。既然你说潜意识并不会消失，那么也许当飞羽买给你同样的食物时，你隐约能感受到一丝安心。”

幕璃则深沉地说：“所以多吃一些吧，吃饱了，好上路。”

喂！明天我是要上刑场是怎么的，你这破词儿多不吉利啊！

蓉蓉把草莓蛋糕递到我手中。

“从明天开始你就是一个人了。你恢复成天真的状态，我们也许很难硬起心肠欺负你，所以大概会把座位调开，互相看不见对方或许就要好些。这样也没问题吗？”

我点点头，傲然笑道：“就该这样才好。”

“你没有皇帝卡，所以一日三餐飞羽会给你买。为了不让人怀疑，或许吃得会差一些，希望你能够忍耐……”

我满不在乎地挥手：“得了，别说这些儿女情长的细节了。反倒是蓉蓉，这几天由你掌控皇位，一定要够狠够强硬才行。”

“你不放心我吗？”蓉蓉噘着小嘴不服地问道。

月鹿抬起眼镜轻轻笑道：“我却觉得，思贤虽然改变了性格，但有一件事没有发生变化。就算是我和小萌，他都必须亲自查实才肯给予信任，只有蓉蓉，思贤在讲把皇位交给蓉蓉这句话的时候，完全是脱口而出的。”

瑶玲也羡慕地说：“就算这样的思贤像曹孟德一样多疑狡诈，对所有人都不信任，唯独对蓉蓉没有一丝丝怀疑。”

蓉蓉满脸通红：“是……是这样吗？”

我爽朗地笑道："废话，你可是蓉蓉啊。"

蓉蓉害羞地抱着沙发靠垫："你、你不要说怪话。快滚去睡觉吧！"

我哈哈大笑，大步流星地走到自己的卧室门口，回头面对大家，大声说："那么各位，过了今天，咱们就是敌人了。正如同平时的我猜不到现在的我会做出什么事情一样，我也说不好恢复成平常状态的我在未来会做些什么出格的事情来。如果影响到计划，还请大家收拾我的时候不要手软。"

我打开卧室大门，决心独自迈向黑洞洞的前方。

"各位晚安，或许有一天，咱们仍会再见。"

说完这句话，今年冬天的第一场大雪，便在寂静的夜里悄然降临。

视频到这里终于结束。

所以这一切竟然都是我自己想到的计策吗？

所以失忆并不是打击过于沉重，而是药剂的副作用吗？

原来在我身上还存在着这样的潜力。

而且原来我也并不是会轻易被打击到失去记忆的弱者。

我呆呆地站在原地，蓉蓉从台上走来，把皇帝卡放回我胸口的衣袋。

"这是属于你的卡片，以后千万别再随便弄丢了。"

月鹿则大声问道："乔治，那么现在你觉得你和思贤的谋略，谁更技高一筹呢？"

乔治喉咙哽咽，那张敦厚的脸突然变得十分枯槁。

瑶玲也鼓起勇气评判道："就效果来说，乔治你的计策骗的是思贤一人，思贤的计策骗的却是整个年级，格局上就有云泥之别。从动机来说，乔治你是为了满足自己的野心，思贤是为了寻找真相，道德上也有高下之分。从代价来说，乔治你为了实现目标，牺牲掉的是思贤，而思贤为了实现目标，是由他自己来承担最大的痛苦，整个过程并没有带给其他人许多苦难……"

瑶玲指着乔治，严厉地批评道："也就是说，思贤就算在最冷酷的时候，也比你这种人要善良得多！"

明浩也轻蔑地对乔治说："所以乔治老兄，天真帝不光是比你心好，就算比拼谋略，你在他面前也是逊毙了，就这么简单。”

蓉蓉拍我的肩膀，转身对大家说：“通过测谎的事情证明思贤并不是无德之人，这个视频也可以证明思贤也有足够的才能，所以我在此宣布，二十一条皇后进位条例不具备实施前提，所以失去效力。高三皇帝仍然由思贤担任，而我仍然担任皇后。”

同学们没有欢呼，只是慢慢聚集在我身边，带着真挚而感慨的笑容，或轻轻敲打着我的肩膀，或是摸摸我的头发。

“不错嘛思贤，之前我支持你是因为觉得你像刘玄德一样好说话，没想到你身上竟也藏着曹操雄才大略的一面！”

“之前是我小瞧你了，以为你不靠女孩子帮你就什么都做不了。看来是我错了。”

“思贤思贤，我被另一个思贤圈粉了怎么办？要是下次你见到他能帮我要个签名吗？”

喂！

而乔治孑然一人站在放映室的一角，似乎连黯然离场的力气都没有了。

“你能告诉我……为什么非要用尽各种办法来算计我吗？”

我走到乔治身边，皱着眉，瞪着他飘忽的眼睛：“是因为想当皇帝吗？不，考试成绩出来之后很明显你就不再具有这种资格了。可你仍然说是我叫人围殴明浩，这很明显是损人不利己的行为，甚至和野心也没有关系，在我理解，你除非是非常讨厌我，就是单纯那么恨，没有别的理由，才足以驱使你继续下去吧！”

我内心竟有一丝期待，期待乔治能娓娓道来一个深埋心底的故事，在故事里我无意中伤害过他，比如他暗恋多时的女生，总是喜欢在午餐时间抢着坐在我身边，又或者老师安排我参加学科竞赛，夺走了原本属于他的机会。

可是这些理由都不存在。乔治他单纯就是，必须要和我对抗到底而已。

“我造反是必然的事情。这种结局，早就已经是注定好的。”

“为什么？”

乔治愤然拿出学生卡，飞快扯下卡套，大声吼道："因为我不是什么谋士！我是悬剑者！是注定要在国王头顶悬挂达摩克利斯之剑，给他时刻带来威胁的人！"

冷色调的卡片在放映室的幽光下呈现冰蓝的色泽，一个瘦骨嶙峋的黑衣人在夜色中攀上王座，正专注地在王座的正上方用一根细细的丝线悬挂着一柄沉重的利剑。画上没有任何狰狞的面孔，也没有丝毫惊悚的元素，却仍让我不寒而栗。

"在兰帝高中，学生的卡片将决定学生的命运。"

乔治说着激动起来，唾沫横飞手舞足蹈地大嚷道："飞羽的职阶是近卫，所以最初与你相遇的时候，就会不自觉地要保护你。蓉蓉的职阶是皇后，所以无论在何种逆境之中，她总是站在你一边的。明浩是骑士，所以哪怕所有人都以为他是你的劲敌，结果他仍然是你的伙伴。"

乔治举起卡片，继续说："而我，悬剑者，明明智商不比别人低，却一直很不起眼，两年了，我留给大家的印象，只是一个老好人，一直得不到重用，无法发挥自己的才干。"

"可是并没有人阻止你贡献自己的才干……"

"你根本就不明白！"乔治将我推开，用手指愤愤地弹着卡片，"你不懂学生卡对一个学生而言意味着什么！你们这些人，能够张扬地展现自己，站出来说这件事情请交给我，骑士也好律师也好，不过是仗着自己得到了好身份！而我呢，我只要亮出悬剑者的学生卡，就不会有人敢与我为伍……同样是学生，为什么竟然因为卡片不同，而产生如此悬殊的命运！"

乔治指着我说："所以我当然很讨厌你！你在所有人面前展示卡片，接受着大家的注视，还要说不明白自己为什么是皇帝，看到你这副得了便宜还卖乖的嘴脸，我就恶心得要死！"

乔治捂着胸口，仿佛是真的十分想吐，恶狠狠地继续说："这也就算了。你还假惺惺地说什么，哎哟，因为我出现让大家不团结了，好难过呢，如果可以和明浩成为朋友，皇帝什么的不当也无所谓呢，听到你这些话我的胃都要拧成麻绳了。凭什么一个什么都不懂的家伙能当皇帝，凭什么他可以随意放弃的东西，却是我用尽全力也争取不到的东西！”

乔治指着我的朋友们：“还有你们！不过就因为思贤是皇帝，便立刻以朋友的姿态出现在他身边各种巴结，整天演出什么友情互爱的戏码，看得我每天睡觉之前都要洗眼睛。拿到好身份的学生，便能获得更多的资源和帮助，像我这种黑暗身份者，只能单打独斗，不断落后于人。凡有的，还要加倍给他叫他多余；没有的，连他所有的也要夺过来。这叫做马太效应，而凭什么我要沦为马太效应的牺牲者！”

虽然眼前的人是我的大敌，而且他正在历数我的罪状，可我竟然没法真的痛恨。乔治憎恨我，原因在我身上，却又仿佛不在我身上——

假如我和乔治是普通高中的学生，没有皇帝也没有悬剑者，或许他也和我一样，是大家眼中的好学生，待人亲切没坏心眼，靠学习成绩便足以自傲，靠真心待人就能交到朋友。那是否就不会发生这样的故事，乔治的心路历程，是否应该呈现出截然不同的风景？

蓉蓉看穿了我的想法，答道：“思贤，别小瞧一万道题的心理测试啊。兰帝高中的学生卡不是随意发放的，悬剑者必然有身为悬剑者的道理。思贤你想知道乔治倘若拿到别的卡片，会不会有不一样的人生，但我的答案是，乔治注定不可能拿到悬剑者之外的卡片。”

乔治诧异道：“你说什么？”

蓉蓉淡淡一笑，答道：“假如乔治能意识到，我的身份虽然不好，却不妨碍我为年级贡献力量，那他的身份就不再是‘悬剑者’，而是‘自新者’。假如乔治觉得，虽然大家不会重用我，那我也好落得个清闲自在，那他的卡片，就应该是‘隐逸之士’。假如乔治虽然反对皇帝，使用的不是阴谋，而是勇敢地站出来，不断提意见不断反对，那他应该获得‘异议领袖’的身份。依我看，并不是卡片决定了乔治的选择，而是乔治做出的每一个选择，决定了他只能拿到悬剑者之卡！”

乔治眼睛轻颤，竟然无法反驳。

“就在刚才，思贤还在寻找一个原谅你的理由。可是假如这场较量是你赢了，你会不会想着替思贤开脱？不会，你只会狠狠地踏上一脚，好满足你丑陋的嫉妒心。”

蓉蓉声音清亮，婉转地说：“所以你说你和思贤没什么不同，实际上你们就是不同啊！”

乔治低头陷入沉思，而我也心事重重，直到蓉蓉命令大家把乔治带回宿舍听候发落，我也没能理清思绪——

是卡片上的身份决定了我们该干什么。

还是我们的所作所为决定了我们将拿到怎样的卡片。

虽然至此我们取得了决定性的胜利，高三年级最大的政变风波已经云消烟散，生活将再次回到正轨，最后仍然是正义的一方打败了邪恶的一方。

可是这胜利却仍有一丝苍白和沉重。

在这种时候我该露出怎样的表情呢？

蓉蓉回答道：“这个时候微笑就好。”

我点点头，对蓉蓉露出一个疲惫的笑容。

大家一致认为，像乔治这种乱臣贼子，不严惩不足以平民愤。

蓉蓉也觉得，干脆就把这家伙裂卡除名算了，不是不喜欢悬剑者卡吗？不喜欢就掰了呗。

这种处置合情合理合法，我找不到一丝理由来反驳蓉蓉。

内心却隐隐觉得，这并不是我最向往的一种结局。

多数时候我遇事不明，都可以在蓉蓉那里得到答案。但有些问题，只有明浩能给我启发。

我把明浩强行拽到学校的小草坡上，积雪已经融化了一半，冻结的小溪冰面消融，化作清冷的涓流向南远行。冰面下轻轻摇曳的浅绿水草，在夕阳脉脉的余晖中，绿意越发盎然，凭这一点勃勃生机，便足以令这冬日的薄暮不再寒冷肃杀。

“谢谢你，明浩，幸亏有你，我们才能如此顺利地解决麻烦。”我抱着膝盖坐在草坪上，微笑着说。

我当然不必指望明浩答道“皇帝陛下，在下是你的剑与盾，微末功劳不必言谢”，这应该是飞羽的口吻。不过我也没料到明浩的话会令我如此火大——

“那可不？得亏是我能干，解决任何问题都不在话下，要不然就天真帝你这种麻烦不断的体质，咱们年级不出一个月就得天下大乱了。”

可恶的家伙，明明是个大男生却比蓉蓉还傲娇，这有劲吗？

我把一块小石子扔进小溪，激起圈圈涟漪：“明浩，月考里面你有没有故意放水？”

明浩坏笑道：“你看我像放水的人吗？我的成绩和我的篮球一样，都比你强很多，但我投篮比赛的时候放水了吗？”

我满腹心绪懒得理他，低落地问道：“明浩，你说我们的身份和命运，是不是真的和那张小小的学生卡绑定了呢？”

明浩夸张地张着嘴看了我半天，嘲笑地说：“天真帝，你这个问题有点蠢。我们是祖国未来的接班人，又不是联通合约机，怎么可能被一张卡就绑定了？”

“可是蓉蓉说身份是一万道题甄别出来的。”

明浩撇着双腿，嘻哈地拿大拇指指着自己：“那你看我有没有一点骑士的样子？硬要说起来,白骑士团那帮妹子比我更像是忠于国王的骑士吧？”

不知为何竟觉得这番话有种神奇的说服力，在这位老兄身上，光荣忠诚谦虚的骑士道精神是不存在的，存在的只有齐天大圣那种让权贵们恨得牙痒的泼猴气质。

“没错，知道你的职阶是骑士的时候我也吓了一跳，原本我以为你是捣蛋大王或者是花果山之主什么的……”

明浩嘿嘿一笑，答道：“对啊，就你这种纯真善良，又多少有点高贵品格的家伙，说是皇帝好像还不太像，说是公主我觉得更加贴切啊。”

“谢……谢你妹啊！你到底是在夸我还是在损我！身为男生听到你这种夸奖完全不会感到开心的啦！”我站起来又羞又怒地说，“再说，男生怎么可能当公主的？”

“虽然目前还没出现过，但我总有这种预感……在兰帝高中任何怪事都有可能发生。”

明浩叉着腰，昂然在夕阳下的微风中伫立，灰褐色的头发不羁地凌乱竖起。他的笑容仍然和往昔一样桀骜而自在，仿佛他所坚信的理念，从来没有因为任何事产生过丝毫动摇。在这个瞬间我产生错觉，觉得这家伙像圣杯战争中的英灵一般强大而坚毅。

“同样是皇帝，有勤政爱民的皇帝，和昏庸无道的皇帝。同样是骑士，有 Saber 那样忠臣呆萌的骑士，也有我这种无法无天的骑士。同一种职阶有一万种不同的当法，实在不爱自己的职阶，说一句老子不愿意也就是了。”

明浩回头，伸出大拇指指着自己：“能把自己的角色扮演得很好是一种本事，能完全违背职阶，随心所欲地活着，同样也是一种本事。只有乔治这种大傻瓜，才会被一张毛都不是的卡片束缚了两年多。”

我眨眨眼睛，脑海中混杂的思路，原本如麻绳拧成无数死结，现在仿佛被明浩简单粗暴的话语直接一刀斩断，顿时心底一片豁然，连映在眼底的最后一丝余晖，也陡然间明媚起来。

于是我也慢慢直起胸膛，面对着灿烂如同流动的火焰一般的落日，说道：“我想，我知道我该如何处置乔治了。”

“哦？说来听听。”

“等到明天不就知道了吗？”

“卖个屁的关子啊。”明浩不屑道，“如果你现在是黑化的状态，那颗脑袋里面的想法或许还多少有点值得玩味。就现在的你，能想到的傻主意，我一点兴趣都没有。”

我原本希望你低声下气地求我告诉你看来真是我想多了。

我看着这臭屁的家伙，真想冲过去怒怼一拳，但很清楚他一点都不介意侧身一闪再轻轻一绊，让我摔进河里，即使下场是被白骑士团围起来一顿暴打。

不过有什么关系呢？或许我和明浩表达友谊的方式，就是互相贬低和嘲笑。

“明浩，能不能告诉我，你是因为什么才决定要帮我的？”

明浩笑而不答，左手插兜，吊儿郎当地在夕阳下独自远去。

直到他走到河堤之上，才抬起右手，头也不回地朝我挥挥，说道："因为曾经也是在一个傍晚，我和你打赌，如果你能从我手中把球抢走投入篮筐，我就给你个面子。"

明浩略略停步，然后说道："既然你做到了，那我也得说话算话。"

我扬起笑脸，任凭隆冬的寒风在薄暮时分吹乱我的头发，身上并不觉得寒冷。原本有些灰暗的心情，也因为明浩的一番话，在不见光亮的思绪中，产生出一些熠熠生辉的东西来。

明浩一定已经是我的朋友了！

而我将在明天，做一个让朋友们能为我骄傲的决定！

"乔治同学，请你把你的卡片给我。"

决定如何处置乔治的日子终于到来了。高三年级租用了学校的庭辩大厅，同学们几乎全员到场，将整座大厅挤得满满当当。没争到座位的同学，也要搬来凳子坐在走道上，拿着望远镜，还有很多学生，连在走道上都找不到放凳子的地方，只好勉强挤在座位的缝隙中间，也是不肯错过今天的重要会议。

"可恶，来晚了，连站的地方都没有了。"

"没事，把绳子扔上去挂在顶棚的支架上，我顺着绳子爬到空中去看！"

喂，你们给我住手！

总之只能容纳七八百人的大厅，今天几乎把整个高三年级的学生都招来了，可见今天的决定意义重大，实在是咱们年级的同学不得不关心的一件大事。

但只是高三年级的学生到来，倒还不至于如此拥挤。我猜其中有不少人来自高一高二，没想到其他年级对这件事也如此在意。

蓉蓉在我耳边低声说："思贤，虽然今天只是处置乔治，但实际上关乎国家的未来。必须用严厉的处罚告诉大家，试图挑起国家混乱，对君主抱着不臣之心的人，结局都不会好，只有这样，咱们目前团结的局面才有可能维持下去。”

没错，高三年级此时此刻不再分为拥护派和保守派，这是我付出许多努力才终于看到的结果。今天的事情处理得不够妥当，要么分裂将再度产生，要么我不能在众人面前树立足够的威信，虽然看上去好像我已经掌控了局面，但前路仍然不比走钢丝来得轻松。

原本大家热切地讨论着我将做出怎样的决定，可是当我说出这句话时，会场就立刻寂静下来。

乔治紧紧皱眉，把那张冷色调的悬剑者之卡，慢慢放在我的掌心。

他的表情十分痛苦，仿佛是在斩立决的罪状上签字画押。

我对他的反应，一点都不觉得奇怪。我猜得到他的心思，同时提到“处罚”和“把你的卡片交给我”，兰帝高中的学生就会立刻想到最严酷的处罚方式，名叫“裂卡除名”。众所周知，学生卡对于每个学生而言有着非比寻常的重要性，不但日常的一餐饭一瓶水只能用划卡的方式进行消费，而且校园里的所有设施都必须验证学生卡才能使用，一旦失去这张卡片，受罚者在兰帝高中就会变得像一个虚无缥缈的幽灵，不但生活变得寸步难行，而且学业和前途也将大受影响，基本上没有人能撑得下去，只能退学。退学之后即使想在别的高中重新开始也异常困难，因为兰帝高中这边将无法提供关于他的任何档案，因为裂卡除名会将他在兰帝高中学习生活的一切痕迹，都一并抹消。

虽然这刑罚很残酷，但大家并没有异议。不用怀疑如果这次输掉的是我，这本该是我的结局，而现在乔治承受这一切，一点都不过分。

聚光灯打在我和乔治身上，乔治连嘴唇都开始发白，而我紧紧握着悬剑者卡，也因为心中情绪纷涌，肯定也是眉毛竖起杀气逼人。蓉蓉站在我身边显得有些不安，正目光低垂地轻轻抚弄衣袖，虽然她明确表示过“既然乔治不喜欢这张卡不如就掰折算了”，但此时此刻我能感受到她的心情，那就是她一定也不愿意看到我无比残忍地将这张卡扔在地上踩成碎片。

“乔治，你那天说，你之所以讨厌我，要想尽各种办法来与我为敌，是因为悬剑者的身份决定了你不得不走上这样的道路对吧？”

“没错……卡片的身份注定了一切。”乔治勉强挺直腰板。

“那要是……”我两指夹着悬剑者卡高高举起，“你没有这张卡片，你会不会那么阴险地设计害我？”

乔治牙关紧咬，颤抖更加明显，吃力地答道：“我不知道……”

我冷冷一笑：“什么？乔治，难不成你从懂事的那一天开始，就一直在谋划着损人利己，都在构思着用阴谋打倒看不顺眼的人，当一个绝顶腹黑的阴谋家吗？”

“这……”乔治摇头，“没可能是这样吧。小时候我又不知道自己是悬剑者。”

“如今你变成一个心机险恶的人，这一切都是在拿到悬剑者之卡的那一瞬间开始的吗？”

乔治凝重地点头。

我呵呵一笑：“那看来你很喜欢你这张卡吧，刚拿到这张卡就忙不迭开始角色扮演了。”

乔治有些激动地反驳道：“我说过了我根本就不喜欢这张卡！”

“很好！你现在知道大声反驳我，可你为什么不在你即将接受这种身份的时候，也用振聋发聩的声音，大声反驳自己，说我不要当悬剑者！”

乔治睁大眼睛，显得十分眩惑。

“不喜欢就不要当啊！身份卡的确是标明了我们的体力、智力、情商和胆略等数值，想通过不断努力改变能力成为另一个人，的确需要不少时间和功夫。但唯有一个参数，只决定于我们一念之间，哪怕其他能力完全不变，我们也可以因为一念之差，而获得完全不同的身份！”

我注视着乔治，把悬剑者卡翻了一面，以背面对着他：“这一指标就是善恶。”

“善恶？”乔治眼睛用力眨了几下。

“没错。以电影《无间道》为例，由警方派到黑帮搜集证据的卧底，和由黑帮派到警察内部来通风报信的内鬼，各方面的能力都很接近，两个人棋逢对手的较量，是电影之中最有嚼头的桥段。可是就因为信仰不同善恶两分，英雄和反派就此划分。在警方卧底帅气地说出‘对不起，我是警察’的时候，难道你不会替他大声叫好吗？”

乔治难过地低下头，呼吸声有些断续。

我愤愤地对乔治说：“而且你知道吗？在故事里就连那位扮演反派的黑帮卧底，也会发自肺腑地喊道‘我想做个好人’，虽然他想成为好人的方法不是洗心革面，而是把知道他老底的人全部杀掉。这构成了整个故事令人叹惋的戏剧冲突。而你算什么，连一丝挣扎都没有，就被悬剑者之卡洗脑了，连一句我想做个好人都喊不出来吗？”

乔治用力握着拳头，眼睛紧闭，不知不觉泪水已经浸湿眼角：“行了思贤！你别说了！这两年来不是卡片误我，是我自己误了自己！为了所谓的大计划隐忍不发，假装自己成绩一般，只为了有朝一日能一鸣惊人，到头来却怪一个能看清我能力的人都没有！一切都怪我自己，只会干多余的蠢事而已！”

“你不是说是悬剑者卡片毁掉了你的高中生活吗？”

乔治抬起头来涕泪交加：“我没有朋友，活在阴影之中，全是我自己选择的道路，与这张卡片无关。”

“那么这张卡片会变成怎样，也无所谓了吗？”

乔治红着眼睛斩钉截铁地说：“身为悬剑者的过往和这张卡片一起被你毁掉也好！从今往后就算没有学生卡，我也要留在兰帝高中，继续好好读书，用帮助大家的方法，证明我乔治也可以不当悬剑者！”

我嘴角扬起，坏笑道：“你记住，这可是你说的。”

我高高举起卡片，蓉蓉和飞羽在一边提心吊胆地睁大了眼睛。

可是我并没有将卡片撕成两截，而是从口袋里摸出一张纯白的双面胶贴，撕下包装纸啪地一声贴在悬剑者之卡上，吻合无误地将卡面图片彻底遮挡。

我将卡片塞到乔治手中，大声说：“从今往后悬剑者就不存在了，而这张卡卡面为空白，所以未来你想要在上面勾画怎样的图景，完全取决于你自己的所作所为。”

“你……你说什么？”乔治的表情，倒比看到我真的把卡片撕了还要震惊几倍。

“乔治你给我记住，我夺走了你的身份，这就代表，下次要是再敢捣乱，你不能再把过错推到卡片身上，再说什么是卡片决定了你的命运什么的我不会再有耐心去听。”

乔治捧着空白卡片：“就……就这样？”

我义正辞严地说：“此外，你应该对明浩道歉，你挑起事端是打着他的旗号，给他带来了不少困扰。同时，由于你扰乱了高三年级的秩序，所以两周之内高三年级负责扫除的校园区域，就由你一个人去打扫。”

乔治不解地小声说：“我对你做了那么过分的事情，你这样就原谅……我了？”

我不能忘记乔治给我带来的打击，他在我考第一名本该和大家欢庆胜利的时候，再次将我拉进深渊，最可恨的不是他觊觎我的皇位，而是让我对自己深信的观点产生动摇——

他差点让我觉得，信赖朋友，与朋友推心置腹，是一件愚蠢而充满风险的行为。

回想我被大家质疑，遭到无端非议，又因为自己的计策变得像落水狗一样在校园里孑然独行的惨状，我不禁咬了咬牙，抬起头来，握紧拳头用尽力气狠狠地把乔治打翻在地。

庭辩厅一片哗然，同学们站起来，看着躺在地下嘴角流血的乔治，再看看满脸怒容的我，对这一拳感到吃惊得说不出话来。

“乔治，这一拳不是为我自己打的。”我揉了揉疼痛的拳头，“只是刚刚我在回想你做的那些事情的时候，突然脑袋里出现蓉蓉一个人在校外球场的保安室急得大哭的画面。”

我转过身去，背对他说：“这一拳是为当天替我流泪的蓉蓉打的。”

虽然乔治挨了重重一拳，但大家依然觉得这样的惩戒实在太轻。

假如说曹操在衣袋诏的事件里被摆平了，推上殿来皇帝说，曹贼你妄图篡权夺位，祸乱朝纲，实在是罪无可恕，朕罚你从头开始，并且给你一拳，咱们就此两清，这场面太美简直不忍直视。

所以大家纷纷劝我，不应该就这样轻饶了乔治，就连原本打算替乔治辩护的同学也站起来提醒我说，这处罚实在是太无关痛痒了。

“皇帝你不担心乔治回去卷土重来吗？”

我满不在乎地笑笑：“这一次乔治占尽先机却仍然没胜过我，未来当然也不会有机会赢我。他要是仍然不愿意改过自新，下一次我不介意使用真正的严酷处罚。”

“那么其他心怀不轨的同学岂不是有可能效仿乔治？”

我撑着主席台朗声说：“从另一方面说，这一次我对乔治都能如此包容，就意味着我不记仇，那么之前对我有所不满的同学们，就不必担心遭到我打击报复。说不定就愿意真心实意地，创造一个真正团结的时代。”

月鹿担忧地说：“不过思贤你这样网开一面，似乎违背了法律的公平与合理。犯下怎样的错误就该承担怎样的后果，这是一条必须遵守的原则，而乔治所犯的错误并不小。”

我清清嗓子，环顾会场，语气有些沉郁，答道：“可是我觉得，这次事件，有一半的过失不该由乔治承担，应该归于兰帝高中奇怪的学校制度。”

这句话再次令喧闹的会场归于寂静，正如同一盆冷水泼灭了燃烧的篝火。

我不好意思地笑笑，平静地说：“大家，或许我的观点有些奇怪，不过我觉得还是有必要把这种心情说出来和大家分享。在进入兰帝高中之前，大家原本都有各自的理想，比如天文学家、作家和大明星，没有谁生来想到什么土匪反贼的。就以我为例，我初中的时候向往着成为一名飞机设计师，到兰帝高中突然告诉我我的身份应该是皇帝，我尚且会感到困扰，就更别提拿到悬剑者这种奇怪身份的乔治了。”

看到大家陷入深思，我继续说：“仔细想想，像乔治这样的同学，十七八岁的年纪，在拿到坏身份的时候，不见得能像成熟男子汉一样大声说不，更多的是迷茫和不甘，在这迷茫和不甘之中，又诞生出孤独和嫉妒，于是饱受负面情绪困扰的他们，就真的有很大概率成为坏人了。”

月鹿托腮沉思：“的确，从心理学的角度来说，一直给别人以负面的暗示，日积月累也能给人的心智造成巨大的影响。”

我一拍巴掌赞同道：“说得对呀！高中是我们成长的重要阶段，我们每一天都在不断变化不断长大，可为什么卡片却是一成不变的模样呢？用一张卡片把人一生的轨迹定死，这样是不是太有失偏颇了？”

飞羽眨眨眼睛，点头小声地说：“似乎也有点道理。”

“以前从未觉得这种规定有什么不妥，现在却觉得，就算是电脑游戏，也允许玩家转职不是？”

“更何况，三年的确足以让一个人看待世界的方式发生彻底的变化。”

我大感欣慰，不禁自信满满：“同学们，既然我的话能在一定程度上得到大家的认同，现在我就颁布我作为皇帝所制定的第一条政令。”

我举起手，斗志高昂地说：“也许乔治的情况不是个例，那么大家如果和他一样，拿到了负面的卡片，觉得卡片描述的内容违背了自己的意志，令自己感到沮丧难过，我乐意根据原本卡片的能力值，为大家更改卡片的身份！因为在我看来，唯独决定每个人自己人生道路的权利不可剥夺，大家必须具有成为想成为的人的自由，这是最基本，也是最重大的自由权！”

我原以为这个话题会引爆全场，没想到大家却面面相觑，沉默地看着周围的朋友，既没有表示赞同，也没有当面反对，给我来个无比尴尬的大冷场。

我心虚地问：“怎么……你们大家难道全部都……对自己的卡片很满意吗？一个想改变身份的同学都没有吗？”

没人举手，但是有人用不甚明朗的声音反对我的政令。

“皇帝难道不知道，用学生卡决定学生身份不可更改，这是兰帝高中的铁则吗？”

我答道：“铁则不一定就是绝对正确的规则，随着时间的推移，有时候昔日的铁则也会阻碍时代的发展。好比说，古代皇帝老儿的话也算是金口玉言，但到了21世纪的今天，我这位皇帝被大家唱反调，每天没有十次也有八次吧。”

那个声音再次响起：“哼哼，可是还有另一条规则，兰帝高中除了皇帝，其他身份是可以选择不公开的……”

我当即点头答道：“嗯嗯，我明白，我一定不会把大家卡片的秘密透露给第二个人知道。如果愿意改卡片的，请举手示意我……不，不用举手示意我，私底下来告诉我就可以了。”

这时有个人缓缓举起右手，我看到这一幕，身上的血液凝固了一半。

怎、怎么搞的！为什么第一个表示对自己职阶不满的人竟然是蓉蓉！我内心的 BGM 顿时自动切换成萨拉萨蒂的《流浪者之歌》，悲壮雄浑，如迎面吹起的凛冽北极风暴，我几乎膝盖一软瘫在地上，可想回到昨天在河畔上抓着自己暴打一顿，大骂让你东想西想瞎出主意，整得蓉蓉不当皇后了，然后抓起明浩一顿爆踹，让你不拦着我，害我都把蓉蓉改革没了！

蓉蓉抱着胳膊站起来对我怒目而视：“思贤你越来越有出息了！对乔治这么姑息不和我商量也就罢了，突然在大庭广众之下，要搞什么换卡改革，竟然也不和我商量！否定身份卡制度不就相当于把校董事会和兰帝高层全部得罪光了？高三年级在接下来面对其他年级的斗争中，还要得到他们的支持才行呢！”

蓉蓉手拿折扇暴扁我，说了一大堆，我却只是非常开心地捂着脑袋说：“什么嘛！吓我一跳！原来你不是要变换身份！”

蓉蓉脸一红，手中的折扇顿时打出疾风骤雨的节奏：“这种时候你还笑得出来真是服了你了！一万道题的心理测试你说不算就不算吗？你认为自己比制作那些测试题的心理学家还要厉害吗？总之只有这条规矩不能改变，就这样。”

没想到平时那么支持我的蓉蓉，在这种时候竟然变成了老顽固。我耐心地劝说道：“国家是需要改革的，比如商鞅变法和王安石变法，虽然短时间内会遭到各方质疑，但从长远角度来看，有时候能起到推陈出新的效果。更何况，校方既然要给我皇帝之卡，就应该允许我行使皇帝的权力。”

我努力寻找着可以用来说服蓉蓉的论据，没想到蓉蓉却将头一偏，答道：“好吧，倒也不是一点道理也没有。我懒得管你了。”

哎？竟然这么容易就将她说服了吗？

虽然反对的声音没有了，可是大家却依然没有找我改变身份的意思。蓉蓉本来想转身下台，但她想了想又转过身来，朝我身后的飞羽眨了眨眼。平时都是皇后能猜中皇帝的心思，今天破天荒地，我竟然猜到了皇后的心思——

蓉蓉分明是在暗示飞羽，大家都不响应思贤的号召这好尴尬的，要不你勉为其难，拿出近卫卡改一改吧。

飞羽害怕地捂着挂在脖子上的近卫卡，眼角挂着一滴清泪，马尾发甩甩地直往后退，非常害怕蓉蓉跳起来抢走卡片说“飞羽说她不想当近卫了”。

然而没想到比蓉蓉先跳起来的，竟然是子溪。

子溪扑通一声跳上台来，凑在我耳边小声问：“思贤，咱们俩关系好吧？”

“啊？”

“咱们一起发起过起义，你忘了吗？”

我微笑着说：“当然没忘，所以呢？”

“所以咱们打个商量。”子溪涨着通红的宽大脸蛋说，“我不想当炮灰。就问炮灰这种卡片是什么鬼？凡事冲在第一个，为其他人挡枪，有勇无谋就算了，而且就算死都只能当个搞笑人物，我子溪是这种人吗？我这么低调，从来不当出头鸟的！”

我心中大声吐槽，你哪点不像炮灰？这一次照例还不是第一个站出来试水了吗？不过我还是腹黑地露出亲切笑容，答道：“当然可以改。”

子溪一拍胸脯兴奋地说：“请帮我把卡片改成缩头乌龟吧！”

别用这种心花怒放的口气说这种注定会让自己后悔的话啊！

我接过炮灰之卡，只见卡面上的图案，是一个悲壮的战士浑身带伤地半跪在充满烈火和硝烟的战场上，身上插着羽箭，周围全是零落的刀枪，最可怜的是，站在他身边那些没有面孔的人，全是服色不同的敌人。我不禁想，只身一人闯入敌阵，勇则勇矣，却是愚勇。以一人之力并不能带来胜利，只能徒然送了性命。

如果在他身后能出现友军进军的旗帜，那么战士的结局就未必是悲剧，就出现了一丝熠熠生辉的希望。

“炮灰是空有勇气，却被别人撺掇着独闯险境的人。但如果你能由自己决定该在何时勇敢地站起来，把属于你的胆气，化为照亮同伴们前进方向的火炬，那么你就不再是炮灰，而是先锋。”

“先锋吗？”子溪思索良久，竖起大拇指咧嘴而笑，“听上去好像很赞！”

“嗯！把炮灰卡改变成先锋卡的事情，就交给我吧！”

至此，大家得到了真正的鼓舞，同时站起来鼓掌欢呼。本来肃杀残酷的处置会议，在最后的时刻奏响了令人振奋的旋律，令大家同时放下不安与猜疑，放下原本相互对立的立场，异口同声发自内心地，为我的第一条皇帝政令喝彩。

迟到半个小时的明浩戴着耳机摆酷，站在台下高举骑士卡，说：“请在骑士二字之前加上‘黑’字，变成炫酷的黑骑士。另外盔甲也要改成漆黑涂装，眼睛要化成赤红色……”

明浩话音未落，就被拥挤着要把卡片交给我的同学们踩倒在地。

许多从没想过让自己的卡片暴露在阳光下的同学们，在这一刻，终于可以勇敢地拿出自己的身份卡，大声说：“我不喜欢这个身份！我希望遵从最初的愿望，成为一个不同的人！”

曾经在这个校园里，存在着一座看不见的壁垒。这座壁垒让生活在阳光下的同学，和独处于阴影中的同学，没有交集地待在自己的世界。

阳光下的同学想朝对方招招手，想邀请他一起去食堂吃午餐的时候，挥动的手掌便能触摸到冰冷的屏障，凉意透过指尖传到心里，心里便有个声音说，这个人从来不敢亮出自己的卡片，一定是一个很不好的人，不好的人，没有必要和他成为朋友。

阴影中的同学想走向球场，和大家一起打球，可当他走出一步，就会撞在坚固的屏障上，会感到莫名的痛意，这痛意名为自弃和孤单，身后的影子会如蔓藤般蔓延着爬满他的身体，在耳边低语，告诉他，这帮人并不会相信你，并不会愿意和你做朋友。

而今这面壁垒终于瓦解——

因为“皇帝同学都愿意相信没有人是天生的坏人，我应该也可以试着去相信看看”。

因为“我自己的人生应该由我自己决定，而我选择和大家成为朋友！”

喜欢打架的同学不再是“暴力分子”，而变成了“侠士”。在被打得满身是伤的时候，从前同学们眼里的鄙夷没有了，病床之侧却多了果篮和花束。因为我了解到，很多时候这位同学打架并不单纯是狂暴，有时候是为了惩治纠缠女生的校外混混，拳头挥出的刹那充斥着戾气和侠气，而我愿意相信从今往后，他拳头上的侠气能占据上风。

看到大家都能获得自己喜欢的身份，在能力值和特殊权利不改变的前提下，走上一条积极向上的道路，努力证明自己如果拿到好身份，一样可以堂堂正正地使用自己的能力帮助别人，成为一个值得尊敬的人。

唯一比较辛苦的就是我，除了乔治我没耐心为他想个别的身份，只是简单粗暴贴了一张白纸上去以外，其他同学换卡的事情，我都必须负责到底。不但要想个新词儿取代以前的词汇，既要简单凝练，又要不失特色，最好还要有点中二帅气，同时还要恶补 P 图课程，为大家绘制好看的全新卡面。说好的大家以前的身份不想让我以外的人知道，我必须遵守诺言，所以虽然工作繁忙，我却连一个帮手都不能找。

短短两周，我便进化成了 P 图高手，在咆哮着拒绝小萌求我给猫咪打架的视频里，在猫咪手上 P 两把光剑的请求之后，我疲惫地拿着《P 图大神练成手册》去图书馆还书。

我游走在书架之间，想借最新的漫画书稍微放松一下，却在往回走的时候碰到了蓉蓉。

天可怜见！我现在的位置，正好是“历史书籍”的书架！我把漫画书往书架上一塞，瞅着一本《资治通鉴》就抓了下来，紧张地说：“这本书是司马光大人写给皇帝看的必修教材，或许也是适合我来研究一下的！”

“可是你拿的书是《中国古代后妃秘史全集》。”蓉蓉眨眼说。

我吓得魂飞天外！是哪个混蛋竟然把这种奇怪的书塞在《资治通鉴》上下册中间！在书架上乱塞书的人简直太没品了！

我脸一红，好像一不留神连自己都骂了进去。

蓉蓉眼睛眯得弯弯地，扑哧一声笑了起来："不用藏了，我刚刚看到你拿的是一本漫画书。既然是闲暇时光，就看自己喜欢的书嘛。"

"不用读皇帝的说明书也不要紧吗？"

蓉蓉轻轻点头，仰起脸来看我，显得十分温柔可亲。

"思贤已经是一位不错的皇帝了。"

我脸烧红烧红的，挠头道："是真的吗？"

"皇帝的政令是好政令。"

我不禁惊讶地反问："可是当时明明反对得最厉害的就是你啊，折扇十五连击什么的，全年级的人都看到了！"

蓉蓉嘴角一翘，抱着胳膊自得地说："我是故意的。"

为了在全年级同学面前扬刀立威，证明就算皇帝有时候看上去很威风，却永远别想逃出皇后的魔掌？

蓉蓉突然表情一凛："你以为当天在庭辩大厅氛围是一片祥和，实际上在哪里仍埋藏着一颗定时炸弹，而且差一点你就触及了引线，如果不是我站了出来，恐怕局面会演变成另一个巨大危机。"

"巨大危机？"我听到这句话，心里不禁一沉。

"你觉得当天在你宣布换卡的时候，藏在人群里暗中提出反对意见的人是谁？"

"不是高三的同学吗？"

蓉蓉郑重地摇头："或许是高二，或者高一的同学。"

"什么？"我大感震惊，"为什么？"

"他们差一点就把话题引到了可怕的黑暗面。"蓉蓉闭目分析道，"你知道的，在兰帝高中拿到负面身份的同学，大多数都会选择隐藏身份。而他们当天说那些话，就是为了用言语挑拨，让负面身份的同学以为，所谓的换卡革新，不过是思贤你和你的智囊团想出来的诡计，表面是换卡，实际上是为了看卡，目的是为了掌握全年级学生的身份情况，事先知道谁是好人，谁是坏人，避免像乔治那样包藏祸心的家伙再次作乱。”

我冒着冷汗：“什么？原来还可以这么理解吗！”

“你原本并没有想到换卡革新的副作用之一，就是可以掌握所有人的身份吗？”蓉蓉吃惊地问，然后又点头答道，“是了，这才是思贤嘛。”

我脑筋简单，真是对不起了。

“所以我就站了出来，大声反对你的决定，是为了让所有人意识到，你的第一条政令我事先完全不知情，完全是你这个老实人天真地想出来的，那么大家才能相信这条政令没有什么阴谋诡计，完全是出于好意。”

虽然用“思贤完全不可能有什么心机”这句话夸我我完全开心不起来。我不是刚刚才腹黑了一把用可怕的计谋把乔治揪出来了吗！大家给个面子稍微对我有几分警惕行不行！

但是没想到当天竟然由蓉蓉替我完成了这样一场惊险的暗中交锋。

高三年级才刚刚迎来团结的第一天，敌人们就已经按捺不住想要使绊子了吗？

“真是辛苦你了，蓉蓉。”我心疼地说，“为了帮助我这样一个脑筋简单的家伙，难为你要多那么多心眼，本来蓉蓉也是个天真可爱的妹子，现在却像活在处处陷阱的清宫剧里一样。”

“我、我才不是为了你才变成这样！”蓉蓉跺脚叉腰，像小狮子一样张牙舞爪地说，“我本来就是很腹黑的！就算放在宫廷剧里也一定是笑到最后的赢家，我超可怕的！”

“是是。”我微笑着摸摸她的头发。

令我非常意外的，是蓉蓉竟然没有立刻抽出折扇给我沉痛一击！她只是转过身去，声音软糯娇嗔，又微微带着些颤抖地，说：“不要说废话啦！我要借书，你帮我拿啦！”

虽然我从来都没有恋爱经验，但我此刻却能明显地感觉到，如果一个骄傲的女孩子愿意你轻轻触碰她的头发也不生气，一定意味着两个人的关系已经更进一步。

就像在原本风和日丽的碧空下，在这一瞬樱花烂漫，如绯雪一般绕过她洁白的长裙，也落在我的衣袋里。

当时在宿舍天井，我曾经大声地说“蓉蓉是我的皇后！”

但是我很清楚，自己这么说并不仅仅是为了替她解围。

这实际上也是我发自肺腑想大声说的一句话！

蓉蓉的步伐像小兔子一般神气而轻快，她仰望着夜空，眼底映着一池星辉。能让一个最初相见的时候板着脸的少女，在今天能够带着全无挂碍的清爽笑容大步向前——

我应该为此而感到骄傲才对。

只要我在身边，蓉蓉就不惮于在夜色中漫步，那深邃的黑暗，也只是让星光更明亮地闪耀的绝好背景。

而蓉蓉一定也能懂得我的心情。

只要蓉蓉在我身边，我就不害怕继续前进。即使未来还有更为严峻的考验，也终会成为未来的某一天，在午后阳光正好茶香正清幽的时候，可以让我和蓉蓉言笑晏晏的美好回忆而已。

本故事纯属虚构。

精彩第二部敬请期待。